TILLIE COLE

FÚRIA SOMBRIA

Série Hades Hangmen

Traduzido por Mariel Westphal

1ª Edição

2021

Direção Editorial:
Anastácia Cabo
Gerente Editorial:
Solange Arten
Tradução:
Mariel Westphal
Preparação de texto e revisão:
Marta Fagundes
Revisão final:
Equipe The Gift Box
Arte de Capa:
Damonza Book Cover Design
Adaptação da Capa:
Bianca Santana
Diagramação:
Carol Dias

Este livro segue as regras da Nova Ortografia da Língua Portuguesa.

CIP-BRASIL. CATALOGAÇÃO NA PUBLICAÇÃO
SINDICATO NACIONAL DOS EDITORES DE LIVROS, RJ
MERI GLEICE RODRIGUES DE SOUZA - BIBLIOTECÁRIA - CRB-7/6439

C655f

Cole, Tillie
Fúria sombria / Tillie Cole ; tradução Mariel Westphal. - 1. ed. - Rio de Janeiro : The Gift Box, 2021.
328 p.

Tradução de: Damnable grace
ISBN 978-65-5636-054-6

1. Romance inglês. I. Westphal, Mariel. II. Título.

21-69641 CDD: 823
CDU: 82-31(410.1)

Para AK.
Esperei por muito tempo para escrever a sua história.

NOTA DA AUTORA

Como todos os livros da série Hades Hangmen, *Fúria Sombria* (Hades Hangmen #5) contém práticas religiosas e experiências que, embora possam não ser familiares ou conhecidas por muitos, são inspiradas por crenças e tradições do passado, de seitas existentes e de Novos Movimentos Religiosos.

A personagem Phebe neste livro, e seu papel como "Irmã Sagrada", foi inspirada nestas mesmas crenças. A prática de "recrutamento sexual" é extremamente controversa e perturbadora.

Por favor, tenha em mente que este livro também contém cenas gráficas de práticas perversas e tabus, abuso sexual e violência excessiva.

Peço também que nas suas resenhas, e tudo o mais, *NÃO CONTENHA SPOILERS* para que todos os leitores possam ter a melhor experiência possível.

Muito obrigada e boa leitura!

GLOSSÁRIO

(Não segue a ordem alfabética)

Para sermos fiéis ao mundo criado pela autora, achamos melhor manter alguns termos referentes ao Moto Clube no seu idioma original. Recomendamos a leitura do Glossário.

Terminologia A Ordem

A Ordem: *Novo Movimento Religioso Apocalíptico. Suas crenças são baseadas em determinados ensinamentos cristãos, acreditando piamente que o Apocalipse é iminente. Liderada pelo Profeta David (que se autodeclara como um Profeta de Deus e descendente do Rei David), pelos anciões e discípulos. Sucedido pelo Profeta Cain (sobrinho do Profeta David). Os membros vivem juntos em uma Comuna isolada; baseada em um estilo de vida tradicional e modesto, onde a poligamia e os métodos religiosos não ortodoxos são praticados. A crença é de que o 'mundo de fora' é pecador e mau. Sem contato com os não-membros.*

Comuna: *Propriedade da Ordem e controlada pelo Profeta David. Comunidade segregada. Policiada pelos discípulos e anciões e que estoca armas no caso de um ataque do mundo exterior. Homens e mulheres são mantidos em áreas separadas na Comuna. As Amaldiçoadas são mantidas longe de todos os homens (à exceção dos anciões) nos seus próprios quartos privados. Terra protegida por uma cerca em um grande perímetro.*

Nova Sião: *Nova Comuna da Ordem. Criada depois que a antiga Comuna foi destruída na batalha contra os Hades Hangmen.*

Os Anciões da Ordem (Comuna Original): *Formado por quatro homens; Gabriel (morto), Moses (morto), Noah (morto) e Jacob (morto). Encarregados do dia a dia da Comuna. Segundos no Comando do Profeta David (morto). Responsáveis por educar a respeito das Amaldiçoadas.*

Conselho dos Anciões da Nova Sião: *Homens de posição elevada na Nova Sião, escolhidos pelo Profeta Cain.*

A Mão do Profeta: *Posição ocupada pelo Irmão Judah (morto), irmão gêmeo de Cain. Segundo no comando do Profeta Cain. Divide a administração da Nova Sião e de qualquer decisão religiosa, política ou militar, referente a Ordem.*

Guardas Disciplinares: *Membros masculinos da Ordem. Encarregados de proteger a propriedade da Comuna e os membros da Ordem*

A Partilha do Senhor: *Ritual sexual entre homens e mulheres membros da Ordem. Crença de que ajuda o homem a se aproximar do Senhor. Executado em cerimônias em massa. Drogas geralmente são usadas para uma experiência transcendental. Mulheres são proibidas de sentir prazer, como punição por carregarem o pecado original de Eva, e devem participar do ato quando solicitado como parte de seus deveres religiosos.*

O Despertar: *Ritual de passagem na Ordem. No aniversário de oito anos de uma garota, ela deve ser sexualmente "despertada" por um membro da Comuna ou, em ocasiões especiais, por um Ancião.*

Círculo Sagrado: *Ato religioso que explora a noção do 'amor livre'. Ato sexual com diversos parceiros em áreas públicas.*

Irmã Sagrada: *Uma mulher escolhida da Ordem, com a tarefa de deixar a Comuna para espalhar a mensagem do Senhor através do ato sexual.*

As Amaldiçoadas: *Mulheres/Garotas na Ordem que são naturalmente bonitas e que herdaram o pecado em si. Vivem separadas do restante da Comuna, por representarem a tentação para os homens. Acredita-se que as Amaldiçoadas farão com que os homens desviem do caminho virtuoso.*

Pecado Original: *Doutrina cristã agostiniana que diz que a humanidade é nascida do pecado e tem um desejo inato de desobedecer a Deus. O Pecado Original é o resultado da desobediência de Adão e Eva perante Deus, quando ambos comeram o fruto proibido no Jardim do Éden. Nas doutrinas da Ordem (criadas pelo Profeta David), Eva é a culpada por tentar Adão com o pecado, por isso as irmãs da Ordem são vistas como sedutoras e tentadoras e devem obedecer aos homens.*

Sheol: *Palavra do Velho Testamento para indicar 'cova' ou 'sepultura' ou então 'Submundo'. Lugar dos mortos.*

Glossolalia: *Discurso incompreensível feito por crentes religiosos durante um momento de êxtase religioso. Abraçando o Espírito Santo.*

Diáspora: *A fuga de pessoas das suas terras natais.*

Colina da Perdição: *Colina afastada da Comuna, usada para retiro dos habitantes da Nova Sião e para punições.*

Homens do Diabo: *Usado para fazer referência ao Hades Hangmen MC.*

Consorte do Profeta: *Mulher escolhida pelo Profeta Cain para ajudá-lo sexualmente. Posição elevada na Nova Sião.*

Principal Consorte do Profeta: *Escolhida pelo Profeta Cain. Posição elevada na Nova Sião. A principal consorte do profeta e a mais próxima a ele. Parceira sexual escolhida.*

Meditação Celestial: *Ato sexual espiritual. Acreditado e praticado pelos membros da Ordem. Para alcançar uma maior conexão com Deus através da liberação sexual.*

Repatriação: *Trazer de volta uma pessoa para a sua terra natal. A Repatriação da Ordem envolve reunir todos os membros da fé, de Comunas distantes, para a Nova Sião.*

Primeiro Toque: *O primeiro ato sexual de uma mulher virgem.*

Terminologia Hades Hangmen

Hades Hangmen: *um porcento de MC Fora da Lei. Fundado em Austin, Texas, em 1969.*

Hades: *Senhor do Submundo na mitologia grega.*

Sede do Clube: *Primeiro ramo do clube. Local da fundação.*

Um Porcento: *Houve o rumor de que a Associação Americana de Motociclismo (AMA) teria afirmado que noventa e nove por cento dos motociclistas civis eram* *obedientes às leis. Os que não seguiam às regras da AMA se nomeavam 'um porcento' (um porcento que não seguia as leis). A maioria dos 'um porcento' pertencia a MCs Foras da Lei.*

Cut: *Colete de couro usado pelos motociclistas foras da lei. Decorado com emblemas e outras imagens com as cores do clube.*

Oficialização: *Quando um novo membro é aprovado para se tornar um membro efetivo.*

Church: *Reuniões do clube compostas por membros efetivos. Lideradas pelo Presidente do clube.*

Old Lady: *Mulher com status de esposa. Protegida pelo seu parceiro. Status considerado sagrado pelos membros do clube.*

Puta do Clube: *Mulher que vai aos clubes para fazer sexo com os membros dos ditos clubes.*

Cadela: *Mulher na cultura motociclista. Termo carinhoso.*

Foi/Indo para o Hades: *Gíria. Refere-se aos que estão morrendo ou mortos.*

Encontrando/Foi/Indo para o Barqueiro: *Gíria. Os que estão morrendo/mortos. Faz referência a Caronte na mitologia grega. Caronte era o barqueiro dos mortos, um daimon (espírito). Segundo a mitologia, ele transportava as almas para Hades. A taxa para cruzar os rios Styx (Estige) e Acheron (Aqueronte) para Hades era uma moeda disposta na boca ou nos olhos do morto no enterro. Aqueles que não pagavam a taxa eram deixados vagando pela margem do rio Styx por cem anos.*

Snow: *Cocaína.*

Ice: *Metanfetamina.*

Smack: *Heroina.*

A Estrutura Organizacional do Hades Hangmen

Presidente (Prez): *Líder do clube. Detentor do Martelo, que era o poder simbólico e absoluto que representava o Presidente. O Martelo é usado para manter a ordem na Church. A palavra do Presidente é lei no clube. Ele aceita conselhos dos membros sêniores. Ninguém desafia as decisões do Presidente.*

Vice-Presidente (VP): *Segundo no comando. Executa as ordens do Presidente. Comunicador principal com as filiais do clube. Assume todas as responsabilidades e deveres do Presidente quando este não está presente.*

Capitão da Estrada: *Responsável por todos os encargos do clube. Pesquisa, planejamento e organização das corridas e saídas. Oficial de classificação do clube, responde apenas ao Presidente e ao VP.*

Sargento de Armas: *Responsável pela segurança do clube, polícia e mantém a ordem nos eventos do mesmo. Reporta comportamentos indecorosos ao Presidente e ao VP. Responsável por manter a segurança e proteção do clube, dos membros e dos Recrutas.*

Tesoureiro: *Mantém as contas de toda a renda e gastos. Além de registrar todos os emblemas e cores do clube que são feitos e distribuídos.*

Secretário: *Responsável por criar e manter todos os registros do clube. Deve notificar os membros em caso de reuniões emergenciais.*

Recruta: *Membro probatório do MC. Participa das corridas, mas não da Church.*

PRÓLOGO

AK

Plano, Texas - Onze anos atrás...

— Eu vou ser fuzileiro naval!

Corri para a cozinha. Devin estava sentado à mesa, trabalhando no motor de sua moto. Ele olhou para cima e vi seu rosto manchado de graxa.

— O quê?! — exclamou, com o cenho franzido.

Fiquei parado, recuperando o fôlego que perdi ao correr para casa. Tirei a jaqueta de couro e a joguei no encosto de uma cadeira.

— Acabei de me alistar. — Dou um sorriso, fazendo um trabalho totalmente péssimo em esconder a emoção na minha voz. — Assim como você. Eu me juntei aos Marines.

Devin piscou para mim, mas não disse nada. Minha empolgação começou a diminuir na mesma hora.

— Dev...

Ele largou o motor sobre a mesa com um baque retumbante, se levantou e passou a mão pelo rosto.

— X, que porra você fez?

Balancei a cabeça em confusão.

— O quê? O que está errado?

Meu irmão suspirou e olhou pela janela da cozinha.

— O que está errado? O que está errado? — Ele respirou fundo, soltando o ar lentamente, como se tentasse se acalmar. — Esta não é a vida que eu queria para você.

Você é a porra do meu irmão mais novo e tem mais cérebro nessa sua cabeça idiota do que eu jamais tive. Eu esperava que você fosse para a faculdade ou algo assim. Não para a porra da Marinha.

— Eu não quero ir para a faculdade, Dev. Eu quero estar lá, lutando também. Quero lutar ao seu lado.

Dev ainda estava de frente para a janela, mas notei seu estremecimento.

— Dev... — Tentei de novo, mas não consegui pensar em mais nada para dizer. Meu irmão estava agindo de maneira estranha.

— Você não tem ideia de como é lá, X. — Finalmente ele se virou para mim, com uma expressão assombrada pra caralho em seu rosto, cada palavra pronunciada como um tiro. — Você não tem a maldita ideia.

Incapaz de suportar vê-lo parecendo tão perdido, me aproximei e coloquei a mão em seu braço tensionado.

— Eu quero lutar, Dev. Eu... — Começo a rir, sabendo que estava prestes a soar muito patético. — Quero lutar pelo nosso país, como você. Eu... Eu quero ser como você, Dev. Sempre quis.

Os olhos de Devin brilharam. Suspirando, ele me agarrou pela nuca e me puxou para seu grande peito. Lutei para respirar enquanto ele me abraçava com força.

— Quando você tem que se apresentar? — A voz de Devin soou áspera e crua, como se ele mal pudesse forçar as palavras de sua boca.

— Em oito semanas.

— Porra, garoto — ele disse. — Qual posição?

— Atirador de elite. — Dei de ombros. — Você sabe que consigo atirar muito bem.

Devin ficou tenso, e então obrigou-se a relaxar. Deve ter passado alguns minutos antes que ele me soltasse. Eu tinha dezoito anos; Dev tinha vinte e seis. Ele se juntou ao Exército quando tinha a minha idade e, assim que pôde, nos tirou da porra das mãos dos nossos pais bêbados e nos deu uma vida melhor.

Ele nos salvou. Tirou a gente da porra da sarjeta.

Ele era o meu herói.

Devin se afastou e beijou minha testa. Eu era uns cinco centímetros mais alto do que ele agora e ainda estava crescendo, mas sempre me senti menor perto de Dev. Ele apenas possuía aquela atitude meio grandiosa, ou pelo menos ele costumava ter. Depois das duas últimas viagens, ele mudou um pouco – a última, para o Iraque, foi a pior. Eu sabia que era porque ele sentia falta de casa. Mas se eu acabasse perto dele, Devin não teria mais que ficar sozinho. Verdadeiros irmãos de armas.

— Eu queria algo melhor para você, garoto — ele anunciou. Eu o encarei diretamente em seus olhos.

— Lutando ao seu lado, pelo nosso país e pela liberdade? Isso é o melhor que pode existir — retruquei com calma.

A expressão em seu rosto não mudou. Não vi nenhuma alegria, apenas decepção.

— Eu quis dizer como um médico ou advogado ou alguma merda, X. — Ele bateu na minha cabeça. — Alguma coisa onde você use isso.

— Os atiradores são incríveis, Dev. O oficial de recrutamento até concordou. Inteligente, paciente, focado. É necessário um tipo especial de pessoa para ser um atirador de elite. É preciso ter habilidades que nem todo mundo tem. — Meu peito inchou. — Eu posso ser essa pessoa. — Engoli o nó que, de repente, obstruiu minha garganta. — Eu posso ser bom nisso... como você. Um bom fuzileiro.

Os ombros de Dev relaxaram e uma pequena onda de orgulho surgiu em sua expressão.

— Eu sei que você pode, garoto — ele disse com a voz rouca. — Eu não tenho nenhuma preocupação com isso, nunca tive. Eu só... Eu só...

— Podemos lutar juntos, e quando estivermos de licença, podemos voltar para casa, beber cervejas, trabalhar em nossas Harleys e simplesmente pilotar por aí até que precisemos partir novamente. Esse é o meu maldito sonho americano. — Abri um sorriso enorme. — Imagine isso, Dev. Essa vai ser a nossa vida. — Eu o olhei bem nos olhos. — Não há nada melhor para mim do que família, defender nosso país e pilotar pela estrada. É o que eu quero. De verdade.

Dev parecia querer discordar, como se ainda fosse dizer alguma merda para tentar me dissuadir, mas então uma voz soou da porta:

— O que você quer de verdade, Xavier? — Virei-me e deparei com Tina, minha cunhada, observando a mim e meu irmão, a curiosidade estampada em seu rosto.

Antes que eu pudesse responder, Dev passou o braço em volta do meu pescoço e disse:

— Esse filho da puta acabou de se alistar no Corpo de Fuzileiros da Marinha. Atirador de elite.

Os olhos de Tina se arregalaram e vi uma mistura de orgulho e preocupação em suas íris azuis.

— Xavier? Isso é verdade?

— Sim, senhora.

Ela cobriu a boca com a mão, e se aproximou para me puxar para um abraço.

— Estou tão orgulhosa de você — sussurrou e deu um passo para trás. — Então agora tenho dois de vocês para me preocupar quando estiverem fora. Excelente!

Dei um soco no ombro de Devin.

— Eu vou cuidar dele, prometo — eu disse e ri quando meu irmão revirou os olhos.

Tina riu também, mas vi sua preocupação persistente.

Ela e Devin estavam juntos desde os quinze anos. Tina sempre disse que eu também era irmão dela; era assim que ela me via. Mas ela era mais do que uma irmã. Para mim, ela foi a única mãe que realmente tive. Ela me criou, cuidou de mim quando fiquei doente e me ajudou na escola. Quando Dev estava fora, éramos apenas eu e ela. Bem, ela, eu e...

— Tio X!

Pequenos pés tamborilaram pelo corredor, e meu sobrinho de quatro anos entrou correndo pela porta.

— Zane! Vem aqui, garoto! — Ele se chocou contra as minhas pernas e eu o peguei no colo. — Adivinha só! — murmurei enquanto ele colocava sua cabeça no meu ombro.

Ele ergueu a cabeça e olhou para mim.

— Eu vou ser um soldado, assim como o seu pai.

Sua boca abriu dramaticamente.

— Uau! Um soldado de verdade? Igual ao meu papai?

— Sim.

— Legal!

— Bem — Devin disse ao nosso lado —, parece que é melhor comprarmos alguns bifes. Não é todo dia que seu irmão mais novo se torna um maldito homem.

— Um maldito homem! — Zane repetiu em voz alta. Não pude deixar de rir do seu rostinho bonito. Eu amava esse garoto. Ele era minha maldita sombra, nunca me deixando sozinho. Uma frio repentino na barriga me atingiu. Eu sentiria saudades de toda a minha família quando fosse servir, mas não seria nada comparado com a falta que eu sentiria desse pestinha. A melhor coisa da minha vida.

Tina pegou Zane dos meus braços e tocou em seu nariz.

— Sem palavrões, homenzinho. Somente homens adultos podem fazer isso.

Zane parecia querer discutir, mas Tina deu a ele o seu famoso olhar que dizia a todos nós, homens Deyes, para calar a boca ou enfrentar sua ira.

Zane bufou, mas sorriu para mim quando lhe dei uma piscadinha disfarçada. Eu podia ver o futuro agora. Zane era como eu e Dev. Um Deyes da cabeça aos pés. Ele, sem dúvida, nos seguiria para a Marinha. Todos nós serviríamos à bandeira, envelheceríamos e pronto.

A mão de Devin pousou no meu ombro.

— Vá buscar sua moto, garoto. Vamos dar um passeio, um churrasco, depois faremos de você o melhor atirador de elite que já lutou pela vermelha, branca e azul.

Então foi isso que fizemos.

E foi o melhor dia da porra da minha vida.

CAPÍTULO UM

AK

Complexo do Hades Hangmen - Austin, Texas - Dias atuais...

Abri os botões da minha jaqueta e tentei respirar a porra do ar através do calor espesso. O portão se fechou assim que passamos por ele. Estendi a mão e limpei o cascalho do meu rosto. Meu corpo inteiro parecia feito de sujeira de estrada.

Eu mal conseguia fazer minhas pernas se moverem, estava exausto pra caralho. Olhei para minha mão e vi a filha da puta tremendo.

— Você está bem? — Bones perguntou.

Encarei meu parceiro e amigo mais próximo. Seu rosto também estava imundo, mas eu poderia dizer que ele, assim como eu, estava sob controle. Uma mistura estranha de adrenalina e culpa passou por mim quando pensei nos últimos dois dias. O som das minhas balas saindo do meu cano e atingindo os crânios dos filhos da puta.

— Tiro limpo! — Bones falou ao meu lado enquanto eu mantinha o olhar atento nos alvos. — Três — informou, os braços desengonçados se erguendo para retirar o capacete.

Assenti com a cabeça em reconhecimento, mas não disse nada. De qualquer maneira, não tinha certeza se minha boca iria funcionar.

Três.

Cada tiro, um golpe certeiro.

Então eu o vi, saindo de sua tenda e correndo em minha direção.

— X! — ele chamou. Parei, meus pés esmagando a areia.

Bones tocou meu ombro.

— Vejo você mais tarde, okay? Durma um pouco.

— Sim — respondi.

Bones se afastou e olhei para meu irmão.

— Eu ouvi no rádio. — Devin colocou a mão na minha cabeça antes de apoiá-la no meu ombro. Meu cabelo agora tinha sumido. Completamente raspado. — Você está bem?

— Sim — repliquei, então ri. Eu não fazia a menor ideia do porquê estava rindo, porra. — Estou bem. — Olhei ao nosso redor: as tendas, os fuzileiros navais circulando, os caminhões sendo abastecidos e descarregados. Era estranho pra caralho: lá fora e aqui. Fora e dentro do portão, dois mundos completamente diferentes.

— Três. — Senti a mão de Devin me tocar. — Peguei três dos filhos da puta. — Eu ri de novo e senti um sorriso nervoso aparecer no meu rosto. Mas meu coração estava batendo forte. E minha mão não parava de tremer, porra.

Devin colocou o braço em volta do meu ombro e me conduziu desde a entrada da base.

— Vamos, X. Você precisa de uma bebida. — Deixei que Devin me levasse para sua tenda. Mas mesmo quando ele me sentou e me entregou um uísque, não larguei minha arma. Eu podia vê-lo me observando com preocupação no olhar, mas não me importei. Eu tinha acabado de matar três pessoas. Minhas primeiras mortes confirmadas.

Quando meu copo estava vazio, Devin o encheu de novo.

— Fica mais fácil. — Ele se sentou na beirada da cama, bem na minha frente. Meus olhos se focaram aos dele. — A partir deste momento, isso se torna uma segunda natureza e não incomoda tanto. Eu prometo.

Respirei fundo e deixei suas palavras se infiltrarem, esperando que ele estivesse certo...

O cheiro de bacon frito me arrancou do meu sonho. Meu coração batia loucamente enquanto me lembrava daquele dia. Minhas mãos tremiam como se eu estivesse de volta ao calor seco e abafado. Naquela base maldita... com Dev. *Se acalme, porra*, disse a mim mesmo, tentando afastar a memória da minha cabeça.

Demorou cinco minutos para desaparecer.

Minhas pálpebras pareciam pesadas quando as abri e estremeci com o sol entrando pela minha janela. Gemi e agarrei a cabeça quando os efeitos da tequila da noite passada martelaram meu crânio, gritando um grande *"oi, lembra de mim?"*.

— Merda — rosnei, enquanto deslizava as pernas para o lado da cama, e esperei o quarto parar de se inclinar para o lado. Assim que a cadeira de balanço no canto parou de girar em círculos, eu me levantei e alonguei o pescoço rígido.

A pele do meu peito ardeu pra caralho. Olhei para baixo e vi as malditas marcas de arranhões se estendendo do meu pescoço até a virilha. Eu tinha dormido de calça jeans, claramente muito embriagado para me despir.

O que diabos aconteceu? Fui para o banheiro e fechei os olhos enquanto mijava cerca de um litro de tequila do meu corpo.

Depois parei em frente à pia e lavei o rosto com água fria, enchendo a boca com enxaguante bucal, em seguida, para eliminar o gosto de algo morto. Abri a porta e segui o cheiro de bacon. Ash estava no fogão, já vestido com uma calça jeans e sua camisa do Hangmen. A porra do mini-Flame em minha casa. Tatuagens, piercings e aqueles olhos negros como o inferno.

Ele levantou o olhar quando entrei na cozinha. O pequeno filho da puta teve a audácia de sorrir para mim. Mostrei o dedo para ele e desabei numa cadeira. Dois copos pousaram na minha frente: um de suco de laranja e o outro de tequila.

Gemi quando afastei a tequila para longe, então bebi o suco de laranja de uma só vez.

— Obrigado, garoto — murmurei, e ouvi o fedelho. — Como diabos você não está de ressaca, seu merdinha? Pelo que me lembro, você e Slash estavam bebendo uísque com o Vike.

Ele encolheu os ombros.

— Eu estava bebendo mesmo, só que não fico de ressaca.

— Odeio você. — Dei um soco de leve em suas costelas, mas o filho da puta apenas se afastou.

Passei a mão sobre meus olhos. O cheiro de comida atingiu meus sentidos e quando abaixei a mão, deparei com um café da manhã completo à minha frente. Meu estômago roncou em apreciação. Ash ainda estava sorrindo para mim, então balancei a cabeça e disse:

— Tudo bem. Você está perdoado.

— Pelo quê? Por ter dezesseis anos e ser capaz de aguentar uma noite de bebedeira melhor do que você, velhaco?

Enchi a boca com ovos gordurosos e bacon e engoli tudo.

— Vou deixar essa passar. Só porque agora seria preciso muito de mim para nocautear você.

Devorei a comida e me recostei à cadeira, passando a mão sobre a barriga. Estremeci quando meus dedos roçaram os arranhões recentes no meu abdômen.

— Você sabe o que aconteceu aqui?

Ash abaixou o garfo e sacudiu as sobrancelhas.

— Claro que sim. — Ele se recostou e fingiu pensar. — Ela tinha pouco mais de um metro e meio, cabelo azul e tinha os maiores peitos que você já viu na vida.

Forcei meu cérebro, tentando me lembrar da puta do clube, mas eu só conseguia me recordar de lampejos da minha transa com a garota na minha cama na sede do clube... e dela arranhando a merda do meu peito quando a virei e a fodi de novo.

Isso e seus gemidos fingidos. Putas do clube. As prostitutas deveriam aprender a apenas se deitar e servir de bons depósitos de esperma sem toda a porra de gemido estridente.

— Porra — gemi.

Ash ficou quieto, então, me encarou através de seu cabelo preto e perguntou:

— Você se lembra do que conversei com você na noite passada?

Tentei pensar. Pouco depois desisti e balancei a cabeça.

— Desculpe, garoto. Vou precisar que você refresque a minha memória.

Ash abaixou a cabeça e, de repente, o garoto que ele era quando o encontramos naquele inferno de merda em West Virginia voltou. Lil 'Ash estava indo muito bem ultimamente. O merdinha era engraçado, confiável e se encaixava no clube. Ele adorava estar com os Hangmen, fazia tudo o que podia para ficar junto, desesperado para agradar, como se pensasse que a qualquer momento o mandaríamos embora.

Nós não faríamos isso. Ele era um de nós agora. Ainda assim, eu tinha certeza de que Ash nunca se permitiu acreditar nisso. Além do mais, o garoto amava seu irmão. E Flame... bem, Flame era o maldito Flame. Mas eu conhecia aquele irmão melhor do que ninguém. Ele amava Ash, simplesmente não tinha a capacidade de demonstrar ou dizer isso a ele.

— Eu... Eu disse que estava interessado em ingressar nos fuzileiros navais. Atirador de elite, como você.

Eu não esperava suas palavras. Então não esperava a sensação da porrada da barra de ferro no meu estômago quando ele as disse. Congelei, olhando para Ash, nervoso, sua cabeça abaixada, as mãos apertando uma à outra sobre a mesa.

— Você quer se alistar na Marinha? — Minha garganta estava obstruída e foi uma maldita batalha conseguir dizer a frase seguinte: — Você tem apenas dezesseis anos.

— Eu... Eu sei, mas você está me ensinando a atirar há meses, e você mesmo disse: eu sou bom.

— Você *é* bom. Incrível pra caralho, na verdade, mas ainda está na escola. — Ash acenou com a cabeça, mas pude ver que ele estava chateado com a minha reação. Eu me inclinei para frente. — Você não está gostando da escola?

— Está tudo bem.

Suspirei, fazendo o melhor para manter minha merda sob controle. Esta conversa era muito familiar. Meu sangue gelou nas veias e senti como se duas mãos enormes estivessem me sufocando.

— Ash — murmurei baixinho, observando-o ficar cabisbaixo. — Olhe para mim.

Ele fez o que pedi. Em todos os meses que viveu comigo, o garoto nunca fez nada de errado. Sempre fez o que era pedido. Nesse aspecto, ele seria um fuzileiro naval incrível: obediente, disciplinado. Mas eu não deixaria isso acontecer sob meu comando.

Não mesmo.

— Você está bem? — Ash perguntou.

Eu me mexi inquieto na cadeira.

— Você é inteligente, garoto. Esperto. Mas ainda é jovem. Eu sei que não pensa assim, ou pelo menos não sente isso. Porra, depois do que você passou, eu entendo. Você não é um adolescente normal. Não é obcecado em perseguir um rabo de saia e qualquer coisa que outros garotos de dezesseis anos fazem por aí. Mas não vou autorizar você se juntar aos Marines mais cedo. Isso não vai acontecer.

Ash olhou pela janela e eu continuei:

— E tenho certeza de que Flame também não vai deixar você se alistar. — A cabeça de Ash virou para mim, e um olhar surpreso se formou em seu rosto. — Nosso irmão não iria aguentar se você for embora, então não vamos dar a ele nenhum motivo para pirar com a gente, okay?

— Flame? — Ash disse, confuso. — Eu... — Seus ombros cederam. — Não tenho certeza se ele se importaria.

E aí estava a razão pela qual Ash me procurou em busca de conselhos sobre carreira no serviço militar. Peguei a xícara de café de Ash e bebi o líquido quente.

— Entendo que ele não fala muito com você; que ele passa a maior parte do tempo com a Madds. Mas pode escrever: aquele filho da puta psicopata ama você mais do que ele jamais será capaz de dizer. Entendeu?

Ash engoliu em seco, e maldito seja se não vi seus olhos começando a lacrimejar.

— Você acha?

Coloquei a mão em seu ombro.

— Você é uma das únicas pessoas que Flame permite se aproximar dele. Há Madds, é claro, porque ela é sua cadela e chegou até ele quando nenhum outro filho da puta conseguiu. Tem eu e o Vike. Essa história vem de muito tempo atrás, nós vimos e passamos por muita merda juntos. — Apertei seu ombro com mais força. — E então tem você. — Ash respirou fundo e exalou lentamente. — Ele é um Hangman por completo, faria qualquer coisa por seus irmãos, mas ele nunca deixou o resto deles se aproximar como fez com a gente. — Gesticulei para fora da janela, para o nosso pequeno agrupamento de cabanas nas profundezas do terreno do Hangmen. — Isso, bem aqui, é o que o impede de se quebrar. E acredite ou não, agora você também é uma grande parte disso.

O nó em torno da minha garganta aliviou quando vi um lampejo de um sorriso curvar os lábios perfurados do garoto.

— Agora, garoto, você é o quarto membro do nosso pequeno trio fodido. — Dou um sorriso. — E não vou lidar com o Flame pirado quando a gente contar a ele que aprovei seu alistamento. Sou uma espécie de fã do meu pau, e prefiro mantê-lo longe da faca serrilhada do seu irmão, concentrando-o mais em bocetas apertadas e molhadas.

Ash riu e eu sorri de alívio, empurrando meu prato vazio em sua direção.

— Agora, se mexa. Essa louça não vai se limpar sozinha.

Ash se levantou da mesa, mas assim que juntou os pratos em suas mãos, eu o parei, segurando seu cotovelo.

— Pensei que você gostava de trabalhar com as motos... Você passa horas trabalhando com Flame em sua Harley ou na loja com Tank. Ele disse que você é ótimo, e pode ser o melhor mecânico que temos. Você está no Hangmen, irmão; a sua vida já está decidida.

— Eu gosto de motos — responde depois de alguns segundos de silêncio. — Eu realmente gosto delas, na verdade. As motos fazem sentido para mim.

— Então fique com elas, okay? E assim que você for um membro totalmente oficializado do clube, também receberá uma parte dos lucros do Hangmen. Você vai ser brilhante, garoto.

Era nítido que ele gostou da ideia de ser oficializado, porque sorriu com orgulho.

— Agora, volte para aquela louça — eu disse. — Até que esteja oficializado, você tem que fazer o trabalho pesado. — Dei de ombros. — É assim que as coisas funcionam aqui.

— Sim, *senhor* — o merdinha retrucou, sabendo que eu odiava quando ele me fazia sentir velho.

Senhor na puta que pariu.

Estiquei o corpo para trás, na direção do armário, tirei dois comprimidos de Advil e os engoli. Assim que me levantei para tomar banho e essas merdas, a porta da frente se abriu e uma porra de uma fera ruiva entrou.

— Bom dia, vadias! Está um dia lindo pra caralho!

Gemi alto quando a voz terrível do Viking cortou meu crânio. Encarei o filho da puta que sorria para mim como um gigante feio. Ele farejou o ar e, em um piscar de olhos, foi até o fogão para verificar se havia sobrado alguma comida.

— Estou começando a achar que deveria arrumar a porra de um garoto de aluguel pra morar comigo também. Ele cozinha, limpa... Porra! — Ele se virou para Ash, que tentava a todo custo ignorar nosso irmão idiota. — Você chupa pau também?

Abri a boca para mandá-lo se calar, mas Ash disse:

— Mesmo se eu chupasse, não chuparia o seu. Ouvi dizer que não é maior do que dois centímetros.

Vike ficou boquiaberto, antes de jogar a cabeça para trás e se inclinar para frente para prender Ash em uma chave de braço apertada.

— Seu merdinha! — gritou, agraciando a todos nós com sua risada estrondosa.

Ash o empurrou.

— Você pode ficar com a comida. De qualquer maneira, é o que sobrou.

Vike pegou o restante do café da manhã e desabou em uma cadeira, devorando a comida como um maldito animal selvagem. Seus olhos focaram nos arranhões no meu peito e, sorrindo com a boca cheia de ovos, ele piscou com malícia.

Porra. De. Vida.

Ash serviu um café para ele, e Vike o bebeu todo de uma vez, batendo a caneca na mesa para mais.

— Você recebeu a mensagem de Styx? — Vike perguntou.

— Não. Acabei de levantar. — Procurei meu celular, mas puta merda, quem disse que eu sabia onde estava?

— Temos que estar na *church* em vinte minutos. Tanner finalmente conseguiu uma pista.

Minha pulsação começou a martelar no meu pescoço enquanto meu coração tentava lidar com a súbita onda de adrenalina.

— Achei que você gostaria disso.

— Ele a encontrou? — *Phebe.* Uma imagem da ruiva passou pela minha mente. Não que eu não tivesse pensado na cadela sem parar desde que descobrimos sobre seu desaparecimento.

— Não sei. — Vike se inclinou para frente, passando a mão pela barba. — Mas estou ficando realmente entediado pra caralho ultimamente com corridas normais e toda a conversa sobre o maldito casamento do *Prez*. Quem se importa com isso? Eu quero caçar aquela escória de Klan.

Meus dedos se contraíram na mesa com o pensamento de rastrear Phebe, de acabar com o filho da puta que a tinha em seu poder. Muitas noites fiquei acordado, imaginando fatiar aquele filho da puta em pedaços. Abrindo seu estômago para ver seu sangue e vísceras derramarem aos meus pés. E eu sorria nos meus sonhos... Sorria por tudo isso, com Phebe ao meu lado, assistindo o idiota sofrer uma morte lenta e dolorosa.

Tanner levou mais tempo do que ele imaginava para conseguir qualquer informação de merda desse Meister. E eu estava impaciente, logo, concordei com Vike. As coisas estavam muito quietas. Posso ter saído dos fuzileiros navais, mas ainda precisava da porra da adrenalina da briga, da morte, em minha vida.

Com os Hangmen, essa merda vinha em ondas e ao extremo.

E parecia que tudo estava prestes a começar novamente.

Maravilha.

— Vou me vestir.

Levantei-me da cadeira e fui até o quarto para vestir minha camisa, *cut* e botas. Saímos da minha cabana em minutos, com Ash em nosso encalço. Se fosse reunião da *church*, o recruta serviria bebidas e qualquer outra coisa que Styx o mandasse fazer. Inclinei-me contra a parede da varanda e acendi um cigarro enquanto Vike batia à porta do Flame.

— Vamos logo, Flame! Temos que ir!

Através da janela do chalé de Flame, eu o vi caminhar até a porta, com Maddie às suas costas. Ele se virou para ela, e a coisa mais próxima que Flame tinha de um sorriso se espalhou pelo seu rosto, então inclinou-se e beijou sua cadela.

Senti um aperto do caralho no peito. Meu cigarro ficou aceso e intocado em minha mão. Eu não podia acreditar que Flame tinha algo assim.

— AK! — A voz de Vike interrompeu meus pensamentos. — Está pronto?

Assenti com a cabeça, vendo o outro irmão sair pela porta.

Flame inclinou o queixo para mim, então seus olhos rastrearam ao redor do quintal. Eu sabia a quem ele estava procurando; ele fazia isso todos os dias. Só eu notei isso. Eu era o único ali com treinamento para não deixar passar nada despercebido. Assim que ele viu Lil' Ash, seus ombros relaxaram.

Ash acenou com a mão.

— Oi, Flame.

— Você está bem? — Flame perguntou, seco, passando o olhar sobre cada centímetro de seu irmão.

— Sim — Ash disse. Ele estava sorrindo um pouco. Eu sabia que ele havia reconhecido a tentativa de afeto de Flame. Dei uma piscadinha para o garoto, para confirmar que o que ele pensava era verdade.

O pequeno corpo de Maddie apareceu à porta.

— Viking, AK.

Flame instintivamente se moveu em direção a ela, como se fossem ímãs ou alguma merda assim.

— Madds — cumprimentei.

— Bom dia, fofura. — Vike sorriu.

Os lábios de Flame se curvaram para nosso irmão impetuoso, mas era Vike. Ninguém podia segurar aquela boca.

— Olá, Asher — Maddie disse para Ash. Ela cutucou o braço de Flame, seus olhos o incitando a fazer algo.

A mandíbula dele tensionou, então, sem olhar para Ash, ele disse:

— Você vem jantar esta noite.

Maddie balançou a cabeça, exasperada. Ela não estava chateada com a possessividade. Ela sabia que ele não estava sendo um idiota, ele estava apenas... porra, ele estava apenas sendo Flame.

— Ash, o que Flame estava tentando perguntar era se você gostaria de jantar conosco esta noite. Vou cozinhar algo especial.

Ash olhou para mim, e levantei meu queixo, dizendo para aceitar.

— Sim. Obrigado. Eu adoraria — o garoto respondeu, ganhando um sorriso de Maddie.

Flame a levou para dentro da casa e voltou alguns minutos depois, parando ao meu lado.

— Você está bem? — perguntei. Flame assentiu com a cabeça sem encontrar meu olhar.

Fazíamos isso todos os dias, inferno, várias vezes ao dia. "Você está bem?" era mais do que apenas uma pergunta cortês. A resposta a isto era Flame me dizendo que sua cabeça não estava cheia de merda. Merda de seu passado.

— Bom. — Joguei o cigarro no chão e me afastei da parede.

Liderei o caminho colina acima até o complexo.

Para a *church*.

Onde eu esperava que Tanner tivesse boas notícias.

Porque eu estava com uma coceira do caralho para caçar.

— E então? — Ky perguntou.

Tanner passou a mão pela cabeça. O irmão não comparecia há semanas a nenhum dos nossos churrascos ou festas com as putas do clube. Não que ele se divertisse com vagabundas; ele ainda era muito seletivo. Tanner estava ocupado tentando rastrear Meister. Ao contrário da maioria das merdas de supremacia branca com que Tanner e Tank cresceram, este Meister era indetectável e vivia fora do radar. Por mais que Tanner fosse um garoto prodígio da computação, Meister estava provando ser a porra de um fantasma.

— Tenho que ser honesto, achei que não estava nem perto de encontrar algo desse idiota. — Tanner acenou com a cabeça na direção de Tank. — Nós sabíamos sobre ele, é claro. Eu sabia que ele tinha conexões com meu pai e meu tio, mas nunca o conheci. Ele é da Irmandade Ariana, mas trabalha com a Klan. E não há nada sobre ele. Nenhum rastro de e-mail, faturas, ou mensagens. Nada.

Cerrei os dentes e olhei para Styx, que estava ouvindo atentamente. Ky não pretendia contar ao *prez*, no início, sobre o plano de recuperar Phebe, por causa da porra do seu casamento, mas isso não durou muito tempo. Styx sabia que algo estava acontecendo com seu *VP*. Ele o conhecia da mesma forma que conheço Flame e Vike. Então Ky confessou, e Styx concordou com o plano. De qualquer maneira, ele teve que adiar o casamento por um mês para conseguir a pastora que Mae queria que realizasse a cerimônia, então ele tinha tempo de sobra.

— *Mas você encontrou algo?* — Ky traduziu enquanto Styx sinalizava.

Tanner suspirou, as olheiras profundas mostrando o quão duro o irmão tinha trabalhado.

— Consegui algo. — Balançou a cabeça e meu sangue gelou. Eu soube que o que quer que ele tivesse encontrado não era bom.

Tanner abriu o arquivo à sua frente e jogou uma fotografia em direção ao *prez*. Styx olhou para ela por um tempo e a passou para Ky.

— Alguma cidade fantasma no meio do nada?

Ky passou a foto ao redor. Vike me entregou e eu a estudei. Era uma foto aérea e a imagem estava granulada, mas pelo que pude perceber, era apenas um enorme pedaço de terra composto por edifícios antigos caindo aos pedaços.

Passei a foto adiante.

— O filho da puta é o dono disso?

Tanner me encarou.

— Sim, ou pelo menos o pai dele era. Ele está morto agora, mas as ações ainda estão no nome de seu pai. Está na família há décadas. Levei um tempo para rastrear. — Ele balançou a cabeça. — Meister é notório entre a Klan. Certo, Tank?

— Sim — Tank concordou. — Eu também nunca o conheci, mas todos nós já ouvimos falar dele. O maldito está se mobilizando há anos para a guerra racial que eles acham que está chegando. Sério mesmo, estilo Oklahoma City. Pelo que ouvimos, o cara tem uma mente fechada quando se trata de fazer avançar a raça branca. Você acha que Hitler era fodido? Bem, imagine se ele tivesse um filho do tamanho de um armário do caralho, com a porra de uma cópia carbono de sua mente psicopata; e você tem Meister. O filho da puta nem é alemão. Ele só queria ser, sempre falando frases em alemão como se tivesse nascido e sido criado em Berlim. Idiota delirante.

— Isso não vai ser fácil — Tanner concluiu, olhando para mim, Vike, Flame, Hush e Cowboy. Fomos nós cinco que concordamos em procurar Phebe. Hush e Cowboy assentiram para mim para me avisar que ainda estavam de acordo com o plano.

— *Então ele está nessa cidade fantasma?* — Ky perguntou, traduzindo a linguagem de sinais de Styx novamente. — *Se for assim, vamos todos apenas entrar e pegá-lo, fazer o filho da puta falar e nos dizer onde ele mantém a Phebe.*

Tanner se inclinou para frente.

— Ele não está apenas morando na cidade fantasma ou se escondendo. É onde ele tem sua empresa.

— Empresa? — Ky replicou. Era sua própria pergunta neste momento.

Tanner assentiu com a cabeça.

— Pelo que posso dizer, é a porra de um bordel. Membros da Irmandade Ariana, Klan ou simpatizantes da Klan, podem ir lá por uma noite ou alguns dias de cada vez. — Tank se mexeu desconfortavelmente ao lado dele. — Não tenho certeza, mas estou achando que não é só ter o pau chupado e fodido. Vai ser uma merda bem fodida. Se a reputação do Meister servir de referência, estaríamos entrando em um buraco do inferno armado e organizado. — Os olhos de Tanner escureceram. — Acho que a Klan tem a reputação de ser cheia de caipiras atrasados. Eu não vou mentir; enquanto eu crescia, a maioria dos membros e amigos do meu pai eram assim. Grosseiros pra caralho e não podiam fazer nada sem estragar tudo. *Skinheads*, soldados de baixa patente, sabe?

— Mas havia alguns membros que não eram — Tank continuou. Ele lançou um olhar envergonhado para Tanner. — Para começar, nós não éramos.

Tanner assentiu com a cabeça.

— Não é a regra, mas alguns de nós eram bons. Lutadores espertos e fortes, ou simplesmente psicopatas do caralho. Os *skinheads* e caipiras são os soldados de infantaria. Tipos como nós; os tipos como Meister, são os malditos SS[1]. Os planejadores, líderes, generais; aqueles que acreditam tanto na causa que são letais com o que farão, com o que são capazes de fazer. Meister é a verdadeira Irmandade Ariana; ele está se preparando para a guerra. Ele é o verdadeiro perigo.

— E agora ele está no nosso pescoço por causa da merda do mercado? — perguntei.

Tanner assentiu com a cabeça.

— Vem do norte do Texas. Nunca fomos pra lá antes. Mas a Klan está crescendo dia a dia, unindo forças com outras gangues de supremacia branca, como a Irmandade... e com a merda que está sendo noticiada nos jornais vinte e quatro horas por dia, sete dias por semana, a luta entre negros e brancos, ele se mudou para o quartel-general. — A mandíbula do irmão ficou tensa. — Com o meu pai e o meu tio, que o protegerão de ser descoberto pelos federais. — Ele suspirou e passou a mão pelo rosto. — Pelo que pude descobrir, esse bordel de cidade fantasma só passou a existir no ano passado. Ele está procurando algo para financiar.

— Eles não estão traficando armas? — Cowboy perguntou lentamente. — Pensei que era para isso que Rider disse que era o contrato com a seita?

— Rider tinha certeza de que eram armas. Pelo menos era isso quando ele estava lidando com a Klan; era tudo sobre armas. A Klan as estava vendendo e ganhando uma parte.

— A porra do gêmeo dele — Hush cuspiu. — Ele mudou o contrato, não mudou? Quando Rider ficou trancado na prisão da seita?

— Acho que sim — Tanner disse depois de alguns segundos de silêncio.

— Então com que merda eles estão lidando? O que Judah estava dando a eles se não as armas israelenses?

— Mulheres — Tanner respondeu. — Mulheres da seita, acho. Isso não é cem por cento de certeza, mas é a única coisa que posso pensar.

— Mulheres? — Ky repetiu.

De repente, Styx se endireitou. O punho de Ky bateu na mesa e Flame começou a se contorcer ao meu lado. Os três irmãos que tinham cadelas da seita rapidamente perceberam o que poderia ter acontecido com as suas *old ladies* se elas não tivessem saído de lá.

— Transformando essas mulheres em prostitutas? — Cowboy perguntou.

— Isso é o que eu acho — Tanner disse. — Aquela foto aérea foi tudo o que consegui, e isso é de anos atrás. Não há fotos recentes. Não faço ideia se a cidade está cheia ou ocupada. O local está sob um código de zona de

---

1 SS (Schutzsaffel) – Tropa de Proteção – Soldados que protegiam o Partido Nazista e Adolf Hitler.

exclusão aérea, sem dúvida um acordo do meu pai. Não faço ideia do número de mulheres que estão lá ou o que elas têm que fazer. Levei semanas apenas para obter esta informação.

— Ele mantém Phebe lá como uma prostituta? — Ky rosnou. — Porra! — Com raiva, ele pegou seu copo e o jogou contra a parede. O copo se quebrou em um milhão de pedaços.

— Ela já era uma antes.

Fiquei tenso quando uma voz falou do fundo da mesa. Eu me virei para ver quem tinha falado – Smiler. O irmão normalmente silencioso olhou para todos nós.

— Desembucha — ordenei.

Smiler não vacilou ao meu comando frio.

— Estive conversando com o Rider. — O irmão nem se importava que o resto de nós mal conseguia acreditar que ele ainda falava com o ex-profeta. — Ele me contou um pouco sobre como funciona a seita. — Ele olhou para Ky, depois para mim, e disse: — Sobre Phebe.

Ky ficou em silêncio. Por sua mandíbula cerrada, percebi que ele já sabia o que Smiler iria dizer.

— A maior parte de sua vida ela foi uma prostituta para a seita. Ia para o mundo exterior e atraía os homens para a Comuna ao transar com eles. Uma vez lá, eles se juntavam, é claro. Toda a boceta grátis que eles quisessem, qualquer boceta da *idade* que eles quisessem. Ele disse que a irmã de Lilah era a principal prostituta da Comuna. Todas essas vadias acreditavam que estavam fazendo a "obra de Deus" ou algo assim. O antigo profeta deu início a essa prática anos atrás, quando ele queria expandir.

Meu estômago embrulhou. Meus dedos se fecharam em um punho apertado. Senti meu sangue ferver, a porra do veneno assassino navegando pelas minhas veias. Pensei em Phebe, pensei naquele maldito cabelo vermelho e rosto com sardas. Pensei nela fodendo homem após homem, aqueles malditos olhos azuis que me encararam, focados neles, atraindo-os. Isso me fez querer cortar algumas gargantas.

Isso me fez querer matar.

— Porra. Então Judah estava vendendo ao Meister as prostitutas da seita para o bordel dele? — Hush indagou. — É por isso que o Meister às vezes ficava na Comuna. Ele devia estar escolhendo suas prostitutas.

— Merda. E eu que achei que nós éramos os fodidos — Vike exclamou.

— Então qual é o plano? — perguntei a Styx.

Ele deparou com o meu olhar, mas antes que pudesse sinalizar, Tanner falou:

— Não é tão simples quanto invadirmos e matarmos esses filhos da puta. Eles terão armas da melhor qualidade e soldados militarizados. Esta não é uma seita sexual caipira. Se for o Meister, o buraco é mais embaixo. Muito mais.

— E então? — perguntei.

— Precisamos de um plano — Tank pontuou.

— Então vamos fazer a merda de um plano! — gritou Ky.

Styx assobiou chamando os recrutas. Lil' Ash e Slash entraram na sala, e Ky indicou com o queixo.

— Precisamos de comida, bebida e continuem trazendo essa porra. Vamos ficar aqui por mais um tempo.

Lil' Ash e Slash saíram. Então começamos o planejamento. Tentando descobrir como diabos entrar nesse puteiro de cidade fantasma.

E o tempo todo, tudo o que eu podia ver era vermelho. Vermelho para sangue, vermelho para a névoa que desceu sobre meus olhos. E acima de tudo, vi o cabelo ruivo comprido. Cabelo ruivo comprido e pele pálida amarrada a uma maldita árvore.

Sardas.

Olhos azuis.

Phebe.

A vadia do culto se tornou a prostituta de Meister.

CAPÍTULO DOIS

PHEBE

Meus braços e pernas doíam enquanto eu tentava me virar na cama. Eu estava suando, tão quente que, quando abri a boca com esforço, ofeguei por ar. Tentei mover a língua, mas ela mal se mexeu na minha boca seca.

Eu estava com sede.

Tanta sede.

Respirei pelo nariz, esperando que a agonia em meus músculos doloridos diminuísse. Quando isso aconteceu, abri meus olhos à força. Estremeci com a luz que se infiltrava por entre as cortinas desbotadas que cobriam a pequena janela no alto, tentando em vão piscar para afastar o brilho. Minha cabeça latejava e meu estômago roncava. Mas me forcei a sentar. Eu queria gritar quando meus músculos protestaram contra o movimento. Olhei para meus membros nus, lutando contra a náusea quando vi o sangue acumulado nos lençóis sujos entre minhas pernas.

Flashes da noite passada afastaram a névoa espessa que sempre parecia nublar minha mente. Meister me prendendo na cama. Cobrindo-me com seu enorme corpo musculoso, me machucando. Injetando em mim a doce poção que tirava todos os meus medos e sofrimento.

Eu gostava da poção do Meister.

Eu *precisava* daquilo.

Então o vi agarrando meus braços enquanto esmagava sua boca contra a minha, mordendo meus lábios e tirando sangue da carne. Ele lambeu o líquido quente. Lembrei-me de suas mãos forçando a abertura das minhas pernas. E me lembrei de seus dedos encontrando meu centro e empurrando com força para dentro. Um dedo, dois e depois mais. Até que não consegui mais conter o grito.

E então ouvi sua risada, seu profundo apreço pela minha dor. Antes da sua mão envolver meu pescoço enquanto seu punho inteiro escorregava de dentro de mim. A sensação de estar vazia durou apenas alguns segundos, até que ele empurrou sua masculinidade em meu interior. E ele estava ainda mais duro do que antes. Impulsionando-se contra mim enquanto me tirava o fôlego, apertando minha garganta. Eu o arranhei. Cravei as unhas e arranhei, mas ele apenas rosnou mais alto, ficou ainda mais duro. Até que, finalmente, ele se derramou no meu núcleo, desabando em cima de mim com um gemido longo e estrondoso.

Depois disso, fiquei olhando para o teto, lágrimas silenciosas nadando em meus olhos enquanto eu deixava a poção me inundar e me levar para longe deste inferno.

Eu gostava de ser arrebatada.

Raramente saía deste quarto, desta cama. Não sei há quanto tempo estava aqui. Eu não via ninguém além de Meister, principalmente. Às vezes, ele me levava para fora para dar uma volta por... esta... o que quer que fosse este lugar. Às vezes, ele me deixava sentir o sol no rosto, o ar fresco, quando ele achava que eu merecia. Mas isso era raro. Eu sempre o decepcionava; ele sempre me machucava. Naqueles preciosos dias passados ao sol, ocasionalmente via alguns homens, mas eles nunca conversavam comigo.

Não vi nenhuma outra mulher.

Eu estava sozinha.

Só eu e Meister.

Ao som da fechadura girando na minha porta, fiquei tensa, os olhos arregalados, esperando pela sua entrada iminente. Meu braço coçava e minhas pernas se mexiam inquietas no colchão molhado. A corrente presa ao meu pulso puxou com força quando meus braços estremeceram de excitação. Meu sangue correu nas veias e meu pulso martelou em antecipação ao que Meister estaria me trazendo.

Ele teria a poção que me fazia esquecer.

Eu sorri.

E então ele estava dentro do quarto, tão grande e dominador como sempre, com seu pescoço grosso e cabeça raspada. Ele usava calça jeans e uma regata branca. Seus braços fortemente tatuados, eram puro músculos. Seus olhos azuis se fixaram em mim e, como acontecia toda vez que eu o via, o medo me dominou e me deixou petrificada.

— Phebe — Meister disse, suavemente. Meus olhos nunca o deixaram enquanto ele se movia ao redor da minha cama antes de parar aos pés. Ele estendeu a mão e seu dedo acariciou meu tornozelo. O calor insaciável que estava queimando meu corpo, de repente, se transformou em gelo com seu toque. E então seus dedos traçaram minha panturrilha e subiram ao longo da minha coxa até que pararam na entrada do meu centro.

Meu olhar não se desviou dos olhos dele em momento algum. Eles queimaram com a visão do sangue que se acumulou entre minhas pernas. Perdi o fôlego quando seus dedos deslizaram ao longo das minhas dobras. Eu queria gritar com a crueza da dor que senti – os efeitos posteriores da noite passada. Mas reprimi o grito, apenas para perder o controle e ter ânsia de vômito quando Meister levou seus dedos ensanguentados à boca e lambeu as pontas molhadas.

Rolei para o lado, para o balde que ele mantinha perto da cama, enquanto meu corpo tentava em vão vomitar. Não saiu nada. Em vez disso, meu corpo ansiava pela poção. Ansiava pelo líquido que levasse embora o que era mau e deixasse apenas o que era bom. Senti a cama afundar ao meu lado. Meister afastou meu cabelo comprido e pegajoso do meu rosto superaquecido.

— Shh... — sussurrou amorosamente e passou a mão pelas minhas costas, traçando a fenda do meu traseiro com a ponta do dedo. Eu gemia, sentindo-me nauseada, perdida, o calor abrasador da ânsia correndo pelas minhas veias.

Mas ele não parou. Meister nunca parava, por mais que eu tentasse protestar. Ele pegava. Ele pegava e tomava e possuía.

Ele me puxou para cima e me deitou na cama. Minha cabeça girou enquanto eu tentava me concentrar. Demorou vários segundos para minha visão clarear e para o quarto voltar à vista.

Meister estava segurando meu braço acorrentado em sua direção. Meu pulso descansou em seu colo, e ele passou os dedos levemente para cima e para baixo em meu braço virado para cima. Minha pele estava mais pálida do que o normal; estava repleta de marcas vermelhas, alguns machucados e com crostas, outros recentes e sangrando.

— É isso que você quer, *meine Liebchen*[2]? — Meister disse em uma voz suave como um sussurro. Eu não tinha ideia do que aquilo significava, mas ele sempre era gentil quando falava essas palavras para mim.

Quase amoroso.

Cada vez que ele falava, quase me fazia pensar que realmente se importava.

Fechei os olhos com força enquanto assentia. Minhas veias quase explodiram de necessidade. A sensação era como se elas estivessem querendo sair pela minha pele, procurando pelo que ansiavam; o líquido que era um bálsamo para a minha alma torturada.

2 "Meine Liebchen" (em alemão) – "minha querida".

Para a minha alma *pecadora.*

Quando abri os olhos, Meister ergueu uma agulha para que eu a visse. Resisti ao desejo de atacar e enfiá-la na minha carne. Meister estava no controle. Aprendi que com ele não existia livre-arbítrio.

Enquanto minha mente vagava em um caleidoscópio de memórias sombrias e dor, eu senti a familiar picada da agulha perfurando uma veia. Em seguida, uma onda de luz e êxtase fluiu pelo meu corpo, levando-me a um estado etéreo, um cobertor de calor e liberdade sem sofrimento.

Como se estivesse envolta na segurança dos braços de Deus, respirei fundo e deixei minha mente se encher de tranquilidade e dançar com luz e vida. Sem estresse, sem dor... apenas um rio de paz.

Senti a agulha se afastar da minha pele, seguida pela sensação da barba por fazer de Meister quando ele se inclinou para me beijar e dizer que estaria de volta em breve. Não ouvi a porta se fechar quando ele saiu. Fechei os olhos e caí em direção ao sol.

Eu estava em uma floresta, nas profundezas de um paraíso mágico. Dancei entre as árvores, sentindo as folhas tremularem por entre meus dedos, a grama macia sob meus pés. Uma música leve flutuava no ar, incitando meu corpo a balançar com o ritmo.

Eu amava dançar. Era minha coisa favorita no mundo.

Girei e sorri quando vi minha Rebekah entrar na clareira, mais linda do que nunca. Seu longo cabelo loiro estava caindo solto em suas costas, e seus olhos azuis estavam brilhantes e cheios de alegria.

— Rebekah — suspirei. Passei os braços em volta dela e a segurei perto de mim. Ela deu uma risada doce em meu ouvido.

— Estou bem, Phebe. — Sua voz suave e delicada flutuou sobre mim como uma oração.

— De verdade? — perguntei com o nó na garganta. — A última vez que a vi... o que Judah fez... o que aqueles homens fizeram...

— Shh... — Rebekah me acalmou, acariciando meu cabelo com a mão. — Estou feliz, e... — Rebekah se afastou e se virou em direção ao início da floresta. — Venha... — ela chamou alguém.

Uma risadinha estridente cortou a noite quente, e meu coração se apertou, com tanta força que não parecia possível.

— Grace. — Cobri a boca para impedir que o soluço escapasse. Grace correu para os braços de Rebekah e a abraçou... como uma criança faria com a sua mãe. — Ela encontrou você — arfei, as lágrimas escorrendo pelo meu rosto.

— Ela me encontrou — Rebekah disse enquanto Grace estendia o braço para me abraçar. Envolvi a menina loira em meus braços e chorei em seu cabelo macio.

— Você está segura agora — murmurei e senti Grace assentir com a cabeça. Abri os olhos para ver Rebekah nos observando, um amor tão puro em seus olhos. — Perdoe-me, Rebekah — implorei. — Por não salvar você quando deveria. Por não protegê-la quando era jovem. Pelo que Judah fez contigo naquela colina...

Ela se aproximou, balançando a cabeça.

— Não há nada a perdoar, Phebe. Você salvou Grace. Estamos felizes agora. Você me salvou ao salvá-la.

— Felizes. — Chorei. *Felizes... Seguras...*

— Irmã Phebe?

Virei o corpo, devagar. Lá estava ela, em um vestido branco, com aquele longo cabelo loiro e olhos escuros e profundos que eu conhecia tão bem. Nossos olhares se encontraram e ela sorriu para mim. Levantei-me, sentindo o mesmo amor avassalador crescendo dentro de mim, que eu sentia toda vez que meus olhos pousavam sobre ela.

— Sapphira — sussurrei. Ela cresceu um pouco desde a última vez que a vi, lendo as escrituras juntas na Comuna, deitadas entre as *bluebonnets*[3] na primavera, as mãos dadas e sorrindo sob o calor do sol. Sem homens, sem deveres... apenas felicidade na companhia uma da outra. E, se isso fosse possível, ela tinha se tornado ainda mais bonita. Sapphira abaixou a cabeça enquanto eu a observava. Ela era tão tímida, sempre tinha sido. Tão quieta, mas tão bonita por natureza. Passei a mão pelo seu cabelo sedoso e senti meu coração palpitar, então se despedaçar. — Não a vejo há muito tempo — eu disse, minha voz embargada.

— Eu sei. — Uma lágrima deslizou pela sua bochecha e eu a peguei com meu dedo. Estava quente, assim como ela. — Eu... Eu senti sua falta. — Sua confissão silenciosa partiu minha alma em dois pedaços. Em um piscar de olhos, eu a segurei apertado. Ela ainda tinha o mesmo cheiro, ainda parecia a mesma em meus braços.

— Eu também sinto sua falta, Sapphira. Muito. Tanto, que às vezes não consigo respirar.

— Eu desejo voltar para você — ela implorou, e se segurou em mim com mais força.

— Não é seguro — murmurei, chorando. — Onde estou não é seguro para você.

— Eu sei — ela cedeu, mas não se afastou do meu abraço. Ela queria ficar comigo, eu podia sentir na minha alma. Meu coração disparou, porque eu também queria que ela ficasse.

---

3 Flores silvestres encontradas no sudoeste dos Estados Unidos. É a flor do estado do Texas.

Abri os olhos, sorrindo, mais feliz do que jamais sonhei ser, mas então a floresta começou a desaparecer. As árvores começaram a sumir na escuridão, o sol mergulhando atrás de um horizonte muito próximo. Tentei abraçar Sapphira com mais força, mas comecei a perder a sensação de tê-la em meus braços. Seu corpo brilhou diante de mim, transformando-se em fumaça. Pisquei, para tentar vê-la apenas mais uma vez, para beijar sua bochecha e dizer que a amava. Mas então eu estava caindo, caindo até bater em algo duro, tão forte que me roubou o fôlego. Gritei, com os braços estendidos, tentando rastejar de volta para a floresta, mas a escuridão começou a clarear, então clareou para me mostrar o interior de um pequeno quarto.

Eu estava de volta à minha cama, acorrentada, com os braços estendidos no ar.

— Não — sussurrei, a devastação rasgando minha alma. — Não! — Chorei de novo, curvando-me de lado para tentar trazer de volta a luz.

Eu queria voltar para a luz.

Eu precisava de mais poção para me ajudar a voltar.

Então o ouvi respirar.

As lágrimas desceram como ondas pelo meu rosto enquanto minha euforia desabava em desespero total. Meister estendeu a mão e acariciou a umidade do meu rosto.

— *Liebchen...* — ele murmurou.

Quando o encarei – porque eu sabia que deveria –, ele havia tirado a camisa para revelar a enorme tatuagem preta estampada no centro de seu peito. O símbolo que ele havia replicado em muitas outras partes de sua pele pálida, o símbolo que estava pendurado em grandes bandeiras vermelhas, brancas e pretas ao redor do quarto.

— Você sonhou com ela de novo? — ele perguntou, suavemente, trazendo seu rosto para mais perto do meu. A poção estava sumindo e eu senti um profundo vazio no estômago, no coração. Abri a boca para implorar por mais. Eu queria mais da poção. Mas antes que pudesse, os olhos de Meister nublaram-se com escuridão. — Responda! — ordenou.

A mão que apenas alguns segundos atrás havia sido tão gentil contra a minha bochecha, de repente, se tornou cruel quando ele agarrou meu queixo e me encarou com um olhar ameaçador.

— Sim — murmurei, forçando as palavras pela minha garganta apertada. — Eu sonhei com ela.

Ele relaxou seu aperto.

— Engraçado como a heroína faz você falar em seus sonhos, como se você estivesse vendo tudo na vida real. — Sua cabeça se inclinou para o lado. — A maneira como você chora por ela. Querendo ela em seus braços. — Então ele desferiu seu insulto final: — Mas você não lutou por ela, lutou? Você a perdeu e agora ela se foi para sempre. — Ele bateu com o dedo na minha cabeça. — Só aqui ela precisa de você, porque você falhou com ela — resmungou sua desaprovação. — Você foi uma protetora terrível. Uma irmã horrível.

Seu aperto aumentou novamente em minha mandíbula, tão forte que gritei, com medo de que meus ossos se quebrassem sob sua força. Ele mostrou os dentes e sibilou:

— E Grace também estava lá de novo? A pequenina que você escondeu de mim. — Seu nariz deslizou contra o meu, sedutora e carinhosamente, até que sua boca tocou minha orelha. — Ela teria me dado uma tonelada de dinheiro, mas você a deixou escapar. Você a tirou de mim. — Ele me soltou e eu suspirei de alívio. Sua mão se enroscou em meu cabelo. — Mas pude manter você. — Sorriu, um sorriso cruel e perverso. — E não vou deixar você ir. Eu amo você. Você sabe disso, não sabe? Minha putinha ruiva.

Ele pegou meu pulso quando não respondi, e então eu disse, rapidamente:

— Sim. Eu... Eu também amo você, Meister.

Meister puxou o braço e assentiu com a cabeça em aprovação.

— E por causa disso, você mereceu um banho. — Meister tirou as correntes que me prendiam e me ajudou a sair da cama. Olhei para o meu corpo nu enquanto cambaleava de pé. Eu podia ver os ossos proeminentes do quadril, minhas costelas.

Quando recuperei o equilíbrio, Meister me levou ao banheiro. Eu queria chorar a cada passo, doía muito. Eu não tomava banho há dias. Meus membros não estavam acostumados ao movimento. Mais do que isso, porém, a cada passo que dava, via meu sonho com Sapphira se distanciando cada vez mais de mim. E ouvi o eco da voz de Meister... *você falhou... você foi uma protetora terrível... uma irmã horrível...*

Porque era verdade.

Eu tinha falhado com ela.

Tudo tinha sido em vão.

Minha *vida* foi em vão.

Nada...

... Era tudo o que eu tinha no mundo.

Deixei a água cair sobre minha cabeça. Minhas palmas estavam apoiadas na parede enquanto o fluxo constante lavava o sangue e a sujeira dos últimos dias. Meu pulso doía com a aspereza da algema metálica e minhas novas marcas de agulha latejavam sempre que a água quente atingia os furos em minha carne.

Inalei o vapor ondulante, rezando para clarear a cabeça. Mas não adiantou. Minha mente sempre ocupada nunca descansava. Nunca esteve em paz. As únicas vezes que tinha algum tipo de indulto era quando a poção de Meister perfurava minha veia e entrava em meu sangue.

— Saia — Meister ordenou ao meu lado. Ele nunca me deixava sozinha, a menos que eu estivesse acorrentada à cama. Sempre que estava livre das minhas algemas, eu estava com ele. E ele me observava. Analisava-me... ansiava por mim.

Eu via em seus olhos.

Tem sido assim desde que Judah me deu a ele em Nova Sião, um presente sagrado. A mulher que Judah sabia que agradaria ao Meister além da medida. E funcionou. Eu o tinha seduzido, o fiz desejar meu toque.

Só que agora, era pior. Ele não podia abrir mão de mim.

Eu era o ar para seus pulmões e a própria batida de seu coração.

Eu era sua obsessão final.

Meister caminhou até um conjunto de cômodas próximo enquanto eu tentava me secar. Quando ouvi a gaveta abrir, o primeiro pedaço de esperança que senti em dias floresceu em meu peito.

Quando Meister se virou, segurando um vestido branco nas mãos, tive que me segurar para não chorar de felicidade. Ele só me vestia quando me levava para fora. Quase caí de joelhos de puro anseio só de pensar em sentir o sol quente beijar meu rosto e o ar fresco inflar meus pulmões pesados.

Meister se aproximou, suas narinas dilatadas enquanto observava meu corpo nu. Ele pegou a toalha de mim, jogando-a no chão. Baixei a cabeça quando ele parou à minha frente. Consegui ficar completamente imóvel, em perfeita obediência, quando seu dedo pousou no meu seio e circulou a pele ao redor do meu mamilo.

Eu o deixei fazer isso. Eu sempre o deixava. Eu conhecia as consequências de qualquer ato desafiador. Levei uma semana inteira para me recuperar de minha punição quando os homens do diabo invadiram Nova Sião. Meister me encontrou escondida, mas sem Grace. Eu o havia decepcionado.

E estava pagando o preço.

— Você é linda pra caralho, *Liebchen* — Meister disse enquanto sua língua pousava na base da minha garganta e lambia as gotas residuais de água, todo o caminho até o meu pescoço, até que chupou o lóbulo da minha orelha em sua boca. Fechei meus olhos.

E apenas respirei.

Eu conhecia os homens. Tinha sido meu papel, meu único dever dentro de Nova Sião, conhecer os homens. Eu era a mulher responsável pelas Irmãs Sagradas de Nova Sião. Saíamos da Comuna para recrutá-los, para atrair mais membros para a nossa causa. E eu acreditava que Deus me recompensaria por meu serviço. Eu daria prazer aos homens de uma forma que eles nunca haviam conhecido. Eu era habilidosa na sedução, uma mestre em fazer com que cada toque meu tivesse o sabor do divino.

Judah não resistiu a mim, chegando mesmo a me tornar sua única consorte. Isto é, até encontrar uma versão mais jovem e mais adequada às suas... necessidades particulares.

Mas Meister... Eu nunca tinha lidado com um homem como ele antes. Sua força, sua possessividade e suas punições... Eu não tinha certeza do que fazer em sua presença. Ele me paralisava de medo.

— Vista-se. — Meister me entregou o fino material branco. Com as mãos trêmulas, fiz o que ordenou, afastando o cabelo comprido e molhado do rosto com os dedos.

Meister chutou um par de sandálias em minha direção e eu as calcei, evitando correr em direção à porta. Então Meister estava ao meu lado, segurando meu braço com um punho de ferro. Ele liderou o caminho para frente, me puxando em direção à porta. O giro da fechadura pareceu durar uma eternidade. Mas quando a porta finalmente se abriu e a luz do dia entrou, respirei minha primeira golfada de ar puro e imediatamente me senti calma.

Vacilei quando saímos e a luz do sol brilhou ao meu redor. Parei, tentando me orientar enquanto piscava no sol da manhã. Ou talvez da tarde ou da noite. Eu não sabia.

Inclinei-me para Meister, para me impedir de cair, seu corpo enorme me apoiando quando me perdi em uma onda repentina de fraqueza. Quando o mundo finalmente voltou ao foco, percebi o que estava diante de mim. Uma cidade, diferente de tudo que já tinha visto antes, com construções de todas as formas e tamanhos espalhados pelo chão de terra. Placas estavam acima dos prédios: "*Saloon*", "*Cadeia*", "*Dentista*", "*Barbeiro*" e muitos mais. Eu não tinha ideia do que muitas dessas palavras significavam, ou se esses locais funcionavam como eram chamados.

Uma leve brisa soprou a poeira no ar, sacudindo a areia ao redor dos meus pés. Ela soprou as estranhas bandeiras que pendiam dos prédios, o material balançando suavemente.

Estava quieto, apenas alguns homens caminhando pela cidade árida. Muitos deles se pareciam com Meister; eles tinham as mesmas tatuagens pretas na pele, e seus cortes de cabelo eram semelhantes. A coloração era a mesma; eles usavam roupas semelhantes.

E todos olharam para mim.

Meister enrijeceu quando um homem passou e me lançou um sorriso malicioso. Ele deu um passo à frente, usando seu corpo maciço como uma arma de intimidação.

— Vá se foder antes que eu quebre seu pescoço, filho da puta do caralho! — rosnou, enviando o outro homem correndo para a grande construção cujo letreiro lia-se "*Saloon*".

Meister me puxou para frente. Eu poderia dizer pelo seu aperto agressivo que ele estava muito descontente.

Sufoquei um gemido quando sua mão machucou a pele do meu braço. Eu não sabia para onde estávamos indo. Eu estava simplesmente grata por estar do lado de fora. Mal havíamos dado alguns passos quando um grito alto e o som de uma arma interrompeu o silêncio.

Minha cabeça virou para a direita, para o local de onde o barulho viera. Meister estacou em seus passos, seu aperto aumentando.

— Merda — resmungou quando um homem entrou correndo pela porta do local.

— Meister! — o homem chamou. — Temos um problema!

Os lábios de Meister se curvaram e ele deu um grunhido baixo de aborrecimento. Ele me puxou de volta para a porta da cabana em que me mantinha trancafiada. Meu coração parou; eu seria acorrentada novamente.

Engoli o máximo de ar que pude, pateticamente tentando saborear seu frescor e o toque aveludado da brisa enquanto batia em meu rosto. Outro tiro foi disparado, e a chamada por Meister veio novamente, ainda mais alto desta vez.

Ele gemeu de frustração e me jogou de volta contra a parede da cabana. O ar foi arrancado de meus pulmões com o impacto. Antes mesmo que eu tivesse a chance de me recuperar, o aperto firme de Meister estava prendendo meu rosto, e seus olhos azuis perfuraram os meus.

— Fique aqui. Nem se atreva a se mover até eu voltar.

— Sim... senhor. — Consegui responder.

Meister esmagou sua boca cruel contra os meus lábios. Ele não queria beijar; ele simplesmente queria destruir minha boca. Ele se afastou e disparou pelo chão de terra até o prédio que abrigava o problema. A placa acima da porta dizia "*Dentista*".

Recostei-me contra a frágil parede de madeira e sequei as lágrimas dos meus olhos. Como se meu corpo não pudesse fazer nada além de obedecer ao seu comando, permaneci rígida e imóvel.

No silêncio, permiti que meus olhos examinassem a área. Minha cabeça doía e minha boca estava seca. Mas o pior, meu braço coçava e minhas veias já começavam a inchar com a necessidade da poção de Meister.

E eu estava cansada. Estava tão, tão cansada...

Um movimento do outro lado da rua empoeirada chamou minha atenção e minha cabeça se ergueu quando avistei um homem correndo de uma das construções, arrastando alguém atrás dele.

Estreitei os olhos, tentando ver mais claramente. Minhas vistas estavam meio turvas, embaçadas, o cansaço começando a tomar conta... e então tudo entrou em foco.

Uma jovem loira. Um vestido branco, exatamente do mesmo modelo que eu usava. Chocada com o próprio fato de que eu não era a única mulher neste lugar, dei um passo à frente. Assim como eu, a mulher se afastou do homem, lutando para se libertar.

Ela escapuliu de suas mãos e, ao fazê-lo, se virou, dando-me um vislumbre de seu rosto. O reconhecimento me atingiu como um golpe na cabeça. Senti o sangue drenar das minhas bochechas, meus membros ficando flácidos enquanto eu lutava para permanecer de pé.

Não... não, não, não, não...

Esfreguei os olhos, tentando vê-la melhor. Rezei para estar enganada. Eu *rezei*... Balancei a cabeça, me convencendo de que estava errada.

Mas eu conhecia aquele rosto.

Eu *amava* aquele rosto...

Horror, devastação e uma gama de todos os sentimentos de tristeza passaram por mim como um furacão quando o homem agarrou a garota pelo cabelo e deu um tapa em seu rosto. A garota balançou sobre os pés, então, incapaz de fazer qualquer outra coisa, foi arrastada pelo homem em direção a uma grande construção no estilo de um celeiro.

Uma garota.

Porque ela era uma *menina*.

Não mais que... Vasculhei meu cérebro, tentando lembrar, tentando limpar a névoa sempre presente em minha mente e agarrar alguns fatos, algumas verdades que existiam antes de Meister ter queimado tudo com sua poção e sua dor.

Quatorze anos... Pensei enquanto meus olhos se arregalaram e meu coração bateu em um ritmo impossível. Minhas mãos tremeram quando lembrei do rosto da garota em minha mente, conectando as memórias ao presente. Seu longo cabelo loiro, o corpo esguio, os olhos castanho-escuros...

— Sapphira? — sussurrei, uma dor incandescente dilacerando meu estômago. Era ela? Não... *não* poderia ser. Ela estava segura em um lugar distante.

Ele me disse que ela estava segura.

Ela havia sido enviada para longe de Nova Sião. Ela não havia bebido o veneno... ela estava segura, sobreviveu ao suicídio em massa...

Uma dor devastadora cortou minha alma enquanto eu pensava em seu rosto novamente. O medo e o pânico enquanto ela tentava se afastar do homem. Seus lábios feridos, a pele machucada. *Não, não pode ser.*

Meu foco girou e minha visão nublou. Eu não conseguia pensar. Eu precisava da poção para pensar. Precisava do que apenas Meister poderia me dar.

Mas então um grito feminino penetrante veio do prédio à minha esquerda. Sem pensar, minhas pernas me impulsionaram para frente.

Eu corri. Corri o mais rápido que pude, pedras do solo áspero e solto se infiltrando em minhas sandálias e cortando a pele. Minhas pernas estavam fracas enquanto eu me empurrava em direção ao prédio, mas isso não importou quando outro grito se seguiu – este foi mais suave, como se a pessoa que gritou estivesse sendo machucada. Minha Sapphira sendo ferida...

— Sapphira! — arfei, quase inaudivelmente. O pânico invadiu todas as minhas células, correndo para entrar em erupção no poço de tristeza que crescia no meu estômago. Alcancei a porta de madeira da estrutura do celeiro e pressionei a mão contra a madeira manchada de escuro. A pulsação em meu pescoço bateu tão forte que foi o único som que pude ouvir...

... Até que empurrei a porta e tudo parou – tempo, sentido... vida.

Meu corpo estava imóvel enquanto eu olhava ao redor do local. Bile e vômito subiram pela minha garganta com o cheiro pútrido obstruindo o ar.

Garota após garota, na maioria jovens e magras, jaziam em inúmeras fileiras de camas estreitas, separadas por cortinas finas. Passei correndo por uma morena, depois por uma loira, olhando seus rostos magros. Seus olhos estavam fechados ou atordoados; elas estavam perdidas para a poção, seus braços tão marcados e machucados quanto os meus.

E então congelei. Meus lábios tremeram. Eu conhecia essas garotas. *Mary... Eve... Bilhah... Martha...*

Martha!

Elas eram da Ordem. Essas meninas, algumas de apenas quatorze anos, eram mulheres de Nova Sião.

Meu povo.

E...

Um gemido veio do canto mais distante.

— Sapphira — murmurei, cada sílaba me enchendo de pavor. Eu não estava imaginando coisas. Eu vi seu rosto, seu lindo rosto angelical.

Isso não era a poção pregando peças em minha mente.

Não dessa vez.

Sapphira estava aqui quando *ele* me disse que ela estava segura. Eu não entendia. Minha mente pesada não me deixou processar. E o homem de fora a estava prendendo, uma mão cravando as unhas na carne de seu braço enquanto ele separava suas pernas com as dele. A outra mão dele envolveu seu pescoço, sufocando-a, cortando o ar. Então, de repente, vi seu corpo magro e frágil ficar mole. Uma bolsa transparente pendurada em uma haste de metal ao lado de sua cama... e a poção dentro dela estava pingando na veia de seu braço.

Sapphira.. minha Sapphira...

Avancei em sua direção. Lancei meu corpo contra o homem que pressionava Sapphira para baixo. Bati em seus braços e usei minhas longas unhas para arranhar sua pele.

— Puta! — ele rosnou e jogou o braço para trás. Perdi o equilíbrio e caí no chão. Meu braço bateu em alguma coisa, enviando um choque de dor estilhaçando meus ossos. Mas quando olhei para cima e encontrei o olhar obscuro e nebuloso de Sapphira, seu corpo frágil sucumbindo à vontade implacável da poção, eu me forcei a ficar de pé.

Cambaleei de volta para o homem, que estava pairando mais uma vez sobre Sapphira. Reunindo uma força que eu não sabia que possuía, me joguei contra ele, puxando seu braço para impedir que sua mão pousasse na coxa exposta de Sapphira.

— Pare! — gritei, minha voz rouca e áspera. Eu tinha que impedi-lo. Eu tinha que salvá-la.

Desta vez, quando o homem tentou me afastar, reuni todas as minhas forças. Meus braços o envolveram e agindo por puro instinto, afundei meus dentes em seu pescoço. E o mordi com força. Mordi com tanta força que o homem cambaleou para o lado e bateu minhas costas contra a parede. A respiração escapou de meus pulmões e meus braços cederam ao redor de seu pescoço. Eu caí no chão, exausta e esgotada, drenada de toda a luta. Mas eu precisava tentar. Eu tinha que voltar. Eu tinha que salvá-la.

A porta se abriu com um estrondo. Meu coração afundou de puro medo antes mesmo de olhar para cima. Porque não precisei erguer os olhos para sentir sua presença.

— Que porra é essa? — ele rosnou, sua voz profunda soando como adagas afiadas, ameaçando cortar minha pele fria e machucada.

— Essa puta de merda me atacou como um cachorro raivoso.

Os pés de Meister batiam no chão tão rápido que eu me enrolei em mim mesma, tentando desesperadamente escapar de sua ira. Mas ele não estava focado em mim. Ouvi um arrastar de pés, um grito de dor e alguém respirando com dificuldade. Meister o imprensava contra a parede, seu braço apoiado na base da garganta do homem que ficou vermelho quando Meister aproximou o rosto, os dentes arreganhados, os lábios repuxados para trás como um cão de caça saído do próprio inferno.

— Você a tocou? — Meister assobiou, a saliva caindo no rosto do homem.

Ele balançou a cabeça em protesto. O sangue escorria por seu peito com a mordida que dei em sua carne. Aproveitei a distração para rastejar pelo chão. O braço de Sapphira estava pendurado na cama. Estendi a mão e peguei a dela na minha. Ela estava tão fria. Seus dedos estavam tão fracos.

Sapphira...

Virei a cabeça para ver o homem lutando para respirar, as pontas dos pés chutando no chão. Seus olhos estavam focados diretamente nos de Meister, mas isso não o fez recuar. Seus braços fortes se mantiveram firmes enquanto ele tirava o fôlego de sua vida... enquanto observava a luz desaparecer do seu olhar. Quando os olhos do homem começaram a congelar com a chamada iminente da morte, Meister se aproximou, sua boca na orelha do homem, e ele disse suave e delicadamente:

— Você a tocou. Ninguém *a* toca. — A cabeça de Meister recuou e ele observou com interesse enquanto a pele do homem ficava vermelha. — Eu não posso deixar isso acontecer, Dale. Até o melhor dos soldados deve obedecer aos meus comandos. Sem exceções. Sem fraquezas. Lembra? Estamos em guerra e eu sou o comandante.

Em uma última tentativa de lutar por sua vida, o homem se debateu com os resquícios de sua energia. Mas seu esforço foi inútil. O aperto inflexível de Meister se manteve firme, e em segundos o corpo do homem cedeu sob a força de seu agresssor. Seus braços relaxaram, os pés arrastaram no chão e seus olhos nunca mais piscaram, para sempre congelados em seu assassino.

Como se descartando nada mais do que um saco de terra, Meister soltou o corpo no chão. E então se virou para mim. Seus olhos azuis brilharam com adrenalina, com a emoção da morte. Implorei aos meus membros traidores que parassem de tremer. Mas não adiantou; o medo me segurou com força em seu abraço quando Meister deu um passo em minha direção.

Ele estava descontente. Ele estava mais descontente do que eu jamais o vi. Apertei a mão de Sapphira com mais força. Chorando, beijei as costas da mão dela, a pele machucada sob meus lábios. Então a soltei. Eu não podia deixar Meister chegar perto dela. Não podia deixar que ele a machucasse como havia feito com o homem no chão.

Obriguei-me a ficar de pé e caminhei em direção à porta. Meus olhos vasculharam o local enquanto eu me perguntava em vão o que deveria fazer, para onde iria. Como eu tiraria Sapphira de lá.

O sal das minhas lágrimas correu pelos meus lábios rachados e secos. Meister estava imóvel enquanto me observava. Engoli, tentando lubrificar a boca inchada o suficiente para falar. Corri o olhar sobre as mulheres que conhecia, com quem uma vez ri e compartilhei comida e bebida. Seus corpos, tão machucados, envenenados com o líquido estranho, olharam de volta para mim como se eu fosse parte da pior piada do diabo.

— O que é este lugar? — Consegui resmungar.

As narinas de Meister dilataram e as veias de seu pescoço grosso pulsaram. Ele inclinou a cabeça para o lado e passou a língua pelo lábio inferior.

— Estas... estas são minhas irmãs da Nova Sião. — Meus olhos voltaram para Sapphira deitada em sua pequena cama, e senti meu coração despedaçar. Seu vestido ainda protegia sua modéstia, onde o agora homem morto tocara sua jovem pele. O vômito subiu pela minha garganta enquanto eu pensava nela sendo tomada, enquanto pensava no homem tomando-a. Seu corpo de quatorze anos.

Sua dignidade.

Um gemido escapou da minha boca enquanto eu tentava chegar até Sapphira, para cobri-la. Eu queria que ela abrisse os olhos e olhasse para mim, mas a poção tirou sua consciência. Eu precisava que ela acordasse e me visse. Para saber que eu estava aqui por ela. Que eu a amava.

Uma mão firme agarrou meu pulso, me fazendo parar. O aperto de Meister aumentou e eu gritei; não pude mais suportar a dor. Ele ficou em silêncio enquanto torcia meu braço. Caí de joelhos, lágrimas rolando dos meus olhos.

— Por favor — implorei quando temi que ele fosse quebrar o osso.

Meister olhou para mim. Meu corpo inteiro tremia. Lentamente, muito lentamente, ele se agachou até nivelar nossos olhares. Sempre pensei que Meister era bonito. No entanto, fiquei surpresa em como a alma poluída de uma pessoa pode vazar de seu coração e corromper até mesmo os traços mais belos.

— Eu disse para você ficar na cabana. — Ele passou o dedo indicador de sua mão livre pela minha bochecha, um gesto tranquilizador, a ternura em um contraste agudo com a dor no meu pulso.

Meus olhos se fecharam com força. Quando os abri novamente, repeti:

— O que é... o que é este lugar? — Chorei com a visão devastadora de boas mulheres reduzidas a este estado lamentável, o cheiro de liberação masculina e união... a sensação de desamparo e prisão.

Mas ele não me respondeu. Em vez disso, aproximou seu rosto do meu e me olhou com sua versão única de adoração. Sua bochecha esfregou contra a minha; seus lábios roçaram os meus.

— Tenho sido bom com você, *Liebchen* — ele murmurou, com amor. — Amei você, cuidei de você, mantive você longe de tudo... *isto*.

Demorou meros segundos para Meister mudar de benevolente para malicioso. Suas mãos soltaram meu rosto e pulso, apenas para estender o braço e agarrar meu cabelo. Ele envolveu os dedos em torno dos fios úmidos e me colocou de pé. Gritei o mais alto que minha voz fraca conseguiu. Meu couro cabeludo estava em chamas enquanto Meister, sem palavras, me arrancou do local que abrigava minhas irmãs, minha Sapphira. Tentei resistir, tentei voltar para ela, mas Meister não tolerava nenhum tipo de desobediência.

Ele não me deixaria ir.

Virando-se, ele ergueu a mão livre e estapeou meu rosto. Minhas pernas dobraram, mas não caí – Meister me manteve de pé pelo cabelo. Lutei para encontrar algum equilíbrio enquanto ele me arrastava de volta para a luz do sol.

Paramos abruptamente do lado de fora da construção para onde Meister havia se dirigido mais cedo, quando ordenou que eu ficasse na cabana. A placa "*Dentista*" vagou preguiçosamente em minha mente enquanto eu olhava para o chão.

Dois pés calçados com botas entraram na minha visão periférica.

— Meister — uma voz baixa disse, em um tom questionador.

— Vou usar isso. Ninguém entra a menos que eu diga. Qualquer um que ousar entrar aqui, eu vou matar, porra.

— Senhor — o homem respondeu, dando um passo para o lado.

Ousei levantar a cabeça, mas imediatamente me arrependi. Um corpo masculino sem vida jazia na terra ao lado da construção de madeira. Mas ao contrário do homem que Meister estrangulou, este tinha uma lâmina no topo de seu crânio, sangue acumulando ao redor dele.

Tropecei quando fui forçada a subir os degraus. E então entramos e tudo o que vi foi sangue. Sangue no chão. Sangue manchando as paredes... e sangue cobrindo o corpo pálido e sem vida de uma jovem, não mais do que dezessete anos, amarrada a uma grande cadeira de couro. Seus pulsos foram amarrados, seus tornozelos presos com algemas e havia sangue acumulado entre suas pernas. Uma bolsa transparente como a que estava ao lado de Sapphira e minhas irmãs de Nova Sião estava pendurada ao lado.

Não pude conter as lágrimas pela garota que olhava para o teto com olhos cegos. Seu cabelo era longo e castanho, as mechas grossas emaranhadas e opacas.

E então observei seu rosto. Seu lindo rosto...

Rachel.

Meu peito apertou quando reconheci a beleza diante de mim. Uma Irmã Sagrada. De apenas dezesseis anos. Doce e amável Rachel, com as bochechas rosadas. Mas suas bochechas não tinham mais a tonalidade rosa.

— Tire ela daqui e a queime — Meister ordenou.

O homem levantou Rachel da cadeira. Seu corpo nu e pálido era esquelético nos grandes braços do homem. Ele jogou seu cadáver sem vida por cima do ombro, como se ela nunca tivesse sido uma pessoa, um espírito e uma alma. Mas, em vez disso, descartável e nada. Nem mesmo digna de respeito após a morte.

Sem palavras, o homem a carregou em direção à porta. Quando ele passou, encontrei minha mão subindo e meus dedos envolvendo os dela.

Estavam frios.

Eles estavam tão frios. Nada mais do que pele e ossos. Assim como Sapphira...

Pior ainda, eles estavam manchados de vermelho, o sangue derramado de sua provação. Fosse o que fosse. O sangue gotejou de seu corpo, deixando um rastro para trás, um caminho vermelho-escuro saindo do lugar de seu inferno terreno.

Fechei os olhos. Eu queria correr para Sapphira e libertá-la. Eu queria que fugíssemos e começássemos em um lugar novo. Ir para algum lugar celestial onde não houvesse dor, nem sangue. Onde houvesse bondade, não crueldade.

Mas eu não conhecia tal lugar.

A porta se fechou; Meister e eu estávamos sozinhos. Ouvi o som de nossas respirações – a dele, calma e suave, a minha, rápida e assustada. Examinei a sala, permitindo que meus olhos avermelhados observassem a cena. Ferramentas estranhas penduradas nas paredes; aparelhos que eu não conseguia entender colocados sobre as mesas.

E então havia a cadeira.

Senti os olhos dele me observando, queimando um buraco em mim, bem onde eu estava. Ele se moveu ao meu lado, uma agulha na mão. Como sempre, minha pele reagiu ao chamado de seu mestre – a poção sem nome que acalmava meu sangue de fogo.

Um gemido involuntário escapou de meus lábios enquanto meu corpo balançava na direção da agulha. No entanto, Meister a tirou do meu alcance e agarrou minhas bochechas com uma mão.

— Você me desobedeceu — ele disse, sombriamente, seus olhos azuis cheios de ira.

Ele se aproximou e, para cada passo que dava em minha direção, eu dava um passo para trás. Ele era o caçador e eu a presa, enquanto ele me empurrava mais para dentro da sala, seu grande corpo pairando sobre o meu.

Minhas pernas se chocaram contra alguma coisa e eu perdi o equilíbrio, caindo sentada. Algo duro amorteceu minha queda e escorreguei em algo molhado. Antes que pudesse reagir, estava sentada em uma cadeira, reclinada para trás. Tentei me mover, mas Meister prendeu meus pulsos firmemente nos braços. Minhas mãos latejavam enquanto o sangue lutava para fluir nos meus pulsos amarrados.

Meus tornozelos foram os próximos. Olhei para baixo e percebi onde estava. E o que estava molhado embaixo de mim. Engoli o vômito enquanto observava meu vestido branco ficar encharcado de sangue carmesim.

O sangue ainda fresco de Rachel.

— Não! Por favor! — implorei.

Meister terminou de amarrar meus tornozelos, garantindo que eu não pudesse me mover. Lutei contra as amarras, mas era inútil. Eu estava presa.

— Meister. — Senti uma lágrima deslizar pelo canto do meu olho esquerdo e cair no couro sujo sob meu corpo. Ele se moveu ao meu lado, afastando meu cabelo do rosto. Meus olhos se fecharam sob seu toque, mas não com conforto.

Era de apreensão.

Eu não sabia o que estava por vir, mas sabia que me impediria de chegar até Sapphira. Ela precisava de mim e eu não seria capaz de ajudá-la. Eu não seria capaz de ajudar nenhuma delas.

Meister se abaixou e sorriu suavemente para mim.

— Este lugar, como você o chamou, é pela causa, a guerra racial que está por vir. — Minhas sobrancelhas franziram em confusão. Eu não tinha ideia do que era uma guerra racial. — Poupei você da verdade, porque estava tentando protegê-la. — Sorriu, como se estivesse sentindo alguma ternura em seu coração. — Porque eu a amo, mantive você longe do que acontece nesta cidade. — O rosto de Meister ficou sério, e a raiva marcou suas feições. — Mas você simplesmente teve que me desobedecer, não é, *Liebchen*? Porque você é uma prostituta, e é isso que as prostitutas fazem. Você não é confiável. E agora, devo ensinar você a se comportar. — Ele se inclinou e beijou minha testa. — Eu devo tirar o que você viu hoje de sua mente fraca. Fazer todas essas novas memórias irem embora. — Sorriu. — Eu tenho um novo soro que estou testando. Uma coisa realmente potente. Faz com que todas essas memórias desapareçam para sempre, para nunca mais serem lembradas. — Ele acariciou meu rosto tão suavemente. — Vou dar a você, e vai funcionar. Logo você não se lembrará de nada desta noite. Será como se nunca tivesse acontecido. Um quadro em branco.

— Não! — gritei. Eu não queria esquecer. Eu precisava lembrar que ela estava aqui. Que ela não estava segura. Que precisava salvá-la deste inferno. Eu não poderia ser empurrada para a escuridão, minhas memórias roubadas, para nunca mais serem lembradas. Ela morreria. A dor, o medo que ela teria que suportar...

Ele me ignorou. Tirando uma faca do bolso, ele passou a lâmina afiada pela frente do meu vestido, cortando-o em dois. Depois afastou o material para o lado, expondo meu corpo aos seus olhos.

Então, um segundo depois, sua mão estava na minha garganta, seus dedos apertando, me deixando sem fôlego. Seu rosto se aproximou do meu.

— Se você quiser ser tratada como o resto das vadias desta cidade, então você será. Só que você será a *minha* vagabunda. E vou ensiná-la como as coisas funcionam por aqui. Vou quebrar você como as quebrei. Possuirei sua boceta como possuo as delas. — Ele afrouxou o aperto quando enfiou a outra mão no bolso e puxou a agulha que minhas veias ansiavam com tanta intensidade.

Meister injetou o frasco de poção em meu braço, depois outro, depois outro. Eu flutuei para longe. Observei, desapegada, enquanto ele rastejava para cima de mim, liberando sua masculinidade de sua calça e entrando em mim. Assisti da minha posição no teto enquanto ele me amordaçava e deslizava a lâmina através da pele da minha barriga, deixando meu sangue cair no chão já sujo.

E fechei meus olhos enquanto a poção me levava para a floresta que eu mais desejava, aquela onde minha Rebekah e Grace esperavam. Aquela em que Sapphira saiu de algum mato coberta de sangue. Gritei ao ver seu corpo muito magro e olhos sem vida.

— Sapphira.

Tentei chegar até ela. Mas estava amarrada a uma árvore, minhas mãos presas às costas. Sapphira me viu e as lágrimas caíram pelo seu rosto.

— Me salve... — ela implorou enquanto começava a desaparecer.

Enquanto a poção engolfava minhas veias, eu a observei desaparecer da floresta, então começar a desaparecer da minha cabeça, forma por forma, imagem por imagem. Tentei me lembrar do rosto dela. Tentei me agarrar ao fato de que ela estava *aqui*. Mas a poção misturada com este novo soro misterioso se tornou mais forte do que nunca, roubando da minha memória os gritos de Sapphira, suas lágrimas, seu rosto.

Balancei contra a árvore, para frente e para trás, tentando lembrar o que implorei para minha mente lembrar. Mas a floresta estava estéril e escura, e minha cabeça estava muito cheia de névoa. Eu estava sozinha nesta floresta. Sozinha e com medo.

Eu queria me lembrar.

Eu precisava me lembrar.

Mas quando meu braço formigou e fiquei imóvel contra a árvore, tudo apenas... sumiu.

CAPÍTULO TRÊS

AK

— Criei um histórico sobre vocês — Tanner disse enquanto líamos os arquivos que ele nos deu. — Coloquei suas informações na intranet da Klan e compartilhei arquivos. Há milhões de pessoas lá, então vocês se perderão entre os nomes. Eu os tornei membros de nível médio; vocês devem ser admitidos, mas não chamem muita atenção.

Eu li meu arquivo novamente. Tanner nos tinha colocado, originalmente, como parte da Irmandade da Louisiana. O sotaque *cajun* do Cowboy ajudaria com isso. Aparentemente, éramos nômades da Klan. Eu nem sabia que existia tal coisa. Significava que passávamos de um estado para outro, ajudando a "causa" da Klan onde quer que fosse necessário. Soldados itinerantes.

— E este Beau Ayers, nossa suposta referência? — perguntei. — Acredito que deva ser um parente seu?

Tanner ficou tenso.

— Meu irmão — ele disse, de um jeito casual, como se o relacionamento não significasse nada para ele. Mas a forma como as veias se arquearam levemente em seu pescoço me disse o contrário.

— Deixe-me adivinhar, vocês não são muito próximos agora que deixaram a grande causa branca? — Cowboy falou, devagar, enquanto Hush observava o ex-nazista com olhos desconfiados. Ele nunca confiou de verdade em Tanner. Eu realmente não podia culpar o cara.

— Não fale mais nada — Tanner disse, com rispidez. — Ele era o segundo na linha de sucessão depois de mim. Então agora ele é o herdeiro; tem autoridade máxima nos círculos da Klan, junto com meu pai e meu tio. Mas ele é fechado, não é muito falador. Assina pedidos e outras coisas por e-mail. A pessoa perfeita para ter dado luz verde para vocês irem para o Texas. — Tanner se apoiou à mesa, todo profissional, sem emoção. — Mostrem a eles seus nomes na entrada. Eles vão verificar vocês no sistema e verificar os seus históricos. Vocês devem dizer que acabaram de chegar à cidade e precisam relaxar. E que querem bocetas. Eu iria mais longe a ponto de dizer que vocês querem de todos os malditos tipos.

Cerrei as mãos enquanto tentava imaginar que tipo de merda estava acontecendo naquela tal cidade. Os olhos de Tanner se voltaram para cada um de nós.

— Vocês têm nomes falsos. Lembrem-se deles. Não usem seus nomes de Hangmen; se tudo isso der certo e vocês tirarem a cadela de lá, não queremos rastros. — Os olhos analíticos de Tanner se voltaram para Flame ao meu lado. Ele estava olhando para o nome no arquivo à sua frente: Earl Brown.

Eu podia ler o que se passava na mente de Tanner; porque estava também passando pela minha. Não tínhamos certeza se o irmão era feito para toda essa merda de disfarce.

— Carson Abney — Tanner disse para mim. — Mesmo histórico. Ex-atirador de elite da Marinha, Operações Especiais. As mesmas viagens que você fez. Significa que eles não podem obter seus registros verdadeiros, então funciona como nosso disfarce. Vike é Wade Bray, e Cowboy, Bryar Groves.

Tanner olhou para Hush. Hush o encarou de volta, uma sobrancelha arrogante levantada.

— O quê? Nenhum pseudônimo de caipira lixo branco para mim, *mon frère*[4]?

A mandíbula de Tanner tensionou.

— Você entra lá e esses filhos da puta vão linchar você na hora.

— Divertido — Hush disse, secamente.

— Você fica por perto, em um hotel próximo. — Assenti com a cabeça para meu irmão mestiço. — Vamos precisar de uma distração em algum momento. Você vai ser essa distração.

— Isca negra? — Ele sorriu, seus olhos azuis brilhando de entusiasmo. — Você quer dizer que vou brincar com os arianos grandes e maus? — Ele se mexeu na cadeira. — Merda, meu enorme pau preto ficou duro. Aposto que Meister e seus capangas adorariam dar uma chupadinha.

Cowboy riu, e então riu ainda mais quando Vike se inclinou por cima de mim para olhar para Hush e perguntou:

---

4 *Mon frère* (em francês) – Meu irmão.

— Isso é verdade, olhos azuis? Você é grandinho?

— Como um cavalo — Hush brincou.

Vike balançou a cabeça e olhou para o Cowboy.

— Merda, irmão. Estou surpreso que você possa até se sentar depois de uma noitada.

Revirei os olhos e calei a porra da sala antes que pudesse se transformar em um concurso de cuspe entre Viking e Cowboy.

— Quando vamos?

— Vocês estão prontos para ir quando quiserem — Tanner respondeu.

— Então vamos hoje à noite. — Olhei nos olhos de cada um dos meus irmãos. — Hush, você pega a van. Podemos precisar dela. O resto de nós vai com uma caminhonete. Tenho uma que acabou de chegar na oficina. Batida e roubada, é placa fria, então não será rastreada de volta para nós.

Meus irmãos concordaram. Styx e Ky entraram pela porta.

— Estão prontos? — Ky perguntou, apontando para os arquivos em nossas mãos.

— Vamos esta noite. Pode demorar alguns dias. Vamos sob os radares.

— *Se precisarem de nós, avisem e iremos com armas em punho para tirar vocês de lá* — Styx sinalizou.

Assenti com a cabeça novamente, então olhei para Ky.

— Não diga nada dessa merda para sua *old lady*. Vamos buscar a irmã dela, mas se esse idiota do Meister está fazendo o que suspeitamos, não podemos garantir que a Ruiva vai voltar para casa. E se a encontrarmos e dermos o fora, não acho que devemos fazer a porra do comitê de boas-vindas até que saibamos que ela não está às portas da morte.

Ky ficou em silêncio por alguns segundos, mas depois assentiu em concordância.

— No minuto em que você sair, me avise o que está acontecendo. Viva ou morta, quero saber.

— Entendi — respondi.

Styx ergueu as mãos.

— *Se algo não parecer certo, dêem o fora. Se Phebe estiver lá, mas não puderem chegar até ela, voltem e pensaremos em outro plano.* — Ele sorriu. — *Basicamente, só não morram, okay? Não tenho tempo para substituir vocês, seus merdas.*

— Entendido, *Prez* — Vike disse com uma saudação nítida.

Liderei o caminho para fora do clube e me virei para Cowboy e Hush enquanto acendia um cigarro muito necessário.

— Desçam para as nossas cabanas em uma hora. Hush, traga a van. Cowboy, a caminhonete. Tank tem as chaves.

Tínhamos uma cidade Klan para nos infiltrar.

— Você sabe que teremos que foder essas prostitutas quando estivermos lá, certo? — comentei e imediatamente senti o clima esfriar na caminhonete.

— Não vou fazer isso — Flame cuspiu. Ele se mexeu no assento, agitado.

— Vamos apenas avisar aos caras que o *Earl* aqui é um maluco da porra e não toca em mulheres a não ser para mandá-las para o barqueiro. Eles vão dar uma olhada nele e acreditar — Viking sugeriu. — A Klan deve amar psicopatas, não é?

— Você espera que a gente foda aquelas cadelas? — Cowboy perguntou, seu chapéu Stetson puxado para baixo em sua testa. — Não tenho certeza sobre vocês, idiotas, mas não gosto de foder cadelas drogadas. Vadias do clube, putas e outras merdas até vai. Mas estupro não é a minha praia.

— *Boceta* não é a sua praia, é? — Vike se virou para o banco de trás. — O gosto de porra salgada na sua língua é mais do seu agrado, *mon frère*?

Revirei os olhos enquanto Viking passava a língua pelos lábios e esperei que nosso irmão *cajun* respondesse de volta.

— Depende do pau de onde a porra está jorrando. — Cowboy se inclinou para frente até estar a apenas alguns centímetros do rosto, agora chocado, de Vike. — Você pega um cara que acabou de comer abacaxi e porra... — Ele balançou a cabeça e ergueu as sobrancelhas. — Eu poderia chupar aquela merda o dia *todo.*

Eu ri pra caralho enquanto Vike engasgava com uma tosse e uma expressão de nojo no rosto. Cowboy apenas olhou para ele, agitando a língua.

— Você está me sacaneando, não é? — Vike perguntou.

Cowboy apenas deu de ombros e se recostou casualmente em seu banco.

— Você *está*, certo? Todos nós vimos você virar uma cadelinha chorona pela irmã do Ky no casamento dele. — Cowboy o ignorou para olhar pela janela. — Mas, falando sério — Vike continuou, incapaz de deixar isso de lado —, você tem que gostar de boceta. Eu poderia me deliciar com bocetas o dia todo: café da manhã, almoço, jantar. *Buffet* livre, sabe?

— Porra, Vike! Cala a boca. A visão de você caindo de boca em alguém me faz querer arrancar meus malditos olhos — rosnei.

— Tanto faz, vadia. Você simplesmente não tem o talento da língua de tornado como eu. Clitóris, lábios, vagina; nessa ordem. As cadelas ficam esguichando por dias. Adoro uma boa gozada na cara. Fica na minha barba por pelo menos uma semana.

Antes que o vômito tivesse a chance de subir pela minha garganta, vi duas bandeiras ao longe, balançando com a brisa. O gelo rastejou sobre minha pele. Eu sabia de onde eram aquelas bandeiras – da cidade fantasma.

— É aqui? — Cowboy esquadrinhou os arredores áridos.

— De acordo com Tanner, sim. — respondi. — Estamos todos prontos?

Todos os meus irmãos concordaram. Chegamos ao portão. No momento em que o guarda deixou seu posto e se aproximou, senti a necessidade de matar percorrendo as minhas veias. A cada passo que ele dava, eu imaginava meu punho acertando seu queixo quadrado, saltando sobre ele enquanto ele caía no chão. Eu me imaginei tirando minha faca do bolso, em seguida, enfiando a lâmina em seu coração ainda pulsando.

Esse idiota com certeza era da Klan. O guarda usava uns esteróides pesados, portava uma semiautomática nas mãos, facas no cinto. Sua cabeça estava raspada, a camiseta branca bem apertada sobre o peito inflado e a calça enfiada nos coturnos. Nós quatro também usávamos variações desse uniforme: calças cargo pretas ou jeans, botas militares e camisas brancas ou regatas.

— Que merda vocês querem? — O filho da puta exigiu.

— Viemos aqui para uma reunião com Beau Ayers — respondi casualmente. Estendi minha carteirinha adulterada da Irmandade Ariana que Tanner havia forjado, e o careca a pegou de minha mão.

Ele verificou meu nome e se inclinou, acenando com os dedos para que os outros entregassem suas carteiras. Ele levou todas para seu pequeno escritório. Observei com atenção extasiada enquanto ele digitava os números e nomes em um computador.

— Cowboy? — Vike disse, baixinho. Cowboy franziu a testa para Vike e seu *timing* totalmente inadequado. — Aquela coisa da porra de abacaxi... Comer a fruta realmente faz a gozada sair com o gosto?

— Vike — rosnei agarrando seu braço e o puxei para frente em seu assento.

— O quê? — ele perguntou. — Se isso fizer com que mais vagabundas chupem meu pau, como se meu suco do amor fosse bombeado com *piña colada*, pode apostar que vou comer quilos e quilos de abacaxi!

Mantive a mão cerrada no volante, sutilmente atacando e dando um soco na coxa de Vike enquanto o filho da puta bombado voltava.

— Fuzileiros navais? — ele perguntou. Concordei com um aceno.

— Atirador de elite. — Observei a mesma tatuagem que eu tinha, estampada em seu antebraço.

— Armas de destruição em massa — ele confirmou, então acenou para mim como um sinal de respeito, e olhou para dentro da caminhonete. — Foda com as regras, vocês não vão embora. Nós administramos isso aqui com punhos de ferro. Não há irmão acima da lei de Meister.

O guarda recuou e bateu no teto da cabine da caminonete. A cancela foi levantada e saímos em um rua de terra que se estendia por alguns quilômetros. As duas bandeiras que eu tinha visto da estrada apareceram – a bandeira do Texas e a dos Estados Unidos. Então, quando viramos a esquina, bandeiras menores começaram a surgir. Suástica, Confederada e a cruz branca da KKK[5].

— Merda — Viking disse, baixinho.

Um clone do careca, portando exatamente o mesmo tipo de armamento, sinalizou para um estacionamento. Dezenas de caminhonetes estavam paradas ali.

— Fim de semana agitado — comentou Vike. A escuridão havia caído e, quando saímos da caminhonete, o cheiro de madeira queimada encheu o ar.

— Está acontecendo uma assembleia — murmurei.

O guarda se aproximou e inclinou o queixo.

— Vocês perderam o início. Entrem e vocês serão levados aos seus quartos. O agrupamento está acontecendo no campo mais longe. Basta seguir a estrada, então vocês podem escolher suas bocetas e seus barracões.

Assenti com a cabeça como se soubesse do que diabos ele estava falando. Eu não sabia.

— Barracões? — Cowboy disse, baixinho, enquanto caminhávamos para a entrada.

— Acho que estamos prestes a descobrir — respondi em um sussurro.

E então entramos na cidade.

Nossas acomodações eram básicas – quartos individuais em estilo dormitório, lado a lado. Vike e Flame estavam ao meu lado, Cowboy do outro lado de Vike. Deixamos nossas malas e então saímos.

— É como se houvesse uma porra de um apocalipse nuclear ou algo

5 KKK – Ku Klux Klan

assim — Vike comentou enquanto olhávamos ao redor da cidade. Construções antigas estavam espalhadas pela terra desolada. Um bar ficava no final; um longo celeiro ocupava o lado leste. Estreitei os olhos, procurando por sinais de vida. As janelas de todos os prédios possuíam grades e, com exceção de alguns guardas, não havia ninguém por perto.

Um dos guardas se aproximou de nós.

— A assembleia é por ali. As vagabundas vêm depois.

Caminhamos em direção ao campo. Não precisava de instruções, simplesmente tinha que seguir os brilhos alaranjados que vinham das fogueiras da Klan.

— Lembrem das saudações — murmurei, olhando para trás para ter certeza de que o guarda estava fora do alcance. — Braço esquerdo estendido, dedos abertos no meio, mão direita fazendo um "K" contra a sua barriga. Se eles fizerem a saudação da Irmandade Ariana Texana, levantem o dedo indicador, o dedo anelar e o dedo mínimo em uma das mãos em resposta. Tanner disse que são principalmente os guardas que se cumprimentam assim, mas fiquem atentos para isso. E se eles levantarem a saudação nazista padrão do braço direito, repita e responda com "*Heil Hitler*", "*Sieg Heil*" ou "*Poder Branco*"; será fácil, basta repetir o que eles dizem.

— Merda. — Vike balançou a cabeça. — O que tem com toda essa porcaria de linguagem de sinais? Talvez Styx devesse ter vindo.

— Só Deus sabe — respondi quando viramos a esquina.

Flame rosnou baixo em sua garganta com o que estava diante de nós. Cerca de quarenta homens, vestidos com camisas e jeans padronizados e, é claro, havia os homens encapuzados, um mar de capuzes brancos com ponta em formato de cone. Minhas mãos se fecharam em punhos quando vi um enorme filho da puta no centro do círculo, parado bem na frente de uma cruz em chamas.

Meister.

Avaliei os arredores, observando as possíveis saídas se desse alguma merda. Segui em frente e me juntei ao círculo de homens. Vários nos cumprimentaram com a saudação padrão da Klan de um braço esquerdo erguido. Tive que me conter em não cuspir na cara de cada bastardo presunçoso que sacudiu sua cabeça em minha direção.

Mas nós devolvemos as saudações e assistimos enquanto Meister falava sobre o crepitar da madeira queimando.

— Uma guerra racial está chegando e devemos estar preparados. A raça branca reinará suprema mais uma vez, e nós acabaremos com todos eles; os negros, os judeus, os muçulmanos e quaisquer outros malditos inferiores que tentem se infiltrar em nossas terras. — Seus olhos azuis estavam arregalados de excitação quando ele olhou para cada um de nossos rostos e assentiu com a cabeça, um sorriso surgindo em seus lábios. — Já se foram os dias dos bandidos e *skinheads* nas ruas, de quebrar janelas e tumultos nas cidades. Estamos construindo um exército para a luta. Vocês viram e ouviram as notícias: os brancos estão finalmente em alta. E nós vamos prevalecer! Nós somos fortes! Somos puros! E nós vamos triunfar!

Os homens ao nosso redor levantaram as mãos, gritos de "*Poder Branco*" jorraram de seus lábios.

Gritamos de volta, repetindo o mantra uma e outra vez até que Meister pedisse silêncio. Os guardas conduziram a multidão de volta ao centro da cidade. Sinalizei para Vike, Flame e Cowboy para recuarem. Eu queria rastrear Meister e ver para onde ele foi. Se havia algum sinal óbvio de Phebe.

Caminhamos em grupo, fingindo conversar, até que um guarda veio com sua arma para nos guiar de volta ao caminho que nos afastava do campo. Mantive a atenção concentrada em Meister enquanto ele caminhava atrás de nós. Tentei ouvir o que ele e o guarda estavam dizendo, mas eles estavam muito longe. Não consegui chegar perto do filho da puta.

O sangue correu em minhas veias quando entramos na cidade. O deserto sem vida agora estava cheio de atividade. Os homens que estiveram na manifestação entraram nos prédios, alguns sozinhos, outros em pequenos grupos. Em seguida, se formou uma fila em um grande celeiro. Caos total.

— O que diabos está acontecendo? — Vike perguntou, exasperado, quando paramos do lado de fora do nosso dormitório. Na hora, um guarda saiu de uma cabana, arrastando uma cadela atrás de si. E então mais guardas trouxeram mais cadelas de mais barracões. Meu estômago retorceu. Todas as mulheres estavam vestidas com vestidos brancos quase transparentes, e todas pareciam estar enfrentando alguma merda séria.

Flame balançou em seus pés ao meu lado, inquieto, sua faca correndo ao longo de seus braços, traçando as longas cicatrizes que ele já possuía. Só que essas facas não eram cegas como as que ele usava ultimamente. Elas eram afiadas e estavam prontas para ação. Ele correu as pontas sobre a pele, mas não rasgou a carne.

Ainda.

Olhando nos olhos do irmão, vislumbrei o Flame antes da Maddie. Eu vi o garoto fodido que resgatei todos aqueles anos atrás acordando de seu sono.

Observei o mar de loiras e morenas, procurando por algum lampejo de vermelho. Mas não havia nenhuma.

— Jesus Cristo — Cowboy sussurrou, enquanto observávamos as cadelas sendo empurradas para barracos com homens, as portas batendo e trancando.

— Fiquem atentos — eu disse, baixinho, quando um guarda se aproximou.

— Vocês estão atrasados, o que significa que todos os chalés individuais estão ocupados. — Ele olhou para todos nós, depois apontou para uma pequena cabana no lado oeste. — Paguem o que devem. Ele vai falar sobre o resto.

Fomos para a cabana, onde uma idiota branco e magro de óculos estava sentado atrás de uma mesa. Sem olhar para cima, ele disse:

— Dois mil cada por três dias. Como vocês quiserem, pelo tempo que quiserem; excluindo os comícios de Meister, é claro. Eles são obrigatórios. Camisinhas são obrigatórias em todos os momentos. Se não cumprirem as regras, enfrentarão punição.

Enfiei a mão no bolso e coloquei meu dinheiro na mesa. Meus irmãos seguiram o exemplo.

— Se vocês quiserem reservar chalés específicos, façam isso de manhã. Estou aqui a partir das nove. — Ele digitou algo em seu computador, mas em momento algum olhou para nós. — O barracão do dentista está proibido neste fim de semana. Nem tentem entrar. — Estendeu a mão e recolheu os maços de dinheiro. — O celeiro está aberto hoje à noite. Vão para a fila e serão levados para uma prostituta. Vocês querem uma boceta jovem, nós temos a partir dos quatorze anos. Mais jovens que isso podem ser providenciadas por um custo extra. — Ele fez uma pausa. — As filas são mais longas para elas. São mais difíceis de conseguir.

Senti Flame retesar o corpo ao meu lado e seu braço tremer de raiva.

— *Heil Hitler* — o homem disse em despedida e fez uma saudação sem esmero com a mão esquerda. Repetimos "*Heil Hitler*" e depois caímos fora.

Enquanto caminhávamos pela estrada em direção ao celeiro, examinei a área, meu treinamento como atirador de elite de Operações Especiais entrando em ação. Os sons de transas e gritos saíam das cabanas. A fila para o celeiro estava menor agora. Eu fui naquela direção.

— Entrem por uma cadela — murmurei. — Fiquem um pouco, depois vão embora. E pelo amor de Deus, saiam parecendo como se tivessem fodido uma puta.

— Eu não vou fazer isso, porra! — Flame parou de repente, o rosto vermelho como se estivesse em chamas.

Virei-me para ele e respondi:

— Então volte para os dormitórios e espere até que voltemos. — Suas narinas se dilataram e eu sabia que o irmão estava vendo as cadelas escravas sendo arrastadas de um lado ao outro. Ele estava perdendo rapidamente a cabeça. Parei diante dele. — Volte para o quarto, caralho. Ligue para Maddie, esqueça o que você viu e se acalme. Ela está segura. Ela não está aqui. Ela está com Ash em sua casa.

Os lábios se curvaram, Flame girou sobre os calcanhares e marchou de volta para os dormitórios. Um guarda chegou até nós em segundos.

— Aonde ele vai?

Eu me virei e encarei o skinhead filho da puta.

— O homem é um psicopata do caralho. Se você quiser uma prostituta aqui fatiada e morta com lâminas enfiadas nos olhos, basta deixar ele sozinho com uma. — O guarda estreitou os olhos para as costas de Flame. — Estamos passando pelo Texas à pedido de Beau Ayers. Earl é um soldado da causa, assim como nós. Mas precisamos de putas. Ele não. Ele só precisa de sangue e matança. Essa é a pornografia dele.

— É melhor ele não ser um viado de merda — o guarda rosnou, nojo estampado em seu rosto.

— Por favor, fique à vontade para perguntar a ele se ele é bicha — Cowboy disse, casualmente, mas seu sorriso sádico mostrava como ele estava chateado. — Eu desafio você.

O guarda pensou nessa merda por um segundo.

— Ele mata bem os *untermenschen*[6]?

— Vamos dizer que ele é realmente criativo — respondi.

O guarda praticamente ficou de pau duro ao pensar em Flame fatiando negros e judeus.

Deixei o guarda com seus próprios pensamentos fodidos e me juntei à fila para o celeiro. Enquanto esperávamos, aproveitei para procurar por Meister na cidade. Não havia sinal dele. Somente quando avistei um movimento na cabana mais distante foi que parei, retendo o fôlego para que meus ouvidos não pudessem ouvir nada além do ar ao meu redor. Meister dobrou a esquina do prédio cuja placa dizia "*Dentista*". O barracão que nos disseram para ficar longe.

Mas não foi isso que me congelou, os sentidos alertas e os olhos rastreando cada um de de seus movimentos. Isso aconteceu devido ao fato de vê-lo carregando uma cadela magra nos braços, o corpo dela solto e a cabeça virada para o lado.

Uma cadela *ruiva.*

Uma cadela que ele levou para dentro do barraco e fechou a porta em seguida.

Meu coração disparou enquanto eu repassava a lembrança de Phebe em minha mente. Eu a tinha visto uma vez, quando salvamos e resgatamos Lilah antes de ser crucificada. Eu quase a matei, pensando que era uma ameaça. Coloquei uma arma na cabeça dela, mas Ky disse:

— *Escute, cadela, nós vamos amarrá-la para que você não possa voltar correndo*

---

6 *Untermenschen* (em alemão) – Subumano – termo usado para se referir aos não-arianos.

para o Profeta Cuzão e dizer a ele que estivemos aqui. Esse seu pequeno cérebro conseguiu entender?

Seus olhos azuis se fecharam. Ela estava tremendo pra caralho, então estilhaçou a porra do meu coração morto quando assentiu com a cabeça e disse:

— *Só... só, por favor, leve-a para longe e em segurança. Da próxima vez, os anciões não a deixarão sair viva.*

Então eu a encarei, levantando o olhar. A cadela estava chorando, enfrentando os "homens do Diabo", para proteger Lilah. E algo dentro de mim mudou. Eu queria levar a ruiva também para fora daquele inferno de merda. Nunca pensei muito sobre o porquê, mas me arrependi de tê-la deixado lá desde então.

Repassei a imagem dela na minha cabeça, comparando com a cadela que eu tinha visto nos braços de Meister. Fechei os olhos e deixei minha memória fazer o que foi treinada para fazer. Seu cabelo era do mesmo tom de vermelho, o comprimento semelhante. Pensei em seus braços, seu tamanho e estatura. A cadela nos braços de Meister era parecida, mas era mais magra, muito mais magra.

Minha bochecha se contraiu quando uma onda de raiva passou por mim. Balancei a cabeça para me livrar do aperto no peito. Um bom atirador nunca deixa a emoção ferrar com sua cabeça. Sempre objetivo, clínico, analítico.

Imaginei seus olhos azuis. Aqueles fodidos olhos azuis da cor do oceano que estavam fixos nos meus. Mas os olhos da cadela ruiva sobre os braços de Meister estavam fechados.

Drogada? Inconsciente? Nocauteada? Eu não sabia.

— Próximo — um guarda ordenou, me tirando dos meus pensamentos. Guardei os detalhes para mais tarde, quando estivesse sozinho, quando pudesse descobrir todas as informações em minha cabeça. — Preferência? — perguntou.

Dei de ombros, fazendo minha parte novamente.

— Só quero uma boceta para foder — respondi.

— Estande vinte e três — ele disse.

Saí por um corredor estreito e com as tábuas rangendo sob meus pés. Grunhidos e gemidos de homens fodendo suas prostitutas encheram meus ouvidos. As camas tinham sido separadas por cortinas desbotadas, com números rabiscados em pedaços de papel presos ao material mofado. Quando cheguei ao número vinte e três, puxei a cortina e entrei.

Respirei fundo quando coloquei os olhos em uma cadela deitada no centro do que parecia ser uma pequena cama de hospital. Ela estava nua, seus ossos proeminentes sob a pele branca. Seu cabelo escuro estava coberto de suor e sujeira. Seus olhos reviravam enquanto ela voltava e perdia a consciência, a cabeça inquieta no travesseiro fino e manchado de saliva embaixo dela. Uma intravenosa estava inserida à veia de seu braço esquelético e virado para cima, e uma bolsa de soro estava pendurada em um suporte ao lado dela.

Presumi que fosse heroína. Sabia que os traficantes faziam essa merda regularmente. Mantinha suas vítimas dóceis.

Fechei os olhos para manter a compostura, para evitar que minha mão alcançasse minha arma e fosse direto para esses filhos da puta, adicionando ao meu recorde de cento e trinta e duas mortes confirmadas – o atirador em mim não podia evitar em manter o controle de cada coração que fiz parar de bater. O psicopata em mim *gostava* disso.

O som vindo do lado fez meus olhos se abrirem. As molas da cama rangeram sob o movimento rápido de seus quadris, e sua respiração soou em rajadas curtas. Imaginei algum filho da puta pálido e acima do peso da Klan desabando, exausto, sobre uma garota de quatorze anos. Seu hálito pútrido soprando em seu rosto desmaiado, seu suor pingando em sua pele ferida.

Calma, eu me ordenei.

Incapaz de olhar para a jovem cadela traficada na cama, me sentei na beira do colchão e inclinei a cabeça em minhas mãos. *Mantenha a calma, Xavier Deyes.* Levei a cabeça para onde ela precisava estar...

O sol escaldante batia nas minhas costas enquanto eu esperava, imóvel, por um dos filhos da puta aparecer.

— Às quatorze horas — Bones disse ao meu lado. Eu me mexi, ajeitando a arma para a nova posição. Através de uma pequena janela, vi um lampejo de movimento e preparei meu dedo para o tiro. — Espere... espere... — Bones murmurou. — Agora.

Atirei uma bala direto pela janela e na cabeça do filho da puta.

— Tiro limpo — Bones disse, baixinho, mas eu podia ouvir sua maldita alegria. Tiro limpo...

Imaginei a terra árida e empoeirada, não muito diferente deste maldito buraco infernal, pensando em mim mesmo dando um tiro certeiro, e o treinamento dos meus dias de atirador preencheu todas as minhas células.

Imaginei o mapa da cidade fantasma, traçando cada detalhe da sua disposição. Eu me vi parado na esquina da rua principal, olhando para a cidade do lado deste celeiro. Três guardas caminhavam pelos telhados. A estrada tinha um quilômetro e meio de comprimento, cerca de cem metros de largura. O *saloon* era a área mais movimentada. Duas saídas: a entrada principal e uma porta lateral à esquerda. Três bloqueios: uma fechadura, dois cadeados.

Eu me imaginei olhando para o prédio do dentista. Uma entrada e uma saída. Todo o edifício não tinha mais do que doze metros quadrados. Uma janela na parede da frente era parcialmente bloqueada por grades e sujeira. Telhado de zinco e paredes de madeira em decomposição.

Então imaginei o melhor local para atirar nesta cidade. Distância mais alta a sudeste. Tiro certeiro para quase todos os ângulos imagináveis.

Pisquei enquanto me puxava das profundezas da minha mente. Minha mão passou pela coronha da minha arma. Meu pé bateu no chão. Um gemido veio por trás de mim, e olhei para a cadela drogada na cama. Quer eu quisesse ou não, flashes do passado se atropelaram e bateram na minha cabeça como um maldito aríete.

Tentei afastar os sons punitivos de arquejo, de engasgo, dos meus ouvidos. Mas a porra das memórias vieram tão rápidas quanto as balas de uma metralhadora. Quando abri os olhos, minha mão, sempre firme para atirar, tremia. Fechei os dedos e me forcei a olhar para a cadela transformada em prostituta pela Klan na cama.

Marcas de arranhões corriam como listras vermelhas sobre sua pele fina como papel. Seus lábios estavam secos e rachados, e as lesões manchavam a pele acinzentada de suas bochechas. Os hematomas criaram uma paleta de preto, azul e amarelo na parte interna das coxas, e eu não conseguia nem olhar para o estado que as suas partes estavam.

Quando me levantei, passei a mão pelo cabelo e baguncei as longas mechas. Esfreguei as mãos no rosto para fazê-las parecer vermelhas e, por último, mergulhei os dedos na pequena bacia de água que ficava ao lado da cama. Abri o pacote de camisinha que estava do lado da cama, enrolei em um lenço de papel e joguei no lixo. A lata já estava cheia de camisinhas usadas.

Dei uma última olhada na cadela na cama e um buraco surgiu no meu estômago. Ela estava aqui para ser usada pelos homens das Klans pagantes. E ela estava em péssimas condições. Como diabos Phebe estará quando eu chegar até ela? Que tipo de mistura de drogas ela estaria tomando? Porque eu *iria* chegar até ela. Mesmo se tivesse que matar o Meister com um único tiro entre os olhos.

Acabar com o reinado do chefe da maldita Klan.
E então ver se o que sobrou da Ruiva poderia ser recuperado.
Depois disso, eu não tinha muitas esperanças...
... Mas tinha que tentar.

CAPÍTULO QUATRO

AK

Passei pelas portas do dormitório para ver o Cowboy sentado no chão do lado de fora dos nossos quartos. Seu Stetson estava em suas mãos, seu cabelo loiro espetado em todas as direções, enquanto ele encarava um ponto de sujeira na parede oposta. Ele olhou para cima quando toquei sua coxa com a ponta da minha bota.

Seu rosto estava angustiado quando seus olhos azuis encontraram os meus. Ele se levantou.

— E agora? — perguntou friamente.

— Onde está Vike?

Cowboy inclinou a cabeça em direção ao quarto de Vike. A porta estava fechada. Passei por Cowboy, ouvindo seus passos logo atrás de mim. Abri a porta e vi meu irmão sentado na cama. Seus braços enormes estavam tensos sob a camisa justa. Seu cabelo estava preso em um coque no topo da cabeça. E pela primeira vez em sua maldita vida, ele não estava rindo. Vike me olhou diretamente nos olhos.

— Já fiz merda na minha vida, posso matar sem remorso, foder qualquer tipo de vadia de todas as maneiras diferentes, mas o que esses filhos da puta estão fazendo aqui me faz querer cortar alguns paus e comer para o café da manhã.

— Mantenha a calma, porra. — Olhei para o Cowboy. — Vocês dois. Durmam um pouco. Amanhã vamos entrar naquele maldito *saloon*. Preciso examinar este lugar um pouco mais. Vou tentar conseguir uma cabana, a cabana do barbeiro. Preciso chegar o mais perto possível da cabana do dentista.

— Você a viu? — Vike perguntou, sua voz mais áspera que o normal.

— Vi Meister carregando uma ruiva para lá. Ela parecia um pouco mais magra de quando vimos Phebe pela última vez, mas tenho certeza de que é ela. — Passei a mão pelo rosto. — Vou para o celeiro novamente amanhã. Mesma merda, dia diferente. Assim que eu conseguir uma imagem dela, a confirmação de que ela está aqui, e eu ter uma avaliação completa da configuração e dos padrões de turnos dos guardas, vou me recompor e elaborar um plano para tirar Phebe de lá.

Vike e Cowboy concordaram. Voltei para o meu quarto, mas parei do lado de fora do de Flame. Abri silenciosamente a porta e olhei para dentro. Meu maldito peito apertou quando o vi, sem camisa, sentado no chão frio e duro. Sua cabeça estava inclinada para baixo, e o sangue gotejava ao redor dele dos cortes recém-feitos em seu braço.

Um olhar negro azeviche e desalmado encontrou o meu. Entrei no quarto e fechei a porta. Antes que tivesse a chance de falar, Flame rosnou:

— Eu não gosto daqui, porra. — Balançou a cabeça e seus lábios se curvaram sobre os dentes. — Eles precisam morrer. Todos eles precisam morrer. — Flame sibilou quando cortava o antebraço. — Eu preciso matá-los.

Lá estava o velho Flame, aquele que eu conhecia melhor do que o irmão mais calmo de ultimamente.

— E você terá sua chance — prometi. — Você só precisa me dar tempo.

Flame olhou para mim, observando meu rosto. Depois de fazer contato visual por um longo tempo, ele baixou os olhos e disse:

— Apenas me consiga a porra de uma morte. — Seu rosto se contraiu. — Eu... Não posso evitar o que vou fazer se você não fizer isso.

De volta ao meu quarto, afundei na cama e recostei a cabeça contra a cabeceira da cama. Fechei os olhos, e então, como acontecia todas as noites, a porra da tempestade de memórias veio; culpa e vergonha percorreram todas as fibras do meu ser. Visões ensanguentadas afogaram minha mente e sufocaram meus pulmões...

— Precisamos ir. — Bones surgiu pela abertura da minha barraca. Eu estava de pé em segundos. Peguei a arma e meu capacete e corri para fora em direção ao caminhão. O lugar estava um caos do caralho.

— O que está acontecendo? — perguntei enquanto saíamos do portão.

Bones ficou tenso.

— Emboscada.

— Onde? — indaguei.

— No norte, X.

— Devin — murmurei e olhei para fora da janela. A areia se estendia por quilômetros. Areia e construções abandonadas.

A mão de Bones apertou meu ombro.

— Vamos chegar lá. Ele vai ficar bem. Ele é um soldado bom pra caralho, X.

Mas as palavras de Bones significavam nada.

O som de tiros e granadas nos levou à emboscada.

— Vão! Vão! Vão! — Nosso sargento gritou enquanto saíamos do caminhão. — X, Bones, vão para cima. Precisamos ver com o que estamos lidando.

Deixei meus pés seguirem Bones enquanto corríamos para trás dos edifícios em ruínas, procurando por um onde pudéssemos obter alguma altura.

— Aqui! — Bones disse, e subimos as escadas de pedra que levavam a um telhado. Bombas explodiam ao nosso redor, areia e detritos espirrando em meu rosto com a brisa quente.

Devin. Onde você está, porra.

Deitei de bruços ao lado de Bones. Apoiei meu rifle e olhei pelas lentes. Bones observou através de seus binóculos.

— Porra — ele disse. — Os filhos da puta estão por toda parte.

Um soldado, e depois outro, caíram no chão ao serem atingidos. O sangue jorrou de seus braços e pernas, e me senti queimando de raiva.

— Bones, me consiga a porra de um alvo — rosnei e foquei através das lentes.

Eu vi os homens no chão, e minha raiva queimou ainda mais forte quando vi que eram dois homens de Devin.

— Oorah! — Bones gritou, o grito dos fuzileiros navais e se abaixou ao meu lado. — Norte — informou. Posicionei a arma naquela direção. — Oeste, dois cliques.

Minhas narinas se dilataram quando vi um filho da puta com uma granada entrar em foco. O mundo desapareceu. Alinhei a mira direto para o crânio do filho da puta.

— Alvo na mira. — O vento quente soprou contra meu rosto, o sol queimando minha pele. E eu esperei. Esperei até...

— Agora!

E puxei o gatilho.

Gritos ecoaram ao seu redor quando ele caiu do posto que ocupava e se espatifou no chão.

— Tiro limpo — Bones disse, então gritou: — Merda! Chegando! — Ele pegou o rádio para avisar o sargento sobre os dois caminhões que vinham do leste, mas era tarde demais.

Lutei para direcionar o rifle e, ao fazer isso, avistei um rosto familiar, agachado atrás de um prédio com três de seus homens.

— Devin — falei, agarrando o braço de Bones. Mas os caminhões abriram fogo, fazendo chover balas e granadas na traseira. Explosões irromperam ao redor dos prédios, e a fumaça nublou minha visão de meu irmão.

— Dê-me uma porra de um visual! — exigi.

Bones procurou através de seus binóculos e estabilizou a respiração descontrolada.

— Noroeste, três cliques.

O flash de um corpo passou pelas minhas lentes.

— Avistado.

— Espere... espere... agora! — Bones falou e eu atirei. Disparei tiro após tiro, mas as malditas bombas continuaram sendo jogadas. E perdi Devin de vista. Através da fumaça, sangue e calor, Devin desapareceu...

Meus olhos se abriram. Eu estava encharcado de suor. Olhei para o final da minha cama e os fantasmas que vinham todas as malditas noites. *Eles não são reais*, disse a mim mesmo. *Eles não são reais.*

Mas eles nunca iam embora.

Fechando os olhos, bloqueei tudo, e conjurei o rosto de Phebe em minha mente, focando em sua pele pálida, salpicada de sardas. Eu imaginei salvá-la deste inferno e levá-la de volta para Lilah. Eu a imaginei livre das drogas e sorrindo. Eu me agarrei a essa imagem, ao fato de que ela estaria segura.

Ela tinha que estar, porra.

— Você viu alguma coisa útil na cabana do barbeiro? — Viking perguntou enquanto caminhávamos em direção ao *saloon*.

Olhei ao redor para ter certeza de que ninguém estava por perto.

— Tudo quieto. Não consegui ver lá dentro. Mas não houve nenhuma movimentação dentro ou fora. Mas tenho o cronograma dos guardas planejado, já é algo.

E observei a cabana do dentista a noite toda pela minha janela. Meu sono foi um total de duas horas intermitentes. Terrores noturnos, eram chamados clinicamente; pelo menos foi o que o psiquiatra dos fuzileiros navais disse. Os mortos, olhando para mim com olhos negros vazios, observando o homem que os enviou para a morte. Eles se aglomeraram em cima de mim, zombando com seus rostos magros e abatidos. Sentei e os observei da cama. Congelado, paralisado pela dor que suas imagens traziam. As garras da culpa cavando profundamente em meu peito e rasgando minhas costelas para corroer meu coração exposto.

Tentei me convencer de que eles não estavam lá, noite após noite. Mas quando você vê o sangue escorrendo de suas feridas – fresco e quente – correndo para o chão... quando sente o cheiro enjoativo da morte pairando no ar... ouve sua respiração irregular... saber que eles não são reais, não serve de porra nenhuma. Quando cada um dos seus sentidos te dizem que suas vítimas estão aqui para te fazer pagar, você pode acreditar neles e deixar a tortura começar.

Flame grunhiu ao meu lado quando nós quatro entramos no salão. Estava cheio de homens da Klan, música de uma banda do poder branco jorrando dos alto-falantes. Ninguém sequer olhou em nossa direção enquanto caminhávamos até o bar. Quatro cervejas americanas seguidas por quatro uísques foram colocados no balcão sem que nós sequer pedíssemos. O barman olhou para nós e entendi rápido a mensagem. Essas bebidas americanas e europeias eram as únicas bebidas servidas aqui.

Nada fora dos interesses particulares da Klan.

Levamos nossas bebidas para um canto distante, fora de vista e nas sombras. O local me ofereceu a localização perfeita para ver os arredores. Eu estava certo sobre as saídas. Dois guardas ficavam a postos ao redor do local, enquanto os homens da Klan, bêbados, falavam e riam alto, alterados pelo álcool e chapados de trepar com as cadelas drogadas no celeiro.

Quarenta minutos depois, Meister entrou no bar com o mesmo guarda com o qual eu o tinha visto antes. O Himmler para seu Hitler, sem dúvida. Homens saíram para fora de seu caminho enquanto Meister desfilava no meio da multidão, sua suástica e tatuagens de crânio *Totenkopf*[7] flexionando sob a penumbra. Ele pegou uma bebida no bar e quando se virou, segurando o que parecia ser um arquivo na mão, vi marcas de arranhões em seu rosto.

---

7 *Totenkopf* (em alemão) – palavra usada para crânio e ossos cruzados. O símbolo era sinônimo de morte e comumente usado pelas tropas nazistas durante a Segunda Guerra Mundial e pelos esquadrões da morte alemães durante o Holocausto.

Minha mão apertou a cerveja. Aquilo era coisa da Phebe? Imaginei a cadela ruiva lutando contra o filho da puta; a cena fazendo meus dedos se contorcerem de orgulho. Em seguida, o idiota estava se movendo em direção ao *jukebox*. Ele tirou o fio da tomada e olhou para a multidão. O local ficou mortalmente silencioso.

Eu tinha que dar créditos ao cara, ele era um filho da puta intimidante. Intimidante para todos, menos para nós, Hangmen.

O silêncio era o suficiente para que você pudesse ouvir um alfinete cair. Meister ergueu a mão.

— *Heil Hitler!* — gritou, e todos nós repetimos.

Seu braço direito trouxe um uísque para ele, que bebeu de uma vez só. Meister estava vestido com calças camufladas pretas enfiadas em botas pretas e uma camiseta apertada. Tank e Tanner poderiam ficar lado a lado com esse imbecil e não pareceriam suspeitos. Meister deu um passo à frente e ergueu o arquivo.

— Vocês estão aqui porque servimos à grande causa. — Sua voz era baixa e seus movimentos comedidos. Meus olhos se estreitaram enquanto eu estudava cada centímetro deste bastardo. — Vocês todos estão aqui porque alguém os recomendou, ou achou que vocês mereciam foder uma boceta por um serviço bem-feito.

O filho da puta deixou seus olhos azuis percorrerem cada um de nós, e então sorriu, mostrando uma mistura de dentes brancos e dourados.

— As prostitutas aqui pertencem à Irmandade e à Klan. Boas, americanas e brancas, nos dando dinheiro para a guerra que paira sobre nós. — Ele passou a mão pela cabeça raspada. — E os paus que fodem essas bocetas, que chupam e bebem os sucos delas, são apenas paus brancos. Paus da Klan. Nada de judeus. Nem negros. Muito menos latinos. Ou qualquer outra porra de sangue envenenado que infecte este planeta como uma praga e roube da verdadeira raça, a raça ariana, o que é dela por direito.

Meister andava para frente e para trás.

— Todos os irmãos aqui são puros. — Ele parou de caminhar. Lentamente, um sorriso selvagem se espalhou em seus lábios. — Ou deveriam ser.

Lancei um olhar para Vike, Cowboy e Flame. Flame estava com as facas em mãos, pronto para lutar. Vike assentiu com a cabeça um único aceno discreto sem olhar na minha direção. Cowboy bateu na ponta de seu Stetson, sua mão livre movendo para sua Glock. Meus olhos estavam fixos no caminho mais rápido para fora dali, a mão apoiada na minha arma.

Meister abriu o arquivo.

— Nós verificamos todos os que entram em minha cidade. E não deixamos pedra sobre pedra. Para a guerra racial começar, precisamos de bons soldados brancos. Soldados que se dedicam ao propósito branco e farão de tudo para transformar nosso sonho em realidade. — Meister pegou uma folha do arquivo. — As bocetas aqui são arianas. Somos todos arianos. Porque nós somos a IRMANDADE ARIANA!

Sacudindo o que agora vi ser uma foto no ar, ele disse:

— E nenhum ariano foderia uma boceta negra! — Meister balançou a imagem para que todos vissem; mostrava uma mulher negra sorrindo.

Franzi o cenho. O som de uma cadeira raspando no chão de madeira veio do canto esquerdo do bar, quando alguém se levantou de um salto. Cabeças se voltaram em sua direção.

Ele parecia ter quase trinta anos. Um loiro magro que parecia viciado em metanfetamina. Meister olhou para o cara, seus lábios se curvando em desgosto. As veias em seu pescoço saltando enquanto ele fervia de raiva.

— Você se atreve a se chamar de Poder Branco quando fodeu a boceta dessa puta, e viveu com ela por um ano?

O rosto de Meister estava vermelho; ele fixou o olhar no cara, que começou a recuar para a porta. O guarda que chamei de Himmler fez o homem parar e agarrou sua nuca. Meister pegou um isqueiro e, se certificando de que o não-tão-puro homem da Klan estava observando, ateou fogo à foto. Ele cuspiu na folha em chamas quando ela caiu no chão.

— Peguem suas armas — Meister ordenou a todos nós. Os guardas começaram a levar todos para fora.

— Que porra é essa? — Vike murmurou, enquanto nos levantávamos e seguíamos a multidão. Logo a rua vazia ficou cheia, a luz do dia já sumindo. Várias luzes da rua mal-iluminada estavam acesas, mas a noite perseguia o sol. Himmler estava a cerca de três metros de distância, ainda segurando o filho da puta da Klan de aparência aterrorizada pelo pescoço. Meister passou pelo centro da linha que formamos e ficou na nossa frente.

— Armas! — Meister ordenou. Todos sacaram suas armas. Eu tirei a minha.

Himmler virou o cara para enfrentar Meister, que cruzou os braços grossos sobre o peito.

— Corra.

O rosto do cara empalideceu.

— Não, eu juro que não transei com ela — ele disse, tropeçando nas palavras.

— Corra — Meister, não impressionado, repetiu.

Himmler se afastou do cara, ficando ao lado de nossa linha de tiro improvisada. A respiração do homem estava errática pelo pavor. Ele saiu correndo. Meister ergueu o braço quando o cara se afastou um pouco mais, correndo rápido pela rua principal.

— Fogo! — Meister gritou. As balas voaram das armas dos nazistas ao meu redor. A maioria estava embriagada com a bebida e sei lá o que mais. Eu aguardei sem atirar, observando, enquanto nenhuma bala o atingiu. O homem se afastou ainda mais e Meister ergueu a mão novamente. — Atirar! — berrou, mais alto, e outra rajada de tiros soou.

O cara continuou correndo.

Ele estava se aproximando da saída mais distante, e com sua velocidade e a luz fraca, nenhum daqueles irmãos, nem mesmo Vike, Flame ou Cowboy, teve chance de acertar.

— Puta que pariu! — Meister gritou. — Alguém atire naquele traidor de merda, *agora*!

Mas nenhum tiro soou, e Meister se virou para todos nós, uma raiva assassina em seus olhos. Dei um passo à frente, levantei a arma e apontei. Foi como se todos os outros tivessem desaparecido ao meu lado – minha visão se tornou um túnel, e mantive a posição até que tivesse travado no alvo. Uma, duas, três respirações. Apertei o gatilho e observei enquanto a bala voava pelo ar com perfeita precisão, direto para o crânio do filho da puta da Klan.

O corpo caiu no chão com um baque surdo. Mesmo à distância, vi o sangue jorrando de sua cabeça enquanto seu corpo se agitava na agonia da morte.

Cento e trinta e três mortes confirmadas. Sorri comigo mesmo.

Abaixei a arma, sem desviar o olhar do idiota simpatizante da Klan agora com minha bala em seu crânio. Não senti nenhuma culpa do caralho. Mesmo se ele tivesse fodido uma garota negra, aquele filho da puta ainda merecia morrer. Todos eles mereciam. Uma bala de cada vez, simplesmente por estar neste lugar.

Quando tive certeza de que ele não iria se mover, desviei a atenção do cadáver e levantei a cabeça... percebendo que cada filho da puta no lugar estava olhando para mim, boquiaberto.

Respirei fundo, odiando a atenção. E então vi Meister me observando, seus olhos azuis fixos nos meus. Só que ele não estava boquiaberto como o resto desses idiotas caipiras. Ele estava olhando para mim como se eu fosse o segundo a ser abatido.

Ele parou na minha frente.

— Nome?

Baixei a arma para o lado, mas mantive a coronha apertada em minha mão.

— Carson. Carson Abney — recitei o nome falso com facilidade.

— Atirador de elite?

— Fuzileiros navais. Operações Especiais. Iraque.

— Mortes?

— Cento e trinta e duas — respondi. — Agora... cento e trinta e três. — Inclinei a cabeça na direção do homem morto.

Meister soltou um assobio baixo.

— Impressionante. — Ele estendeu o braço. Entre os símbolos nazistas e a bandeira da KKK estava uma tatuagem da Marinha, uma águia-americana segurando a bandeira americana, "*Semper Fi*" escrito embaixo. Uma tatuagem não muito diferente da minha. — Batalhão de carros de combate. — Ele assentiu com a cabeça em aprovação. Meus dedos tremeram enquanto eu lutava contra o desejo de levantar o cano da minha arma e enviar uma pepita de metal através de seu crânio. Este filho da puta não era nenhum irmão de armas meu. — Iraque e Afeganistão.

Sem outra palavra, Meister se virou e desceu a rua principal em direção ao corpo. Ele pairou sobre o cadáver e, sob a luz fraca, vi sua expressão azeda de nojo. Então, levantando sua pesada bota preta, ele bateu com o calcanhar, usando toda sua força para esmagar o crânio do nazista. Sangue e pedaços de cérebro respingaram no chão de terra.

Os homens ao nosso redor vomitaram; a maioria se afastou. Mas eu observei o filho da puta sádico enquanto ele cuspia no corpo, em seguida, caminhou até onde eu estava, deixando pegadas ensanguentadas na estrada empoeirada.

A visão da morte não me incomodou.

Eu tinha visto muito pior. Porra, eu tinha *feito* muito pior.

— Carson. — Meister acenou com a mão na minha direção. — Você e eu vamos tomar uma bebida.

Meu coração bateu rápido enquanto a adrenalina – tanto da morte quanto da perspectiva de que esse filho da puta estava me deixando entrar em seu círculo – corria por mim. Lancei um olhar atrás de mim para Vike, que estava perto de Flame enquanto nosso psicopata residente olhava para Meister. Cowboy caminhou ao lado deles, seus olhos azuis vasculhando os aredores por qualquer sinal de problema.

Seguimos Meister e Himmler, passando pelos homens ainda atordoados e entramos no *saloon*. Meister nos levou até uma mesa na frente do bar onde eu sabia que apenas ele se sentava. Era perto do local onde ele havia feito seu pequeno discurso sobre traição não muito tempo atrás.

Uma bandeja de bebidas foi colocada diante de nós. Meister virou três seguidas. Todos nós fizemos o mesmo. Quando as cervejas chegaram logo mais, Meister deu um longo gole sem nunca desviar o olhar de mim.

— Você conhece Beau Ayers?

Não fiquei surpreso que o filho da puta soubesse sobre cada um dos "hóspedes" de sua cidade.

— Não pessoalmente. Ele sabe quem somos. — Fiz um gesto para Flame, Vike e Cowboy. — Estávamos na Louisiana. Ele nos queria no Texas.

Meister estudou cada um de nós. Ele assentiu com conhecimento de causa.

— O Grande Mestre está chamando todos os seus bons soldados para virem para cá. — Ele apontou para si mesmo e para Himmler. — A guerra está prestes a começar. — Meister cerrou os olhos. — Você tem sotaque texano.

— Plano, Austin, West Virginia e Louisiana — eu disse apontando para mim mesmo, Viking, Flame e Cowboy em sequência. — Somos nômades, unidos pela causa. Agora estamos aqui.

— Todos fuzileiros navais?

— Eu não, gosto apenas de rasgar a garganta dos negros — Vike disse, soando como a porra de um irmão ariano perfeito.

— Um judeu ferrou com o meu pai, então cortei sua garganta. Tenho feito isso desde então — Cowboy falou, lentamente, se mantendo ao histórico que Tanner lhe deu.

— E você? — Meister perguntou a Flame.

Flame se retesou e vi sua bochecha se contrair. Suas mãos agarraram suas facas.

— O Earl aqui é apenas um psicopata completo. Ele veio comigo, mas compartilha a mesma dedicação à nossa causa.

Os olhos de Meister brilharam.

— Ele gosta de matar? — ele me perguntou, como se Flame fosse seu novo brinquedo favorito.

— Eu vivo para isso — Flame rosnou, então, como se para provar que era o psicopata que o fiz parecer, ele arrastou sua lâmina pelo braço, sibilando e ficando de pau duro quando o sangue começou a derramar.

Meister estalou os dedos para Himmler. Não menos de dois minutos depois, Himmler arrastou outro homem chutando e gritando.

— Este estava com o outro. Ele matou uma das minhas melhores putas hoje, fodeu com tanta força que a vagabunda sangrou. Eu ia matar o maldito mais tarde esta noite, quando estivesse entediado. — Ele fez uma pausa, um sorriso frio em seus lábios quando a atenção de Flame caiu sobre o homem acusado. — Mas agora estou pensando que você pode querer provar o sangue dele.

Se Flame estava esperando por um sinal, isso era tudo que precisava. Ele saltou da cadeira e avançou pelo bar que enchia rapidamente. Quando passou por mim, eu o ouvi dizer "*Maddie*" baixinho. Então suas facas foram desembainhadas e antes que Himmler pudesse soltar o cara, Flame cortou sua garganta com uma lâmina e cortou seu intestino com a outra.

O homem gorgolejou enquanto engasgava com o próprio sangue, enquanto suas entranhas começaram a escorregar de seu estômago. Himmler soltou o idiota morto-vivo e ele caiu no chão. Flame não parou, cortando e apunhalando até que o corpo não se parecia mais com nada além de uma pilha de carne ensanguentada.

Meister praticamente teve uma ereção com a morte dada por Flame.

Eu sabia que Flame estava vendo Maddie no lugar da cadela. Meister teve sorte de Flame ter conseguido desviar sua raiva dele para o caipira.

Flame deu um passo para trás, ofegando, o peito arfando, seus braços tatuados cobertos de sangue e sua camiseta de um vermelho brilhante. Meister bateu palmas, rindo, e sinalizou pedindo mais bebidas.

— Não é de admirar que Beau tenha chamado vocês para o Texas.

Flame olhou na minha direção e indiquei para ele se sentar. Graças a Deus, o filho da puta fez o que pedi.

Cerca de uma hora se passou com Meister falando sobre nada além de política do poder branco e os detalhes de como ele pensava que a guerra racial que se aproximava iria acontecer. Ele se gabava de que a cidade financiava armas de fogo e qualquer outra merda nazista que a Klan pudesse pensar em adquirir.

A noite caiu.

Os homens ficaram bêbados.

A música soou.

E então Meister estalou os dedos.

Eu não tinha ideia de que porra ele ordenou que Himmler fizesse desta vez, mas alguns minutos depois, Himmler voltou para o bar, arrastando uma prostituta drogada em nossa direção.

Uma cadela magra com pele clara. Vestida com um vestido branco sujo. Com a porra de cabelo vermelho-fogo e sardas no rosto.

Meu peito apertou, minhas palmas suaram e tomou tudo o que eu tinha para não me levantar da cadeira e arrancar a cadela dos braços de Himmler. Meister empurrou sua cadeira para trás e Himmler a deixou cair no colo de Meister.

Meister agarrou seu cabelo e virou seu rosto. Todo o ar sumiu dos meus pulmões...

... A cadela era Phebe.

— Muito bonita, não é? — Meister comentou.

A cabeça de Phebe pendeu sob seu aperto, seus olhos azuis incapazes de entrar em foco. Marca após marca manchando a pele de seus braços. Marcas de agulha. Seu longo cabelo ruivo estava oleoso e sujo; seu vestido transparente mostrava seus seios e boceta por baixo. Ossos se projetavam em todos os ângulos. Mas o pior era seu rosto. Olhos inchados, lábios ensanguentados e rachados, coberto de hematomas – velhos e novos – que marcavam suas bochechas e mandíbula.

A cadela estava uma bagunça total.

Um gemido escapou da boca de Phebe enquanto Meister passava a mão por seu peito, espalmando seu seio. Seus lábios traçaram o lado de seu pescoço, e a cadela inclinou a cabeça para o lado para permitir que o filho da puta lambesse ao longo de sua pele coberta de suor. Ela gritou de dor quando os dentes dele a morderam, deixando uma marca vermelha de raiva.

Viking se mexeu na cadeira atrás de mim e tossiu. Eu sabia que ele estava tentando dizer algo. Ele sutilmente inclinou a cabeça em direção ao resto da sala. O rosto do irmão teria parecido neutro para qualquer outra pessoa, mas eu sabia que o filho da puta estava lívido.

Olhei em volta para ver várias cadelas, vestidas de forma semelhante a Phebe, sendo trazidas para os homens e sendo colocadas em seus colos, para que fizessem qualquer coisa com elas.

— Se você quiser uma, basta escolher — Meister disse. Ele levantou uma sobrancelha para mim. Tentei formular uma resposta, mas tive que fazer o meu melhor para me manter sob controle quando vi que o vestido de Phebe foi puxado para cima, expondo sua boceta. A mão de Meister estava ali, seu dedo bombeando dentro dela.

— Talvez mais tarde — consegui dizer, mas fervendo por dentro. Pensamentos doentios e assassinos estavam passando pela minha cabeça, todos com o corpo de Meister no centro. Sua pele pálida revestida de sangue e seus olhos arrancados pela ponta da minha faca.

A cadeira de Flame voou para trás e, de repente, meu irmão estava de pé e disparou porta afora.

— Qual é o problema dele? — Himmler perguntou ao lado de Meister. O filho da puta não tinha parado de observar nenhum de nós.

— Ele não é bom com multidões — Cowboy respondeu.

— Quem se importa? Veja como ele mata. Quem se importa se ele não gosta de bocetas compartilhadas? — Meister piscou para mim, então colocou as mãos nas bochechas de Phebe e virou a cabeça dela para me encarar. Ela se encolheu e gemeu, seus olhos lutando para entrarem em foco. Eu não tinha certeza se era devido à mão de Meister estar toda enfiada dentro dela ou o aperto forte que ele tinha em seu rosto.

Provavelmente as duas coisas.

— Esta é a porra da terra prometida, Carson. Tudo isso é a nossa recompensa pelo serviço prestado à nossa raça, pelo serviço que prestamos ao nosso país. Podemos pegar o que quisermos, quando quisermos. — Ele sorriu. — Veja.

Meister alcançou a frente do vestido de Phebe e rasgou o material. Os restos do tecido caíram no chão, deixando o corpo muito magro de Phebe exposto. Não havia um centímetro dela que não estivesse marcado.

— Essa vagabunda é minha. Mas ela tentou me desobedecer, tentou lutar, então eu a tenho ensinado como se comportar. — Ele virou a boca de Phebe para a dele e mordeu seu lábio inferior. Ela gritou, seu corpo estremecendo. Ele riu. — Não é, Phebe? Não tenho mostrado a quem você pertence, na cabana do dentista?

Seu rosto se transformou em uma expressão rígida.

— A quem você pertence? — ele demandou.

Todos os meus músculos ficaram tensos quando ela disse, baixinho, como se tivesse decorado:

— Meister.

— Boa garota. — Ele a fez se sentar ereta. — Então me mostre. — Ele se inclinou para frente. — Mostre o quanto você me ama.

Phebe levantou de seu colo e se virou para encará-lo, como se fosse a porra de um fantoche. Ela se inclinou para frente, sua bunda no ar. Eu agarrei os braços da minha cadeira, quase arrancando a merda da madeira quando vi que ele estava ensinando lições para ela, muito bem. Em cada porra de orifício.

Phebe empurrou seus seios no rosto de Meister e, mesmo com todas as drogas, se tornou uma fodida sedutora diante dos meus olhos. Seu corpo rebolou enquanto ela pressionava sua pele nua sobre o peito de Meister, suas mãos apoiadas nos braços da cadeira. Eu não conseguia tirar meus olhos dela enquanto Phebe colocava seu mamilo na boca de Meister, segurando a parte de trás de sua cabeça enquanto ele chupava forte, e ela gemia como se estivesse se deliciando com aquela merda.

E então ela se ajoelhou, as palmas das mãos subindo pelas coxas de Meister. Os olhos do idiota vidrados, metade por causa do uísque e metade pela visão de seu brinquedo de joelhos, a boca baixando em direção a sua virilha. Suas mãos trêmulas começaram a soltar o cinto, depois os botões da calça jeans.

Olhei ao redor para ver os filhos da puta se masturbando enquanto a observavam. Outros estavam fodendo suas prostitutas escolhidas para a noite. Parecia como um sábado na porra da sede do Hangmen. Pelo menos as putas do clube *escolhiam* ter suas bocetas comidas por mim e meus irmãos. Meu olhar encontrou os de Viking e Cowboy. Eu vi o fogo em seus olhos. Fogo e descrença. As mãos de Viking estavam em punhos em seu colo, e o pé de Cowboy estava se contraindo. Os irmãos estavam a um passo de se lançar sobre esse filho da puta e arrastá-lo para fora.

Um som sufocado chamou minha atenção de volta para Meister e Phebe. A cabeça de Meister estava inclinada para trás, seu pênis na mão de Phebe. E ela o estava levando à boca.

Suas costas arquearam e seus quadris balançaram como se ela já estivesse transando com ele. A cadela choramingou enquanto engolia a ponta e levou o comprimento do filho da puta para dentro de sua garganta. Ela não engasgou ou vacilou enquanto enfiava o pau de Meister no fundo da garganta. Ele rosnou baixo, colocando a mão em sua cabeça e agarrando os fios. Ele era rude, praticamente arrancando o cabelo de sua cabeça. Mas Phebe apenas chupou mais forte.

Eu lembrei que Phebe foi criada para essa merda naquela seita. O profeta a prostituía para atrair novos membros. Eu pude ver o porquê; a cadela era como uma sereia.

Os grunhidos e gemidos de Meister se tornaram mais altos enquanto ela o chupava com mais força, mais rápido, mais fundo. Os caipiras que nos cercavam gritaram quando gozaram. E então Meister estalou, empurrou Phebe para longe de seu pênis e agarrou o seu braço. Ele a colocou de pé e a girou para encará-lo. Então, sem perder tempo, ele a puxou para seu colo e enfiou o pau em sua boceta.

Phebe gritou, suas mãos caindo sobre os ombros de Meister.

— Se mexa — ele comandou. Os quadris de Phebe começaram a se mover sobre seu pau, e as mãos dele se estenderam para espalmar sua bunda. Ele empurrou dois dedos em sua bunda. Phebe gritou enquanto empurrava seus quadris rudemente enquanto Meister tomava cada buraco dela.

Minhas mãos se fecharam em punhos enquanto ele a fodia e fodia, mais e mais forte a cada segundo. Até que, finalmente, ele gritou um longo gemido e se chocou contra ela pela última vez.

Phebe revirou os quadris até que Meister puxou os dedos de sua bunda. Pegando a nuca dela, ele a guiou para frente e trouxe sua boca para a dele, e a feriu enquanto seu corpo se contorcia. Ele a empurrou de volta, tirando Phebe de cima de seu pênis.

— Limpe — ele ordenou com a voz rouca, as pupilas dilatadas. Phebe caiu de joelhos e tomou o pau murcho em sua boca. Sua língua lambeu a carne, sugando seu esperma.

Meister passou os dedos pelo cabelo dela, como se estivesse acariciando um maldito cachorro. Ele empurrou a cabeça dela para longe de seu pênis, e Phebe ficou de pé. Meister se recostou, exausto, fechando a calça.

— Dance — ordenou preguiçosamente, sinalizando para que a *jukebox* fosse ligada. Alguma música qualquer de *rock* explodiu pelo bar. As mãos de Phebe foram para o ar, e seu corpo ágil começou a balançar. Eu não conseguia parar de olhar para ela, hipnotizado pela maneira como ela se movia. Phebe era alta e muito magra. Mas mesmo parecendo tão abatida e quebrada como ela estava agora, tudo que eu conseguia pensar era nela naquela porra de árvore. Como ela olhou para mim naquele dia, seus olhos azuis fixos nos meus, como se ela pudesse ver cada merda que estava passando pela minha mente.

Imaginei aquela versão de Phebe dançando, e sabia que se eu fosse um dos filhos da puta que ela seduzisse em um bar, eu teria me inscrevido, cantando aleluia com os outros idiotas da seita, apenas pela chance de ficar com ela novamente.

Phebe girou, ficando de frente para mim, e minha respiração parou. Mesmo perdida em heroína, mesmo morta de fome, estuprada e capturada como um cachorro, a porra do vislumbre de um sorriso se espalhou em seus lábios. O sangue seco esticou em sua boca enquanto seus olhos se fechavam e seu corpo seguia dançando no ritmo. Tão focado em vê-la perdida com a música, eu mal vi Meister ser chamado para falar com Himmler. Eu apenas continuei assistindo. Porque não conseguia desviar o olhar.

E então, com um suspiro pesado, os olhos de Phebe abriram e colidiram diretamente com os meus. Ela se acalmou. No início, pensei que estava cansada demais para continuar dançando... mas então ela piscou, e piscou novamente, e as lágrimas encheram seus olhos.

— Você. — Sua voz rouca era quase inaudível com a música. Seu minúsculo corpo balançou, mas desta vez não tinha nada a ver com a música. Seu lábio inferior ensanguentado tremeu e, em pés instáveis, ela tropeçou em minha direção. A cada passo, seu rosto já sem cor, empalidecia ainda mais. E então as lágrimas caíram, uma gota pesada de cada vez, escorrendo por sua bochecha, expondo as sardas que jaziam sob o suor, o sangue e a sujeira.

Seu peito subia e descia em movimentos rápidos. Quando ela me alcançou, a mão cobrindo a boca, ela caiu de joelhos para descansar aos meus pés. Olhei para Meister; ele ainda estava ocupado. Viking e Cowboy estavam observando cuidadosamente com expressões confusas pra caralho. Suas mãos estavam em suas armas, prontas para qualquer merda que acontecesse.

E então olhei de volta para Phebe e encarei seus olhos azuis. Eles ainda estavam enevoados com a droga. Ainda sem foco e vítreos. No entanto, quando ela se ajoelhou aos meus pés, suas lágrimas grossas e sua respiração pesada, eu podia ver através de tudo.

Seus olhos estavam me implorando por ajuda.

— Ela... Ela está segura? — Phebe balbuciou, seu rosto antes bonito se contorcendo de dor enquanto ela cambaleava para frente, como se a dor a estivesse apunhalando direto no estômago. Franzi o cenho com a sua pergunta. Phebe conseguiu levantar a cabeça e colocar a mão sobre o coração. — Ela está segura? Eu não a salvei... mas ela está segura? Eu quero que ela fique segura.

Engoli em seco, verificando se Meister ainda estava conversando profundamente com Himmler. Agradeci Hades pelo maldito estar ocupado, porque eu queria desesperadamente falar com a cadela, mas tinha que jogar essa merda de jogo direito. Phebe se arrastou para frente até que seus seios estivessem nos meus joelhos. Fiquei tenso enquanto ela observava meu rosto. Então, com movimentos cuidadosos e suaves, ela estendeu a mão, as pontas dos dedos cheias de bolhas alcançando meu rosto.

Fiquei congelado quando as pontas dos dedos dela roçaram minhas bochechas e correram pela minha barba grossa. Suas pálpebras lutavam para ficar abertas, sem dúvida pesadas pelas drogas. Seu cabelo estava grudado em sua pele lisa. O pior de tudo, era o esperma de Meister escorrendo entre suas coxas. Eu podia sentir o fedor de sexo saindo dela em ondas. Ainda assim, eu não conseguia respirar quando suas mãos macias tocaram meu rosto, enquanto aqueles olhos azuis e atordoados me observavam. Então, suas sobrancelhas se ergueram e um sorriso se espalhou em seus lábios, e aquilo me matou. A cadela tinha acabado de ser estuprada, degradada na frente de uma multidão e, sem dúvida, recentemente espancada por Meister, mas aqui estava ela, de joelhos aos meus pés, tocando meu rosto e sorrindo.

Eu quase puxei a arma e atirei em cada filho da puta aqui, apenas pela chance de tirá-la desta merda neste momento.

— Você — ela disse, outra vez, uma nova leveza em sua voz. Seus dedos correram pelos meus lábios, em seguida, parando nos meus olhos. Sua mão se curvou, emoldurando meus olhos, e ela soltou um suspiro longo e feliz. — Aquele com olhos amáveis — murmurou. Sua cabeça se inclinou para o lado como uma criança inocente. — Você não me matou. Eu merecia morrer, mas você não me matou... porque você tinha olhos amáveis. Um homem do diabo com olhos de anjo.

Lembrei daquela porra de noite na Comuna novamente. Lembrei dessa cadela acariciando o cabelo de Li e a chamando de Rebekah. Chorando. Devastada. Meu peito doeu e engoli o nó na garganta... a maneira como ela olhou para Li. Eu... Eu sabia como era isso.

Foi por isso que não consegui matar a cadela.

Ela... naquele momento, ela era *eu*. Eu naquele dia de merda que nunca saiu da minha cabeça.

— A árvore. — A voz de Phebe me tirou dos meus pensamentos.

Eu me mexi na cadeira enquanto ela afastava as mãos e as mantinha juntas da maneira como as amarrei.

— Um homem do diabo com olhos de anjo — ela repetiu e começou a soluçar. — Está aqui novamente por mim. Para me resgatar do inferno? Para nos levar...? Para nos deixar seguras? — ela disse as frases como se fossem perguntas; seus olhos azuis estavam implorando para que eu a tirasse desta cidade, de Meister. Porra, o jeito que ela estava olhando para mim, implorando... a cadela estava me pedindo para tirá-la deste inferno.

Parecendo com *ele*. Como...

— Que porra é essa? Puta!

Minha cabeça levantou enquanto Meister se aproximava. Eu me preparei, pronto para a luta. A mão de Meister agarrou o cabelo de Phebe e a colocou de pé. A cadela gritou enquanto tropeçava para se levantar. Então, quando ela estava de pé, Meister a girou para encará-lo e acertou seu rosto com as costas da mão. Eu tive que usar tudo que eu tinha para não me jogar para cima dele, puta que pariu. Mas quando olhei em volta, todos os guardas estavam nervosos, com as mãos nas armas. Nenhum de nós sairia vivo se tentássemos.

Teríamos que esperar, porra.

Phebe começou a chorar, soluçando enquanto levantava a cabeça. O sangue correu espesso e rápido de seu lábio. Seus olhos se encheram de lágrimas, mas mesmo depois do duro golpe que Meister desferiu, seus olhos atordoados ainda procuravam os meus. E puta merda, eles se suavizaram. Como se eu estivesse tornando tudo melhor apenas por estar aqui.

Eu não podia lidar com aquele olhar.

— Puta! — Meister rosnou enquanto a puxava para perto de seu rosto. — Parece que você ainda não aprendeu a lição, vagabunda. — Ele a sacudiu violentamente, a cabeça de Phebe balançando para frente e para trás. — Então vou ter que me esforçar mais.

Meister se virou em direção à porta, o *saloon* inteiro olhando em um silêncio expectante. Ao passar por mim, ele olhou para baixo e disse:

— Essa vadia era uma prostituta treinada. Abria as pernas para qualquer coisa que se movesse. Estou treinando ela novamente para ser uma esposa do Klan. — Como se suas próprias palavras o enfurecessem, ele se virou e bateu nela novamente, a cabeça de cadela girando para o lado. — Mas essa vagabunda é difícil de quebrar. — Ele arrastou Phebe para fora do bar, e antes que a porta se fechasse atrás deles, eu o vi virar para a esquerda. Em direção à cabana do dentista.

Peguei meu cigarro, acendi e traguei fundo. Himmler estava me observando com olhos desconfiados, então agi com calma por fora, embora na minha cabeça eu estivesse me imaginando cortando a garganta de cada filho da puta de todo este lugar. Nos dez minutos seguintes, terminei minha cerveja, tomei outra bebida e me levantei.

Vike e Cowboy me seguiram para fora do *saloon* e atravessamos a rua em direção aos dormitórios. Vike se aproximou para falar, mas sussurrei:

— Ainda não. Himmler estará nos observando do bar.

— Como diabos você sabe disso?

— Confie em mim — eu disse, assim que entramos nos dormitórios, mantendo as luzes apagadas. No minuto em que chegamos ao corredor, dei uma olhada do outro lado da rua.

— Merda — Cowboy xingou. — O filho da puta está bem ali, olhando para nós.

— Ele suspeita de nós. — Eu os conduzi para o quarto de Flame. O irmão estava andando de um lado para o outro. Eu o ignorei e tranquei a porta. — Vamos tirá-la amanhã — informei com calma. — Se Meister não a matar esta noite antes disso. Himmler vai começar a farejar ao nosso redor se não o fizermos. Esse filho da puta sabe que não somos puros.

Levantei o queixo para indicar na direção de Cowboy.

— Ligue para o Hush. Diga a ele que estamos montando um plano e que ele precisa estar pronto assim que eu avisar.

Cowboy tirou o celular do bolso. Ele falou baixinho com Hush, levantou o polegar e encerrou a ligação.

— Ele está pronto.

Andando também, passei a mão pelo cabelo.

— Amanhã à noite, depois que escurecer. — Vike e Cowboy concordaram. Flame estava muito perdido em seu próprio mundo para ouvir.

Esbocei meu plano e meus irmãos ouviram com atenção. Todos nós concordamos – seria assim que tudo iria acontecer.

O quarto estava silencioso. Vike me lançou um olhar estranho.

— Não tenho certeza se aquela cadela pode ser salva, irmão. Nunca vi uma merda assim antes. Ele é um fodido de merda.

Fechei os olhos e tentei não deixar o pensamento de Phebe, da porra do meu passado, me rasgar em pedaços. Contei até dez em minha cabeça.

— Você pode estar certo. — Sentei na beirada da cama e olhei para Flame, prova de que mesmo as almas mais fodidas poderiam ser salvas, de alguma forma. — Mas, porra, eu vou morrer tentando.

— Sempre o herói maldito — Viking disse, sem humor.

Herói? Muito longe disso. Eu só não conseguia ver mais uma pessoa morrer nas mãos de outra.

Então eu enfrentaria Meister e seus homens do Klan amanhã à noite.

Nós cuidaríamos do resto depois disso.

Mesmo que Phebe já estivesse completamente fodida.

CAPÍTULO CINCO

PHEBE

A rua passou rápido por mim. Lutei para abrir os olhos. Então cedi ao escuro. Cedi à escuridão e deixei um par de olhos bondosos me vigiar. Um anjo disfarçado de demônio.

Uma porta se abriu e, em seguida, fechou. Fui empurrada para uma superfície que reconheci. Minhas pernas foram separadas. Uma agulha picou meu braço. Então uma luz líquida passou pelas minhas veias enquanto eu sentia minha bochecha sendo atingida e meu núcleo sendo devastado.

Mas não me importei.

Pisquei com o brilho suave do sol quente. Sorri quando vi meus arredores. Eu estava de volta à floresta. A brisa estava fria, agitando meu cabelo. Sentei-me na grama, minhas mãos correndo pela vegetação macia. Fechei os olhos, simplesmente relaxando, então senti o ar agitado ao meu redor. Alguém se sentou ao meu lado. Abri os olhos e relanceei um olhar à direita. Sorri ainda mais, inalando o cheiro reconfortante de couro.

— Você? — sussurrei com um suspiro feliz.

O diabo com olhos de anjo assentiu com a cabeça e descansou os braços sobre os joelhos dobrados.

— Eu — ele disse, e o canto de sua boca se curvou.

Estudei suas feições. Observei seu longo cabelo castanho, algumas mechas parecendo quase cor de caramelo quando tocadas pelo sol. Sua pele era bronzeada, seu corpo alto e musculoso. Mas seus olhos eram os meus favoritos. Um marrom tão profundo que eu poderia me perder em suas profundezas por dias.

Ele apontou para a floresta.

— Você gosta deste lugar?

Eu segui sua mão. Olhei para as árvores altas e ouvi o rio fluindo além da clareira.

— É onde venho para deixar tudo para trás. Este... — Inspirei o ar perfumado. — Este é o meu paraíso.

Ele se virou para mim, procurando por algo em meu rosto.

— Você está aqui por mim? — perguntei quando ele não falou nada, minha respiração presa em esperança.

— Vou tirar você daqui — ele murmurou, e vi a convicção de sua promessa em seus olhos.

A tensão deixou meu corpo e tive a sensação de que estava flutuando. Uma mão cobrindo a minha, de repente, se tornou minha âncora. Meu corpo pareceu voltar para a grama macia, e encarei sua mão tatuada descansando em cima da minha, lutando contra as lágrimas que ardiam em meus olhos com seu toque gentil.

Este homem era gentil e amável. Ele era...

— Um anjo — sussurrei e levantei meus olhos para encontrar os dele. — Você é meu anjo — murmurei. Seus lábios se separaram. Eles eram carnudos e gentis. — Você é um anjo que veio para me salvar. Você já poupou minha vida uma vez e voltou para fazer isso novamente.

Segundos se prolongaram, apenas o som da água fluindo para ser ouvido. E então ele disse, agarrando meus dedos com força:

— Sim. Estou aqui para levar você, Phebe. Para tirar você deste inferno. Você apenas tem que esperar por esta noite. Apenas aguente um pouco mais.

— Muito bem — eu disse. Segurei a mão do anjo quando ele tentou puxá-la. O anjo franziu a testa para mim em confusão. — Esta noite pode ser difícil — sussurrei e senti o eco da dor sendo trazida ao meu corpo em algum outro lugar. Apertando com mais força, perguntei: — Você poderia ficar comigo durante isso? Só por esta noite? Eu... Eu posso precisar de você...

Os olhos do anjo suavizaram e ele assentiu com a cabeça.

— Sempre — ele respondeu e se aproximou de mim. Recostei a cabeça em seu ombro e fechei os olhos. Uma estranha sensação de segurança me envolveu com seu calor. — Apenas espere, okay? Só por mais esta noite.

Respirei profundamente e sorri.

Era exatamente o que eu pretendia fazer.

CAPÍTULO SEIS

AK

Sentei na beirada do colchão na cabana do barbeiro, contando os minutos. Minha perna quicou quando a cadela atrás de mim fez ruídos silenciosos de dor. Eu a bloqueei. Eu tinha apenas uma missão esta noite.

E estava a alguns segundos de começar.

Chequei o relógio.

Então...

Uma campainha soou. Meu coração disparou como uma metralhadora. Agarrei a arma e olhei pela janela gradeada. Guardas e homens correram de seus barracos e celeiros. Um tiro foi disparado e olhei para a saída principal.

Congelei.

— Hush — sussurrei. Que porra o filho da puta suicida estava fazendo?

Com os braços bem abertos, ele gritou com seu forte sotaque *cajun*:

— Minha mãe é branca e meu papai é negro. Eu sou a porra do seu pior pesadelo, então por que vocês não vêm buscar à mim e ao meu enorme pau interracial!

O idiota saiu correndo. As armas dispararam e os homens correram atrás de Hush. Eu vi guarda após guarda abandonar seu posto, como bons pequenos homens da Klan e irem atrás de um negro. Quando o guarda em frente à cabana do dentista saiu correndo, houve uma batida na minha porta. Vike estava lá, me levando para fora.

— Ele foi com eles — Vike disse.

Meister. O filho da puta mordeu a isca.

Flame veio correndo da parte de trás da cabana e se jogou sobre um caipira que ficou para trás. O irmão cortou a garganta do maldito e também sua artéria femoral. O idiota caiu. Vike me empurrou para frente.

— Pegue ela. Temos minutos. Acabamos com qualquer um que for deixado para trás.

Corri para a cabana ao lado e olhei pela janela. Lutei para ver através da espessa camada de poeira e sujeira. Mas alguém estava lá, deitado mortalmente imóvel em uma cadeira. Eu bati com meu ombro na porta, a velha madeira cedeu na mesma hora. Corri para dentro da pequena sala e parei. Phebe estava lá, espancada até ficar irreconhecível, em uma cadeira de dentista antiquada. Ela estava nua e o sangue estava fresco. Uma intravenosa de heroína ou alguma merda foi colocada em seu braço.

Arranquei a agulha, ignorando o pequeno jato de sangue que se seguiu, e peguei Phebe em meus braços. Ela soltou um gemido baixo, mas não acordou. Ela pesava praticamente nada. Ao sair da cabana, vi cinco corpos no meio da rua.

— Acho que pegamos eles — Vike disse enquanto Cowboy e Flame se colocavam ao meu lado.

Phebe gemeu em meus braços.

— Puta merda — Cowboy xingou enquanto olhava para o corpo de Phebe. A cadela estava nua e eu não tinha nada comigo para cobri-la. Eu olhei para Cowboy até que ele desviou o olhar.

— Ele deixou a van no começo da floresta, mais à frente — informei e comecei a me mover. Eu mal tinha dado três passos antes de ouvir um clique de arma e vários passos esmagando o chão áspero. Parei e virei a cabeça para a direita.

O maldito Himmler, junto com dois idiotas com armas apontadas direto para nossas cabeças.

— Soube que havia algo com vocês, seus malditos, no minuto em que entraram neste lugar — Himmler falou, apertando a coronha da arma. Flame e Cowboy ficaram tensos ao meu lado. Segurei Phebe com mais força em meus braços. Os olhos de Himmler pousaram na Ruiva. — Meister não vai aceitar você tentando roubar a maldita prostituta dele. Ele não vai dar a mínima se você for um atirador de elite ou se pode matar a metros de distância. — Ele se aproximou, ficando mais perto ainda, até que o cano de sua arma pressionou contra minha testa. Ele sorriu e eu me preparei para atacar. Com a cabeça inclinada para o lado, ele continuou: — Por que vocês estão aqui? Vocês não são da Klan. Se fossem, estariam se unindo à causa, não roubando dela.

— Amantes-dos-negros-ponto-com — Vike disse atrás de mim. — Você já deve ter ouvido falar de nós. Brancos que adoram negros. Boceta, pau, fica à sua escolha. Adoramos toda essa coisa de chocolate.

Himmler rosnou com a piada idiota de Vike, mas isso me deu a fração de segundo que eu precisava para atacar. Bati minha mão no cano da arma de Himmler, afastando da minha cabeça. Abaixei e coloquei Phebe no chão enquanto Vike, Flame e Cowboy pularam nos outros guardas. As armas dispararam, parecendo trovões ecoando na cidade fantasma vazia.

Empurrei Himmler para trás e caímos no chão. O filho da puta lutou comigo pela arma. Mas agarrei firme e bati minha testa contra a dele. Himmler gritou. Ouvi o som gorgolejante de alguém sufocando com sangue. Olhei para o lado e deparei com Flame em cima de um dos homens, com o peito coberto de sangue, suas facas cravadas na carne do guarda da Klan.

Um golpe atingiu minha boca, tirando sangue de meu lábio, e vi tudo vermelho. Abaixei o punho e golpeei o rosto de Himmler. Arrancando a arma de sua mão, virei a arma com um movimento suave e pressionei contra sua garganta. O filho da puta encontrou meus olhos e eu sorri. Sorri enquanto metia uma bala em seu crânio, espalhando seus miolos no chão de terra.

Atirei novamente, desta vez através de seu queixo, observando a mandíbula do idiota explodir. Pensei em Phebe e nas outras cadelas neste lugar e atirei novamente, e novamente, perdido no mar de sangue, até que alguém me puxou e eu caí no chão. Apontei a arma para quem quer que fosse e vi Cowboy recuar com as mãos para o ar.

— Já chega, AK. E temos que ir, porra. Agora. Esses tiros vão fazer com que isso aqui encha com o resto desses filhos da puta em segundos.

Balançando a cabeça para voltar ao aqui e agora, joguei a arma no chão e corri para Phebe. Seu corpo nu estava salpicado de sangue. Eu a levantei e olhei para meus irmãos. O rosto de Flame estava inundado de sangue e seus olhos negros estavam enlouquecidos.

— Vamos, agora — falei e deixamos os filhos da puta mortos no chão, fugindo para as sombras das árvores.

Sem parar para esperar pelos meus irmãos, sabendo que eles iriam me seguir, foquei no caminho que ia em direção à estrada. Galhos e folhagens bateram em meu rosto enquanto corríamos.

Dez minutos depois, chegamos na van que Hush havia deixado para nós. Vike e Flame entraram na frente e ligaram o motor. Entrei na parte de trás, assim como o Cowboy.

— Onde diabos ele está? — Cowboy perguntou em pânico, seus olhos examinando a estrada abandonada.

— Mas que porra ele estava pensando? — rebati, pensando em Hush atiçando todos aqueles filhos da puta.

Idiota.

Cowboy cerrou o punho e deu um soco na lateral da van. Phebe se encolheu em meus braços. Pelo menos ela não estava tão perdida nas drogas que não pudesse reagir. Talvez ela ficasse bem. Pelo menos fisicamente. Peguei o cobertor que estava na parte de trás da van e enrolei seu corpo nu. Phebe gemeu novamente, e seus olhos reviraram, mas ainda assim ela não acordou. Só Deus sabe que tipo de coquetel Meister estava injetando nela.

— Ali! — A voz de Vike ressou dentro da van. Olhei pelas portas abertas e vi Hush correndo em nossa direção. O filho da puta tinha sorte de ser rápido. Ele sinalizou para começarmos a nos mover. Cowboy se pendurou e agarrou a mão de Hush, puxando-o para dentro. Eles fecharam as portas e saímos em disparada. Eu mantive minha arma em mãos, só para o caso de precisar.

— Que porra foi aquela? — Cowboy explodiu. Ele pairou sobre Hush, puto pra caralho.

— O quê? — Hush rebateu, sua expressão ficando sombria.

— A provocação sobre o pau-enorme-interracial, seu idiota. Você deveria ter detonado um explosivo, não se oferecido para a porra de um linchamento — rosnei.

Hush me ignorou e se voltou para Cowboy.

— Você acha que depois de tudo o que aqueles filhos da puta da Klan fizeram comigo, com a minha família, que eu iria distrair os malditos com um explosivo? Foda-se essa merda. Eu queria que aqueles filhos da puta vissem minha bunda impura. Eu queria que eles fervessem de ódio.

— Bem, foi um bom trabalho, filho da puta. — Cowboy deslizou para se sentar no lado oposto da van. — Você queria que eles fervessem? Espere até que Meister volte para ver seu segundo em comando sem rosto e crânio.

Ninguém disse nada enquanto Viking nos conduzia como um raio de volta ao complexo. Até que Hush balançou a cabeça e disse:

— Merda. Essa é a Phebe? Irmã da Li?

— O que sobrou dela. — Fiz um gesto para o Cowboy. — Ligue para o Profeta Cuzão. Vamos precisar dele na minha cabana. E diga ao filho da puta que isso não é uma porra de um pedido.

Cowboy fez o que eu disse. Mantive o olhar focado à frente, na lateral da van. Até que senti alguém me observando. Quando olhei para baixo, os olhos inchados de Phebe estavam abertos. Fiquei tenso quando meu olhar encontrou o dela.

— Vike, pegue as estradas secundárias para casa e desligue os faróis. Eles vão invadir as estradas principais em minutos. Essa merda não acaba até passarmos pelos portões do complexo.

Mantive o olhar no rosto de Phebe, e aquele pequeno sorriso que ela deu quando me viu antes, surgiu em seus lábios. Meu coração se partiu ao meio. Em sua voz rouca e ferrada, ela disse:

— Segura...

Seus olhos se fecharam um segundo depois, mas não parei de encará-la. Eu não conseguia desviar o olhar. Mesmo quando a van parou, lutei para afastar meu olhar.

Segura, ela disse.

O que quer que aquilo significava para ela.

Quando as portas da van se abriram na frente da minha cabana, segurei Phebe perto do meu peito e saí para a brisa noturna. Ela gemeu em meus braços enquanto o vento batia em sua pele ferida.

Rider estava perto da cabana com sua maleta médica na mão. Lil' Ash estava parado na frente da porta de Flame, e eu podia ver Maddie na janela, tentando espiar.

Flame marchou direto para Ash, então foi até a porta de sua cabana. Eu caminhei até a minha, apenas olhando para o profeta, que agora tinha a cabeça raspada, para dizer:

— Vamos.

Fui direto para o meu quarto e deitei Phebe na cama recém-feita. Phebe gemeu, arqueando as costas, quando dei um passo para trás. Suas sobrancelhas vermelhas estavam franzidas e as pernas inquietas.

Aqui vamos nós. Observei enquanto os dedos de sua mão esquerda procuravam as marcas de sua mão direita. As unhas começaram a arranhar, procurando a injeção de heroína.

— Eu posso...? — uma voz perguntou atrás de mim. Olhei de volta para Rider na porta. Mas os olhos do idiota não estavam focados em mim, e, sim, em Phebe.

— Vá em frente — respondi e me afastei.

— Merda — Rider murmurou baixinho enquanto caía de joelhos e abria sua maleta.

Ele estremeceu ao ver seus ferimentos. A mão que estava correndo sobre os braços e pernas de Phebe parou no ar e cerrou os punhos.

— Sinto muito — Rider disse para Phebe. Se eu não estava enganado, a voz do idiota falhou. Sua cabeça pendeu para baixo e balançou de um lado para o outro. — Eu realmente sinto muito.

Meus olhos se estreitaram, observando-o com ela, e meu peito apertou com a forma como ele falou com Phebe. Eu sabia que ele a conhecia. Sabia que seu gêmeo psicótico fodeu com ela por muito tempo. Mas não gostava do quão próximo Rider era dela. Algo em meu peito não gostava do quão familiar ele era com ela.

— Ela foi estuprada e espancada. Não sei por quanto tempo. — Rider virou a cabeça para me ouvir, e juro que o filho da puta enxugou os olhos. — Estavam dando *smack*, o caralho de heroína, para ela. O filho da puta do Meister mantém todas as cadelas nessa merda.

Mudando de amigo para médico, Rider se levantou e começou a verificar todos os cortes de Phebe.

— Eu preciso de toalhas e água. Temos que limpá-la.

Passos soaram no corredor. Olhei para a porta e Ash já estava reunindo o que Rider havia pedido. Eu nem tinha visto que o garoto estava lá. Quando ele voltou, arqueei uma sobrancelha em questionamento.

— Achei que poderiam precisar de mim — ele respondeu.

Baguncei o cabelo escuro do garoto e peguei a água. Coloquei ao lado de Rider, e Ash entregou as toalhas.

— Espere na cozinha, garoto — ordenei.

Observei enquanto Rider limpava Phebe e começava a dar pontos em seus ferimentos. Ele se moveu para a sua boceta e o dano que tinha sido feito lá. Fiquei tenso na mesma hora. Para ser justo com o Profeta Cuzão, o filho da puta era clínico e meio que profissional. Mas observar o cara perto de sua vagina quase me deixou louco para matá-lo. Então me concentrei no rosto de Phebe, em seus olhos, que continuavam abrindo e fechando. Seus lábios se separaram e sua língua correu ao longo de sua pele rachada.

— Ela precisa de água — Rider disse enquanto costurava um corte em sua coxa.

Com os dentes cerrados, corri para a cozinha e passei por Ash, que estava sentado à mesa. Peguei um copo limpo e enchi com água. Quando voltei para o quarto, estendi o copo para Rider. O ex-irmão olhou para minha mão.

— Você vai ter que fazer isso. Tenho que fechar esses cortes para que não infeccionem.

Fechei os olhos e respirei fundo. Quando os abri novamente, fui até a cabeceira da cama e me sentei na beirada. Phebe gemeu e virou a cabeça em minha direção. Seus olhos se abriram e seu fodido olhar azul focou diretamente em mim. Seus lábios se contraíram; meu corpo ficou tenso, me perguntando se a cadela tentaria sorrir para mim novamente. Mas ela engasgou de sede, então, gentilmente, coloquei minha mão na parte de trás de sua cabeça e inclinei seu pescoço. O corpo magro de Phebe era leve como uma pena. Ela fez sons angustiantes enquanto eu a movia, mas o tempo todo seus olhos vidrados nunca deixaram os meus.

Engoli a porra do nó que estava subindo pela minha garganta. E puta merda, minha mão que estava segurando o copo tremia. Fechei os olhos e me ordenei a me recompor. Mas antes que pudesse, fui enviado de volta para *lá*. Senti o suor escorrer pela nuca. Senti o ar seco enchendo meus pulmões. Senti o chão de terra sob meus joelhos e senti sua mão na minha enquanto eu o agarrei com força. Senti a porra das lágrimas surgindo sob minhas pálpebras fechadas enquanto sentia o cheiro – o sangue, urina e merda de dias e dias de tortura.

— AK — uma voz profunda disse, cortando minha mente. Tentei voltar ao presente, mas estava preso pra caralho. Meu coração bateu contra as costelas com tanta força que tive certeza de que meus ossos estavam prestes a se partir.

Em seguida, um longo gemido feminino tomou conta do meu cérebro e destruiu a lembrança. Pisquei e limpei as lágrimas dos meus olhos. Olhos azuis ainda estavam me encarando. Mas não foram os olhos que me trouxeram de volta, foi saber que eu estava com a Phebe. Foi a sensação de seus dedos ossudos agarrando meu pulso com toda a força de uma borboleta. Sua mão tremia, mas ela tentava levar o copo de água em minha mão à boca.

Com uma inspiração profunda, levantei lentamente o copo até a sua boca e observei com cautela enquanto ela bebia. Phebe tossiu, tentando engolir muito de uma vez.

— Goles pequenos — Rider falou de algum lugar ao meu lado. Mas eu não conseguia desviar o olhar de Phebe. Agora que seu rosto estava limpo de sujeira, sangue e qualquer outra merda sob o qual estava oculto, vi como ela realmente parecia. Sua pele já pálida, agora estava acinzentada. Suas bochechas estavam encovadas e as maçãs do rosto marcadas em seu rosto magro. Mas suas malditas sardas ainda estavam lá. A mesma maldita massa de sardas que olhou para mim no dia em que a amarrei naquela porra de árvore na Comuna da seita. Tantas delas que devia haver um milhão em suas bochechas e testa. E aquelas pequenas malditas em seu nariz...

— Isso é o suficiente — Rider instruiu. Afastei o copo, mas não abaixei Phebe de volta na cama. Mantive sua cabeça em meus braços. Mesmo quando seus olhos se fecharam e sua respiração se tornou superficial com o sono, eu ainda não a soltei. Não até Rider entrar na minha linha de visão. O filho da puta estava me olhando com uma maldita carranca no rosto, me *observando*; como se tivesse algo a dizer sobre o que aconteceria com essa cadela daqui para frente. Como um maldito irmão cuidando de sua irmã.

— O quê? — rosnei e recoloquei Phebe no travesseiro. Ela parecia muito estranha deitada na minha cama.

Rider não falou por alguns segundos, apenas me olhou. Ele passou a mão pelo cabelo cortado.

— Fiz as suturas necessárias. Ela estava... — Ele gesticulou para sua boceta. — Machucada. Ele a machucou, mas ela vai se curar. — Rider olhou para os braços dela e as marcas de rastros visíveis. — Mas precisamos conseguir os medicamentos certos para livrar seu sistema da heroína.

Quando fui falar, ouvi o som da porta da frente se abrindo e passos vieram correndo pelo corredor. Ky entrou em meu quarto com Styx em seu encalço.

Ky olhou para a cama. Eu me levantei e saí do caminho para deixá-lo ver Phebe, cerrando os dentes quando me lembrei que ela ainda estava nua. Eu me virei, levantei seu corpo magro e a coloquei sob o edredom. Quando ela estava coberta, dei um passo para trás e olhei para o meu *Prez* e *VP*. Mas eles já tinham visto o dano. Eu poderia dizer isso pela porra do olhar assassino no rosto de Ky.

— Ela vai sobreviver? — perguntou friamente. Eu sabia pelo seu tom que a pergunta não era para mim.

— Sim — Rider respondeu. Ele fez uma pausa, o tempo suficiente para Ky e Styx olharem para ele. — Mas ela estava sendo injetada com heroína e muito mais, eu acho. — Senti o ar ficar frio como uma pedra ao nosso redor. Os dentes de Ky arranharam seus lábios. O irmão estava puto.

— Todas estavam — acrescentei. Ky e Styx olharam para mim. — As cadelas na cidade fantasma. Ele tinha intravenosas cheias de *smack* e *crack* e sabe-se lá o que mais. Todas as cadelas estavam fora de si. — Encarei Phebe outra vez. Ela parecia minúscula pra caralho no meu colchão. — Só Deus sabe há quanto tempo ela está nisso.

— Há algum tempo, eu diria — Rider comentou.

— Não conte a Lilah sobre Phebe ter voltado — eu disse a Ky. — Ela ainda não superou essa merda.

— Ela precisa de medicamentos — Rider continuou. — Para tirá-la da heroína e...

— E eu preciso que vocês deem o fora. — Cruzei os braços sobre meu peito.

— O quê? — Ky disse, asperamente. Styx deu um passo à frente, seu peito volumoso estufando com a minha atitude de merda.

— Eu preciso que vocês deem o fora da minha cabana. — Minha mandíbula cerrou. Ky me olhou.

— Você tem algum problema, irmão? — Ky perguntou, sem dúvida se perguntando o que diabos estava acontecendo.

— A cadela precisa tirar essa merda de suas veias. Então vou vigiá-la até que desapareça. E para isso, preciso que todos deem o fora daqui.

— Você está maluco? — Rider indagou, parecendo em pânico. — Existem maneiras melhores. Podemos desacelerá-la com medicamentos, tornar menos doloroso para ela. Porra, ela merece depois do que passou.

— A minha maneira levará apenas alguns dias. Então cai fora. — Voltei-me diretamente a Ky e Styx. — Ligarei quando tudo terminar.

Os olhos de Styx foram para Phebe na cama. Levantando as mãos, ele sinalizou:

— *Você não precisa fazer isso. A cadela não é problema seu.*

— Eu quero... *e preciso.* — Antes que eu pudesse ver a porra de simpatia indesejada nos rostos de Styx e Ky, eu me virei e fui para o meu armário. Peguei uma regata preta do Hangmen e uma cueca samba-canção. Sem olhar para trás, eu disse: — Então saiam. Ligarei quando terminar.

Eu sabia que eles não sairiam imediatamente, mas também não me virei até que tivessem ido embora. Quando ficamos só eu e Phebe, fui para o final da cama e a encarei. Ela parecia tão em paz, mas eu sabia que em questão de horas, quando a ânsia viesse com força total, não haveria paz para ela por dias. Segurei a regata e a boxer com mais força em meus punhos e lutei contra a porra do buraco que estava tentando se formar no meu estômago.

Phebe se encolheu em seu sono. Caminhei na sua direção e puxei as cobertas. Encarei seu corpo machucado e imaginei como ela ficaria com mais alguns quilos e saudável. Merda. Eu sabia que, ainda assim, ela seria a melhor cadela que já vi. Imaginei sua pele sem cortes e marcas de hematomas, da cor do leite. E um sorriso nesses lábios que era por estar livre da merda em suas veias e não de alguma gratidão equivocada por ter sido salva de uma rede de tráfico sexual.

Forçando-me a agir, passei a regata por sobre sua cabeça. Hades sorriu para mim com sua Uzi e forca nas mãos. Minha regata pendia no meio de suas coxas. Deslizei a boxer preta pelas pernas e puxei a coberta de volta sobre ela.

Vike e Flame estavam me observando da porta.

— Você não precisa fazer essa merda, 'K — Vike comentou. — Deixe isso para outra pessoa.

— Eu posso fazer isso. — Cruzei os braços sobre o peito.

Flame, pela primeira vez, estava quieto pra caralho, e eu sabia que o irmão estava preocupado quando seu olhar negro se fixou ao meu sem desviar o foco.

— Dê ela para outra pessoa cuidar — ele rosnou.

Balancei a cabeça em negativa.

— Eu cuido disso — falei. Flame balançou a cabeça como se estivesse pronto para discutir. — Flame — eu o chamei e então acrescentei: — Eu te ajudei quando passou por essas merdas, certo? Quando tiramos você daquele manicômio? — As narinas de Flame inflaram e as veias em seu pescoço incharam com a lembrança. — Eu posso fazer isso por ela também. — Passei a mão pelo cabelo. — Eu... *porra*, eu tenho que fazer isso por ela também.

Vike recostou a cabeça contra o batente da porta, exasperado. Flame olhou para Phebe na cama, e seus olhos se estreitaram ligeiramente. Eu podia dizer que ele estava se vendo naquele colchão. Flame girou nos calcanhares e saiu da minha cabana. Eu sabia que era o irmão abandonando a sua merda de protesto.

— Sabe, nem sempre você tem que fazer isso pelas pessoas — Vike disse. Olhei para meu amigo mais antigo, mas não disse nada. Tínhamos opiniões muito diferentes sobre esse ponto. — Isso não vai mudar o passado.

Levantei a mão no ar e cortei essa merda rápido.

— Não — avisei. — Porra, não vá lá, Vike. E estou falando sério, caralho.

Vike me olhou, mas parou de protestar. Ele se virou para ir embora.

— O que há com você e essa cadela? Por que você se importa?

Eu não respondi. Principalmente porque eu também não entendia. Eu só precisava que ela melhorasse. Isso era tudo que me permiti aceitar.

— Eu preciso que você fique com o garoto por alguns dias — comentei em vez disso. — Flame precisa de um tempo sozinho com Madds. Ele não está bem depois da cidade fantasma. Não quero colocar Ash nesse caminho.

Vike assentiu com a cabeça.

— E não seja um idiota com ele.

Vike me deu uma saudação de merda.

Ele saiu da cabana e eu bati na porta do quarto de Ash.

— Sim? — ele gritou.

Abri a porta, vendo-o sentado em sua cama.

— Vou precisar que você fique com o Vike por alguns dias, garoto.

Ash olhou para mim, seu cabelo preto uma maldita bagunça em sua cabeça.

— Okay. — E se levantou para fazer a mala. Ele esperou até quase terminar para perguntar: — Isso tem a ver com a cadela no seu quarto?

Eu sorri.

— Cadela, Ash? Cuidado, você pode realmente começar a soar como um verdadeiro Hangmen logo, logo.

Seu rosto ficou vermelho de vergonha.

— Vocês dizem cadela, então agora eu também digo. Não é ruim dizer isso aqui. Você só diz isso sobre garotas de quem gosta.

Assenti com a cabeça, então respondi sua pergunta original:

— Sim, garoto, tem a ver com a cadela no meu quarto. E não vai ser algo bonito de se ver.

Ele se moveu para sair. Quando ele passou por mim, agarrei seu braço.

— Se você precisar de alguma coisa, fale para o Vike, Flame ou Madds, okay?

Ele assentiu e saiu. Tranquei a porta, então juntei todas as merdas que eu sabia que seriam necessárias para as próximas horas. Tomei um banho e vesti apenas uma calça jeans, afastando o cabelo ainda molhado do rosto. Então puxei uma cadeira para o meu quarto e me sentei na ponta da cama.

E esperei.

Esperei que a desintoxicação começasse.

Tentando não deixar que o *déjà vu* do meu passado entrasse na minha cabeça.

A quem eu queria enganar? Não havia chance disso.

Então, eu também deixei minha tortura começar.

Sangue. Sangue e a merda de uma tonelada de corpos nos cercando. E ele se foi. Devin tinha sumido...

CAPÍTULO SETE

PHEBE

— Phebe — meu pai chamou.

Corri do meu quarto para a sala de estar. Um homem estava sentado no sofá. O homem estava vestido de branco e tinha o cabelo mais loiro que eu já tinha visto. Bem, a não ser por um outro. O da minha Rebekah. Mas ela agora se fora. Havia ido para a casa do profeta para livrar o diabo de sua alma. Logo ela estaria livre do mal e eu teria minha irmã e melhor amiga de volta.

Eu estava contando os dias.

— Phebe — meu pai disse. — Este é o Irmão John.

— Olá, senhor — cumprimentei e fiz uma reverência. Quando me endireitei, meu pai sorriu para mim.

Eu sorri.

Irmão John se levantou do sofá e veio em minha direção. Ele parou a apenas alguns centímetros de distância, ergueu a mão e colocou os dedos sob meu queixo. Encarei seus olhos azuis enquanto ele observava meu rosto. Ele estava sorrindo gentilmente para mim; e eu sorri de volta para ele. Isso pareceu agradar ao Irmão John, porque ele assentiu com a cabeça e falou com meu pai:

— Ela é bonita. Será uma boa Irmã Sagrada.

Irmão John desamarrou minha touca e a tirou. Meu cabelo comprido estava preso em um coque à nuca. Ele retirou os grampos e o deixou cair em volta de mim, até a cintura.

— Linda — ele disse, novamente, e passou os dedos pelos fios. — Diga-me, Phebe... — o Irmão John perguntou: — Quantos anos você tem?

— Eu tenho dez anos, senhor.

— Perfeito — ele respondeu. — E você já recebeu seu primeiro toque?

Olhei para meu pai, que acenou para que eu respondesse.

— Sim, senhor.

— Ela não foi totalmente tomada, mas foi explorada por um irmão de quem sou próximo, desde que ela era muito jovem. Phebe tem a experiência necessária.

Meu coração bateu mais rápido quando me lembrei do Irmão Abel. A primeira vez, fiquei deitada na cama quando ele entrou no meu quarto e tirou minhas roupas. E então ele me tocou. Ele sussurrou a escritura em meu ouvido enquanto seus dedos exploravam minha carne. E então ele me disse para tocá-lo também. Ele voltava com frequência e fazia as mesmas coisas, às vezes mais. Meu pai me disse que era a vontade de Deus.

— Phebe — Irmão John falou, e eu pisquei. — O Profeta solicitou a você uma posição especial em nossa Comuna.

A felicidade correu pelo meu corpo e sorri de excitação.

— Eu? O profeta sabe quem sou?

— Sim. — O Irmão John acariciou meu rosto com o dedo. — E você vai se tornar uma garota muito especial para ele e todos os irmãos em nossa fé.

— Eu vou?

— Sim. Você deve se tornar uma Irmã Sagrada. Você sabe o que é isso?

— Não, senhor.

— É uma das posições mais importantes em todos os reinos do Profeta David.

Engoli em seco quando o Irmão John deslizou sua mão na minha.

— Venha, criança. Você vai ficar comigo do outro lado da Comuna em um lugar muito especial.

Olhei para meu pai, e ele deu um amplo sorriso. Não senti nada além de orgulho quando Irmão John me tirou de casa. Irmãos e irmãs por quem passei acenaram para mim em felicitações. O tempo todo, pensei em nosso Profeta e na sorte que tive por ter sido escolhida para um cargo especial.

Eu não o decepcionaria...

Meus olhos se abriram quando uma dor lacinante atingiu meu estômago. A luz no quarto apunhalou meus olhos, e gritei quando seu brilho fez minha cabeça doer.

Levantei as mãos à cabeça e tentei impedir o latejar constante em meu cérebro. Suor cobria minhas palmas, e senti meu estômago revirar e revirar até... Inclinei-me na beirada da cama para o balde ao meu lado e vomitei sem parar, a terrível memória de minha juventude ainda se repetindo em um *looping* em minha mente. Quando não havia mais nada para trazer à tona, quando as ânsias se transformaram em tosse seca, tentei clarear a cabeça do nevoeiro. Eu estava cansada, muito cansada. Em seguida, duas mãos envolveram meus braços, me levantando de volta ao colchão molhado. Mexi meu corpo e senti minhas pernas grudarem na roupa de cama.

— Porra — alguém rosnou.

Meu coração parou de bater. Eu tinha certeza de que iria olhar para cima e encontrar Meister. Eu não queria Meister. Eu nunca quis. Fechei os olhos quando fui colocada em algum lugar e ouvi alguém correndo pelo quarto. Tentei me mover, mas quando o fiz, gritei de agonia. Meus músculos; cada um dos meus músculos estava em chamas, só que eles queimavam por dentro. Minha mão desceu pelo meu braço, apenas para parar no meio. Minha pele arranhou a carne enquanto eu, silenciosamente, procurava a resposta para o que eu precisava.

A poção... Eu precisava da poção.

— Nada aí, Ruiva. Você vai ter que passar por essa merda comigo. — Uma voz profunda estava perto do meu ouvido, então eu estava nos braços de alguém. Só que esses braços não pareciam com os de Meister, este homem não tinha o cheiro dele. Ele cheirava a cigarro, couro e pólvora.

Fui baixada de volta para a cama e então alguém se sentou ao meu lado. Abri os olhos, mas minha visão estava turva. Pisquei até que clareou. Uma mão gentil segurou minha nuca e um copo foi levado aos meus lábios. Água fria entrou na minha boca; pareciam lâminas enquanto eu engolia. Esvaziei o copo, depois, mais um. Quando eu queria um terceiro, a voz profunda disse:

— Não.

Estendi a mão, tentando trazer a água de volta, mas ele se levantou e foi embora. Tentei me concentrar em suas costas, e tudo que vi foi o diabo, rindo de mim. O medo me dominou e gritos saíram de minha boca. Quando ele voltou, minha voz ficou presa na garganta. Observei seus olhos escuros quando encontraram os meus. Ele tinha uma barba rala e seu cabelo era comprido, como os irmãos da Comuna, mas ele não era um dos nossos. Eu sabia que não era.

Ele se ajoelhou ao meu lado e afastou meu cabelo da testa.

— Eu preciso... — Engasguei quando a dor me atingiu, arqueando minhas costas. Minhas unhas arranharam a pele já machucada em meus braços. — Poção — implorei. — Eu preciso da poção.

Ele balançou a cabeça.

— Sem poção, Ruiva. Não mais.

Lágrimas deslizaram pelo meu rosto. As coisas começaram a se mover pela sala. Pessoas entraram, sombras no começo, então...

— Rebekah — chorei. Ela estava se balançando no canto, sangrando, queimada pelo fogo na Colina da Perdição. — Não! — Tentei me mover, mas alguém estava me segurando.

— Você fez isso — ela acusou com sua bela voz. O sangue substituiu suas lágrimas e marcou sua pele perfeita.

— Eu não sabia — chorei. — Acreditei neles quando me disseram que você foi gerada pelo diabo. — Chorei enquanto soluçava tão forte que senti minha garganta ardendo. Em seguida, houve um movimento para a direita.

Gritei de agonia quando a vi mover-se ao lado de Rebekah. Os olhos castanhos de Sapphira me encararam e ela estendeu a mão. Seu lábio inferior tremeu e as lágrimas rolaram por suas bochechas. Tentei alcançá-la, mas não consegui tocá-la. Eu estava muito longe. Eu nunca poderia chegar até ela. As pessoas sempre estavam me segurando.

— Você nunca me disse — ela sussurrou, com tristeza. Meu estômago contraiu novamente.

— Eu não podia. — Observei enquanto o sangue começava a escorrer de seu nariz e boca. — Eles nunca me deixariam. — Minha garganta estava dolorida de tanto chorar. — Se eu me saísse bem, eles me deixavam ver você, mas nunca me permitiam falar sobre essas coisas. Eles nunca me deixariam dizer a você.

— Você os deixou me machucar. — Ela apontou para os hematomas em seus braços, em suas pernas. Ela ergueu o vestido até as coxas e expôs as marcas de mãos, as marcas... a tatuagem.

— Você está segura agora. Ele a levou da Comuna. Você está segura.

— Pense. — Ela se aproximou da cama. Quando ela veio para a luz, meu coração se partiu em dois. — Lembre-se — ela implorou. Seu longo cabelo loiro caía até a cintura e seus olhos castanhos estavam fundos e tristes.

— Lembrar-me do quê?

Sapphira balançou a cabeça e ficou ao lado de Rebekah. Elas deram as mãos. Eu não queria nada mais do que correr até elas, para me juntar às minhas irmãs, seja no céu ou no inferno. Mas um homem me segurou.

— Você as vê? — Chorei, minhas lágrimas salgadas ardendo em meus olhos. — Elas estão machucadas, elas precisam de mim para salvá-las! Sapphira... ela tem apenas quatorze anos. Ela está ferida!

— É tarde demais — Rebekah disse, e eu congelei. Sapphira virou a cabeça de mim, roubando-me seu lindo rosto.

— Não...

— Elas não estão lá — o homem disse em meu ouvido.

— Não! — gritei de volta, mas sua força incrível me segurou.

— Respire. Elas não estão lá. Há apenas você e eu neste quarto. Elas estão na sua cabeça.

— Você está mentindo — solucei e afundei contra seu aperto.

Minha cabeça afundou no travesseiro quando outra onda de fogo do inferno assumiu o comando de meus músculos. Cerrei os dentes e tentei lidar com a dor. O único alívio que encontrei foi um pano frio sendo colocado na minha testa, livrando momentaneamente minha pele do escaldante suor.

— Poção — implorei. — Por favor... apenas me dê a poção do Meister.

— Não. — A voz trovejou, firme e áspera. Veio logo acima de mim. Obriguei-me a abrir os olhos. O rosto do homem lentamente apareceu.

— Você — sussurrei, e o homem se acalmou. Levantei a mão para seu longo cabelo castanho e passei meus dedos sobre o cabelo cobrindo seu lábio superior e queixo. — Ainda estou na árvore? — Eu estava lá fora, ao ar livre? Tentei sentir os cheiros ao meu redor, o frescor da grama e o ar noturno, mas não conseguia sentir o cheiro de nada; eu não consegui me localizar.

Tudo estava... fora do lugar.

— Você está segura — ele falou de forma tranquilizadora e tirou minha mão de seu rosto. Eu acreditava que ele se afastaria do meu toque, como todos os outros homens já tinham feito. Mas em vez disso, ele segurou minha mão na sua e apertou com força.

Suas palavras se infiltraram em meu cérebro enevoado.

— Segura? — perguntei. Ele abaixou a cabeça mais perto. Encarei seus olhos castanhos e ele assentiu com a cabeça. Eu parei de respirar. Os olhos dele. Eu conhecia seus olhos... — Olhos gentis — sussurrei. Ele se recostou, suspirando.

Trazendo sua mão à minha boca, beijei a pele.

— Por favor. — Meus olhos pousaram em Rebekah e Sapphira no canto. Elas ainda estavam me observando. Só que desta vez, partes de suas carnes estavam se soltando, seus cabelos estavam caindo no ar e o sangue que manchava suas peles começou a escorrer em riachos para o chão.

— *Você fez isso* — Rebekah repreendeu. — *Você acreditou neles. Você os deixou nos machucar.*

— Não! — chorei, mas não adiantou. — A poção — implorei ao homem. — Você precisa me dar a poção. Eu não aguento mais.

Ele inspirou profundamente. Quando abriu os olhos, estavam brilhando.

— Você precisa aguentar — ele simplesmente disse. — Você tem que passar por essa merda para ficar melhor.

Uma raiva como nada que eu já tinha sentido antes cresceu dentro de mim, e eu empurrei sua mão. Cuspi em seu peito nu pintado com figuras demoníacas.

— Me dê! Eu preciso! — Dei um tapa na minha cabeça e empurrei a mesinha ao meu lado. Ela virou no chão. Apontei para meu braço e bati em minha pele. — Aqui! Coloque AQUI! AGORA!

Em um piscar de olhos, o homem estava pairando sobre mim, seu corpo enorme prendendo meus braços no colchão. Eu cuspi em seu rosto e tentei agarrar seus braços. Minha raiva estava me dominando e eu deixei, enquanto o fogo voltava, queimando cada parte de mim.

— ME DÊ! — esbravejei. O homem me olhou fixamente, ainda sem dizer nada.

Encarei de volta, gritando demandas até que minha voz sumiu e vi os restos finais de Rebekah e Sapphira desaparecerem no ar atrás dele. Meu peito doeu enquanto lágrimas torturantes se derramavam dos meus olhos.

— Por favor... por favor... por favor...

Ele balançou a cabeça.

— Você vai superar isso.

— Eu quero morrer — murmurei, finalmente, depois de sei lá quanto tempo. Eu tinha falhado. — Me deixe morrer. — Um pedido sussurrado. — *Ajude-me...* a morrer.

A cabeça do homem inclinou para trás enquanto eu dizia essas palavras. Seu aperto aumentou em meu pulso e em seguida ele trouxe a cabeça para perto.

— Você não vai morrer. Eu não vou deixar outra pessoa morrer. Você me entendeu, Ruiva? — Suas bochechas bronzeadas se tornaram vermelhas e seus olhos nublaram com escuridão. — Nós vamos ajudar você a superar isso. Já estamos aqui há um tempo, só falta um pouco mais. Você não vai tomar a sua droga e não vai morrer.

Então fechei os olhos e deixei a escuridão me levar. Mas foi Meister que eu vi. Meister e Judah em Nova Sião.

— Phebe! — Judah chamou e caminhei em direção à sua cadeira. Encarei esse homem fingindo ser o Profeta, ciente de suas mentiras. Ele sabia que eu também as conhecia; seus olhos, idênticos aos do Profeta Cain, me observavam constantemente. Seus olhos pareciam os mesmos, embora os de Judah sempre tivessem algo diferente dos de Cain; uma malícia inata que não se podia negar.

— Profeta Cain. — Ajoelhei-me diante dele.

— Levante-se.

Fiz como ordenado. Havia um homem que eu só vira uma vez antes de ficar ao lado dele. Ele tinha participado de uma Partilha do Senhor recente. À direita de Judah estava Sarai, a criança que recentemente se tornara sua consorte.

— Irmã Phebe. — Judah gesticulou para o homem de cabelo raspado ao lado dele. — Este é o Meister. Ele é um convidado muito privilegiado aqui em Nova Sião. Ele a viu na Partilha do Senhor e rapidamente se tornou um admirador dos seus... talentos. — O olhar de Judah se fixou no meu e entendi perfeitamente o que ele queria que eu fizesse.

— Entendo, Profeta Cain. — Caminhei em direção a Meister. A cada passo, concentrei-me em tudo o que já havia aprendido. Meus quadris requebraram de um modo sedutor enquanto eu subia as escadas até o local onde estavam. Baixei a cabeça e o encarei com os olhos semicerrados. Joguei meu cabelo para o lado e o deixei roçar na minha cintura.

E então, eu estava diante dele.

— Senhor — cumprimentei em uma voz rouca. — Venha. Eu gostaria de lhe mostrar como honramos nossos convidados.

Meister colocou sua mão na minha e eu o conduzi da casa do Profeta, para os meus aposentos. Ofereci a ele um lugar na ponta da minha cama e postei-me à sua frente. Sem interromper o contato visual, afastei o cabelo dos ombros e levantei a mão para deslizar as alças das minhas vestes. Meister ficou ereto sob sua calça jeans; os músculos nus de seus braços e pescoço tensionaram e contraíram quando o tecido deslizou pelo meu corpo, deixando-me exposta.

Caminhei para frente, lento o suficiente para ele saborear meu corpo, mas rápido o bastante para fazê-lo ofegar pelo meu toque.

— Me foda — ele falou quando parei diante dele e arrastei as mãos por seus braços. Marcas estranhas foram pintadas em sua pele, diferentes de todas que já tinha visto antes. Algumas brilhantes, algumas horríveis. Levantei sua camiseta sobre a cabeça e desnudei seu corpo aos meus olhos. Ainda olhando em seus olhos, deslizei meus seios pela pele de seu peito e toquei seu mamilo com a minha boca. Lambi a carne com a ponta da língua, sentindo-o intumescer sob meu toque. Ele sibilou enquanto eu roçava meus dentes sobre a pele arrepiada.

Sua mão se moveu para o meu cabelo e, de repente, eu estava sendo puxada para a cama. Gritei ao me chocar contra o colchão. Meister estava de pé, abrindo a calça com as mãos, em total frenesi. Seus olhos azuis estavam iluminados com ardor. Suas mãos fortes abaixaram a calça, liberando seu comprimento grosso. Usando o treinamento que estava enraizado em mim desde os dez anos de idade, estendi a mão e o puxei para mais perto por seus quadris musculosos. Seu comprimento estava duro e pronto, então, sem parar, envolvi meus lábios em torno dele. No começo fui lenta, provocando e seduzindo, mas a mão áspera de Meister agarrou meu cabelo. Sem aviso, ele se enfiou dentro da minha boca até eu engasgar. Engoli cada impulso que ele deu, ignorando as lágrimas escorrendo pelo meu rosto. E então Meister estava fora da minha boca e me empurrando de costas na cama.

— Você gosta de violência, não é, puta? — rosnou. O medo se instalou em meus ossos.

Eu tinha seduzido centenas de homens. Alguns foram mais rudes do que outros – eu estava preparada para todos –, mas o brilho nos olhos de Meister me deixou mais nervosa do que qualquer pessoa que já conheci. Até mesmo Judah.

Meister cobriu meu corpo e separou minhas pernas com as mãos fortes. Eu gritei, sobressaltada, porém isso apenas trouxe um sorriso aos lábios dele.

— Você gosta disso, puta? Assim, posso tomar o que quero e você não pode fazer nada.

Meu lábio tremeu enquanto eu me preparava para o que ele estava prestes a fazer. E então me lembrei do meu treinamento e do que se esperava de mim como uma Irmã Sagrada.

— Sim, senhor — respondi. — Eu quero que você me domine. Para me tomar contra a minha vontade. — Levando minha boca ao ouvido de Meister, lambi ao longo do lóbulo e sussurrei: — Eu quero que você me possua.

Isso foi tudo o que Meister precisou para perder o controle. Ele me jogou no colchão e rudemente se enfiou dentro de mim. Olhei para o teto enquanto ele arremetia contra mim uma e outra vez. Minhas mãos deslizaram pelas suas costas e o deixei tomar minha boca com a sua, mordendo meu lábio até que senti o gosto de sangue. Porque esse era o meu papel nesta vida. Para dar prazer aos homens associados ao Profeta e à fé.

E eu era boa nisso.

A Irmã Sagrada mais condecorada.

Meister rugiu sua liberação em meu ouvido e me sufocou com seu corpo encharcado de suor.

Eu fechei os olhos.

Acordei arfando. Depois de muitos segundos, o quarto entrou em foco. Agora eu já estava familiarizada com o lugar. Tentei mover meus braços e pernas. Eles ainda doíam, mas hoje a dor era menos intensa. Respirei fundo e permiti aos meus pulmões a liberdade do meu peito. Doeu quando os enchi ao máximo, mas não tanto quanto da última vez que acordei. Eu não tinha ideia de quanto tempo estava neste quarto. Lembrei-me de vomitar. Lembrei-me de chorar. E me lembrei da raiva.

Mas agora me sentia mais calma. As imagens de Rebekah e Sapphira eram uma memória distante. Mesmo agora, enquanto olhava para o local que elas ocuparam por horas incontáveis, vi apenas uma parede de madeira e os restos de uma cômoda destruída.

Olhei ao redor do quarto e então o vi.

Ele estava me observando. Cada vez que eu tinha acordado – pelo menos nas vezes em que me lembrava –, ele estava lá. Com arranhões na pele e hematomas no peito. No entanto, nunca me deixou sozinha.

Algo em meu peito inchou com esse conhecimento. Recusei-me a acreditar que era o meu coração, pois não tinha certeza se ele ainda estava lá, já que havia sido quebrado tantas vezes. Mas pensei que talvez fosse gratidão.

Eu não sabia. Mas este homem, o homem com olhos gentis, tinha ficado comigo. Ele havia me libertado da poção de Meister. Eu me mexi no colchão. Minha língua seca incomodou dentro da boca, como se estivesse coberta de areia. Antes que eu pudesse me mover, o homem estava atravessando o quarto. Quando ele se aproximou, vi círculos profundos e escuros sob seus olhos e a aspereza da pele de seu rosto. Eu me perguntei se ele havia dormido durante todo o tempo em que estive aqui. Tentei me lembrar de onde tinha vindo, mas tudo que pude ver foi Meister e o quarto escuro em que ele me mantinha.

E a poção que ele me dava. Era disso que eu mais me lembrava. Era tudo no que conseguia pensar.

O homem se sentou na beirada da cama e pegou o copo de água que eu estava procurando. Ele engoliu em seco enquanto inclinava seu torso nu sobre mim e segurava minha nuca. Mais gentil do que poderia ter imaginado, ele levantou minha cabeça e levou o copo à minha boca. Fechei os olhos enquanto o líquido lubrificava minha garganta seca. Tomei gole após gole até que o copo ficou vazio.

Quando ele me deitou novamente no travesseiro, mantive o olhar sobre ele. Ele baixou a cabeça, interrompendo o contato visual e perguntou com a voz rouca:

— Como você está se sentindo? — Seu timbre profundo ressoou dentro de mim, e vi quando ele afastou o cabelo do rosto.

Mudei de posição na cama, mortificada quando senti umidade debaixo de mim, quando senti o fedor dos resíduos do meu corpo. Lágrimas queimaram meus olhos de vergonha e tentei sair da cama. Mas os braços do homem estavam imediatamente em meus ombros, me mantendo no lugar.

— Não tenha vergonha de merda nenhuma, okay? — Engoli o caroço crescente na minha garganta. — Você está se sentindo bem? — repetiu, desta vez sem afastar o olhar de mim por um único momento.

Respirei fundo.

— Eu... estou me sentindo muito melhor... Eu acho...

Os ombros do homem relaxaram, como se minha resposta fosse a boa notícia que ele esperava.

— Eu... — Abaixei a cabeça, minhas bochechas queimando de vergonha. — Estou suja. Eu... — Limpei a lágrima que havia escorrido do meu olho. — Eu desejo tomar banho... se estiver tudo bem para você...

Senti o peso de seu olhar intenso sobre mim.

— Sim — ele disse, por fim, e se levantou da cama. Ele saiu do quarto e ouvi o som de água correndo na porta ao lado.

Fui para o final da cama, cerrando os dentes com o esforço incrível que me custou para fazer isso. Percebi que estava usando roupas estranhas que ficavam largas no meu corpo. Quando olhei para minhas mãos, não vi nada além de ossos e veias azuis. A pele dos meus braços estava marcada com hematomas vermelhos e crostas secas. Mordi o lábio inferior para impedi-lo de tremer.

Apoiando-me na parede ao lado, me forcei a ficar de pé. Minhas pernas tremeram. Olhei para baixo, mas tive que fechar os olhos e desviar o olhar quando vi que toda a carne havia sumido, deixando apenas ossos no lugar.

Abri as pálpebras ao som de alguém entrando no quarto. O homem estava me encarando, varrendo meu corpo esquelético e destruído com o olhar. Queria me cobrir com os braços, mas não conseguia me mexer. A mão que estava ao lado do seu corpo se fechou em um punho.

Respirando fundo, forcei minha perna a se mover. Apenas um pequeno passo, mas parecia como se estivesse escalando a mais alta das montanhas. Senti dificuldade em respirar, e o suor começou a brotar na minha pele já quente. Ainda assim, me forcei a andar. Eu precisava me limpar. Eu tinha visto o que fizera com a roupa de cama sobre a qual estava deitada. A humilhação foi como o incentivo perfeito para conseguir a água purificadora.

Quando alcancei o homem, ele estendeu os braços para me segurar. Mas balancei a cabeça. Eu faria isso sozinha. Segui o som da água até um pequeno banheiro. O vapor do chuveiro agarrou-se à minha pele e agiu como um farol para os meus ossos cansados.

— A toalha está lá. Estarei no final do corredor se precisar de mim — o homem disse às minhas costas.

Não me virei para responder.

— Obrigada.

A porta se fechou e, em seguida, me sentei no tampo do vaso sanitário. Respirei o vapor, dando-me um momento para reunir um pouco de força. Olhei para o chuveiro – neste momento, eu ansiava mais por ele do que pela poção de Meister.

Levei muitos minutos para me livrar da roupa suja que estava usando e ainda mais para entrar no chuveiro. No entanto, no segundo em que a água atingiu o topo da minha cabeça, um ataque violento de cansaço e dor caiu sobre mim. Lutei para acompanhar a névoa que estava nublando minha mente. A confusão me envolveu. Como vim parar aqui e onde ele estava? Onde estive e o que aconteceu comigo? Por que estava tão magra? Onde estava Meister? Pensar nele fez minhas pernas cederem. Caí no chão do chuveiro, chocando-me ao piso com um baque surdo. O medo tomou conta e eu mal conseguia me mover. Lágrimas inundaram meu rosto e se misturaram à água que caía sobre mim.

Arrepios passaram pela minha pele quando flashes de Meister me amarrando a uma cadeira, me machucando, vieram à tona na minha mente. Coloquei as mãos nas paredes ao lado do chuveiro e tentei me levantar, mas não conseguia me mover. Meus músculos traidores entraram em colapso e me deixaram muito fraca para me mover além disso.

Inclinei a cabeça para o jorro de água, tentando lavar a sensação de Meister na minha pele, para limpar sua memória da minha mente. E assim que comecei a chorar com mais intensidade, frustrada, a porta do banheiro se abriu e o homem que cuidou de mim entrou. Ele disparou em minha direção e se abaixou, envolvendo-me em seu abraço forte. Ele cheirava fortemente a cigarro. Não tinha sido tão forte no quarto.

— Eu caí — consegui dizer quando finalmente encontrei minha voz. — Eu... não consegui voltar a me levantar.

— Está tudo bem, Ruiva — ele me tranquilizou e me tirou do chuveiro.

— Não! — protestei, conseguindo dizer com um pouco mais de firmeza. — Por favor. — Estendi a mão para o chuveiro, desejando estar limpa. Para sentir qualquer coisa, menos o que eu sentia no momento: atormentada por sujeira, por dentro e por fora.

Em seus braços, meu corpo tremia de frio.

— Você quer que eu limpe você? — ele perguntou.

Virei a cabeça em seu peito para me proteger do constrangimento.

— Por favor...

O homem respirou fundo, depois se virou e voltou para o chuveiro ainda ligado. Achei que ele ficaria atrás de mim e me guiaria enquanto eu tentava tomar banho. Não esperava que ele entrasse comigo, ainda de calça. Ele me manteve embalada em seus braços, apoiou meus pés no chão e me segurou com um braço. Com a mão livre, o homem pegou um pouco de shampoo e esfregou no meu couro cabeludo. Fechei os olhos enquanto ele lavava a sujeira. Suspirei enquanto sua mão corria sobre minha pele, tirando o suor e o fedor que eu achava tão abominável. Então ele me guiou enquanto eu simplesmente ficava sob o jato de água quente. Ele se postou às minhas costas, um pilar de força. Não falou nem mesmo quando a última espuma do shampoo foi enxaguada do meu corpo. Não pronunciou sequer uma única palavra, até que a água começou a esfriar e ele perguntou baixinho:

— Pronta?

Ele desligou o chuveiro, me enrolou em uma toalha e me sentou de volta no assento do vaso sanitário enquanto secava meu cabelo com uma segunda toalha. Suspirei enquanto suas mãos massageavam meu couro cabeludo. E abri os olhos, encontrando-me cara a cara com este homem. Ele não estava olhando para mim, estava focado em sua tarefa. Uma onda de algo desconhecido me atravessou quando percebi que, em toda a minha vida, nenhum homem jamais cuidou de mim dessa maneira, muito menos um completo estranho.

Um anjo. A palavra carinhosa vibrou em minha mente.

Seu cabelo escuro estava molhado e sua calça encharcada, criando poças ao redor dos seus pés. Hipnotizada por essa alma estranha e gentil, esse homem, me vi com a mão em seu pulso. Ele congelou no segundo em que meus dedos o tocaram, mas, gentilmente, encontrou meu olhar.

— Qual... — Engoli em seco. — Qual é o seu nome?

Os olhos escuros se estreitaram apenas uma fração e então ele retirou as mãos do meu cabelo.

— AK.

— AK — eu disse, suavemente, sentindo a estranheza de seu nome em meus lábios. Não sabendo mais o que fazer, trouxe seu pulso à minha boca e pressionei um único beijo de gratidão em seu pulso. Senti a pulsação acelerar sob meus lábios e ouvi sua inspiração repentina. — Já nos vimos, não é?

Ele desviou o olhar.

— Uma vez.

— A árvore — comentei. Ele acenou com a cabeça em confirmação. Uma súbita onda de emoção invadiu meu coração. — Você ajudou a salvar minha Rebekah. — Estremeci enquanto lutava contra as lágrimas. Então me lembrei de seus olhos, seu cabelo e seu cheiro tão próximo dos meus. — Você poupou minha vida quando poderia ter me destruído.

Suspirando, ele olhou para mim com relutância.

— Você não fez nada errado.

Suas palavras não foram um bálsamo, mas, sim, uma ponta de metal pesado perfurando minha consciência.

— Isso é discutível — respondi.

Ele me observou, seus olhos escuros me avaliando. Engoli em seco sob seu escrutínio. Abri a boca para falar, mas as palavras não vieram. Não consegui verbalizar minha vergonha, minha total culpa por ser a irmã que garantiu que Rebekah, desde tenra idade, se tornasse a garota do diabo que todos na Comuna acreditavam que ela fosse.

Na verdade, *eu* era a garota do diabo, ao permitir que homens machucassem uma criança; pior ainda, incentivei Rebekah a acreditar que ela própria era má.

O que ela deve ter pensado de mim...

— Ela está aqui.

O sangue que correu suavemente pelo meu corpo tornou-se uma torrente impetuosa. Encarei AK. Ele encontrou meu olhar e assentiu com a cabeça, devagar.

— R-Rebekah? — consegui falar, certa de ter ouvido mal.

— Lilah. — AK respondeu. — Sua irmã. Ela está aqui. Ela mora aqui.

AK estendeu a mão para que eu a segurasse. Ele queria que eu me levantasse. Mas era impossível. Um milhão de emoções passaram pela minha mente enquanto suas palavras começavam a fazer sentido. Ela estava aqui? Aqui neste lugar?

— Homens do diabo — eu disse, minha voz falhando.

As sobrancelhas de AK franziram.

— Nós somos os Hades Hangmen. E sua irmã agora pertence a um dos nossos.

— O homem com um longo cabelo loiro.

— Ky.

Ky. Repassei o nome em minha mente, saboreando a familiaridade da sílaba em minha memória. Rebekah o amava. Ela me disse isso antes de ser punida.

Imagem após imagem de Rebekah ocupou minha mente. Seu lindo sorriso, seu longo cabelo loiro e a devastação em seu rosto enquanto a julgavam publicamente em Nova Sião. Seu rosto, enquanto ela olhava para mim com uma resignação aflita em seu olhar. Aceitando que seria assim que sua vida terminaria. E que ela era a mulher demoníaca que eles a fizeram parecer.

Uma Amaldiçoada de Eva. Uma verdade em que acreditei por tanto tempo. O título que torturou sua vida.

— Ela... ela está feliz? — perguntei. AK assentiu, um pequeno sorriso em seus lábios, e não pude conter as lágrimas.

— Ela é feliz — ele disse, rispidamente, e minha cabeça inclinou para frente. Meu cabelo molhado escondeu meu rosto quando cobri a boca com as mãos. Deixei o alívio se derramar pelo meu corpo. Ela estava feliz. Eu não sabia. Mas ela estava feliz. Eu não poderia desejar mais nada.

AK saiu do banheiro. Ele voltou e ficou parado na porta, segurando algumas roupas nas mãos. Não pude compreender a expressão em seu rosto enquanto ele me observava. Ele era difícil de entender, pensei comigo mesma. Usando uma máscara neutra que escondia seus verdadeiros sentimentos.

Ele ergueu paredes ao seu redor para se proteger. Eu sabia disso porque reconheci em mim mesma. Eu me perguntei o porquê.

— Vista-se. E então você precisa comer.

Só em pensar em comida, meu estômago embrulhou de náusea. Balancei a cabeça, prestes a protestar, quando AK disse:

— Você não comeu por quase uma semana enquanto estava se desintoxicando da heroína. Não vai ser fácil, Ruiva, mas você tem que comer alguma coisa. — Apontou para mim. — Você está parecendo um saco de ossos. — Então se afastou e me deixou sozinha.

Peguei as roupas que ele havia colocado no balcão. Deslizei a blusa sem mangas pela cabeça e puxei a calça macia sobre as pernas. A calça era muito grande, mas consegui amarrá-la na cintura fina com o cordão no cós.

Usando a parede para me equilibrar, levantei-me e fui até o balcão. Em cima, havia uma nova escova de dentes e um pente. Escovei os dentes e, quando minha boca estava limpa e refrescada, forcei-me a encarar o reflexo que vinha evitando.

Arfei enquanto olhava para a garota no espelho. Sua pele estava opaca e acinzentada. Seus ossos se projetavam em ângulos estranhos e seu cabelo caía frouxamente nas laterais do corpo. Então meus olhos pousaram nas marcas em seus braços. Dezenas de feridas que manchavam sua pele pálida e sardenta. Passei os dedos sobre as marcas. Eu quase podia sentir a agulha perfurando a pele e a poção celestial deslizando como a luz do sol pura em minhas veias. Meu corpo balançou e meus olhos se fecharam enquanto me lembrava de como aquilo tirou a minha dor e me livrou dos meus fardos.

Cambaleei e meus olhos se abriram. Só com o pensamento da poção, minhas bochechas coraram. O medo se instalou em meu estômago. Eu ansiava pela poção mais do que pela comida, água ou qualquer outra coisa. Mas então pensei em Rebekah, aqui neste lugar, segura e feliz, e me obriguei a pegar o pente. Concentrando-me em seu rosto, em seu sorriso e na esperança de que Grace chegasse a ela viva, passei o pente pelo meu cabelo até que os longos fios ruivos estivessem desembaraçados e lisos.

Ruiva, pensei enquanto olhava para meu reflexo. AK havia me chamado de "Ruiva".

A cor do meu cabelo.

Eu me assustei com o breve lampejo de um sorriso em meus lábios. Eu não tinha certeza do porquê, mas gostei desse nome para mim. Não Phebe. Não "puta"... mas a pura simplicidade da palavra *Ruiva*.

Abri a porta e, lenta e dolorosamente, fiz minhas pernas me levarem na direção de AK. O cheiro de comida quase me fez voltar ao banheiro para vomitar. Mas lutei contra aquilo, determinada a continuar andando.

Quando cheguei à cozinha, AK estava na frente de um fogão, cozinhando alguma coisa. Não percebi que parei à porta, cativada pela imagem, até que ele olhou por cima do ombro e congelou. Ele havia vestido outra calça e seu cabelo estava penteado para trás.

Ele era incrivelmente bonito. Não entendi o rubor que dominou minhas bochechas quando esse pensamento cruzou minha mente. Os homens não me afetavam. Eles nunca me afetaram. No entanto, aqui estava eu, corando como se não conhecesse o toque de um deles.

— Você quer se sentar? — Apontou com o queixo para uma mesa ao lado da sala.

Sentei e AK colocou uma caneca à minha frente. Reconheci o cheiro imediatamente.

— Café — ele disse e voltou para o fogão.

— Eu nunca provei. — Abaixei o nariz para o líquido, mas tive que desviar a cabeça com o cheiro.

— Experimente — encorajou, colocando um prato de comida diante de mim. Bacon e ovos. Ele encolheu os ombros e sentou-se à minha frente. — Não sou um bom cozinheiro, mas nem mesmo eu posso ferrar com isso.

Cortei timidamente a comida. Coloquei uma pequena quantidade na boca e me obriguei a mastigar. Tinha gosto de serragem na minha língua. Era como se estivesse engolindo lâminas de barbear. Mas comi. Eu sabia que deveria.

AK olhou pela janela de sua cabana enquanto eu comia o máximo que podia, o que não era muito. Quando não consegui mais, coloquei os talheres de lado e perguntei:

— Por quê?

AK se virou lentamente para me encarar. Engoli uma pequena quantidade de café, estremecendo quando o líquido quente queimou minha garganta. Mas gostei.

— Por que o quê? — ele repetiu. Meus olhos pousaram em seu torso nu e a massa de tatuagens estragando sua pele.

— Eu — murmurei, finalmente, fixando minha atenção em seus olhos. — Por que... por que você me ajudou? — Por instinto, minha mão percorreu as marcas na parte interna do meu braço. — Por que você me tirou... *dele*? — Abaixei o olhar e encarei o abismo escuro da minha xícara de café. — Por que você se importou? Você nem me conhece.

— Eu apenas tinha que fazer isso — ele respondeu, por fim.

Pude ver por sua postura rígida que ele não diria mais nada sobre o assunto. E estava tudo bem. Ele não tinha que explicar nada. Ele me resgatou, por qualquer motivo que fosse, de Meister. No final, isso era tudo que eu precisava saber.

— Obrigada — sussurrei, evitando que meus olhos encontrassem os dele. — Obrigada por me salvar.

Ouvi sua respiração acelerar e senti sua necessidade de dizer algo para mim do outro lado da mesa. Mas antes que ele pudesse responder, houve uma batida à porta.

Minha cabeça se ergueu. Eu me perguntei quem poderia ser. AK se levantou e abriu a porta. Quando o visitante entrou, meu coração se encheu de luz. Ele me viu sentada à mesa e parou.

— Phebe — ele sussurrou.

Minha mão disparou para minha boca em descrença. Eu vi uma mulher entrar atrás dele. Ela era linda, com o longo cabelo negro e olhos azuis. Mas antes que pudesse me perguntar mais sobre ela, Cain cruzou a sala e me tomou em seus braços. Lágrimas escorreram dos meus olhos quando me vi envolvida em seu abraço familiar. Ele usava uma camiseta preta e calça jeans... e seu cabelo comprido havia sumido. Chorei em seu ombro, soluçando, até que ele se afastou. Seus olhos passaram por mim e ele sorriu.

Eu reconheci aquele sorriso gentil.

Então a mulher passou por ele.

— Phebe — ela sussurrou e me abraçou com o mesmo vigor. Eu fiz uma careta confusa, me perguntando como ela me conhecia. Então ela se afastou e observei seu rosto. Seu cabelo estava com uma cor diferente, assim como seus olhos, mas ela era, esta era...

— Harmony? — sussurrei em descrença, então a abracei o mais perto que pude.

Harmony deu um passo para trás e sorriu para mim. Sua mão acariciou meu rosto.

— É Bella, Phebe. Meu verdadeiro nome é Bella. — Ela apontou para o cabelo e os olhos. — Eu estava disfarçada em Nova Sião. Este é o meu verdadeiro eu.

— Bella? — Balancei a cabeça em confusão, sem entender nada.

— Está tudo bem — Harm... não, *Bella* disse. — Explicaremos com o tempo.

Olhei para Cain, mas imediatamente vi Judah me encarando de volta. Engoli em seco, e Cain mudou o peso de um pé para o outro.

— Ele matou todos eles — ele disse, lendo minha mente. Sua expressão se encheu de aflição. — Eu... Eu o matei, Phebe. Eu... Eu tive que impedi-lo.

O choque me deixou imóvel, sem palavras. Bella segurou a mão de Cain e se pôs na ponta dos pés para dar um beijo em sua bochecha. Eles estavam juntos, eu percebi. Uma estranha pontada de inveja percorreu meu corpo. Tanto que meu coração doeu. Cain fechou os olhos sob a carícia de Bella, então respirou fundo e se virou para mim. Procurei em seus olhos a resposta para a pergunta que não ousei fazer.

— Ela está segura — ele respondeu. Prendi a respiração, achando impossível acreditar. — Nós a tiramos de lá. — Ele sorriu. — Ela está com sua irmã. Aqui. Segura e feliz.

— Grace. — Fechei os olhos quando o alívio me invadiu. Ele a tirou de lá. Grace estava segura e na companhia de Rebekah. — Eu preciso vê-las.

— Depois que ele verificar você — a voz forte de AK soou na parte de trás da cozinha. Sua postura estava tensa e seus olhos rastreavam cada movimento que Cain fazia. Não entendi o que havia de errado. — Verifique ela — ordenou a Cain. — Ela já passou pela pior parte dessa merda.

Seu tom era frio, quase cruel. Franzi o cenho, confusa. Cain veio em minha direção segurando uma grande maleta, suas bochechas vermelhas de vergonha.

— Fui treinado como curandeiro, Phebe. Estou aqui para verificar se você está bem. Meister usou muitas drogas em você... não tenho certeza de todas elas. AK ajudou você a desintoxicar o seu corpo.

Assenti com a cabeça, ainda confusa sobre por que AK tinha substituído a bondade pela raiva na presença de Cain. Mas não disse nada sobre o assunto. Em vez disso, observei AK enquanto Cain me examinava. E vi como a atenção de AK nunca deixou a minha.

E isso me fez sentir... quente.

Eu não tinha certeza do porquê, afinal, eu não o conhecia.

Mas eu sabia que esse sentimento, esse calor que ele me deu, era real.

CAPÍTULO OITO

AK

— E eu fiquei tipo... Vadia! Você percebe o quão sortuda você é por estar aí embaixo, caralho? — Eu ri de Vike quando ele se recostou em sua cadeira. — Ela arrancou quase todos os meus pelos lá de baixo com a porra dos dentes! Eu poderia ter dado um tapa na vagabunda.

— Talvez você precise cortar esse arbusto para que seus pelos não fiquem presos nos dentes dela, você já pensou sobre isso?

— Vá se foder. — Vike balançou a cabeça. — Estou arrasando na merda do saco cabeludo dos anos oitenta e tenho orgulho disso.

— Você é o único nessa moda escrota — eu disse. — Sabe que se você aparar, seu pau vai parecer maior, certo? Os pelos escondem a verdadeira circunferência.

O braço de Vike parou no meio do caminho, com a bebida quase na boca, e ele me encarou.

— Isso é verdade?

— É ciência, irmão — falei, agitando as sobrancelhas.

— Então que merda! Adeus, arbusto, é tudo que tenho a dizer.

Ri do meu irmão enquanto ele bebia sua cerveja. Eu poderia dizer pelo olhar sério de concentração em seu rosto que ele estava planejando acabar com a porra do arbusto no minuto em que entrasse em sua cabana.

— E você, Flame? — Olhei para Flame por cima da fogueira. Mas ele já estava me observando. Fodidos olhos negros me encarando. — O quê? — perguntei, meu sorriso arrogante ainda no rosto. Vi sua mandíbula contrair, então ele se levantou da cadeira. Sem olhar para trás, ele saiu do meu quintal em direção à sua cabana.

— O que diabos está acontecendo com ele? — Vike perguntou.

Balancei a cabeça e olhei na direção que ele tinha ido.

— Não faço ideia, porra. — Bebi o resto da cerveja e abri outra.

Vike enfiou a mão no bolso do *cut* e tirou algo em uma sacola Ziploc. Entrecerrei os olhos, tentando ver o que era. Vike abriu a sacola e vi uma fatia de abacaxi dentro. Ele começou a mastigar a fruta. Não consegui controlar o acesso de riso que fez minha barriga doer.

— O quê? — perguntou, empurrando o resto da fruta amarela em sua boca.

— É sobre o que o Cowboy disse na caminhonete?

Vike engoliu em seco e limpou a boca com o antebraço.

— Isso faz minha porra cheirar a algo totalmente tropical e, caralho, vou pedir engradados dessas coisas. — Ele sorriu. — Na verdade, tenho sentido a necessidade de fazer um teste. Você quer ir para o clube?

Balancei a cabeça.

— Tenho que ficar. Phebe vai embora amanhã. Ela ficará na casa de Li e Ky. Vai ser a primeira vez que ela vê a irmã desde que Judah tentou crucificá-la na seita.

Vike se levantou.

— Que bom. Então, podemos todos seguir em frente com essa merda e voltar ao normal. Detestei essa semana. Flame não deixou Maddie, e você não saiu de perto da ruivinha. Estou entediado pra caralho com vocês ocupados. — Vike jogou sua garrafa vazia na lata de lixo. — Pelo menos a cadela não vai mais ocupar espaço na sua cabana. Não gosto de como ela está fazendo você agir. Todo mal-humorado e tudo o mais. Pelo menos agora você voltou ao normal, porra.

Pisquei, sorrindo, enquanto Vike saía do meu quintal. Esperei até ouvir o som de sua moto, em seguida, a porra do meu sorriso desapareceu. Relaxei contra a cadeira e passei a mão no rosto. Meu estômago retorceu quando pensei em Phebe naquela porra de cama. Se debatendo enquanto eu a segurava, os olhos lívidos em um minuto, então perdidos no próximo, quando o *smack* deixou suas veias.

Eu me perguntei se com ele também tinha sido assim, se ele parecia assim, quebrado pra caralho, mas selvagem, enquanto gritava exigindo mais drogas. Perguntei-me se ele precisaria ser limpo depois, porque estava muito fraco. Muito perdido para fazer qualquer coisa, pensar em qualquer coisa, a não ser na sua próxima dose.

Fechei os olhos com força, tentando afastar os pensamentos da minha cabeça. O som da porta da cabana abrindo cortou o silêncio da noite. Phebe saiu para o *deck*, vestida, mas enrolada em um cobertor.

Endireitei-me, deixando cair a cerveja.

— Você está bem? — Passei os olhos sobre ela, me certificando de que não estava machucada.

— Sim — ela disse, baixinho, então se aproximou de onde eu estava sentado. Prendi a respiração com a visão dela vindo em minha direção. Mesmo cansada e muito magra, essa cadela era deslumbrante. Seus olhos estavam baixos enquanto ela pairava no assento ao meu lado, aquele em que Vike estava sentado. — Posso? — Phebe acenou com a cabeça na direção da cadeira.

— Sim — respondi, e Phebe se sentou. Ela apertou o cobertor em volta do corpo. — Você está com frio? — perguntei. A noite estava quente pra caralho.

Phebe olhou para mim, roubando meu fôlego.

— Eu flutuo entre estar com muito calor e muito frio. No momento, estou lutando para me manter aquecida. — Ela apontou para o fogo. — Eu o vi aqui e me perguntei se a fogueira ajudaria de alguma maneira.

O fogo estava queimando com intensidade, e enquanto eu olhava para o rosto de Phebe, as chamas laranja refletiram em seu rosto, e achei difícil desviar o olhar. Pigarreando, comentei:

— Ouvi dizer que não conseguir regular sua temperatura corporal por um tempo é um dos efeitos da desintoxicação.

Phebe me deu um sorriso tímido.

— Eu suspeito que sim. — Ela se recostou na cadeira e seu olhar se perdeu no fogo. Acendi um cigarro e encarei as chamas.

Não demorou muito para que eu sentisse seu olhar em mim. Quando me virei e a flagrei, seus olhos azuis estavam me estudando, como se dissecassem cada parte do meu rosto.

— O que foi? — perguntei.

— Você age de maneira diferente com eles.

Franzi o cenho.

— Com quem?

— Seus dois amigos. Aqueles que estavam aqui com você esta noite.

— Você estava nos observando?

Suas bochechas aqueceram de vergonha com a minha pergunta.

— Eu precisava de um pouco de água e ar fresco. Mas quando os vi aqui com você, esperei até que fossem embora. Eu... Não estou pronta para ver ninguém... além de você. — Seus lábios se curvaram nos cantos quando ela disse isso, e puta que pariu, meu peito apertou um pouco. Isto é, até que ela se inclinou na minha direção, seu rosto bem perto do meu.

— Você riu e brincou. Você foi bobo e brincalhão.

Comecei a rir, pronto para dizer a ela quem eu realmente era, mas a cadela não estava rindo. Ela nem estava mais sorrindo.

— Você usa uma máscara, AK. — Sua cabeça inclinou para o lado quando meu coração bateu forte no meu peito e não parou. — Você riu e brincou, mas seus olhos... — Phebe estendeu a mão e passou os dedos em volta dos meus olhos. — Seus olhos permaneceram assombrados. Vendo algo no mundo que sua alegria não pode dissolver.

Congelei, completamente imóvel. Phebe abaixou os olhos, então se recostou em sua cadeira e encarou o fogo.

— Eu observei você, e me perguntei por que você se retrata como duas pessoas. Então acredito que encontrei a resposta; porque você deseja encontrar a felicidade em quem você é agora. — Ela se virou para mim e me queimou com seus olhos azuis. — Não em quem você costumava ser. A pessoa que lhe causava dor no coração... para nunca mais.

— É? — respondi, minha voz traidora falhando pela sua precisão. — Como você sabe?

— Porque apenas alguém que trilhou esse caminho pode ver isso. — Phebe dobrou os joelhos e passou as mãos nos pés. Eles ainda estavam machucados da cidade fantasma. — Essas cicatrizes vão desaparecer, mas nunca irão embora. Assim como as suas, AK. A atitude lúdica que você encontra na companhia de seus amigos perdurará, mas seus olhos mostrarão sua alma para sempre àqueles que realmente a reconhecem.

— O que você reconhece nos meus olhos? — perguntei, meu maldito sangue drenando do meu rosto. Minhas palmas começaram a suar e meus dedos tremeram, as cinzas do cigarro caindo sobre meu jeans.

— Alguém em busca da libertação. — Phebe deu uma risada que não continha nem um pouco de humor. — Estranhos ao nosso tipo de sofrimento, pessoas que ainda não foram lançadas na mesma estrada tortuosa, não o irão reconhecer como um companheiro de viagem, procurando desesperadamente o que está no final do caminho. — Ela respirou fundo. — Perdão. Mas aqueles de nós que já percorremos quilômetros dessa mesma estrada o enxergarão. Veremos dentro de você uma alma gêmea.

Ela não me pressionou, não perguntou o que eu poderia estar escondendo. Não, ela apenas abriu a porra do meu peito, desnudou minha alma e, em seguida, deixou-a exposta para seus olhos azuis da cor do oceano verem.

Os braços de Phebe saíram debaixo do cobertor e ela estendeu as mãos em direção à fogueira. Vi seus olhos irem para os braços, então ela soltou uma única risada.

— Minhas sardas. Minhas milhões de sardas se destacam contra minha pele pálida como luzes de *neon* no brilho do fogo. — Ela encolheu os ombros. — Eu nunca gostei delas. — Phebe colocou a mão no rosto. — Especialmente as do meu rosto. Senti que elas turvavam minha aparência. Destacando-me da multidão.

Elas a destacavam mesmo. Ela se destacava a quilômetros de distância. Mas não de um jeito ruim. Depois de ter Phebe em minha cabana por uma semana, eu tinha certeza de que ela era a cadela mais deslumbrante que já vi.

Olhei para o céu noturno, e então de volta para Phebe.

— Olhe para cima. — Phebe me lançou um olhar. — Olhe para o céu — eu disse, novamente. E assim ela fez. Observei quando um sorriso enorme despontou em seus lábios.

— Existem tantas estrelas... — ela sussurrou.

— Imagine o céu sem elas.

Phebe me encarou, confusa.

— Por que eu faria isso? Elas tornam o céu tão bonito. Elas são a razão pela qual as pessoas olham as estrelas. Para ver sua beleza.

— Pense em seu rosto como o céu. As sardas, as estrelas, só fazem a vista valer a pena.

Os olhos de Phebe se arregalaram, tanto que seus cílios praticamente pressionaram contra suas sobrancelhas. Ela piscou, em total silêncio, me fazendo sentir como um idiota de merda. Então seus olhos brilharam.

— Obrigada — sussurrou, como se nunca tivesse recebido um elogio em sua vida.

Mas era verdade. Eu não conseguia imaginar aquele rosto incrivelmente lindo sem suas sardas mais do que poderia imaginar o céu noturno sem as estrelas.

— AK? — ela chamou alguns minutos depois.

— Humm?

— Devo deixá-lo amanhã?

Meu estômago revirou com o pensamento de Phebe indo embora e não na minha cama.

— Sim. Você precisa ver sua irmã novamente. Não queria trazê-la aqui enquanto você estava daquele jeito. Agora que está melhor, é hora de ela saber que você está segura.

Phebe engoliu em seco, então forçou um sorriso.

— Pelo menos você poderá dormir outra vez. Percebi que não dormiu mais do que algumas horas por noite durante toda a semana. Sua cama, sem mim, trará o sono tranquilo para você mais uma vez.

— Não durmo muito de qualquer maneira, Ruiva — admiti e senti a verdade desse fato em meus ossos.

— Mais uma semelhança entre nós dois — disse ela. — Precisando dormir, mas terrivelmente apavorado com o que o espera na escuridão.

— Algo parecido.

— Sim — foi tudo o que ela disse, encerrando a conversa. — É lindo aqui — Phebe murmurou, gesticulando ao redor do quintal. — Tão pacífico. Envolto em um aglomerado de árvores que te protegem e o mantém seguro. — Ela se acalmou e então olhou para sua mão estendida e para mim. — Eu me lembro de algo — sussurrou com a voz trêmula. — Você e eu em uma floresta. Você me dizia para esperá-lo. — Phebe moveu sua mão em direção à minha no braço da cadeira. — Você cobriu minha mão dessa maneira. — A cadela colocou a mão sobre o dorso da minha. — Sim — ela disse, suavemente. — Bem assim. Você me disse que tinha vindo por mim. Mas eu deveria esperar um pouco mais. — Seus olhos piscaram para encontrar os meus. — Pedi que ficasse comigo, segurando minha mão. — Phebe entrelaçou os dedos aos meus e meu coração parou, como se eu fosse um maldito garotinho adolescente. — Você a segurou tão firmemente, que me ajudou a superar a dor. — Respirou fundo. — Você me ajudou a superar a dor quando nos sentamos na grama macia e suave.

Phebe inalou, olhos fechados. Abrindo os olhos, ela disse:

— Couro. Quando minha cabeça repousou em seu ombro, senti o cheiro do couro de sua roupa. Senti sua honra, sua presença firme.

— Nada disso aconteceu — retruquei, não querendo que ela separasse a porra das nossas mãos. Fiquei olhando para a mão dela na minha e jurei que nunca havia sentido nada parecido em minha triste vida.

— Um anjo em meus sonhos, talvez. — Olhei para o rosto dela. — Sim — ela disse, exultante, como se tivesse acabado de entender algo. — Um anjo disfarçado de demônio. O homem do diabo com olhos de anjo. Olhos gentis...

Olhos gentis. Essas merdas de palavras de novo.

— Isso não está fazendo sentido, Ruiva — falei com aspereza.

— Para mim, sim — respondeu, ainda observando nossas mãos entrelaçadas.

— Você está se lembrando de mais?

Desejei não ter perguntado isso, porque quando o fiz, sua mão se afastou da minha e ela colocou os dois braços ao redor de suas pernas dobradas.

— Não. — Ela respirou fundo. — Não há nada. Apenas um vazio negro. Há vislumbres, mas assim como você na floresta, não sei se essas memórias são fatos ou puramente uma invenção da minha imaginação. — Ela enxugou os olhos. — Tempo e memórias foram roubados de mim. Mesmo sabendo que as lembranças serão difíceis de suportar, gostaria que elas não estivessem escondidas em minha mente. É melhor saber, não é? Mesmo que a verdade possa causar mais danos do que benefícios. — Os lábios de Phebe se estreitaram. — Mentiras são obra do diabo. Mentiras. Tudo que sempre soube foram mentiras.

— Você pode recuperar suas memórias com o tempo — eu disse, e Phebe bocejou.

Ela sorriu em resposta, mas pude ver que estava cansada de conversar. Envolvendo o cobertor mais apertado em torno de si, Phebe se levantou e se virou para a porta. Mas antes de sair, parou na minha frente. Segurando minha mão, ela disse:

— Estou grata pelo que fez por mim. — Assenti com a cabeça, sem saber como receber o maldito elogio. Phebe se inclinou e beijou o topo da minha cabeça. — Vou olhar para sempre minhas sardas e as estrelas com uma nova apreciação. Obrigada. — Então voltou para a cabana.

Quando a porta se fechou, soltei um longo suspiro. E enquanto estava sentado lá, pensando em tudo o que ela havia dito, eu me senti rasgado ao meio. Ninguém. Nem uma única pessoa do caralho chegou a me ler dessa forma. Como a porra de um livro aberto. Maldita Ruiva com seus grandes olhos azuis e um milhão de sardas. Inclinei a cabeça para trás e olhei para as estrelas. Eu sabia que nunca mais as veria da mesma forma. E estava feliz, porque amanhã ela iria embora, e tudo que eu teria dela seriam as estrelas.

As estrelas e as cicatrizes na minha alma. Cicatrizes que estavam ocultas, e que ganhei em minha jornada para a libertação. Mas pelo menos havia conforto em saber que ela também as possuía.

Pela primeira vez em muito tempo, não me senti tão sozinho.

Tudo por causa da Ruiva.

Da Ruiva e suas sardas.

CAPÍTULO NOVE

FLAME

— Flame?

Arrastei a lâmina ao longo do meu braço enquanto me sentava no chão. Minha cabeça. Minha fodida cabeça estava cheia dessas cadelas. Das drogas. Aqueles idiotas da Klan fodendo elas. Fazendo elas gritarem. Fazendo a porra dos meus ouvidos doerem e me fazendo precisar matar. Derramar sangue.

— Flame? — A voz de Maddie interrompeu meus pensamentos e olhei para cima. Ela pairava acima de mim. Pude ver em seus olhos a decepção. Eu sabia o que parecia agora. Eu sabia o que aquela expressão em seu rosto significava. Agora eu a entendia mais. As coisas estavam melhores.

As coisas tinham sido melhores...

Maddie se ajoelhou à minha frente. Senti meu coração bater mais rápido. Sempre acontecia quando ela se aproximava de mim. Quando olhei para seu longo cabelo negro e olhos verdes, meu corpo não tentou fugir ou lutar com ela. Meu corpo a queria.

Eu a queria.

— Flame — ela sussurrou e colocou a mão no meu braço. Havia marcas da faca, mas a lâmina estava cega agora. Era para que eu não pudesse me machucar. Eu não precisava quando estava com Maddie. Mas agora eu tinha novos ferimentos; novas feridas daquele inferno da Klan.

Eles me fizeram me cortar. Eles deixaram Maddie chateada por eu ter feito isso. E isso me fez querer voltar lá e matar mais deles. Lentamente, ouvindo os filhos da puta gritarem em vez das cadelas que estavam presas. Cadelas como...

— Flame? — Maddie tirou a faca da minha mão. Ela a empurrou para o outro lado da sala. Eu a encarei, vendo que estava usando um vestido longo preto e um *cut* com meu nome nas costas.

— Você está bonita — eu disse, e Maddie se acalmou. Sua cabeça inclinou para o lado e ela sorriu. Eu adorava quando ela sorria. Mas esse sorriso era diferente. Não estava tão grande ou tão alegre como normalmente era. Não era o sorriso da minha Maddie.

— Obrigada — agradeceu e estendeu a mão. Maddie acariciou minha bochecha com os dedos. — Eu quero me deitar, Flame. Você vai se juntar a mim?

Assenti com a cabeça, observando enquanto Maddie se levantava. Ela estendeu a mão e a segurei e me levantei. Ela me levou da sala de estar para o nosso quarto. Eu gostava do nosso quarto. Cheirava a Maddie. Cheirava a Maddie quando ela estava comigo.

Maddie subiu na cama e eu subi logo em seguida, ao seu lado. Repousamos as cabeças no travesseiro e ela segurou minha mão. Observei nossas mãos juntas. Elas sempre me faziam me sentir melhor.

— Flame? — Maddie disse, e encarei o rosto lindo. — Olhe para mim. — Fiz meus olhos se focarem aos dela. — Pronto. — Ela afastou meu cabelo do rosto, mas meu olhar aterrissou de novo em nossas mãos quando senti seus dedos acariciando minha aliança de casamento. — Eu amo você, Flame — Maddie falou. Fechei os olhos, ouvindo essas palavras novamente. — Eu amo você mais do que tudo neste mundo.

Abri as pálpebras e, quando pude, olhei para Maddie.

— Eu... Eu também amo você — respondi, e desta vez seus lábios se curvaram no sorriso Maddie. Relaxei e me aproximei dela no travesseiro.

Maddie beijou meu nariz.

— Por que você estava no chão quando entrei? — Minhas sobrancelhas franziram. — Você estava no local em que costumava ficar o alçapão.

— Eu estava?

Maddie assentiu com a cabeça. Ela pegou meu braço e passou a mão pelas novas cicatrizes.

— Por que está fantasiando em se automutilar? Por que se cortou nessa última corrida?

Eu vi as cadelas na minha cabeça. Vi os homens da Klan trepando com elas. Vi seus rostos. Vi o sangue. O esperma. O suor. A porra de um rosnado saiu da minha boca.

— Shhh... — Maddie sussurrou e colocou a mão na minha testa.

— Poderia ter sido você. — Fechei os olhos com força. Mas sempre que os fechava, eu a via em uma das camas. Eu a via em um daqueles vestidos. Com a intravenosa que o Cowboy me contou que elas tinham em seus braços. Eu via seus olhos revirando. E via aqueles malditos homens a estuprando, fazendo Maddie gritar.

— Flame. Eu estou aqui. Com você. Abra seus olhos.

Fiz o que Maddie pediu e balancei a cabeça.

— Elas poderiam ter sido você. As cadelas da seita.

Maddie engoliu em seco. Eu sabia que isso significava que ela estava nervosa.

— É sobre o lugar de onde resgatou Phebe?

Olhei para baixo.

— Não devo falar sobre negócios do clube.

— Flame. Sou eu, sua Maddie. Algo está machucando você. O que quer que me diga nunca será repetido. Entendo que o clube exige que vocês não contem às suas esposas sobre os negócios. Mas não vou vê-lo destruído por causa disso. Não revelarei segredo algum. Você tem minha palavra. Você sempre teve e sempre terá.

— Eles as drogaram e estavam fodendo com elas — murmurei.

Maddie prendeu a respiração.

— Phebe?

— Sim. Ele bateu nela. Fodeu ela. Drogou ela... Todas elas. Tantos homens que as cadelas sangravam. Crianças também. Homens pagando para foder as cadelas drogadas.

Os olhos de Maddie se moveram de um lado ao outro, então ficaram marejados.

— Phebe foi ferida desta forma? A irmã de Lilah?

— Sim. — Eu me sentei. — Você está chorando. Isso a fez chorar. Eu não gosto quando você chora.

Maddie me puxou de volta para a cama. Ela se inclinou sobre mim e secou as lágrimas.

— É triste o que aconteceu com Phebe, o que aconteceu com as outras mulheres. É por isso que estou chorando.

— Eu vi você — sussurrei e Maddie congelou. Seus olhos verdes encontraram os meus. — Toda vez que eu via uma delas, eu via você. Se você não tivesse saído. Se eles tivessem te mantido lá. Poderia ter sido você.

— Isso é o que está preocupando você — ela falou e colocou as mãos no meu rosto. — Desde que voltou, você tem me imaginado lá. — Ela passou os dedos pelos meus cortes. — Você se machucou para lidar com o que estava vendo. Na sua cabeça.

Engoli em seco.

— Eu não podia ver você assim. É tudo em que pensava. Se você não estivesse aqui com os Hangmen... se não estivesse aqui comigo.

Maddie moveu sua cabeça sobre a minha e se inclinou. Ela beijou meus lábios e eu retribuí seu beijo. Quando Maddie levantou a cabeça, colocou a mão na minha.

— Estou aqui contigo, Flame. Estou aqui contigo e nunca mais irei embora. Eu sou Maddie, e você é Flame, e nós somos casados. Nunca nos separaremos.

— Nunca — repeti e Maddie descansou a cabeça no meu peito. Enfiei os dedos em seu cabelo. Isso me acalmou. Acalmou meu sangue fervilhando. Senti os dedos de Maddie se moverem sobre meu peito enquanto olhava para o teto.

Então eu disse a ela o que mais estava me preocupando:

— Algo está errado com AK.

Os dedos de Maddie pararam de se mover.

— O que você quer dizer?

— Ele é como era antes. Eu não gosto disso. Ele está mentindo. Ele está agindo como se tudo estivesse bem quando não está. Eu posso ver isso. Vike não pode. Mas ele é como era antes. Ele não era bom antes.

— Antes? — Maddie perguntou.

— Antes. Anos atrás. Ele está melhor. Mas desde Phebe, ele tem sido o mesmo de novo.

Maddie ergueu a cabeça. Sua testa estava franzida. Ela estava confusa. Eu sabia.

— O que o tornava alguém não tão bom antes, Flame?

Pensei naquela época. Em todo o maldito sangue e na dor e em AK perdendo a cabeça.

— Dev — falei e pensei nele. Em Zane, em Tina, em todo aquele maldito tempo. Em AK não sendo mais AK. — Eu preciso dele — admiti. — Eu preciso de um AK normal. Não posso tê-lo como ele era antes. Eu não gosto disso... — Esfreguei meu peito. Estava muito apertado e eu não conseguia respirar muito bem. — Meu peito dói. AK triste faz meu peito doer.

— É porque você o ama — Maddie explicou. Ela cobriu minha mão no meu peito. — Seu coração dói porque você está preocupado com ele. Seu irmão. O homem que deu a você uma segunda chance na vida.

Concordei.

— Ele deu.

— Você falou com ele?

Balancei a cabeça.

— Não. Mas esta noite ele mentiu. Vike estava brincando e ele riu. Mas era falso. Era tudo falso. Isso me deixou louco. Eu fui embora.

Maddie suspirou e beijou meu peito. Respirei fundo com seu toque. Agora eu amava que ela me tocasse.

— Você deve falar com ele, Flame. Ele é seu melhor amigo, a pessoa mais próxima a você. Pergunte a ele, diretamente, se ele está bem. AK o ajudou quando você estava perdido. Desta vez, ele pode precisar de você.

— Não sei o que dizer a ele — falei. Quando olhei para minhas mãos, elas estavam tremendo. Franzi o cenho na mesma hora. Maddie segurou minha mão.

— Isso o deixa nervoso. Mas tudo bem. É porque você se importa. AK ama você. Ele vai ouvi-lo. Ele nunca o machucaria.

Encarei Maddie e assenti com a cabeça.

— Okay. Eu vou falar com ele.

— Que bom. — Ela sorriu.

Toquei em seus lábios.

— Eu gosto quando você sorri.

— Eu gosto quando você conversa comigo. — Maddie se mexeu até que estava deitada sobre meu corpo. Ela colocou as duas mãos no meu rosto. — Não esconda mais as coisas de mim. Eu o amo e compartilharei qualquer fardo que você carregue.

— Okay — murmurei, e ela sorriu novamente.

Eu amava seu sorriso.

Os dedos de Maddie traçaram as tatuagens de chamas em meu peito.

— Asher me buscou na casa da Bella esta noite. — Eu a observei. Esperando. — Ele ainda está com o Viking. Na cabana dele.

— Eu sei — eu disse. Algo fez a expressão de Maddie mudar.

— Notei que ele não gosta de morar com Viking.

Minha bochecha se contraiu quando ela disse isso, e senti algo frio correr em minhas veias.

— Ele estará de volta com AK em breve. Ele gosta de lá.

Maddie suspirou, então inclinou a cabeça para o lado enquanto olhava para mim.

— Ele quer, mas... — Ela respirou fundo novamente. — Acho que ele gosta mais de ficar conosco. Quando ele vem jantar, posso ver o quanto ele gosta de estar com você e nesta cabana. Você notou isso?

Pensei em Ash, sentado à mesa. Lembrei de seu rosto, sorrindo enquanto comia a comida de Maddie. Conversando com a minha esposa.

Ele era feliz aqui.

— Flame? — Maddie disse meu nome novamente. Eu a observei. — Eu estive pensando... talvez Asher gostaria de ficar conosco?

— Esta noite?

Ela balançou a cabeça.

— Estive pensando que talvez Asher devesse viver aqui conosco. Ele é seu irmão e o adora. Eu sei que ele ama AK também, mas você é o irmão dele. Nós somos sua família. Acho que ele deveria morar conosco.

Balancei a cabeça e respirei fundo.

— Eu não... Não sei como cuidar dele. O que diabos eu diria a ele? Onde ele ficaria?

— Shhh... — Maddie me tranquilizou. — Foi apenas uma ideia. Algo que pode ficar entre nós. Algo para você pensar. Não há necessidade de pânico. Ou de se preocupar. E poderíamos arrumar espaço nos fundos para seu quarto. Ele tem dezesseis anos e é muito independente. Asher não precisaria de cuidados como uma criança pequena. E você pode falar com ele. Assim como faz agora. Seria simplesmente algo mais frequente, o que acho que seria bom para você. Bom para os dois.

Tentei pensar em Ash morando aqui. Meu corpo ficou frio e eu não conseguia respirar.

— Flame — Maddie chamou, e me concentrei em seu rosto. — É algo para se pensar. Mas não agora. — A mão de Maddie viajou suavemente pelo meu abdômen. Rosnei quando seus dedos alcançaram o cós da minha calça de couro. — Neste momento, desejo estar com o meu marido. Gostaria de lembrar que estou aqui para ajudá-lo, sempre. Que não estou onde Phebe estava. Em vez disso, estou em seus braços, em nossa cama, em nossa casa. E que eu amo você.

— Sim — murmurei, com a voz rouca. — Eu também quero isso.

Então Maddie me beijou. Ela me beijou e a necessidade de fazer cortes sangrentos no meu braço foi embora. Os pensamentos sobre ela na cidade fantasma abandonaram minha cabeça. Porque agora ela estava aqui.

Em nossa cama.

Nos meus braços.

Minha Maddie.

Minha.

CAPÍTULO DEZ

PHEBE

Encarei as árvores enquanto elas passavam rapidamente – um borrão de verde e marrom. A caminhonete ficou em silêncio enquanto seguíamos por uma estrada de terra. Campos e mais campos verdes se espalharam ao nosso redor. Se não soubesse a verdade, poderia acreditar que estava de volta a Nova Sião. Mas, de alguma forma, pensei que sempre saberia que isso não poderia ser real. Tudo naquele covil do diabo parecia diferente. E não da maneira que eu teria pensado. Não senti medo, mas também não me senti segura. Eu estava paralisada, em uma espécie de purgatório, sem saber a que lugar pertencia.

Uma folha caída voou longe com a ventania.

— Ficarei com Rebekah de agora em diante? — perguntei enquanto olhava para fora da janela. Brinquei com a manga do vestido branco largo que Bella trouxe para mim.

Meu coração estava trêmulo quando pensei na última vez que vi Rebekah. Uma parte minha temia que ela me odiasse, que não me recebesse em sua casa. Mas, por outro lado, queria me libertar dessa caminhonete na qual viajava e correr para os braços dela.

Uma das mãos de AK estava apertando o volante. Ele tinha um cigarro na outra mão e dava tragos regulares enquanto dirigia.

Nas últimas horas, tentei juntar as peças do que havia acontecido comigo em Nova Sião. Lembrei-me de que Judah, com medo de um ataque dos homens do diabo, começou a reunir nosso povo. Lembrei de esconder

Grace perto das celas. Lembrei de Cain voltando e me prometendo que se alguma coisa acontecesse comigo ele garantiria a segurança de Grace. Lembrei de libertar Cain, Irmã Ruth, Irmão David, Solomon e Samson de suas celas.

Então me lembrei de Meister me encontrando perto da floresta enquanto eu corria de volta para Grace. Ele agarrou minha mão; eu tentei resistir, mas Meister foi violento e injetou algo no meu braço. Ele gradualmente injetava algo em meu braço, semanas antes disso, a poção que me fazia sentir estranha, mas naquele dia tinha sido diferente. Porque essa foi a última coisa que realmente me lembrei. Apenas flashes e fragmentos de outros momentos permaneceram – quartos escuros, Meister e seus amigos rindo de mim.

E dor. Muita e muita dor.

AK virou à esquerda, e o movimento do veículo me afastou dos meus pensamentos. Uma casa apareceu. Semelhante à do AK, mas maior e com mais vegetação do lado de fora. Minha pulsação disparou quando a caminhonete parou.

AK apontou para a casa.

— Esta é a casa de Ky e Lilah.

— Ah... — Um ataque repentino de nervosismo me dominou. Tentei me concentrar nas janelas, verificando se havia algum movimento, mas não conseguia ver além do reflexo das árvores contra o vidro.

Brinquei com as mãos no colo.

— Há tanto tempo que queria este momento... ainda assim, encontro-me congelada neste banco — eu disse, com a voz trêmula. Baixei os olhos para minhas mãos, para a pele machucada, para a palidez macilenta e me perguntei o que Rebekah pensaria de mim. — Já pensei neste momento muitas vezes, AK. Por muito tempo acreditei que nunca teria essa chance. Ver a irmã que amei por tanto tempo, mas que fora injustiçada de tantas maneiras... — Ri nervosamente. — Suponho que você não entende o que estou dizendo.

Ele se mexeu no banco do motorista.

— Acho que provavelmente sei.

— Sabe? — repliquei, aliviada.

Aliviada porque talvez alguém soubesse como eu temia esse momento tanto quanto valorizava que, finalmente, estivesse acontecendo.

AK assentiu com a cabeça, em seguida, olhou pela janela, virando a cabeça de mim.

— Então você... você já teve esse momento também? — perguntei.

Ouvi os pássaros nas árvores e o vento sussurrando nas folhas, mas ele permaneceu em silêncio.

Pouco depois, ele me encarou novamente, uma expressão de tristeza em seus olhos, então baixou a cabeça.

— Não.

Sua voz estava rouca e áspera, e meu coração ansiava por consolá-lo. Movi a mão em sua direção, mas assim que a coloquei em sua coxa, os músculos grossos enrijeceram por baixo, e ele falou:

— Mas você tem o seu momento agora.

— Estou com medo — confessei quando vi a porta da frente da cabana aberta. O homem loiro de cabelo comprido que lembrei daquela noite na Colina da Perdição saiu e olhou para nossa caminhonete. Ky.

— Ela virá em breve — AK disse.

Afastei a mão de sua coxa.

— AK?

— Sim?

— Você pode me ajudar a sair da caminhonete, por favor? Eu sinto... Não tenho certeza se posso sair e encontrá-la sozinha. Acho que meus pés não me sustentarão. — Um rubor de vergonha surgiu em minhas bochechas. — Você não precisa se não...

Antes que eu pudesse terminar a frase, AK estava ao lado da caminhonete e abrindo a porta. Ele se aproximou e segurou minha cintura, me levantando do assento. Meus pés calçados com sandálias tocaram a grama macia e a brisa quente agitou meu cabelo.

Quando recuperei a compostura, dei um passo à frente. Essa mesma brisa quente parecia penetrar em meu coração enquanto a mão de AK permanecia no meu braço para me firmar. Minha caminhada foi lenta quando contornamos a caminhonete e nos aproximamos de Ky.

— Tenho medo de cair — admiti, parando.

O grande corpo de AK moveu-se para trás de mim e ouvi sua resposta silenciosa: ele não deixaria isso acontecer.

Ky abriu a porta.

— Li! Vem aqui, amor!

Em um instante, minhas mãos tremiam tão fortemente quanto minha respiração.

— Ai, meu Deus. — Sufoquei um gemido, enquanto meu nervosismo se tornava a única coisa que eu podia sentir.

As mãos de AK apertaram meus braços enquanto ele me segurava no lugar. E então ela apareceu na porta, e o próprio ar ao meu redor parou.

— O quê, amor? — ela disse ao marido. Ky a puxou para perto de si e a virou para me encarar.

Olhei para minha irmã... ou a pessoa que agora era minha irmã, e senti como se tudo tivesse congelado ao meu redor. Havia apenas ela e eu, em nosso próprio mundo. Só que neste mundo, Rebekah havia mudado. Seu cabelo comprido havia sumido; em seu lugar, uma versão mais curta que emoldurava seu rosto. E seu rosto... seu rosto outrora belo apresentava em uma bochecha uma cicatriz vermelha. Um lado de sua boca estava ligeiramente voltado para cima com a cicatriz.

Uma montanha de lágrimas se acumulou em meus olhos quando a vi, quando observei minha irmã. A dor de vê-la assim me deixou paralisada.

— Phebe. — Ela cambaleou para trás nos braços de seu homem. Ele a firmou para que não caísse.

Fechei os olhos ao som de sua voz gentil. Agora madura, é claro, mas era a mesma voz que me acordava do sono quando ela era jovem e estava parada à minha porta. A mesma voz que chamava meu nome enquanto ela caminhava na ponta dos pés até a minha cama e se enfiava debaixo das cobertas porque estava com medo dos homens que nosso pai recebia na sala de estar... Os homens que a tocavam... Os homens que também me tocavam...

Abri os olhos para ver Rebekah se aproximando de mim. Ela usava um vestido longo lilás e botas marrons. Mas não conseguia parar de olhar para seu rosto e seu cabelo.

O que acontecera com ela?

— Phebe. — Lágrimas rolaram de seus próprios olhos quando ela cautelosamente deu um passo em minha direção. Vi aqueles lindos olhos azuis observando minha aparência. Entendi naquele momento que nenhuma de nós parecia a mesma para a outra.

Ambas havíamos mudado. De maneira irreparável.

— Rebekah. — Nós nos aproximamos, lentamente, com cautela, até que houvesse apenas alguns centímetros de distância entre nós.

Minha mão tremia enquanto cobria minha boca, e ela refletiu minha ação. Se eu não estivesse tão chocada com seu rosto desfigurado, teria sentido prazer no óbvio gesto familiar. Mas não pude.

Estendi a mão trêmula e toquei a bochecha de Rebekah. Seus olhos azuis se fecharam enquanto ela soluçava sob meu toque. Meus dedos correram por sua cicatriz, as pontas dos dedos acariciando a pele levantada.

— Rebekah... — Chorei baixinho.

Ela segurou minha mão e gentilmente me puxou para seu abraço. Meus braços flácidos envolveram sua cintura. Minha irmãzinha estava de volta em meus braços. Eu a abracei com força, como se nunca fosse soltá-la.

— Onde você esteve? — Rebekah chorou. Balancei a cabeça, sem querer estragar este momento. Mas ela me segurou com mais força e disse: — Você está muito magra... por favor, Phebe, você está ferida?

— Eu... — hesitei. — Eu estou aqui agora. — Uma visão de AK

passou pela minha mente, e apenas uma palavra saiu dos meus lábios. — Segura — murmurei. — Estou segura agora.

Nós nos abraçamos pelo que pareceram horas antes de Rebekah recuar e segurar meus braços.

— Seu rosto — lamentei e ouvi minha voz vacilar.

Rebekah balançou a cabeça, um pequeno sorriso nos lábios.

— Está tudo bem — ela disse, suavemente. — Eu não queria beleza alguma. Eu não precisava de beleza.

— Eu não... não entendo.

— Conversaremos sobre isso mais tarde. Isso não importa agora. Quem a salvou? — ela perguntou. Eu a vi olhar por cima do meu ombro. — AK?

— Sim. — Foi a única resposta que pude dar. Suas palavras enigmáticas ainda ecoavam em meus ouvidos. Eu não precisava de beleza.

— Obrigada. — Eu a ouvi dizer a AK.

— Phebe? — Uma pequena e suave voz soou da casa. Rebekah soltou uma risada baixinha. Segurando minha mão, ela se virou. Meu coração já machucado se partiu ao meio quando uma cabeça loira familiar veio apressada pela porta da frente.

— Grace — sussurrei.

Ela me viu e seu rosto sorridente se iluminou. Ela correu pela grama, tão rápido que fiquei preocupada que fosse cair. Grace tentou se jogar em meus braços e eu me preparei para o impacto, sem saber se seria forte o suficiente para segurá-la. No entanto, Rebekah se colocou no meio do caminho e pegou Grace nos braços.

— Mamãe, eu queria abraçar a Phebe! — Grace reclamou. Fechei os olhos ao ouvir tal bênção de seus lábios.

Mamãe.

— Tia Phebe não está bem, Grace. Você deve ser gentil.

O lindo rosto de Grace ficou sério.

— Você está doente? — a menina perguntou.

— Mas estou melhorando, pequena — respondi com candura. Dei um passo à frente, ignorando minhas pernas trêmulas. — Estou muito melhor por ver você, que sempre iluminou meus dias.

Grace sorriu e olhou para trás.

— O Profeta Cain está com você? Ou Irmão Meister?

Suas palavras me atingiram como um martelo. Ela se referia a Judah, não a Cain. E, claro, ela conhecia Meister. Ele se certificou de que eles se encontrassem. E eu tinha me assegurado de mantê-la longe dos dois o máximo que pude.

— Não, doce menina — reforcei, e observei a preocupação nos olhos de Rebekah aumentar. — Eles se foram agora.

Grace olhou para Rebekah.

— Ela vai morar com a gente e o papai?

De repente, me senti muito fraca. Muitas coisas estavam me atingindo ao mesmo tempo. Grace, os ferimentos de Rebekah e agora a ideia do que viria a seguir. O que fora a minha vida? O que eu faria aqui? Quem era eu, longe de Nova Sião?

— Phebe? — A voz de Rebekah acariciou meus ouvidos quando minhas pernas finalmente cederam e eu caí no chão. Pisquei, tentando manter o foco, mas o mundo ao meu redor continuou entrando e saindo de vista.

Dois braços me ergueram e relaxei quando senti o cheiro familiar de cigarro e pólvora.

— Para onde eu a levo? — A voz rouca de AK perguntou. Assim que fui colocada em uma cama, senti a mão máscula sobre a minha testa. — Rider disse que ela ficará fraca nos próximos dias. Mas, mais do que tudo, ela precisa de comida e água. E dormir. Ela não dormiu muito nas últimas semanas, até onde sei.

— Obrigada, AK — Rebekah agradeceu. Ela nervosamente o beijou na bochecha. — Não sei como vou agradecê-lo pelo que fez. Você sem dúvida arriscou sua vida por ela, para trazê-la de volta para mim. Por isso, sou eternamente grata.

AK baixou os olhos. Eu sabia que se pudesse vê-los sob o escudo de seu cabelo, eles estariam brilhando. Ele tinha uma casca dura, mas algo mais macio jazia silenciosamente abaixo daquilo. E não importa o quanto eu tentasse tirar esse pensamento da minha cabeça, estranhamente não conseguia pensar em mais nada.

— Bom, tenho que ir — AK disse, sua voz baixa e rouca.

Meu peito doeu ante o pensamento de sua ausência. Pouco antes de sair do quarto, ele se virou para encontrar meus olhos e disse apenas uma palavra:

— Ruiva. — Era a sua maneira de se despedir.

— Adeus, AK — sussurrei, com a voz débil.

Meus olhos começaram a fechar quando o sono veio me reclamar. Rebekah se sentou na cama ao meu lado e apertou minha mão.

— Durma, irmã. Você está segura agora. — E essa foi a última coisa que me lembrei. Isso, e os olhos de anjo de AK me observando quando ele foi embora.

Pisquei no quarto escuro. A única luz vinha de uma pequena lâmpada na mesinha lateral. Onde eu estava? Os murmúrios suaves de vozes soavam do outro lado da porta. Afastei o edredom que estava sobre mim e, quando meus pés tocaram o chão, lembrei-me de onde estava.

Na casa de Rebekah.

Sentindo-me mais forte do que antes, segui o som das vozes até o quarto ao lado. Espiei pela fresta da porta para ver Rebekah sentada ao lado da cama de Grace, lendo uma história para ela. Meu coração inchou no peito enquanto ouvia a voz suave de narrar algo sobre um ouriço e um coelho que falavam. Grace riu das passagens engraçadas, então lentamente adormeceu. Rebekah fechou o livro e se levantou. Ela acomodou Grace e se abaixou para beijar sua cabeça.

— Eu amo você mais do que as estrelas no céu — ela sussurrou.

Lágrimas queimaram meus olhos enquanto observava Grace dormindo. Em outro mundo, teria sido Rebekah. Mesmo cabelo, mesmo belo rosto e natureza. Mas essa vida fora roubada dela.

Não percebi que Rebekah havia se aproximado da porta.

— Phebe? — Ela fechou a porta do quarto de Grace. — Como você está se sentindo? — Seus olhos preocupados observaram meu rosto.

— Melhor — respondi com a voz rouca. — Que horas são?

— Tarde.

Rebekah segurou meu braço e me levou a uma grande cozinha mobiliada de madeira. Sentei-me à mesa e a observei tirar um prato do forno.

— Preparei isso enquanto você dormia. AK nos disse que você estaria com fome, ou pelo menos que deveria comer. — Ela colocou um prato de algo branco e vermelho peculiar diante de mim.

— Você preparou? — perguntei.

As bochechas de Rebekah coraram.

— Eu gosto de cozinhar. Desde que vim para cá, descobri uma paixão pela cozinha.

Estendi o braço sobre a mesa e segurei sua mão esquerda. Ela usava uma aliança de casamento no quarto dedo. Eu sorri.

— Você se casou com ele.

— Sim — ela confirmou, e vi a felicidade irradiando de seu rosto. — Ele... ele não era o homem que eu esperava que fosse para mim. Mas então, depois de tudo... — Ela respirou fundo. — Acontece que ele é exatamente o que eu preciso. Ele é impetuoso e rude. Ele pragueja e, às vezes, é um homem perigoso. Mas ele me ama mais do que mereço, e eu o amo mais do que jamais pensei ser possível. Ele é... ele é perfeito para mim. — Ela encolheu os ombros, como se tivesse explicado de forma errada. Mas fiquei sem palavras com sua confissão. Eu não tinha ideia do que era esse tipo de paz.

— Então estou feliz além do que as palavras podem explicar — consegui sussurrar. — Você... — Engoli o nó na garganta. — Você, mais do que ninguém, merece isso.

— Não tenho tanta certeza disso, mas agradeço a Deus por Ky todos os dias. — Ela suspirou. — E Grace. — O aperto de Rebekah na minha mão aumentou, e uma lágrima silenciosa caiu de seus olhos.

— Rebekah?

Minha irmã balançou a cabeça, seu cabelo curto cobrindo a frente de seu rosto.

— Quando... quando eles voltaram de Nova Sião e nos contaram o que Judah havia feito. Todas aquelas pessoas... — Fechei brevemente meus olhos com a memória. — Quando voltaram sem você, minha irmã, eu não conseguia respirar. Eu temi... Temi que você também tivesse morrido. Então Rider... Cain, me disse que você salvou Grace. Você a salvou e a enviou para mim porque sabia que eu cuidaria dela. — Ela balançou a cabeça. — Eu não sabia o que sentir. Você estava desaparecida, mas me deu uma bênção da qual não poderia saber a magnitude.

— O que você quer dizer? — perguntei, mas podia perceber a aflição em sua voz.

Rebekah respirou fundo e disse:

— Quando voltei da Colina da Perdição, eu... — Ela pigarreou. — Eu não estava em um bom lugar. — Distraidamente, ela traçou a cicatriz no rosto. — Eu não queria mais este rosto, Phebe. Não queria nada disso. Então eu me cortei. Eu me machuquei para afastar a tentação que eu oferecia aos homens.

Eu tinha certeza de que nada poderia me ferir mais do que tudo o que enfrentei nos últimos dias, do que AK me mantendo em sua cabana, me desintoxicando da poção de Meister. Eu estava errada. Saber que minha Rebekah, a garota que foi levada embora por ser bonita demais, foi compelida a fazer isso consigo mesma... isso me machucou mais do que qualquer coisa nesta terra poderia ter feito.

E eu fiz parte disso. Eu a convenci de que sua aparência era pecaminosa.

— Rebekah... — Ouvi o horror e a culpa em minha própria voz.

— Está tudo bem — ela assegurou. — Levei um tempo para enfrentar aqueles demônios, mas superei. Então...

— Então o quê?

— Então, descobri que não poderia ter filhos.

E os restos do meu coração murcharam até virar pó. Um estranho tipo de dormência se infiltrou pelo meu corpo. Um entorpecimento que não pude explicar, como se um interruptor de algum tipo tivesse sido desligado dentro de mim.

— Tudo o que foi feito comigo ao longo dos anos. O que Judah ordenou que seus homens fizessem quando fui capturada... foi demais para o meu corpo. Isso... isso partiu meu coração, Phebe. — Rebekah endireitou as costas, tentando ser forte. Eu queria tomá-la em meus braços e dizer a ela que era tudo minha culpa, que eu havia me afastado e visto isso acontecer. — E então você nos deu Grace.

Estremeci, a dor me apunhalando como uma faca. Minha irmã lindamente marcada, que nunca deveria ter passado por nada disso.

— Você nos deu um anjo quando salvou Grace. Ao salvá-la, você me salvou. Nunca poderei retribuir esse milagre. Você deu uma vida a Grace. A dela teria sido igual à minha se você não tivesse mediado. Ou ela teria morrido com o resto da Ordem. — Rebekah se levantou e deu a volta na mesa para se agachar aos meus pés. — E agora você também está aqui. Eu... — Ela enxugou uma lágrima dos olhos. — Não sei como fez isso, mas você, minha irmã, nos salvou com seu ato de coragem.

Ouvi suas palavras, mas não pude acreditar. Porque não a salvei. Não importava a penitência que paguei, não importava se salvei Grace, eu havia falhado com a minha irmã, e agora descobri que isso havia arruinado irreparavelmente sua vida.

— Você não precisa me agradecer de forma alguma — afirmei e falei a sério cada palavra. — Grace foi feita para ser sua. Assim que a vi e soube do perigo que sua beleza representava, tive que levá-la até você, de alguma forma. Porque eu sabia que seu coração puro a adoraria. — Rebekah enxugou a umidade do meu rosto e estendi a mão para segurar seu pulso. — Eu deveria ter dito isso muitos anos atrás e, de alguma forma, lutado por você. Eu estava errada em acreditar no que eles nos contaram sobre ti. Você não foi criada pelo diabo. Percebi isso tarde demais, embora tenha visto seu sofrimento. Eu tolamente acreditei no Profeta, até que vi nossa fé começar a se desfazer diante dos meus olhos. Eu... Eu...

— Shhh... — Rebekah balançou a cabeça. — Acabou agora. Não podemos voltar no tempo.

Eu queria argumentar que, embora não pudéssemos fazer isso, também era impossível para alguns de nós seguir em frente. Mas mantive a preocupação para mim mesma.

Cautelosamente, Rebekah perguntou:

— O quê... Onde você esteve, Phebe? O que aquele homem fez contigo? — Seus olhos estavam cheios de preocupação. — Você está tão magra. Eu... Não posso suportar o pensamento de...

Desta vez, eu a tranquilizei:

— Shhh... Rebekah. — Afastei a verdade da minha boca. — Não fui machucada, juro. Fui mantida por Meister como sua prisioneira. Ele foi negligente, mas não me machucou. Fique em paz. Eu estou bem. Todas nós estamos agora.

Rebekah soltou um longo suspiro e observei seus ombros relaxarem, como se um peso incrível tivesse sido tirado deles.

Ela me puxou para perto e me abraçou. Fechei os olhos e segurei as lágrimas. Rebekah não precisava saber do meu sofrimento. Ela já tinha suportado isso e muito mais. Rindo, minha irmã se afastou.

— Sua comida. Você deve comer antes que esfrie.

Rebekah se sentou à minha frente. Ela sorriu para mim enquanto tomava um gole de sua bebida e forcei a comida a descer pela minha garganta. Senti a coceira súbita nas marcas em meu braço. Se eu tivesse a poção de Meister disponível naquele momento, eu a teria usado, apenas para escapar deste mundo por um tempo.

Quando terminei a comida, baixei o garfo.

— Todos aqui a chamam de Lilah ou Li.

Ela assentiu com a cabeça.

— Eu prefiro esses nomes. As memórias que vêm com Rebekah podem ser difíceis de reviver às vezes.

Eu entendia.

— Então também vou chamá-la de Lilah.

— Obrigada — ela agradeceu e deu um bocejo.

— Vá dormir, irmã — eu disse e me levantei.

— Você também não está cansada? — ela perguntou.

— Não, mas um pouco de ar fresco me faria bem. Eu... Onde estive não era possível sentir muito o vento no rosto. — Tentei me lembrar se isso era verdade. Eu realmente não conseguia me recordar, mas tinha certeza de que era verdade do mesmo jeito.

— Há cadeiras na varanda. Fique o tempo que precisar. Você estará segura aqui, eu prometo. Você é livre.

— Obrigada. — Caminhei até a porta.

Quando passei por Lilah, ela segurou minha mão e, mais uma vez, fui envolta em seu abraço.

— Acho que não vou mais conseguir soltar você — ela disse, e meu coração derreteu.

— Eu não vou a lugar algum — assegurei a ela. — Agora vá para a cama. Você está cansada.

Abri a porta e saí para o ar fresco. Ouvi Lilah se afastar e relaxei. Eu poderia abandonar todo o fingimento. Mas não o notei ao meu lado. Não o vi sentado ali no escuro até que percebi um movimento tremeluzente e a luz de um cigarro aceso. Sobressaltei-me e coloquei a mão sobre meu coração, agora acelerado.

Ky se levantou.

— Você me assustou — aleguei.

O marido de Lilah deu um passo em minha direção, uma lufada de fumaça branca dividindo a escuridão.

— Você mentiu para ela.

Balancei a cabeça, automaticamente, em protesto, mas ele ergueu a mão.

— Obrigado — ele agradeceu com aspereza. Pisquei em descrença enquanto observava a tensão deixar seus olhos. — Eu sei o que você passou, pelo menos em parte. E vi você na cabana de AK quando ele a trouxe. Mesmo assim, você disse a Li que estava bem. Então... obrigado.

Assenti com a cabeça, sem saber quais palavras deveria dizer. Ky caminhou até a porta.

— Você pode ficar aqui o tempo que quiser.

Ele me deixou sozinha, sua bondade pairando no ar em seu rastro. Só serviu para me cortar mais fundo. Fui até a cadeira de balanço que Ky acabara de desocupar. Sentei, aliviando os músculos doloridos, e olhei para a escuridão. As estrelas brilhavam lá em cima e morcegos voavam ao redor do grande jardim. Brinquedos de crianças estavam espalhados pela grama. Lilah estava certa. Esta era sua casa.

Então pensei em seu rosto. Pensei no fato de que ela não poderia mais ter filhos, por causa do que os Anciões fizeram com ela. E eu odiava tudo aquilo. Desejei que AK não tivesse me salvado. Eu queria que a poção de Meister ainda estivesse misturada com meu sangue, porque me fazia esquecer. Acima de tudo, eu queria esquecer.

Pensei em Grace em sua cama e Lilah lendo para ela, dando um beijo em sua cabeça. Meu coração ansiava por um momento como esse. Mas essa esperança morreu, há muito tempo, e minha alma também se desvaneceu. Os pecados que carreguei em segredo me faziam sentir que minha vida não tinha mais sentido.

Que não tinha mais um propósito, e que agora estava aqui, começando de novo, mas separada da parte que faltava no meu coração.

Passei a mão ao longo das marcas em meu braço, a pele coçando e ansiando pelo que eu não poderia dar à minha veia sedenta. Então minha mão bateu em algo ao lado da cadeira. Agarrei o objeto e o trouxe para a luz proveniente da luminária presa ao teto.

Uísque.

Tirei a tampa e um cheiro familiar encheu meu nariz. Meister bebia isso em Nova Sião. Uma imagem repentina dele, bebendo depois de se juntar a mim em um quarto escuro, me atingiu. Vacilei quando a lembrança me fez sentir mal. Quando me lembrei do sangue. A dor entre minhas pernas. Sua semente na minha pele e a agulha celestial sendo injetada em meu braço...

Ele usava isso para relaxar.

Levantei a garrafa e bebi do gargalo. O líquido amargo queimou minha garganta. Tossi enquanto ficava sem fôlego; mas então o líquido viajou pelo meu corpo e aliviou um pouco a dor que eu sentia.

Então tomei outro gole, e outro, e mais um, até que senti a dor diminuir e a imagem do rosto arruinado de Lilah sair da minha cabeça. Sempre que as memórias tentavam se infiltrar em minha mente – os toques de Meister, a traição de Judah –, eu bebia um pouco mais. E quando a pior de minhas memórias tentou me apunhalar, me machucar, me destruir, eu as afoguei com a bebida, implorando para que fossem embora.

Pouco tempo depois, o mundo ficou completamente entorpecido e minha mente tornou-se imune a todo o mal. No entanto, uma imagem não sumiu. O rosto e os olhos gentis de AK ficaram comigo enquanto eu observava os morcegos voando no céu noturno.

E eu estava bem com isso. Porque em toda essa confusão, ele era um farol brilhante de esperança. O único rosto que me fez sentir segura. Porque também havia escuridão nele, um companheiro de viagem na mesma estrada tortuosa.

Então deixei seus olhos de anjo me vigiarem enquanto eu afundava na cadeira.

Eu os deixei me manterem segura.

Segura...

CAPÍTULO ONZE

AK

Cinco dias depois...

Bebi a cerveja, deixando o líquido frio escorrer pela minha garganta. A noite tinha ficado mais quente, então me sentei na parte de trás da cabana, com um *cooler* cheio de cerveja ao meu lado. O céu estava escuro e não havia uma maldita nuvem no céu.

Vike foi para o clube cerca de uma hora atrás, depois de recrutar Ash para ser seu motorista durante a noite. Eu não tinha cabeça para putas esta noite. Porra, eu não tinha pensado nelas a semana toda. Não estava interessado em alguma vagabunda arranhando meu peito e chupando meu pau.

Para quê, porra?

Olhei pela janela da cozinha para ver o relógio na parede. Faltava cinco minutos para a meia-noite. Meus olhos ardiam de cansaço, mas sabia que não conseguiria dormir mais do que algumas horas. Porque eles estariam no final da minha cama em um segundo. E eu realmente não aguentava ver aqueles malditos rostos me encarando.

Eles me deram alguns dias de descanso, é claro. Eu sabia que eles fariam isso. No minuto em que ajudei Phebe, ajudei-a a se desintoxicar da porra da heroína de suas veias, eu sabia que eles ficariam longe por um tempo. Mas também sabia que quando eles voltassem, seria pior. Muito pior. Memórias que pensei ter afastado para sempre voltaram para me atingir entre os olhos como um tiro perfeito. Parados na beira da cama, eles me mostraram detalhes que eu havia esquecido. Detalhes dos quais eu não conseguia pensar sem perder o fôlego.

Mas a culpa era pior. Rasgando meu estômago como garras.

Então, eu ficaria acordado.

Porque eu realmente não poderia lidar com essas lembranças agora.

Terminei a cerveja que estava bebendo e estava abrindo outra quando ouvi passos na grama.

— O que foi? — perguntei quando Flame, evitando meus olhos, veio até onde eu estava sentado.

— Nada. — Ele se sentou na cadeira ao meu lado.

— Não tem nada de errado? Tem certeza?

Ele assentiu com a cabeça, seus olhos vazios e negros encarando as árvores. Observei sua mandíbula contrair, as facas em suas mãos girando em suas palmas. Desde que voltamos da cidade fantasma da merda da Klan, os cortes recentes em seus braços haviam se curado e suas facas estavam cegas novamente. Ele ainda traçava a carne, mas não fez novos cortes.

Ele estava de volta com Maddie.

E estava bem.

Recostei-me na cadeira. O que quer que Flame veio fazer aqui, acabaria saindo em algum momento de sua boca. Inclinei a cabeça para trás, olhando para aquelas malditas estrelas.

— Você está agindo estranho.

Congelei, a um passo de tomar mais um gole e respirei fundo. Baixei a garrafa e olhei para Flame. Sua cabeça estava inclinada para mim, mas ele não fez contato visual. Seus músculos estavam retesados sob o *cut* e seus olhos agitados.

Merda. Eu deixei o filho da puta preocupado.

— Estou bem — respondi de maneira neutra.

Os lábios de Flame tremeram sobre seus dentes.

— Você está mentindo — ele rosnou e se levantou.

Suspirei quando ele começou a andar.

— Flame, estou bem. Pare de se preocupar...

— Você não tem falado muito ou ido ao clube. — Sua voz era fria e direta, mas eu podia ver pelos seus olhos semicerrados que sua mente estava à mil, tentando entender o que havia mudado dentro de mim. — Ainda não é a data certa. — Inferno, o irmão poderia muito bem ter dado um soco no meu estômago.

Apertei o gargalo da garrafa, temendo que o vidro se estilhaçasse com a força dos meus dedos. Então relaxei e balancei a cabeça.

— Flame — eu disse, devagar. — Deixa pra lá. Estou bem.

— Ainda faltam meses — ele continuou —, mas você está agindo da mesma maneira.

Meu estômago se contraiu quando as memórias que deixei de lado começaram a romper minhas defesas. Eu vi o sangue, ouvi a porra dos gritos e senti o cheiro metálico que tomou conta do ar.

— Flame — avisei, prestes a perder a calma. Senti o nó subindo pela garganta. Senti as lágrimas surgindo em meus olhos.

— É por causa dela. — Ele parou abruptamente. Olhando para cima, encontrei o olhar do irmão e fiquei de pé, alimentado pela raiva do fato de ele ter trazido isso para mim agora. Mas parei quando o vi balançando a cabeça, uma expressão perdida em seu rosto. — Você é AK. Você não faz isso. Por que você está fazendo isso agora? Não está na hora. Não é o mês certo. Não faz sentido.

Fechei os olhos e respirei longa e profundamente. Quando os abri outra vez, Flame estava balançando em seus pés desajeitadamente.

— É por causa dela. — Ele não estava fazendo uma pergunta. As pessoas achavam que Flame era fodido da cabeça. Seu pai havia lhe dito repetidamente que ele era um retardado. Mas o irmão era perceptivo. Ele nunca se esquecia de nada. E mais do que isso, desde o dia em que ajudei a libertá-lo daquele manicômio, ele se certificou de me conhecer melhor do que ninguém. Todos pensavam que eu cuidava dele. Mas a verdade era que... ele também cuidava de mim.

— Estou bem — repeti e me sentei novamente, esfregando o rosto com a mão. — Senta aí, Flame.

Ele fez uma pausa, mas atendeu ao meu pedido. Peguei outra garrafa de cerveja, sentindo os efeitos do álcool que ingeri o dia todo começando a me atingir.

— Você está assim desde que a resgatamos — ele falou. — Desde que você a deixou entrar aqui na sua cabana. Ela fez você pensar em tudo de novo. — Abri a boca para responder, mas ele continuou: — Você não dorme. Mas é pior desde que ela voltou. Você fica sentado aqui o tempo todo. Você está bebendo. Você nunca bebe tanto.

Eu sabia que não adiantava negar. Para o irmão estar aqui, para ter deixado Maddie sozinha em sua cabana, sua preocupação comigo deve tê-lo comido vivo.

Então fiquei quieto. Eu, com certeza, não ia falar sobre merdas que não precisam ser comentadas. Não fazia isso desde o dia em que aconteceu e não ia começar agora.

— Eu vou superar isso — admiti depois de minutos de silêncio. — Eu vou... — Engoli em seco. — Eu sempre supero.

— Você nunca superou — Flame rebateu, sem emoção em sua voz.

— E nunca irei — concordei. Minha voz estava rouca, então pigarreei. Eu me recusava a perder a porra do controle.

— Não foi sua culpa — Flame disse, agressivamente. — Não sei quantas vezes você tem que ouvir essa merda.

— E nunca vou aceitar.

Recusei-me a fechar os olhos, porque se o fizesse veria seus rostos. Eu veria o que ainda deveria ter, se não tivesse sido tão estúpido.

— Ela está melhor. — Eu sabia que ele estava falando sobre Phebe. — Maddie a viu, e ela está melhor. Maddie está cuidando dela por mim, por você. Você a salvou.

Balancei a cabeça, o aperto no meu peito diminuindo um pouco. Ela estava melhor. Porra, para o Flame, isso pode muito bem ter sido uma dancinha feliz pra caralho. O rosto da Ruiva veio à minha mente. Eu não tinha ido vê-la desde que ela foi para a casa de Ky. Nem havia perguntado como ela estava. Eu a resgatei e a livrei do *smack*. Isso era o suficiente. Embora eu tivesse pensado nela quase todos os dias. Pensei nela aqui, olhando as estrelas. Seu reencontro com Lilah... Pensei em seu rosto quando viu a cicatriz de sua irmã... Em sua mão na minha quando ela me agradeceu, tão pequena e delicada em sua cama... Ela me dizendo que estava com medo...

— Eu não... — Flame rangeu os dentes. — Não gosto de você... assim. — O som da voz baixa e áspera de Flame não me fez sentir nada além de culpa.

— Eu sei — eu disse. — Vou superar isso.

Os ombros de Flame relaxaram de alívio, então ele se levantou.

— Que bom. — Ele começou a se afastar.

— Flame? — chamei quando o corpo enorme do meu irmão quase desapareceu na escuridão. Ele se virou para mim. — Você conversou com Ash ultimamente?

Ele ficou tão quieto quanto a noite.

— Trabalhamos na moto hoje. — A tensão estava de volta em sua voz. Era sempre quando ele temia que tivesse fodido com as coisas de alguma forma, com medo de me desapontar.

— Continue conversando com ele, okay? Continue convidando Ash para jantar e outras coisas.

— Tudo bem — Flame disse, então sem outra palavra, partiu para sua cabana.

— Porra! — praguejei para ninguém em particular. Fechei os olhos, deixando o álcool tomar conta. Ouvi o som de um galho se partindo e suspirei.

— Flame, eu juro, estou bem. Eu só quero ficar sozinho.

Abri os olhos... e congelei. Pisquei quando a vi parada ali, me observando. Ela deu um passo à frente e então mais outro, até chegar à luz. Foi o seu cabelo que vi primeiro, comprido e caindo até o meio das costas. Ela usava um vestido longo verde-escuro, amarrado no topo por um pedaço fino de cordão de seda. As mangas cobriam seus braços, mas caramba... a cor profunda fazia suas sardas se destacarem mais em todos os outros lugares.

— Olá — ela disse, por fim, a voz doce pra caralho ecoando pela noite.

Meu olhos a varreram de cima a baixo. Ela ainda estava muito magra, mas parecia melhor do que cinco dias atrás. Suas bochechas pálidas apresentavam até mesmo um pouco de cor. Os hematomas e marcas haviam desaparecido. Seus olhos ainda estavam rodeados por olheiras, mas era só isso.

Merda. Ela estava deslumbrante pra caralho.

— Oi. — Endireitei-me na cadeira. Phebe baixou a cabeça e me encarou com os olhos semicerrados. Meu pau endureceu quando ela começou a andar em minha direção.

Ela sorriu e colocou seu longo cabelo atrás das orelhas.

— Eu queria ver você — ela falou.

Deixei meus olhos percorrerem seu corpo esguio. O vestido se ajustava ao seu corpo *mignon*, enfatizando cada uma de suas curvas. Exibindo perfeitamente seus seios cheios sob o material.

Phebe sentou-se devagar na cadeira ao meu lado. O perfume floral e alguma outra merda com cheiro feminino encheu meu nariz. Ela sorriu, como se soubesse o efeito que estava causando em mim. Mas seu sorriso desapareceu rapidamente e seus olhos perderam o brilho.

— Eu... Tenho tido problemas para dormir.

Tomei um gole da minha cerveja, deixando que Phebe falasse.

— Descobri que desde que estou aqui, não consigo ficar calma. — Ela fechou os olhos e inclinou a cabeça para o lado, expondo seu pescoço longo e suave. Sua mão se ergueu e, meticulosamente, bem devagar, a arrastou pela pele. Um suspiro ofegante fugiu de seus lábios naturalmente vermelhos. Segurei a garrafa de cerveja com força. — Adoro sentir o vento no meu rosto — comentou sem abrir os olhos. Um sorriso se formou em seus lábios. — Gosto de sentir o calor no rosto quando está claro e os raios da lua quando está escuro.

Ela arqueou as costas e eu cerrei os dentes quando seus seios redondos empurraram contra o tecido de seu vestido. Não havia muita luz aqui, mas o suficiente para eu ver que ela não usava nada por baixo. Seus olhos piscaram e se abriram, e, se inclinando entre as nossas cadeiras, ela pegou a cerveja da minha mão. Dando aquele sorriso de novo, ela levou a garrafa aos lábios. Lentamente e com cuidado, sem afastar aqueles olhos azuis dos meus, ela colocou os lábios em torno da garrafa e inclinou a cabeça para trás. Phebe deu um, dois, três goles antes de baixar a garrafa, lambendo o gargalo com a ponta da língua, para em seguida me devolver a cerveja.

Eu já estava bêbado. Eu quase não tinha bebido nada além de tequila, uísque e cerveja desde que deixei a Ruiva cinco dias atrás, e agora ela estava fodendo com a minha mente.

Phebe passou a mão pelo cabelo.

— Eu... Não consegui dormir de novo esta noite e decidi dar uma volta. Então segui a direção dos meus passos. — Ela fez uma pausa. — E eles me trouxeram direto para você.

— Eles trouxeram, hein? — murmurei, com a voz áspera, sentindo meu pau cada vez mais duro, praticamente rasgando a braguilha da calça jeans.

— Sim. — Ela olhou para o chão. Sua atitude casual desapareceu e ela torceu as mãos no colo, os dedos tremendo. — Eu continuo me lembrando dos seus olhos — Phebe disse, de repente, levantando seu olhar para o meu.

Bebi a cerveja, mas puta que pariu, eu não conseguia desviar a atenção dela. Meus malditos olhos. Quando ela estava desmaiada, quando estava acordada, quando continuou falando sobre meus olhos. Meus olhos e aquela árvore do caralho.

— Não me lembro ainda. Fico tentando me lembrar do que aconteceu quando ele me levou. Em que local estive e o que aconteceu lá. Continuo sentindo como se houvesse algo que preciso saber. *Devo* saber. Algo grande que estou esquecendo. Que estou bloqueando. — Ela levou as mãos à cabeça. — Mas minha cabeça está imersa em uma densa névoa, que não consigo dissipar, não importa o quanto eu tente. — Ela olhou para mim e parou de tremer. — Mas, estranhamente, eu me lembro de você. Você, acima de qualquer coisa ou qualquer outra pessoa. — Inclinando-se para frente, ela levou a mão ao meu rosto. Fiquei imóvel enquanto ela passava as pontas dos dedos pela minha bochecha. — Eu lembro de você. E esses olhos de anjo.

Phebe se levantou e veio em minha direção, parando próximo aos meus joelhos. Recostei-me na cadeira e ela me encarou. Mesmo na penumbra, pude ver que suas bochechas pálidas estavam vermelhas.

— Você me salvou.

Não havia uma parte minha que não estivesse tensa enquanto ela dizia essas palavras. Phebe se abaixou e colocou as mãos nas minhas coxas. Meus quadris se moveram quando senti o calor de suas mãos através do jeans.

— Eu me lembro de estar em seus braços. — Suas mãos começaram a subir pelas minhas coxas, um centímetro de cada vez.

— Ruiva — rosnei enquanto seu rosto se movia para cada vez mais perto do meu. Mesmo em meu estado de embriaguez, pude ver suas pupilas dilatarem.

— Ruiva... — ela repetiu quando sua boca roçou minha orelha. — Eu gosto desse nome do qual você me chama. *Ruiva.* — Seus lábios tocaram minha bochecha, então se arrastaram pela minha pele até que pairaram sobre minha boca, seus olhos encontrando os meus. — Sempre me destaquei quando criança pelo meu cabelo ruivo. Eu não era loira como Rebekah ou minhas outras irmãs. Eu não era bonita, com uma pele lisa e perfeita como todas elas. Eu não era uma Amaldiçoada, nem possuía talento algum. Eu era sardenta e pálida. Mesmo assim, fui chamada para uma missão mais elevada. — Ela sorriu e arqueou as costas, seus seios pressionando em meu peito.

Eu gemi, flexionando a mão na lateral da cadeira. Larguei a cerveja no chão, o vidro tinindo com força ao bater na grama.

— Então tudo deu errado. Tudo mudou. — Ela se acalmou e pressionou um único e lento beijo na minha boca. — E você me salvou... duas vezes.

Os dedos de Phebe subiram em direção ao meu pau. Agarrei seu pulso com minha mão livre.

— Você precisa parar — ordenei.

Seus olhos brilharam.

— Eu não quero parar — ela sussurrou, sem fôlego. — Tenho pensado em você e em nada mais nos últimos cinco dias.

Phebe não tinha ideia do que e com quem ela estava se metendo. Se soubesse, iria se afastar.

— Continue com isso e vou foder você, Ruiva. Não pode pressionar esses seus peitos grandes em mim se não quer que eu os possua, porra. — Ela quase perdeu o fôlego, e senti seu pulso disparar sob meus dedos. — Eu vou te foder bem aqui. Vou te foder e chupar e não vou parar até que você grite meu nome. Você quer isso, cadela?

Sua respiração instável soprou no meu rosto. Senti o cheiro de álcool em seu hálito, vi suas pupilas dilatarem e sua pele sardenta corar com minhas palavras grosseiras. Eu sabia que ela estava prestes a se virar, e correr de volta para a escuridão. Eu sabia que ela iria recuar e voltar para casa. E eu sabia...

— AK... — ela sussurrou, e meus olhos estreitos focaram nos dela. Seus olhos azuis brilhantes estavam iluminados com algo que eu não esperava: desejo. Em seguida, uma contração filha da puta cintilou ao lado de sua boca, e ela afastou o braço do meu agarre, estendendo a mão para segurar meu pau duro. Ela lambeu os lábios. — AK... Eu quero... que você me *possua.*

E então perdi a porra do controle.

Cambaleando para frente, segurei seu rosto entre minhas minhas mãos e esmaguei sua boca com a minha. Juntei minha língua à dela, puxando sua cabeça para baixo enquanto ela gemia em minha boca. Feri seus lábios, machucando a carne. Baixei as mãos em seus quadris e a puxei para o meu colo. Ela caiu em cima de mim, sem se afastar da minha boca. Gemi quando sua mão começou a esfregar ao longo da braguilha do meu jeans. Minha língua afundou mais em sua boca, e me abaixei e puxei seu vestido, quase rasgando a porra do material ao meio quando não consegui alcançar suas pernas. Mas então minhas palmas encontraram sua pele.

Phebe se afastou da minha boca, ofegante, e arrastou seus lábios e língua pelo meu pescoço. Seus dedos agarraram o botão da minha calça e mordi meu lábio enquanto ela abria o zíper e a mão delicada envolvia meu pau. Seus quadris rebolaram e sua boceta se esfregou ao longo da minha coxa enquanto ela me masturbava com a mão. Sua boca no meu ouvido, seu longo cabelo ruivo roçando minha bochecha.

— AK... — ela gemeu, e eu me impulsionei em sua mão.

Fechei os olhos, tentando conter a necessidade de jogá-la no chão e fodê-la do jeito que ela queria. No entanto, Phebe deslizou pelo meu corpo, seu vestido escorregando entre meus dedos. Abri os olhos e observei seus joelhos tocando o chão, sua mão ainda segurando meu pau.

A parte de cima do vestido estava solta e, desse ângulo, eu podia ver a parte da frente com clareza, mas não o suficiente.

— Abra o vestido — instruí, minha voz soando como aço. Phebe mordeu o lábio e sorriu. Ela nunca desviou aqueles fodidos olhos azuis dos meus enquanto soltava meu pau e se recostava para que eu pudesse ver cada movimento seu.

Seus dedos subiram pelo vestido verde até a gola do decote. Sua língua umedeceu os lábios enquanto ela puxava o cordão que mantinha a parte superior unida. Seus seios saltaram para fora, como se estivessem apenas esperando para pular e estar na minha boca. Ela ofegou enquanto rebolava os quadris para frente e para trás. Phebe balançou a cabeça e seu longo cabelo ruivo caiu sobre um ombro, expondo um lado de seu pescoço. Cerrei os punhos, resistindo à vontade de pular para frente e afundar meus dentes em sua pele pálida.

Ela era uma maldita sereia.

O cordão soltou. Eu tremi, mal conseguindo manter a calma quando ela puxou suavemente a parte de cima do vestido para o lado. Sua pele branca e suave brilhava como leite ao luar. Suas pálpebras se fecharam. Rosnei baixo, tocando meu próprio pau enquanto sua outra mão se movia para a bainha do vestido. Gemidos ofegantes escaparam de sua garganta. Ela deixou cair o ombro e o tecido escorregou de um de seus seios. A carne era cheia e a pele tão salpicada de sardas como em qualquer outro lugar. Seus dedos deslizaram sobre a pele de seu seio até que encontraram o mamilo duro. Acariciei meu pau, para cima e para baixo, em movimentos longos e duros enquanto ela se tocava.

E então sua boca abriu. Concentrei-me na mão entre suas pernas e quase gozei. Ela levantou a saia do vestido, expondo a boceta para mim. Só que não foi apenas a porra da sua boceta perfeita que me fez esfregar meu pau mais rápido, foi o fato de que dois de seus dedos já estavam enfiados lá dentro. Seu polegar dedilhou o clitóris, para frente e para trás, seus olhos revirando em direção ao céu.

— Porra, cadela... — gemi, observando seu rosto corar cada vez mais e suas sardas desaparecerem diante do rubor.

— AK — ela murmurou enquanto continuava se acariciando.

Seus gemidos se intensificaram e se tornaram mais altos enquanto ela movia as mãos cada vez mas rápido. Phebe apertou seu seio, beliscando o mamilo, e ela choramingou. Minha mão no meu pau se acalmou enquanto eu observava seus ombros se inclinarem para frente e sua boca se abrir mais. Seu braço tremia enquanto ela trabalhava com os dedos em sua boceta, acelerando os movimentos de forma que era quase impossível me manter imóvel. E então ela congelou, o rosto emoldurado de prazer quando um gemido gutural escapuliu de seus lábios. Sua cabeça inclinou para trás, expondo o pescoço enquanto sua mão se cobria com sua própria umidade. A vermelhidão se espalhou como uma inundação furiosa sobre a pele pálida à medida que Phebe arfava, desesperada por ar.

Eu não tinha me movido nem um maldito centímetro, assistindo a cadela se desmanchar. Com os olhos ainda fechados, um largo sorriso se espalhou em seus lábios, e ela abaixou a cabeça. Os dedos em seu seio e em sua boceta começaram a se mover novamente. Quando seus olhos se abriram, as pupilas imensas, ela se concentrou em mim. Afastando as mãos do corpo, ela avançou lentamente pela grama em minha direção.

Ao chegar aos meus joelhos, Phebe se postou entre minhas coxas até que seus seios estivessem tocando o meu pau exposto. Ela me segurou pela mão. Os dedos que estavam em sua boceta subiram em direção à minha boca quando ela começou a acariciar meu pau para cima e para baixo com a outra. As pontas dos dedos roçaram ao longo do meu lábio inferior. Phebe me olhou como um falcão quando agarrei seu pulso e o mantive em minha boca. Seu peito subia e descia enquanto eu lambia seus dedos. Seu gosto encheu minha língua e eu gemi. Ela respirava com dificuldade, me observando, e pela dureza de seu mamilo, eu sabia que estava gostando. Então mergulhei seus dedos em minha boca no instante em que sua mão acelerou os movimentos no meu pau. Envolvi meus lábios em torno dos seus dedos, lambendo seu suco.

— Uhmm... — ela gemeu, puxando os dedos da minha boca. Seus olhos brilharam com fogo, e os cantos de sua boca se curvaram em um sorriso quando ela se inclinou para frente e passou a língua ao redor dos meus lábios. — Eu posso sentir o meu gosto em você — ela sussurrou e apertou meu pau com força.

— Ruiva — avisei, meu autocontrole evaporando rapidamente.

Inclinei-me para beijar a porra de sua boca, mas ela se esquivou antes que eu pudesse. Phebe se abaixou mais, então mais ainda até que, com a boca pairando sobre a ponta do meu pau, ela disse:

— Eu quero provar você.

Antes que eu pudesse respirar, ela rodeou meu pau com seus lábios macios, não parando até que engoliu todo o meu comprimento. E eu não era pequeno. Na verdade, eu sabia que era enorme. Mas ela me levou para o fundo da garganta sem engasgar nem uma vez.

— Porra, Ruiva... — gemi e estendi a mão para agarrar seu cabelo. Então ela realmente me mostrou o que podia fazer. Ela me bombeou para cima e para baixo, para cima e para baixo, circulando a cabeça com a língua quando alcançou o topo. Minhas bolas contraíram quando sua mão as segurou e as acariciou com os dedos. Ela choramingou e gemeu enquanto me chupava, como se estivesse morrendo de fome.

Senti o calor se intensificando em minhas bolas, então afastei sua boca faminta do meu pau, puxando seu cabelo. Phebe engasgou com o ar. Ela lutou para me tomar com sua boca outra vez, mas eu tinha outros planos. Inclinei-me para a frente e a coloquei de pé. Seus grandes lábios estavam inchados e vermelhos. Ela avançou e rastejou no meu colo. Suas coxas montaram as minhas, e seus seios roçaram contra o meu peito nu. Rosnei quando seus dentes se arrastaram pelo meu pescoço. Estendendo a mão, afastei o resto do vestido de seus seios e os segurei em minhas mãos. Seus lábios chuparam meu pescoço e ela gemeu, alto, assim que deslizei meus dedos dentro de sua boceta.

— Puta merda, cadela — gemi enquanto suas mãos corriam para baixo sobre meu peitoral e até meu abdômen. — Você está encharcada.

— Por você. — Ela inclinou a cabeça para trás enquanto eu passava meu dedo sobre seu clitóris inchado. — Tudo por você.

— Eu vou foder você, Ruiva. Eu vou foder com força.

Phebe sorriu e se inclinou até que sua boca estivesse colada ao meu ouvido. Tirando a mão de sua boceta, ela agarrou meu pau e se abaixou até que eu estava enchendo seu buraco molhado.

— Não — ela disse, suavemente, traçando o contorno da minha orelha com a língua. — *Eu* vou foder *você*.

Não pensei que fosse possível ficar mais duro, mas assim que ela sussurrou essas palavras em meu ouvido, eu fiquei. Então ela agarrou meus ombros e desceu com força, até que a enchi por completo. Sua testa pressionou contra a minha e suas narinas dilataram. Então a cadela começou a se mover. Apoiando as mãos nos meus ombros, ela balançou para frente e para trás, rebolando os malditos quadris até que eu não pudesse ver nada além dela. Tudo vermelho – cabelo, rosto corado, mamilos. Tudo vermelho.

Afastei as mãos e bati em sua bunda. O peito de Phebe arqueou para frente, empurrando seus mamilos contra minha boca. Enquanto ela me montava cada vez mais forte, cada vez mais rápido, chupei seu mamilo em minha boca e mordi. Phebe gritou, seus quadris rebolando, sufocando o meu pau.

— AK! — ela gritou, movendo as mãos no meu cabelo para manter minha boca em seus seios. Minhas mãos apertaram sua bunda e incitei

Phebe a se mover mais rápido. Eu queria estar o mais dentro possível em sua boceta. Os dedos de Phebe agarraram meu cabelo com tanta força que parecia que ela estava arrancando os fios. Mas não me importei. Puta merda. Ela poderia arrancar tudo se quisesse. Minhas bolas estavam contraídas, e pelo aperto de sua boceta, eu sabia que a cadela também estava perto.

A respiração de Phebe acelerou, e ela afrouxou o aperto no meu cabelo, inclinando-se para trás e afastando o seio da minha boca. Seu ritmo aumentou, seus gemidos intensificaram, mas tudo isso significou porra nenhuma quando ela atraiu seu olhar para mim. Suas mãos se moveram para minhas bochechas, e quando eu soube que nós dois estávamos prestes a gozar, ela olhou nos meus olhos e, caralho, parecia que ela conseguia ver através de mim.

Os movimentos de Phebe se tornaram erráticos, sua boca se abrindo ligeiramente. Então ela congelou e deixou escapar um longo gemido. Sua boceta apertou meu pau já vazando, e quando ela gozou, me inundando com sua umidade, tombei a cabeça para trás e gozei também. Eu gozei e gozei ainda mais, segurando a cadela no meu pau inchado até que a preenchi com meu esperma. Rosnei, arremetendo em sua boceta quente até que estava drenado. Completamente esvaziado.

O suor escorria pela minha testa e pelas minhas costas. Lutei para respirar enquanto saía da névoa que inundava a minha cabeça. Depois de um tempo, abri meus olhos.

As mãos de Phebe ainda estavam no meu rosto. Seus olhos ainda fixos aos meus. E observei cada uma de suas lágrimas que escorriam por suas bochechas coradas.

Congelei, me perguntando o que diabos estava errado, mas então ela abriu aqueles lábios talentosos e perguntou baixinho:

— Quem você viu quando me salvou?

Meus músculos retesaram de tal forma, que temi que as fibras se rasgariam. Sua cabeça inclinou para o lado enquanto ela me observava, e seus dedos acariciaram minhas bochechas.

— O que o assombra? — Em seguida, um sorriso verdadeiramente comovente se espalhou pela sua boca. Mas esse sorriso tinha tudo a ver com felicidade. Era o tipo de sorriso que impedia você de desmoronar. Uma merda de mentira. Uma fachada falsa. Como aquele que Flame me acusou de usar.

Phebe quase colou o nariz ao meu, tanto que eu podia sentir a umidade de sua pele. E porra, eu podia sentir o cheiro do sal de suas lágrimas. Mas eu estava paralisado. As palavras da cadela me deixaram completamente imóvel, meu pau amoleceu dentro dela.

Ela respirou fundo, suspirando e depois afastou o cabelo do meu rosto.

— Quem o mantém nesta prisão? Uma prisão como a minha? — Ela repetiu, mas minha boca estava selada. Eu sabia que minha respiração estava saindo ruidosa pelo nariz, mas não via nada mais além de seus olhos perscrutadores, suas lágrimas e aquelas malditas perguntas destruidoras.

Os lábios de Phebe pressionaram um beijo em cada bochecha, depois na minha testa e finalmente na minha boca. Ela ficou lá, beijando meus lábios fechados. Minhas mãos estavam firmes como ferro em sua bunda, e quando sua língua sondou meus lábios, eu a deixei entrar. Mas esse beijo não era o mesmo quando trepamos. A cadela estava sendo gentil, carinhosa pra caralho.

E estava me destruindo. *Quem o mantém nesta prisão? Uma prisão como a minha?*

Phebe me beijou por um minuto, talvez dois, antes de se afastar. Com o nariz pressionado contra o meu, ela passou a mão pela minha testa e, suavemente, pela minha bochecha.

— Você não é tão diferente de mim, eu acho. — Ela sorriu enquanto mais lágrimas deslizavam por suas bochechas pálidas. — Eu vejo isso em seus olhos. Eu... — Sua respiração ficou presa. — Eu posso... me ver.

Phebe se endireitou e, afastando-se do meu pau, ficou de pé. Ela arrumou o vestido e inclinou a cabeça para trás para o céu noturno. Ela respirou fundo três vezes e depois virou a cabeça para mim.

— AK... — proferiu meu nome, baixinho, em despedida, e se afastou. Eu a observei enquanto ela desaparecia na escuridão.

Fiquei olhando para ela por sei lá quanto tempo. Esfreguei o rosto, sentindo a cabeça girar. Enfiei meu pau flácido de volta na calça jeans. Eu ainda podia sentir o gosto de sua boceta em meus lábios. Ainda podia ver Phebe no chão diante de mim, dando prazer a si mesma. Mas também ainda podia ver aquelas lágrimas escorrendo pelo rosto dela. *Quem o assombra?*

Peguei uma nova garrafa de cerveja e ingeri o líquido âmbar em três goles. Então continuei com a garrafa de tequila debaixo da cadeira. Bebi até desmaiar.

Quando acordei, ainda sentado ali, mais à noite, olhei para as pessoas desfilando à minha frente. Os filhos da puta que nunca, nunca me deixavam sozinho. Levantei a cabeça enquanto meus olhos embriagados observavam as formas sangrentas caminhando em minha direção, me encarando. Seus olhos negros eram poços desalmados enquanto eles olhavam para mim, nunca me deixando seguir em frente.

Fechei os olhos, tentando bloqueá-los de vista.

— Eles — murmurei, rouco. Estremeci ao respirar, sentindo minhas lágrimas escorrendo pelo rosto. — Eu estava tentando salvá-los... mas não consegui... nunca consegui. Eles nunca vão me deixar em paz.

Caí no sono novamente, sentindo as mãos de Phebe no meu rosto e seus lábios na minha boca. *Eu vejo isso em seus olhos... Eu posso... me ver.*

E, meu Deus, eu também a vi.

CAPÍTULO DOZE

AK

Estacionei a moto do lado de fora da minha cabana. Baixei o lenço do rosto e limpei a sujeira de dois dias da pele. Entrei em casa e bati a porta com força, indo para a cozinha.

— Você está de volta — Ash comentou quando ele entrou na sala.

Segurei sua nuca e o puxei contra o meu peito.

— Você está bem?

— Sim — ele respondeu com indiferença, então abaixou a cabeça timidamente como sempre fazia.

Peguei um cigarro do maço e ofereci um a ele. Ash pegou e o acendi, esperando que ele dissesse o que quer que estava planejando.

— Estive no Flame nas últimas duas noites — ele, finalmente, comentou. Observei o rosto do pequeno filho da puta. Era quase como se meu irmão psicopata tivesse acabado de dar o mundo a esse garoto.

— É mesmo?

— Sim. — Ele tentou esconder o sorriso. — Fiquei lá na noite passada. Madds preparou uma cama para mim no quarto de hóspedes, antes mesmo que eu tivesse a chance de dizer que voltaria pra cá.

— Flame ficou de boa com isso?

Ele assentiu.

— Ele até ficou acordado comigo um pouco depois que Madds foi para a cama. Ele não conversou muito, mas me mostrou todas as suas facas. Ele até tomou uma bebida comigo. — Encolheu os ombros. — Nós ficamos em silêncio na maior parte do tempo, mas... — Ele respirou fundo. — Foi... bom, sabe?

— Sim — eu disse e senti meu peito ainda apertado aliviar um pouco. Flame finalmente tinha me ouvido, o cabeça-dura.

— Você conseguiu fazer a entrega? — Ash foi até a geladeira e me passou uma cerveja.

Eu a peguei e fui até o armário de bebidas para buscar a garrafa de uísque; eu precisava de algo mais forte. No entanto, a bebida não estava lá.

— Você pegou meu *Bourbon*?

— Não — ele respondeu.

Arqueei a sobrancelha.

— Você está mentindo?

— Não. — Ele balançou a cabeça. — Eu contaria se tivesse bebido.

Fiz uma careta quando vi que minha nova garrafa de *Patrón* também estava faltando.

— A tequila também acabou.

Peguei a garrafa de uísque e tomei alguns goles. Fechei os olhos enquanto queimava ao descer.

— Será que Vike pegou? — Ash comentou enquanto eu me sentava à mesa. — Ele veio aqui quando você estava fora. — Seu rosto ficou vermelho de vergonha. — Ele estava chateado por você ter ido sem ele. Flame também.

Assenti com a cabeça, sabendo que isso era verdade. Eu nunca fazia entregas sem Flame e Vike. Mas... porra... depois da merda que aconteceu duas noites atrás, eu precisava de um tempo sozinho na estrada.

Levantei-me, prestes a tomar banho, quando meu celular vibrou no bolso.

— Caralho! — rosnei. — Não posso ter a porra de um minuto?

Abri a tela assim que entrei no quarto, vendo a mensagem de Ky.

KY: Você já voltou?

Acabei de chegar.

KY: É melhor você ir ao clube. Agora.

O que diabos aconteceu? Uma segunda mensagem foi enviada.

KY: O nosso esquema parece ter saído pela culatra.

Encarei a mensagem e meu estômago embrulhou.

Phebe.

Estou indo.

Vesti uma camisa limpa e corri para fora do quarto, passando pelo corredor e a cozinha.

— Eu preciso ir para o clube — informei ao Ash.

O garoto deu um pulo e pegou as chaves da caminhonete do balcão.

— Eu dirijo.

Apressei-me a sair de casa, me perguntando o que diabos aconteceu com Phebe. O que diabos Ky quis dizer com "*o nosso esquema parece ter saído pela culatra*"?

Ash deslizou para o assento do motorista e ligou o motor. Sentindo claramente minha urgência, ele disparou para fora da clareira de nossas cabanas e para a estrada de terra.

— Aconteceu alguma coisa? — Ash perguntou enquanto subíamos a colina.

— Nem ideia — respondi, as mãos fechadas em punhos no meu colo. Tentei pensar sobre o que Phebe poderia estar fazendo em dois dias. Vike e Flame não disseram nada, mas, novamente, aqueles filhos da puta não estavam falando comigo por causa do fato de eu ter saído sem eles.

Paramos na parte de trás do clube. O lugar estava lotado, o que era normal para um fim de semana. Fileiras de motos estavam estacionadas do lado de fora, e música alta ecoava do bar principal.

Entrei pela porta dos fundos, seguindo a música. O bar estava cheio de fumaça, putas e bebida. Examinei o local e vi uma mão acenando no ar. Ky estava de pé no canto oposto. Empurrei vários corpos para fora do meu maldito caminho enquanto avançava para onde meu irmão estava.

Quando meu caminho se abriu, vi Styx e Mae ao redor de uma mesa. Lilah estava sentada segurando uma taça de vinho, com a porra de uma expressão horrorizada no rosto. Uma cadeira deslizou para trás e, de repente, Flame estava com o nariz quase colado ao meu. O irmão colocou as mãos no meu peito e me empurrou para trás. Eu me estabilizei, já sabia que ele explodiria comigo.

— Mas. Que. Porra?! — ele rosnou.

Maddie estendeu a mão para agarrar seu braço. Smiler, Tank e Bull nos encaravam da mesa ao lado. Beauty e Letti estavam observando algo do outro lado do bar, ignorando Flame. Solomon e Samson – os irmãos que Rider trouxe do culto – também estavam lá. Ultimamente eles sempre estavam lá.

Levantei as mãos em rendição.

— Eu entendo. Você está chateado.

A cabeça de Flame se agitou em resposta. Eu me aproximei.

— Eu só... — Balancei minha cabeça. — Porra, eu só precisava ficar sozinho por alguns dias. Okay?

O foco de Flame estava no chão, sem encontrar meus olhos, mas vi seus ombros relaxando um pouco.

— Não faça isso de novo. Filho da puta. — Ele saiu do meu caminho e eu passei por ele para chegar até Ky.

Styx apareceu ao seu lado.

— Olha lá, porra. — Ky apontou para o outro lado do clube.

Passei o olhar sobre cada filho da puta em meu caminho. Então, finalmente, vi um lampejo de cabelo vermelho e meus olhos quase saltaram das órbitas.

— Que porra é essa? — retruquei, dando um passo para o lado para ver melhor. O novo ângulo só me fez perder ainda mais a cabeça. Do outro lado estava Phebe. Só que ela não era a mesma Phebe que resgatei da Klan, nem a cadela que veio até mim duas noites atrás e me deu a melhor transa de toda a minha vida.

A puta na minha frente estava no bar, braços envoltos em algum idiota que estava a minutos de encontrar o barqueiro sem nenhuma merda de moedas nos olhos. Minhas mãos tremeram enquanto se fechavam em punhos ao meu lado. O cabelo de Phebe estava solto nas costas, lavado e radiantemente vermelho. E estava todo cacheado. A maquiagem se espalhava por todo o rosto, batom vermelho vibrante nos lábios carnudos. Mas a pintura de guerra não foi o que me deixou fervendo. Foi o que ela estava vestindo que quase me fez explodir.

Ela estava usando um top branco e fino que era quase transparente, tanto que seus mamilos apareciam por baixo. E estava amarrado, mostrando a barriga plana e contornando perfeitamente seus seios. A saia era longa, mas mesmo daqui eu podia ver suas pernas através do tecido. E podia ver sua calcinha por baixo. Ou o que mais parecia a porra de um fio dental. Ela jogou a cabeça para trás, e sua risada sobressaiu até mesmo sobre o *rock* pesado que soava pelo sistema de som do clube.

— A cadela escapou sem que ninguém visse — Ky disse. Styx estreitou os olhos para Phebe enquanto ela fazia papel de idiota. Até as putas do clube olhavam para Phebe como se ela fosse patética. — Aparentemente, Beauty veio visitar ontem e contou a ela sobre os fins de semana do clube. Queria avisar Phebe sobre o que ela poderia encontrar aqui. Li disse que ela poderia vir hoje à noite. — Ky balançou a cabeça. — Vim buscá-la, apenas para descobrir que ela já estava bêbada. — Ele fez uma pausa. — Já sei o que aconteceu com a quarta garrafa de uísque do meu bar esta semana.

Acontece que ela não estava com medo da ideia de estar aqui. A cadela queria estar aqui.

Olhei de volta para Phebe. Porra, ela estava acabada. Seus braços ainda enlaçavam o mesmo filho da puta no bar, mas quando olhei com mais atenção, pude ver que a cadela mal conseguia ficar em pé. Ela estava caindo, seus olhos pesadamente maquiados revirando na porra de sua cabeça de merda.

E então me dei conta.

— O *Bourbon* e o *Patrón* — comentei em voz alta. Se Ky e Styx estavam prestando atenção em mim, não notei. — Porra! — rosnei. Pensei na noite em que ela me fodeu. Eu mesmo estava bêbado, mas me lembrava de ter sentido o gosto de bebida em seus lábios. — Ela mudou das drogas para o álcool. — Senti aquele maldito lampejo de familiaridade correr pelas minhas costas.

E aqui estávamos mais uma vez.

— Sim, e a bebida deixa aquela cadela raivosa pra caralho — Ky emendou. Ele esfregou um arranhão na bochecha. Parecia novo. — Essa foi a porra da minha recompensa por tentar levar a cadela para casa. — Ele olhou para Lilah, que ainda estava observando Phebe com preocupação em seus olhos. — Ela gritou com a Li também, deixou ela chocada. — O rosto de Ky ficou sombrio. — Tive que me controlar para não nocautear a cadela e arrastá-la de volta para nossa casa pelo maldito cabelo.

Virei a cabeça para Ky. Seu comentário me irritou pra caralho; mas ele estava olhando através da sala para Phebe.

— Ao meu ver — Ky disse e encolheu os ombros —, ela é livre e solteira para foder com quem diabos quiser e rodar em todos os paus daqui; não me importo. Mas Li, *sim*. — Ele me deu um tapinha nas costas. — Já que foi sua ideia trancar a cadela em sua cabana por uma semana para tirar as drogas do seu sistema, achei que você poderia também querer lidar com isso. — Meus lábios se curvaram com a expressão de merda de Ky e o maldito sorriso de Styx. E eu nunca diria isso a eles, mas, com certeza, queria aquela cadela de volta.

Phebe me deixava nervoso. E agora ela servindo como uma tortura do caralho. Um estrondo soou no bar, e um cara que eu não conhecia se lançou contra outra pessoa, uma garrafa quebrada na mão, pronto para enfiar na garganta do outro homem.

Tank e Bull ficaram de pé em segundos. Bull alongou o pescoço.

— Está na hora de enxotar os bêbados. — Tank inclinou a cabeça, e os dois filhos da puta enormes se misturaram na multidão, Samson e Solomon seguindo atrás deles. Olhei ao redor, procurando por Phebe, mas a mulher não estava em lugar algum.

— Merda — rosnei baixinho. Lutei para conseguir passar através da massa de pessoas, procurando pelo cabelo vermelho-fogo, socando o primeiro idiota que entrou no meu caminho. Quanto mais pessoas ficavam na minha cara, famintas pela briga, mais irritado eu ficava. Meus punhos voaram, ansiosos para esmagar o nariz de qualquer um que ousasse entrar no meu caminho.

Quando cheguei no canto oposto do bar, uma mão pousou no meu ombro. Eu me virei, lívido, procurando pela pessoa que se atreveu a me tocar, e vi Tanner com as mãos erguidas em rendição.

— Se acalme, cara. — Ele esfregou o rosto e estava com uma aparência de merda. — Eu preciso falar com você — Tanner disse, me empurrando para longe da confusão e da briga que corria solta. Brigas de bar eram corriqueiras quando se juntava idiotas e bebidas alcoólicas.

— Agora não. — Tentei passar por ele.

Tanner entrou no meu caminho e precisei de toda a minha força de vontade para não descer a porrada no Príncipe Branco.

— Tanner. Vaza da minha frente, porra — avisei, procurando por Phebe no bar. A cadela tinha desaparecido.

Tentei me afastar de novo, mas Tanner agarrou meu ombro e me puxou de volta. Eu me virei e levantei o punho, mas o irmão se abaixou e agarrou minha camiseta, me puxando para perto.

— Ele sabe, porra!

Demorou cerca de três segundos para suas palavras fazerem sentido através do barulho que envolvia minha cabeça.

— Acabei de *hackear* um e-mail entre ele e meu irmão. Meister está à caça de quem pegou a vadia dele. — Ele fez uma pausa. — Ele está caçando *você*.

— Porra! — cuspi, sentindo cada grama do meu corpo pegar fogo.

— Beau disse a ele que não conhecia nenhum de vocês na lista. Eu verifiquei o resto do servidor de Meister. Não demorou muito para suspeitar dos Hangmen. Acontece que Judah contou a ele tudo sobre nós. E mesmo que essa informação nunca tenha saído da boca de Phebe, Meister sabe que a irmã dela está aqui. — Tanner balançou a cabeça. — Ele sabe que ela é casada com o *VP*. — Ele olhou para Ky, que estava nos observando como um maldito falcão. — O filho da puta está farejando por aqui.

— Não dou a mínima para o poderio militar que eles têm, aquela gangue de caipiras não é páreo para os Hangmen. Especialmente quando Styx e Ky descobrirem. Teremos reforços aqui dentro de horas.

— Eu concordo. Só queria que você soubesse. Meister fez referência a você. Carson. Ele sabe que você é um ex-atirador, e o filho da puta está usando todos os contatos da Marinha para descobrir quem você é. O maldito é meticuloso.

— Eu sei. Eu conheci ele, lembra? — Meus olhos foram para a porta dos fundos. — Vá dizer ao Ky e Styx. Eles vão saber o que fazer com essa merda.

Tanner se apressou pelo clube.

Quando cheguei à porta, Hush e Cowboy estavam entrando. Cowboy virou a cabeça na direção do bar, e um sorriso enorme se espalhou pelo seu rosto.

— Caralho... — ele ronronou em seu forte sotaque *cajun*. — Estou com tesão enorme por uma briga esta noite. — Cowboy e seu Stetson desapareceram na multidão.

Hush inclinou a cabeça na minha direção.

— Não tenho certeza, mas acho que vi a cadela que tiramos da Klan no beco, pronta pra traçar um filho da puta.

O fogo aumentou no meu estômago, e eu estava do lado de fora mais rápido do que já tinha me movido na vida. A cor vermelha nublou meus olhos – estive assim há dias, vendo tudo vermelho. Meus pulmões se esforçaram ao máximo enquanto eu respirava o ar quente, rastreando com meu olhar cada parte do beco.

E então ouvi.

Aquela porra de gemido que me manteve de pau duro por quarenta e oito horas seguidas. E aquele suspiro ofegante que a cadela deu quando colocou os dedos em sua própria boceta e bombeou até que gozasse.

Enfiei a mão no bolso de trás e peguei meu canivete, já pronto para o abate. Caminhei lenta e furtivamente para o beco. A iluminação do clube lançou uma luz perfeita sobre eles, mas me manteve escondido na escuridão.

Eu vi a cabeça vermelha de Phebe deslizar pelo corpo do maldito em direção ao chão. Assisti quando a cadela olhou para ele com aqueles mesmos olhos excitados que me encararam dias atrás. E senti a raiva crescendo dentro de mim como a porra do fogo do inferno. O idiota alcançou a calça jeans e tirou o pênis. Ele empurrou para frente enquanto Phebe fazia seu pequeno show. Então a mão dele estava em seu cabelo e a puxou para frente. Phebe nem mesmo gritou quando seus dedos quase arrancaram seu cabelo pela raiz. A cadela apenas abriu a boca, esperando pelo pau.

E isso foi tudo o que eu pude aguentar.

Corri para frente e bati meu ombro no idiota que tinha o pau a apenas alguns centímetros de Phebe. Joguei o merda no chão e soquei o filho da puta. Ele gritou e tentou revidar cada um dos meus socos, mas eu apenas ri na cara dele enquanto me esquivava e levantei o canivete para que ele pudesse ver. O cara empalideceu e eu me afastei.

Uma expressão de alívio apareceu em seu rosto. O que o filho da puta não sabia era que eu amava caçar.

Ele teve dificuldades para se levantar do chão. Uma mão avançou enquanto a outra tentava guardar o minúsculo pênis de volta em sua calça jeans. Ele olhou para trás e o alívio se transformou em terror quando me viu caminhando lentamente em sua direção.

Eu ri.

Inclinando-me, observei o pedaço de merda tentando sair do beco e peguei a lâmina, arrastando-a pelo seu calcanhar. O filho da puta gritou e agarrou o tornozelo, me encarando em choque.

— Mexeu com a cadela errada, filho da puta — caçoei.

— Ela não estava usando um *cut* de "propriedade", e me disse que não era de nenhum irmão — ele tentou argumentar, mas suas palavras só me irritaram ainda mais.

— Ela não está livre — rosnei, nem mesmo consciente das palavras que saíram dos meus lábios.

Então, conduzido por um velho demônio que mantive trancafiado para o bem de todos, ergui a lâmina e cortei o tendão de sua outra perna. O filho da puta gritou de novo, mas não parei ali. Agora que comecei, não conseguia parar. Deixei esse sentimento se perder bem dentro de mim, trancado todo esse tempo. No entanto, só em pensar na mão desse filho da puta agarrando o cabelo de Phebe, aproximando o pau de sua boca, uma fúria sombria se libertou dentro de mim.

Espanquei o maldito, mais e mais, até deixar seu rosto mutilado e meus dedos em carne viva.

— Por favor — ele implorou, tossindo.

Mas eu apenas ri de novo. Agarrei seu cabelo escuro e oleoso e ergui sua cabeça do chão, levando a lâmina afiada ao seu pescoço. Encarei seus olhos e senti o cheiro familiar de mijo enquanto o covarde molhava sua calça.

A lâmina pressionou a pele. Eu estava prestes a atacar quando passos ecoaram para o beco.

— Homem ferido! — Ouvi Hush gritar.

— Por que diabos você está tentando acabar com este *saleau, mon frère*[8]? — Cowboy se abaixou e ergueu a ponta de seu Stetson para estudar o futuro cadáver abaixo de mim. — Uau! — Ele assobiou. — Quase um golpe de encontro com o barqueiro, hein, *mon ami*[9]?

Meus dentes estavam cerrados enquanto eu segurava o idiota pelo colarinho. Alguém chamou meu nome. Era Hush.

— Vamos cuidar dele para você — ele ofereceu. Balancei a cabeça, precisando acabar com a vida desse merda agora. Mas quando Hush se

8 saleau, mon frère – (em francês) – nojento, meu irmão.

9 mon ami – (em francês) – meu amigo.

aproximou e disse: — Sua cadela acabou de entrar de novo no bar. Parece que ela está em busca de outro pau. — Então eu perdi o controle.

Levantei de um salto e com um rosnado frustrado, derrubando o cara no chão. Coloquei o canivete de volta no bolso e caminhei de volta para a porta, até que me virei para meus irmãos *cajun*.

— Despachem ou o matem. Mas se ele estiver aqui quando eu voltar, vou terminar o que comecei. E não vou ser tão gentil quanto eu ia ser.

As pessoas às vezes se perguntavam por que Flame, Vike e eu éramos chamados de "*psycho trio*". Vike tinha sua própria merda para lidar. Flame? Um olhar para aquele filho da puta e ele falava por si mesmo. E eu? Aquele idiota ali no chão, com os tendões cortados e ensanguentado, era o motivo pelo qual ganhei esse nome. Mas a maioria dos meus irmãos não tinha ideia da merda fodida que fiz no meu passado. E nem eu mesmo tenho a menor ideia do tipo de coisa que ainda posso fazer. O que na metade do tempo eu *queria* fazer. E aí estava a verdadeira natureza de um psicopata: cometer um ato e ter zero remorso pela merda que fez.

Abri a porta do bar e entrei. O lugar estava uma bagunça – resultado da briga. Os não-irmãos foram expulsos, o que me deu uma visão perfeita da Ruiva... e a visão me deixou ainda mais puto do que a merda que acabei de ver lá fora.

Vike.

Aquele filho de uma puta!

Minhas pernas tremeram enquanto observava, da porta, Phebe sentada no joelho de Vike no bar. O braço dela estava apoiado sobre os ombros dele e a cadela estava rindo. Mas era para a mão do Vike que eu olhava. A porra da mão enorme apoiada na parte inferior das costas dela, em suas costas nuas, porra, se aproximando cada vez mais de sua bunda.

Alimentado pela raiva que eu havia trazido à tona do lado de fora, eu a deixei assumir a liderança. Atravessei o bar, ignorando Ky que chamava o meu nome. Agarrei o braço de Phebe e a puxei do colo de Vike. Ela gritou de surpresa quando a empurrei atrás de mim. Vike ficou de pé, seu sorriso de merda reluzindo direto para mim. Mas eu não estava vendo meu amigo naquele momento. Estava vendo a porra da mão dele nas costas de Phebe, o braço dela em volta dos seus ombros.

Eu estava vendo tudo vermelho.

Soquei minhas mãos contra seu peito, e o gigante tropeçou para trás.

— Que porra é essa? — ele cuspiu, o sorriso de merda desaparecendo de seu rosto.

— Fique longe dela! — rosnei. Os olhos de Vike se arregalaram enquanto ele me encarava. Mas eu não tinha terminado. Avancei novamente, agarrando a gola de sua camiseta e puxei para perto de mim. — Mantenha suas malditas mãos longe dela, ou eu juro por Deus que você não será mais meu irmão.

Uma mão pousou no meu ombro e eu me virei. Flame estava lá, olhos escuros arregalados e narinas dilatadas.

Afastei sua mão e caminhei na direção de Phebe. Eu nem dei a ela uma chance de reagir, apenas segurei seu braço e a arrastei para fora do bar. Passei por Ash, cujo rosto estava pálido.

— Chaves — exigi enquanto Phebe tentava se afastar de mim. Segurei a cadela com firmeza. Ela estava me irritando pra caralho.

Ash me entregou as chaves da caminhonete, e deixei o clube com a cadela a reboque. Ouvi o som das vozes em pânico de Lilah e Mae. E ouvi Ky tentando vir atrás de mim.

— AK! — gritou quando cheguei à caminhonete.

Abri a porta do passageiro e joguei Phebe sobre o banco. Fechei a porta e contornei o capô para o lado do motorista.

— AK! — Ky gritou novamente. Eu me virei para ele, me preparei para outra merda de briga. O *VP* estava me olhando de forma estranha. Ele se manteve afastado. Boa ideia. — Onde diabos você pensa que vai com ela, irmão?

— Você me mandou uma mensagem para resolver isso. Então é isso que estou fazendo, porra.

A mão de Phebe lentantou na janela do lado do motorista e começou a bater no vidro. Ela estava gritando alguma merda indecifrável, tentando sair, gritando como uma louca do caralho. Ky a observou enquanto ela quase quebrava o vidro de raiva.

— Você acha que Li vai ficar bem se eu deixar você levar a irmã dela?

— Você sabe como lidar com ela assim? Você sabe como lidar com uma maldita viciada? Uma que insiste em tentar foder o clube todo, pau por pau? — Minha paciência estava se esgotando. Phebe agora tinha decidido poupar as mãos e começou a bater na janela com os pés. Ouvi o vidro rachar; ela estava a cerca de dois segundos de estilhaçá-lo. — Você tem uma criança para se preocupar agora. Deixe que eu cuido dessa cadela. — Minha mandíbula cerrou e senti uma facada em meu peito. — Só Deus sabe que já lidei com merdas como essa antes.

Não esperei pela resposta de Ky. Abri a porta e entrei. As mãos de Phebe caíram sobre mim enquanto ela tentava lutar. Pegando seus braços, a empurrei para que ela se sentasse no banco e encarei seu rosto furioso.

— Fica aí, porra. Não teste a minha paciência, cadela. Não me teste.

Ela arfava, a pele úmida de suor. Se olhares pudessem matar, eu teria virado cinzas em segundos. Aproveitando sua breve imobilidade, liguei o motor e saí do estacionamento. Percorri a estrada de terra em uma velocidade absurda e me concentrei em voltar para o chalé. Não demorou muito para a cadela raivosa atacar novamente. Praticamente subindo pelo console, ela afundou as unhas em meus braços e pescoço. Mantive os olhos na estrada, não dando a mínima para o sangue que ela estava tirando de mim. A única vez que reagi foi quando ela enfiou quatro dedos na minha bochecha.

Eu a empurrei de volta até que ela estivesse em seu banco, sem fôlego e os olhos vidrados, tamanha a quantidade de bebida que ingeriu. Virei para a clareira e estacionei a caminhonete. Ela estava saindo pela porta do passageiro antes mesmo que eu pudesse me mover. Praticamente voei porta afora e corri atrás dela enquanto Phebe fugia para as árvores. Eu a alcancei em um segundo e joguei seu corpo magro por cima do meu ombro. Phebe arranhou minhas costas.

— Me solte! — ela rosnou, batendo os punhos.

Abri a porta da cabana e nos tranquei lá dentro. Eu a coloquei no chão e ela cambaleou para trás enquanto se endireitava. A luz da cozinha era mais nítida do que a do bar, e dei uma boa olhada em seu estado. O branco dos olhos estavam opacos e as pálpebras, pesadas. A maquiagem preta havia borrado ao redor, fazendo com que Phebe parecesse um maldito guaxinim.

— Se acalme, porra! — ordenei.

A pele pálida de Phebe ficou vermelha enquanto ela fumegava de raiva. Mantive minha posição, cruzando os braços. Então a cadela atacou. Sua mão voou direto no meu rosto. E, desta vez, havia força pra caralho no golpe, tanto que minha cabeça virou para o lado.

Eu já tinha aguentado o suficiente. Aproximando-me dela, eu a empurrei de volta para a parede do corredor.

— Juro por Deus, cadela, eu vou te partir ao meio se fizer isso de novo — sibilei, ficando cara a cara.

Ela cuspiu no meu rosto.

— Me deixe ir! — Eu podia sentir o cheiro da bebida em seu hálito.

— Para então você ir foder algum idiota seboso? Para que você possa encher sua boceta, como a vagabunda do caralho que você é?

— Sim! — ela gritou, lutando contra o meu agarre. Quando ela não conseguiu se livrar, aproximou o rosto e sorriu friamente. — Eu gosto de ser fodida. Eu gosto de gozar. Gosto de pau e amo quando alguém o enfia na minha boca e depois goza na minha garganta. — O fogo que estava ardendo dentro de mim se inflamou ainda mais com as malditas palavras proferidas. — E você não se opôs tanto à minha boceta na outra noite — ela provocou. Phebe se inclinou para frente e mordeu minha orelha. Mordeu de verdade. Afastei a cabeça para trás e ela riu na minha cara. —

Quando eu tinha o seu pau na minha boca, e então bem dentro de mim. Eu o montei e fiz você gritar.

Minhas mãos tremiam em seus braços enquanto eu lutava para não segurá-la com muita força.

— Você quer ser fodida tanto assim, vadia? Você quer que eu a rasgue ao meio e faça você gritar?

— Sim! — Phebe gritou e puxou um de seus braços.

Ela não bateu em mim, como imaginei que faria. Em vez disso, suas pálpebras baixaram e ela passou a mão pelo meu abdômen até pousar no meu pau. Phebe travou o olhar com o meu, e ficamos congelados. Adrenalina e raiva se misturaram em minhas veias. Ouvi o tique-taque do relógio na cozinha e o som do ar-condicionado ligado. Ouvi a respiração acelerada de Phebe enquanto ela me olhava fixamente. E eu a ela. E não tinha muita certeza de quem se moveu primeiro, mas em um segundo eu estava inundado de raiva fervente, quase pronto para explodir e dizer poucas e boas para Phebe, e no seguinte, sua boca estava na minha e seus seios pressionavam contra meu peito, deixando-me com uma baita ereção.

Phebe gemeu quando soltei seu braço e puxei sua blusa para baixo. Seus seios saltaram livres e eu os espalmei com minhas mãos. Os dedos de Phebe abriram minha calça jeans. Afastei-me de sua boca quando sua mão agarrou meu pau.

— Porra — rosnei e abaixei a cabeça para chupar um de seus seios. Sua mão livre envolveu meu cabelo, puxando as mechas. Chupei o mamilo enquanto sua mão acariciava meu pau para cima e para baixo.

Sua respiração estava rápida e a pele molhada. Levantei sua saia até os quadris e rasguei o tecido da calcinha minúscula, jogando o material estragado para longe. Minha mão deslizou ao longo de sua boceta e pelos lábios até que encontrei o clitóris. Ela gemeu no meu ombro, depois lambeu meu pescoço, provando minha pele. Fechei os olhos quando seus lábios voltaram aos meus e sua língua mergulhou em minha boca. Ela gemeu, ofegou e arfou quando devorei a porra de sua boca, fazendo a cadela esquecer o idiota do beco e Vike.

Pensar nela fodendo com outros homens fez meu sangue trovejar em minhas veias. Afastando minhas mãos de seu clitóris, me abaixei e segurei suas pernas. Levantá-la não foi nada. Phebe gemeu e colocou os braços em volta dos meus ombros. Eu a empurrei contra a parede, então em um movimento rápido, penetrei em sua boceta molhada.

— AK! — Phebe gritou quando sua cabeça inclinou para trás e bateu na parede. Eu era um maldito homem possuído enquanto investia nela. Phebe levantou as mãos ao meu rosto e me segurou; olhando nos meus olhos enquanto eu arremetia meus quadris, mordendo meu lábio ao sentir sua boceta sufocando meu pau. Seus gemidos eram baixos e longos enquanto seus lábios encontravam os meus. Ela me comeu com sua boca, e eu engoli seus gritos. Minhas mãos agarraram suas coxas com mais força enquanto eu a fodia. Suas unhas arranharam minha pele, mas isso apenas me deixou mais ávido.

Continuei os impulsos, cada vez mais fortes, até que senti sua boceta começar a contrair e apertar ao meu redor. Minhas bolas começaram a doer e afastei minha boca da dela, enfiando a cabeça na curva suave do seu pescoço. Seus gritos se tornaram cada vez mais altos, os quadris retribuindo minhas investidas.

— AK... — ela gemeu, sua voz agora sem um pingo de irritação ou raiva. O timbre era rouco e ofegante. E então ela gozou, a respiração arfante contra a minha pele. Suas mãos escorregaram para a minha nuca, as unhas arranhando suavemente. Com mais três estocadas, gozei dentro dela, estremecendo, o suor escorrendo pelas minhas costas, enquanto as dela raspavam contra a parede.

E então tudo se acalmou.

O silêncio imperou, a não ser pela nossa respiração. Silêncio o suficiente para ouvi-la chorar antes de sentir as lágrimas caindo no meu pescoço. Eu a ouvi chorar antes de senti-la tremer em meus braços.

Levantei a cabeça e Phebe apertou os braços em volta do meu pescoço como se eu a estivesse ancorando. Pisquei, sem saber o que diabos fazer. O mais delicadamente que pude, apoiei a mão em seu rosto e fiz com que levantasse a cabeça do meu ombro. Phebe resistiu no início, mas cedeu quando eu disse:

— Ruiva. Olhe para mim.

Suas bochechas estavam inundadas de lágrimas, a pele pálida marcada com a maquiagem preta borrada. Seu batom vermelho manchava seu rosto. Os seios à mostra, para fora do top arruinado e seu cabelo era uma bagunça completa.

Ela estava quebrando meu maldito coração.

— Eles vão me deixar vê-la agora — ela balbuciou baixinho. — Se eu for bem-sucedida, eles me deixarão segurar a mão dela.

Mas o quê...?

Limpei as lágrimas de seu rosto com o polegar. Ela segurou minha mão com os dedos trêmulos e a levou aos lábios, e eu senti como se tivesse levado um soco. Phebe olhou para a pele machucada em meus dedos pela briga, beijou a mancha de sangue – eu não sabia se era meu ou da outra pessoa.

Ela largou minha mão e olhou para o chão. Encarei sua cabeça voltada para baixo, e puta merda, aquilo só me fez abraçá-la mais apertado.

Ela estava quebrada.

Perdida.

Suas palavras no início da semana voltaram à minha mente. Não sei quanto tempo fiquei contra a parede, apenas segurando-a. Mas, um tempo depois, toda a bebida que ela consumiu cobrou seu preço, e sua testa tombou contra o meu ombro. Sua respiração estabilizou e ela adormeceu.

Saí de dentro de Phebe e fechei a calça jeans com uma mão. Phebe se mexeu em meus braços, mas não acordou. Eu a carreguei para o meu quarto e a deitei na minha cama. Puxei o edredom sobre seu corpo quase nu. Quando olhei para ela, parecendo uma prostituta ferrada e fodida, uma parte minha morreu. As mangas da blusa estavam rasgadas, mostrando as cicatrizes das agulhas. E agora que já não estávamos no bar, eu podia sentir o cheiro de bebida exalando em ondas em sua pele.

Tirei a camisa, *cut* e joguei tudo no chão. Ao entrar no banheiro, vi meu reflexo no espelho e congelei. A pele em minhas bochechas, pescoço, tórax e parte superior das costas estava arranhada e ensanguentada. O batom de Phebe manchava o meu rosto. Meus olhos estavam escuros e, quando dei um passo à frente, não era mais o AK, um irmão dos Hangmen, que me encarava. Olhando de volta para mim estava Xavier Deyes, atirador dos fuzileiros navais, Operações Especiais. Eu conhecia esse filho da puta e sentia nada além de ódio. Este filho da puta vivia com a morte em seus olhos.

E pensei que o tinha adormecido anos atrás.

Claramente, a Ruiva podia acordá-lo.

Frustrado, não querendo ver aquele rosto, cerrei o punho e soquei o vidro. Cacos caíram na pia e, de repente, eu não conseguia respirar. Meu peito apertou, me deixando com falta de ar, e o pânico tomou conta de mim como um peso caindo sobre minhas costelas.

Recuei até a banheira e me sentei na beirada. Minhas mãos tremiam. Mãos de um atirador, sempre estáveis, mas que estavam trêmulas. Abaixei a cabeça e uma enxurrada de imagens se atropelaram na minha mente. Sangue, gritos e raiva. Ódio que queimava tão quente e forte que me transformou. Em seguida, desamparo, tristeza e a maldita culpa. Tanta culpa que pude sentir seu gosto amargo na língua.

Forçando a me recompor, me levantei e limpei o batom da minha boca com o antebraço, secando o sangue nos nódulos dos dedos na calça jeans. Molhei uma toalha e voltei para o quarto. Sentado na beirada da cama, comecei a limpar o preto e o vermelho do rosto de Phebe. Quando a maquiagem deu lugar à sua pele pálida e sardas, consegui relaxar um pouco. Sabe-se lá por que ela cobria aquelas sardas. Limpei seu rosto até que não houvesse mais nada além dela.

Phebe.

Eu a vesti com uma das minhas calças de moletom e camisa preta limpa dos Hangmen e a cobri. Por vinte minutos, fiquei olhando para seu corpo adormecido. Pensei em todas as bebidas que ela roubou esta semana e percebi que desde a última vez que ela esteve aqui, gritando e destruindo meu quarto enquanto se livrava da heroína, ela já não estava sóbria.

— O que você não consegue enfrentar? — perguntei, inclinando-me sobre seu leito.

Ela não acordou e eu não queria que acordasse. Assim, ela estava em paz. Acordada? Parecia estar tão fodida quanto eu.

— Durma. — Pressionei um beijo em sua testa. Sua pele pálida estava fria sob meus lábios.

Peguei o maço de cigarros do bolso traseiro e saí pela porta. Recostei-me contra a parede do lado de fora da cabana, e me sentei no chão. Mantive a cabeça baixa enquanto dava uma tragada no cigarro.

Fiquei sentado em silêncio, apenas pensando. Pensando em merdas que nunca mais queria pensar de novo. A única vez que parei foi quando ouvi passos na clareira. Ouvi o murmúrio baixo de vozes, em seguida, uma porta se fechando.

Eu os senti parados diante de mim, então levantei a cabeça, vendo Vike e Flame me encarando. Eu vi Ash entrar na cabana de Flame com Maddie, deixando-me a sós com meus irmãos.

Inclinei a cabeça contra a parede e encarei os dois. Flame estava se balançando sobre seus pés e isso me fez sentir ainda mais culpa. Ele olhava para mim como se não me conhecesse.

Perdido.

Confuso.

De repente, tudo que eu podia ver era o jovem Flame de anos atrás, naquele hospício, na cama próxima à do meu irmão. E eu podia ver seus olhos negros observando enquanto Vike e eu entrávamos, seu olhar tão morto e imóvel quanto seu corpo deitado naquela maldita cama. Seu corpo era magro e seus braços estavam amarrados. Ele tinha tanta vida quanto Devin teve. E quando o vi olhar para mim, realmente olhar nos meus olhos, tive que ajudá-lo.

— Sinto muito — resmunguei. O irmão congelou. Ele encarou o chão, e seus olhos se moveram de um lado ao outro, pensando sobre o que eu disse. — Eu... — Eu não sabia como dizer. — Minha cabeça... — Respirei fundo. — Está... está toda fodida agora.

— Nós somos seus irmãos — Flame disse. Eu sabia que era ele perguntando por que diabos eu tinha me afastado deles. — Você é minha... minha... — Ele estava lutando para saber o que dizer. Mas eu sabia. Eu era a família dele, aquela que o trouxe até aqui. E eu nunca o decepcionei antes.

Mas pela dor em meu estômago, eu sabia que o decepcionava agora. Jurei que nunca faria. Principalmente com Flame. Ele não sabia como lidar com essa merda.

— Nunca mais — prometi. Seu rosto tenso relaxou de alívio. Então olhei para Vike. — Eu estraguei tudo.

Vike balançou a cabeça e caminhou até mim. Ele se sentou ao meu lado, Flame se aproximou e se sentou do outro.

— Eu não sabia que você gostava da cadela. — Vike encarou a clareira. — Eu não teria chegado perto dela se soubesse disso. Pensei que você só queria ela em segurança.

— Eu sei — murmurei, me sentindo completamente drenado.

— Ela deixa você diferente — Flame comentou em seu tom costumeiro e sem emoção. — Ela faz você ser como era antes. — Estremeci, sabendo que ele sempre falava a verdade. Estremeci porque sabia que *era* verdade.

— Ela lembra você de... tudo aquilo, não é? — Vike sondou, sem um pingo de humor na voz.

— Eu nunca esqueci — admiti pela primeira vez. — Só consegui enterrar essa merda fundo o suficiente para que não aparecesse. Isso... ia voltar à tona em algum momento.

— Você vê tudo quando está com ela? — Flame perguntou.

— Sim. — Tentei engolir o nó na garganta. Suspirei e joguei o cigarro no chão. — Estou cansado. Estou tão cansado de nunca dormir. Nunca fecho os olhos por causa da merda que vejo quando faço isso. Cansado de me sentir incapaz de pensar em qualquer coisa no meu passado porque não consigo lidar...

Vike agarrou meu ombro e apertou. Abaixei a cabeça para não chorar como uma mulherzinha.

— Vou levar Phebe para o chalé — eu disse e senti Vike enrijecer ao meu lado.

Flame rosnou por entre os dentes.

— Não...

— Sim — rebati. — Ela precisa se afastar e ficar limpa de vez. Ela precisa lidar com todas as suas merdas longe daqui. Até de sua irmã. Eu vi os olhos dela. Phebe está perdida, porra. E ela não vai aguentar se ficar aqui.

— Você não voltou para aquele lugar desde... — Vike salientou.

— Eu sei. Mas é privado e será bom para ela. Isolado.

— Nós vamos junto. — Flame preparou-se para se levantar, sem dúvida para chamar Madds. Eu sabia que devia estender a mão e puxá-lo de volta.

— Não — eu disse. Ele se virou para mim, os músculos tensos. — Eu vou sozinho.

— Mas...

— Flame. Eu vou. Isso... — Balancei a cabeça. — Porra, irmão, *eu* também preciso disso. Eu... — Respirei profundamente. — Eu vou quebrar se não fizer isso. Eu... Eu posso sentir isso acontecendo de novo. Não tenho mais forças para impedir.

— Eu não gosto disso — ele resmungou, áspero.

— Eu sei.

— Quando você vai? — Vike perguntou.

— Agora. — Eu me levantei. A porta da cabana de Maddie se abriu e Ash saiu para fumar. Na mesma hora, seus olhos preocupados pousaram em mim. Inclinei o queixo e disse: — Vem aqui, garoto.

Ash se aproximou com as mãos nos bolsos. Coloquei a mão em sua nuca e o puxei para mim.

— Eu fui um idiota — falei e beijei sua cabeça.

Soltei Ash e ele olhou para mim.

— Está tudo bem.

— Não está. Eu simplesmente perdi o controle, garoto. Não deveria ter acontecido. — Encarei Flame e Vike outra vez. — Eu vou embora por um tempo. Cuide da cabana para mim, okay?

— Claro. — Ash fez uma pausa e perguntou: — Por quanto tempo?

— Não sei. O tempo que eu precisar.

Peguei as chaves da caminhonete do bolso e joguei para Ash.

— Verifique o óleo e essas merdas para mim, beleza, garoto? Estou saindo em breve.

— Sim, tudo bem.

Ash se afastou.

— Tanner disse algo para mim esta noite — comentei com Vike e Flame. — Meister sabe que fomos nós. Ou suspeita disso. Tanner acha que pode ter merda chegando à nossa porta.

— Porra — Vike murmurou e assentiu com a cabeça. — Vamos investigar isso.

Voltei para a cabana para arrumar as minhas coisas e pegar Phebe.

— Eu me atualizo nessa merda quando voltarmos.

Em quinze minutos, minha mala já estava pronta e na caminhonete. Voltei para o quarto, levantei Phebe em meus braços e a carreguei para fora. Eu a deitei no banco e sentei no lado do motorista. Vike e Flame vieram até a minha janela.

— Ligue se precisar de nós, okay? — Vike pediu.

— Sim.

Assenti com a cabeça para Flame. Eu sabia que ele não estava feliz. Então me afastei da clareira, para fora do complexo e em direção à estrada. Mantive a música desligada enquanto Phebe dormia. Trinta minutos depois, ela se mexeu em seu sono, a mão se esticando e pousando sobre minha coxa. Olhei para sua mão, os dedos abertos. Eu não sabia o que diabos deu em mim, mas soltei o volante e entrelacei meus dedos aos dela.

Sua mão parecia pequena e frágil entre as minhas. E pela primeira vez em dias, respirei o que parecia ser a merda de um fôlego de verdade.

E segurei Phebe enquanto nos aproximávamos do chalé.

Onde muitos demônios esperavam.

Então, eu simplesmente a segurei.

CAPÍTULO TREZE

PHEBE

Senti o peso das minhas pálpebras antes mesmo de abrir os olhos. Estava quente e meu cabelo grudava no rosto. Minha bochecha estava grudada a seja lá que superfície era aquela onde eu me deitei. Cheirava a couro.

Gemi assim que tentei me mover. Minha cabeça doía e as têmporas latejavam. Levei a mão à cabeça e virei de costas. Segurei a respiração quando aquele pequeno movimento fez com que a náusea subisse pelo meu estômago. Tentei ficar parada, rezando para que fosse embora. Mas não tive essa sorte.

Lutando para ficar de joelhos, abri os olhos e estremeci com o sol brilhando... onde quer que eu estivesse. Minhas mãos se atrapalharam ao redor de mim e percebi que estava em uma caminhonete. Meus dedos encontraram a maçaneta da porta. Eu a abri e tentei ficar de pé no chão de terra.

Mal senti o ar quente e úmido em meu rosto quando tive que me inclinar e expelir todas as merdas do meu estômago. Segurei meu cabelo enquanto vomitava, meus olhos lacrimejando. Quando a necessidade de vomitar diminuiu, endireitei-me com os pés trêmulos. O mundo girou e minha cabeça ficou turva. Fechei os olhos para não cair. Apoiei as costas contra a lateral do veículo e me concentrei em respirar. No minuto em que o fiz, pensei nela. Meu cenho franziu em agonia, mas dei boas-vindas à dor que veio. Era minha punição, minha recompensa por tê-la decepcionado...

— Onde ela está? — perguntei à Martha. Minha pele ainda estava úmida do banho e era tarde. Tarde demais, na verdade, mas eu tinha me saído bem, então o Irmão John me deu permissão para procurá-la. Eu tinha ganhado trinta minutos ininterruptos com ela.

Um presente raro.

— Ela está em seu quarto — Martha respondeu, ainda usando as vestes da missão da noite.

— Obrigada — agradeci e caminhei pelo corredor.

— Ela recebeu seu primeiro toque esta noite.

Tropecei e parei, sentindo uma fissura profunda dividir meu coração. Não era imaginação, eu realmente o senti rachar. Uma verdadeira dor física.

— Quem? — sussurrei, lutando contra o nó na garganta. De qualquer maneira, as lágrimas inundaram meus olhos. Eu sabia que esse dia estava chegando. Eu sabia que era uma bênção, mas não conseguia sentir a alegria em meu coração que deveria sentir. Tudo que eu conseguia pensar era na pequena Sapphira.

Ela tinha onze anos.

— O Profeta David mandou alguns homens aqui para uma visita. Um deles a escolheu na programação. — Martha se aproximou e colocou a mão em meu ombro. Seu sorriso era brilhante. — Eu posso ver a dor em seu rosto, mas ela ganhou o favor do profeta esta noite.

Entorpecida, assenti com a cabeça, sabendo o que deveria estar sentindo. Mesmo assim, não consegui. Eu sabia que o diabo deve ter entrado em minha alma para me fazer duvidar do nosso profeta e dos caminhos de nossa fé, mas não conseguia me alegrar.

— Eu devo ir até ela — eu disse.

— Phebe, eu amo você, mas deve cortar o laço ao qual se agarrou. Isso está fazendo com que sinta um fardo do qual deveria estar livre. — Olhei para o rosto de Martha e vi apenas simpatia. — Eu estava lá contigo, durante todos os momentos, assim como você esteve comigo. Eu desapeguei. Agora é a sua vez em fazer isso.

— Não posso — sussurrei, baixinho, e coloquei a mão sobre meu coração. — Eu nunca fui capaz de fazer isso.

Afastei-me de Martha e, com os pés pesados, caminhei até o quarto de Sapphira. Levantei a mão, preparando-me para bater à porta, mas minha mão permaneceu suspensa no ar. Minha respiração acelerou. O que me esperava do outro lado?

Entrei no quarto mal iluminado; apenas uma única vela queimava no canto. Sua cama estava vazia.

— Sapphira? — Meu coração estava na garganta.

Uma fungada suave veio ao lado de sua cama. Entorpecida, deixei meus pés me conduzirem e a encontrei no canto do quarto, com os braços em volta dos joelhos. Seu longo cabelo loiro escondia seu rosto, as pontas enrolando no chão.

— Saffy? — sussurrei, usando o apelido carinhoso que dei à ela, minhas lágrimas engrossando com a visão da menina tão pequena no chão.

Saffy ergueu a cabeça. Mesmo com a iluminação suave, seus olhos escuros eram enormes e redondos... e cheios de dor.

— Phebe? — ela disse, muito baixinho. Eu me aproximei. Seu belo rosto se contraiu e soluços explodiram de sua garganta. Instintivamente, me coloquei ao seu lado, tocada por seu sofrimento e a tomei em meus braços. Seu corpo franzino se encaixou em meu abraço e suas lágrimas encharcaram meu vestido.

— Shhh... — Tentei acalmá-la, ninando-a suavemente. Mas eu sabia que não adiantava. Eu também estive em seu lugar. Lembrei-me daquele dia como se tivesse ocorrido recentemente. Então, simplesmente a abracei. Beijei sua cabeça enquanto ela expulsava todas as suas lágrimas. Cheirei seu cabelo, tentando memorizar o perfume que exalava. Eu a apertei com mais força, memorizando o quanto ela cresceu desde a última vez que esteve em meus braços... muito tempo atrás.

Tentei saborear tudo sobre esse momento.

— Shh... — Eu a tranquilizei novamente e senti um pouco de alívio quando os soluços de Sapphira diminuíram e sua respiração se acalmou. — Saffy.

Afastei sua cabeça do meu peito e empurrei o cabelo para longe do seu rosto. Sua pele de porcelana estava manchada de vermelhidão e seus olhos inchados e feridos.

— Querida — eu disse, encarando seus olhos perscrutadores e sentindo minha própria visão brilhar. Cerrei as pálpebras, enxugando minhas lágrimas, e olhei para ela novamente, forçando um sorriso. — Martha me contou.

Saffy se aproximou de mim e eu a abracei com mais força. Não achei que ela fosse falar, foram muitos segundos se estendendo em silêncio, até que ela disse:

— Isso... ele me machucou.

Aquelas palavras. Palavras simplesmente ditas, embaladas com uma confissão tão pesada, foram minha ruína. Senti minha alma se rasgar enquanto eu a segurava em meus braços, incapaz de fazer qualquer coisa para ajudar.

— Eu sei. — Dei um beijo em sua cabeça.

Saffy colocou a mão na parte inferior da barriga.

— Eu... Eu não gostei, como o Irmão John disse que eu gostaria.

Não achei que pudesse suportar. Achei que nunca conseguiria me mover daquele lugar. Eu não poderia deixá-la ir. Eu não podia mais ser mantida longe dela.

Mas eu sabia que não tinha escolha.

— Eu sei — sussurrei, novamente. As palavras patéticas tinham gosto de ácido na minha língua. — Mas... vai melhorar. Da próxima vez não será tão ruim.

Sapphira olhou para mim em pânico.

— Eu não quero que haja uma próxima vez. Por favor, irmã, não posso... Eu não acho que posso... — Seu lábio inferior tremeu. — Por favor...

Irmã... *A palavra ressou pela minha cabeça.*

— Eu quero ir morar com você. — Ela ficou de joelhos, seu rostinho lindo diante do meu.

Ela amadureceu desde a última vez em que estive aqui. Seu rosto estava perdendo as feições infantis e se transformando no de uma jovem. Passei meu dedo sobre suas bochechas, sorrindo através das minhas lágrimas quando vi o borrifo de sardas pontilhadas em seu nariz. Algumas estavam em suas bochechas, uma maior ao lado de seu olho.

Era bonita... ela era bonita. Tão perfeita aos meus olhos.

— Por favor — ela implorou outra vez. — Você é minha irmã. Nós somos sangue, Phebe. Deixe-me ir morar com você. Eu serei boazinha.

Desta vez, não consegui conter as lágrimas, e elas caíram, quentes e salgadas, pelo meu rosto.

— Eu sei, minha querida — eu disse com toda a força que pude reunir. — Mas esse não é o caminho. O Irmão John e o Profeta David nunca permitiriam isso. — Re*costei minha testa à dela e fechei os olhos. — Se eu pudesse, levaria você para minha casa e a manteria segura. — Sorri, imaginando aquele paraíso na minha cabeça. — Eu cuidaria de você e leria todas as noites até que você adormecesse em meus braços.*

— O que você leria? — Ela repousou a cabeça no meu ombro.

— O que você quisesse — respondi, afastando o cabelo de seu rosto. Beijei sua cabeça novamente e senti seu corpo ficar pesado de cansaço.

— Eu gostaria disso — ela disse, sonolenta. — Eu... Eu sinto sua falta, Phebe. Eu quero você comigo sempre. Mas quando pergunto, eles me dizem para ser paciente. — Ela balançou a cabeça. — Acho que não sou muito paciente. — Ela suspirou, ajeitando a bochecha em uma posição mais confortável. Eu a abracei o mais forte que pude, sem machucá-la.

— Eu... — Cerrei meus olhos, livrando-os das lágrimas. — Eu também sinto sua falta, querida.

Não pude aguentar a dor em meu coração. Uma dor tão devastadora. Eu precisava de mais bebida. Eu precisava esquecer. A bebida, a poção, me faziam esquecer.

Abri os olhos e limpei as lágrimas que turvavam minha visão, preparando-me para procurar por mais álcool. Quando meu foco melhorou, observei a cena diante de mim. Uma densa cobertura de árvores cercava o lugar desconhecido onde eu me encontrava. Franzi o cenho, confusa, e engoli a secura da garganta. O nervosismo aumentava enquanto eu tentava me lembrar por que estava aqui.

Esta não era a casa de Lilah. Não era Nova Sião...

Meister. Meu corpo gelou e meu coração disparou em uma batida irregular. Ele tinha me encontrado? Um leve barulho veio de algum lugar atrás de mim. Paralisei, sentindo os músculos retesarem.

Estabilizei minha respiração enquanto criava coragem para me virar. Eu não tinha certeza se conseguiria me mover, mas precisava. Se fosse Meister, ele não me deixaria em paz por muito tempo.

Virei-me e olhei com cautela pelas janelas da caminhonete, usando a estrutura de lataria como escudo. A poucos metros de distância havia uma pequena casa de madeira, com o que parecia ser uma fogueira e algumas cadeiras ao lado. A porta da frente estava aberta.

Outro barulho estridente veio de dentro.

O medo correu espesso em minhas veias enquanto eu tentava ver pelas janelas. Eu podia ver alguém se movendo lá dentro, mas não conseguia ver além das formas borradas e do reflexo do sol nascente na vidraça. Tentei desesperadamente pensar na noite passada, nos dias que antecederam este momento, no entanto, minhas memórias eram dispersas e difíceis de definir. O latejar na minha cabeça tornava quase impossível pensar direito.

Olhei ao redor, procurando um caminho, uma saída, quando, de repente, ouvi alguém se aproximando pela porta da frente. Eu me agachei contra a lateral da caminhonete, meu coração disparado. Espiei por cima do capô e, na penumbra do corredor, avistei um par de pés calçados com botas, depois pernas vestidas com jeans. Uma mão segurando três sacos de lixo cheios...

... e então ele saiu para a luz.

AK.

Apoiei meu corpo contra a caminhonete. Ele trouxe os sacos para o carro e jogou-os na parte de trás. Já havia muitas sacolas lá. AK enxugou a cabeça com o antebraço. Eu não conseguia desviar o olhar de seu corpo grande, de suas muitas tatuagens, de seu cabelo escuro desalinhado.

AK tirou um cigarro do bolso de trás e levou-o à boca. O cheiro flutuou na brisa. Ele foi até a porta do motorista, abriu e enfiou a mão dentro, puxando o couro que havia embalado minha cabeça enquanto eu dormia. Era o colete dele, o que mostrava que ele estava com os Hangmen. Ele o vestiu por cima da camiseta e olhou em volta. Não tive tempo de fingir que não estava me escondendo antes que seu olhar encontrasse o meu.

Afastei-me da caminhonete e passei os dedos pelo cabelo. Olhei para baixo e vi pela primeira vez o que eu estava vestindo. Calça preta macia, que era muito grande, mas presa pelo cordão em volta da minha cintura, e uma regata preta com o diabo na frente. Meus pés estavam calçados com sandálias.

As botas de AK rangeram no cascalho enquanto ele contornava o capô da caminhonete e parava diante de mim. Mantive a cabeça baixa.

Meu rosto pegou fogo quando percebi que estava perto do vômito no chão.

— Como está se sentindo? — A voz profunda de AK cortou meu constrangimento.

Levantei a cabeça e vi a preocupação em seus olhos. Abri a boca para dar a ele a resposta falsa e mecânica, a que eu costumava dar ante tais perguntas. Mas algo dentro de mim não me deixava falar essas coisas. A maneira como AK me observava, a maneira como seus olhos escuros penetraram nos meus, eu tinha certeza de que ele saberia. Então, respondi com honestidade:

— Terrível. — Senti meu estômago afundar com o quão fraca eu tinha ficado.

— Sem dúvida — ele disse. — Entre. Eu terminei de limpar tudo. Não ia levar você para dentro até que estivesse habitável novamente.

Observei as costas de AK enquanto se afastava. Ele parou perto da porta da frente e se virou.

— O sol está quase nascendo, e com a ressaca filha da puta que você vai ter, eu não gostaria de ficar exposto aqui fora por muito tempo.

Olhei para o céu, para a manhã sem nuvens e o sol brilhante começando a espalhar seus raios. Os raios brilhantes pareciam adagas em meus olhos. Caminhei em direção ao pequeno chalé, tão diferente da cabana de AK – menor e menos refinado. No entanto, ainda tinha uma espécie de charme.

Com os braços cruzados, atravessei a soleira da casa. As paredes eram de madeira, assim como o chão, que estava brilhando e cheirava a limão. À direita, havia uma área de cozinha com uma pequena mesa. Os armários brancos pareciam velhos e lascados, mas também foram limpos recentemente.

Sofás desbotados dispostos à esquerda, com uma mesinha central à frente. Havia três portas que levavam a outros cômodos. Adentrei na casa, notando mais coisas. As paredes estavam nuas, a não ser por várias cabeças empalhadas de animais dispostas em placas. Aproximei-me de uma das paredes. Vários pontos desbotados marcavam a madeira envelhecida. Formas quadradas e retangulares, onde antes claramente havia quadros ou pinturas de algum tipo, mas que agora não estavam mais lá.

Avistei um lampejo de movimento à direita. AK estava saindo de uma das portas. Ele me viu na parede e seu rosto se anuviou com algo que não consegui decifrar. Ele se virou e foi até a cozinha; abriu a geladeira e tirou uma garrafa de suco de laranja, despejando o líquido em um copo.

— Se sente à mesa — ele disse.

Ainda sem saber que lugar era esse e por que estávamos aqui, por que eu estava aqui com ele, fiz o que me foi dito. Quando me sentei, coloquei a mão sobre meu estômago, lutando contra a necessidade de vomitar. Eu me perguntei se AK mantinha bebida alcóolica em sua cozinha, escondida em algum armário.

Um copo de suco de laranja foi colocado diante de mim. AK se virou para outro armário e tirou uma pequena embalagem.

— Tome isso com o suco — AK falou, sentando-se na outra cadeira ao meu lado e colocando dois comprimidos azuis sobre a mesa.

— O que é isso? — Peguei o suco com as mãos trêmulas.

— Vai ajudar com a cabeça — respondeu ele. — Tome.

Engoli os comprimidos à força, junto com o suco, depois coloquei o copo na mesa quando não consegui beber mais. O silêncio estava pesado entre nós. Nas poucas vezes que tive coragem de olhar para AK, ele estava me observando. E sua expressão parecia zangada. Sua pele estava marcada com arranhões vermelhos e largos, em suas bochechas, pescoço e peito.

Não me lembrava disso, mas desconfiava que havia sido eu quem o machucara tanto.

— Esses arranhões? — perguntei, cheia de pavor. — Fui... eu?

AK ergueu uma sobrancelha.

— Você não se lembra?

Constrangida com a confirmação, balancei a cabeça. Fiquei em silêncio por um minuto, então perguntei:

— Onde estamos? Por que estamos aqui?

Ele passou os dedos pelo cabelo. Não consegui desviar o olhar de seus olhos intensos e de seu rosto bonito.

— Eu conto mais tarde. Agora, você precisa dormir. Você ainda tem o álcool na sua corrente sanguínea. E vai ser uma verdadeira merda quando tudo acabar e trazer a porra da dor.

Meu pulso disparou com o pensamento de não beber. Eu gostava da bebida; me entorpecia com os pensamentos que sempre estavam em minha cabeça. Eu gostava de como aquele líquido fazia me sentir.

— Eu preciso beber. — Meus olhos percorreram a cozinha, procurando.

— Não tem nada aqui e nem terá. Seco como a porra de um deserto. — Sua voz era áspera, seu tom me desafiando a contestar. Mas eu estava cansada e minha dor de cabeça piorava a cada segundo. AK se levantou de sua cadeira. — Vem comigo.

Sabendo que não tinha outra escolha, eu o segui por uma das portas de um quarto. Havia duas camas pequenas e estreitas; entre elas estava uma pequena mesa com um abajur.

— Fique com a que você quiser. Tenho lençóis novos e toda essa merda aí. Parei em uma loja no caminho enquanto você dormia na caminhonete. Também tenho comida. Não precisaremos de mais nada até terminarmos aqui. — Entendi o que suas palavras significavam. Ele me manteria aqui, onde não havia bebida e nenhuma poção de Meister. Só ele e eu e os pensamentos que eu nunca quis reconhecer.

Eu não achava que pudesse fazer isso.

Sentindo-me esgotada, atraída pela cama, caminhei até a mais distante e sentei-me nervosamente na beirada. AK pairou à porta.

— Vou trazer comida para você. Mas, por agora, durma. — Ele se encostou no batente da porta, os músculos salientes em seus braços. Ele era tão alto que ocupava todo o espaço. — Os próximos dias não serão fáceis. Você está nessa de beber há sete dias e, por isso, tem que pagar o preço.

Minha mandíbula contraiu com uma raiva súbita. Ele não tinha o direito de me impedir de beber se eu assim o desejasse. Ele deve ter visto a raiva em meu rosto enquanto sua expressão escurecia.

— Nem pense, cadela. E eu nem tentaria. Ninguém vai aceitar essa sua merda, especialmente eu. Já lidei com filhos da puta muito piores do que você. Estamos a quilômetros de qualquer lugar e não terá ninguém aqui além de mim e você. — Ele abriu os braços. — Bem-vinda ao inferno.

Com isso, AK se virou e fechou a porta. Olhei para o espaço que ele estava ocupando, querendo segui-lo e protestar. Mas minha mente me lembrou das inúmeras coisas que ele já havia feito por mim, e eu sequer me movi. Ele era um homem áspero e perigoso, mas estranhamente, eu não sentia medo perto dele.

Reclamada pelo conforto do colchão, puxei as cobertas excepcionalmente arrumadas e me cobri. A cama rangeu embaixo de mim e fechei os olhos. Devia estar cansada, pois não me lembrava de ter adormecido.

E pela primeira vez, eu não sonhei.

Eu não pensei *nela.*

Quando acordei, foi para vomitar no balde ao lado da cama. O quarto estava mais escuro do que antes, então eu sabia que havia anoitecido. Esvaziei meu estômago da comida e dos líquidos que AK tinha me feito comer durante o dia, meu corpo incapaz de mantê-los no estômago.

Gemi quando consegui me empurrar de volta para deitar na cama. Fiquei imóvel, prendendo a respiração, até que o quarto voltou ao foco. Eu me sentia esgotada e doente e cada parte minha doía. Eu estava com sede e, quando olhei para a mesa ao lado, havia um copo cheio de água e dois comprimidos esperando por mim. AK estava me dando essas pílulas ao longo do dia. O medicamento ajudou um pouco, mas não o suficiente.

Nada seria o suficiente.

Eu me concentrei em mover meus membros enquanto me sentava. Ingeri os comprimidos, esvaziei o copo e percebi que precisava ir ao banheiro. Levei um minuto inteiro para me convencer a me mexer. Não havia nenhum sinal de AK quando saí do quarto e caminhei pelo corredor. Usei o banheiro e encarei meu reflexo no espelho acima da pia. Círculos escuros rodeavam meus olhos. Minhas bochechas estavam pálidas e macilentas.

Eu parecia uma bagunça.

Tive que me virar quando um aperto repentino de emoção tomou conta do meu coração. Quem era esta mulher?

Eu não a reconhecia mais.

Entrei lentamente na cozinha, meu corpo protestando a cada passo. Enchi outro copo de água e, quando me virei, avistei o brilho laranja de uma fogueira lá fora. Eu não queria mais dormir e ansiava por ar fresco tanto quanto ansiava por outra bebida, então saí do chalé. AK estava sentado em uma cadeira ao lado da fogueira. As chamas altas e a lua brilhante lançavam um brilho ao redor de AK, que encarava, perdido em pensamentos, a madeira crepitando no fogo.

Eu não sabia se deveria me aproximar ou deixá-lo sozinho. Fiquei debatendo por um momento, o que deveria fazer. Depois de um momento, eu me aproximei, estranhamente sem vontade de me afastar.

Havia uma segunda cadeira ao lado dele. Ainda segurando meu copo de água, sentei-me, suspirando de alívio enquanto meu corpo dolorido encontrava algum conforto.

— Obrigada pelos comprimidos e pela água — agradeci, sem encontrar seu olhar.

AK não falou. Olhei para ele para ter certeza de que me ouvira, e o encontrei me observando. Sua cabeça estava encostada na cadeira e uma de suas mãos descansava sobre o peito. Ele assentiu silenciosamente.

Estudei a pequena casa de madeira sob essa luz e percebi que me sentia em paz como há muito tempo não acontecia. Aqui fora era calmo e tranquilo, e, por mais difícil que fosse admitir, estava livre de Lilah. Estava livre de sua cicatriz e pior, de ter que vê-la com Grace. Vendo-a acariciar o cabelo de Grace e beijar sua cabeça. Lendo histórias para que a menina adormecesse em segurança.

Livrou-me um pouco da dor que eu só conseguia acalmar com uma garrafa de álcool.

— Eu gosto daqui — eu disse, procurando distrair meus pensamentos. — Esta casa é sua? — AK ficou tenso ao meu lado.

— Sim — retrucou com rispidez.

Eu o encarei, confusa com o tom de tristeza em sua voz. AK virou a cabeça para o outro lado, encarando as árvores do lado oposto da clareira.

— AK — pouco depois ousei perguntar. — Por que... por que estou aqui?

Como eu havia percebido que ele fazia sempre que estava nervoso ou inseguro em abordar um assunto, ele tirou um cigarro do maço e o acendeu, dando uma longa e profunda tragada, soprando a fumaça para a noite quente.

— Você não era você mesma. Precisava dar o fora do clube para que pudesse parar com toda essa merda de bebida.

Mordi meu lábio, envergonhada, forçando meu cérebro, agora mais alerta, a me lembrar de algo da semana passada. Tive flashes, memórias intermitentes. Mas enquanto eu olhava para a pele arranhada de AK, sentia meu rosto empalidecer. Imagens minhas e dele em sua cozinha vieram à mente. Eu estava contra a parede e ele... ele...

— Nós transamos — afirmei; não era uma pergunta. Eu sabia que era verdade. Levei uma mão ao rosto de AK. Ele ficou parado, mas seus olhos escuros permaneceram em mim enquanto eu traçava as marcas, as impressões se ajustando exatamente ao tamanho da minha mão. — E eu machuquei você.

— Você não era você mesma — ele repetiu com mais firmeza.

Achei que ele fosse afastar minha mão, se esquivar do meu toque, mas não o fez. Encarei seus olhos, e ele olhou de volta nos meus.

— Por quê? — perguntei, perplexa. — Por que você me trouxe aqui? Eu... Não sou da sua conta. — Baixei o olhar na tentativa de bloquear minhas lágrimas. A falta do álcool estava trazendo à tona as emoções que há muito tempo mantive trancadas, bem dentro de mim. — Não sou importante para ninguém além de Lilah, eu acho. — Meu estômago embrulhou. — E embora eu não me lembre, presumo que ela não concordava... com a forma como tenho agido ultimamente.

— Tive minhas razões, Ruiva — AK disse, usando aquele nome do qual me chamava desde que me salvou de Meister. Eu o encarei novamente, e algo se agitou em meu estômago com a maneira como ele me encarou. Seus olhos escuros eram suaves e amáveis. — A questão é — ele continuou, virando seu corpo ainda mais em minha direção —, por que você se voltou para a bebida em primeiro lugar?

Meu coração bateu tão rápido que pude ouvir o ritmo em meus ouvidos. Tomei um longo gole de água, sentindo as chamas aquecerem minhas bochechas. Eu sabia, é claro. Eu sabia por que tinha começado a beber. A dor com a qual vivia desde os doze anos. A dor daquela época não havia diminuído, apenas tornando-se mais profunda a cada dia que passava.

Mas eu não poderia dizer ao AK o que mais me assombrava. Não poderia suportar o julgamento que receberia pelo que permiti que acontecesse.

Eu era um fracasso e agora paguei o preço.

A bebida acabava com esse sentimento.

Então descobri outro arrependimento com o qual teria que conviver para sempre.

— Eu assisti. Eu os vi julgá-la. Assisti Judah declará-la como uma herege de nossa fé. Observei enquanto ela chorava e recebia chicotadas, enquanto a multidão a vaiava e a chamava de prostituta. Então eu... então seus olhos encontraram os meus. — Chorei, sufocando em angústia, vendo aquele dia vividamente. — Seus olhos encontraram os meus, e neles eu não vi medo, mas resignação.

Eu só percebi que as lágrimas estavam descendo pelo meu rosto quando olhei para AK e sua imagem estava borrada. Pisquei, afastando o olhar e balancei a cabeça, sentindo-me observada por ele. Observada por aqueles mesmos olhos escuros gentis.

— O dia em que você me levou até ela... — Cerrei as pálpebras e recordei de seu rosto marcado por aquela cicatriz se iluminando quando seus olhos azuis pousaram em mim. — Eu não sabia que ela havia machucado a si mesma, AK. Eu não fazia ideia de que ela não poderia ter filhos devido à sua provação. — Agarrei com força o copo em minhas mãos, percebendo, em vão, que a água se agitava de um lado para o outro. Eu estava tremendo.

AK notou claramente.

— Você não tem que me dizer mais nada.

— Não — protestei. — Eu... Eu preciso. — Agora que tinha falado, não conseguia parar. Eu precisava dizer isso em voz alta. — Lembro-me deles levando-a embora quando ela era uma criança. Lembro-me de chorar porque minha irmã, minha melhor amiga, havia partido. Mas eu acreditava que o que diziam sobre ela era verdade. Que sua beleza foi dada pelo diabo e que ela era uma praga em nossa fé. E eu acreditava que o Profeta a salvaria de sua maldição. Lembro-me de ter ficado feliz porque ela seria exorcizada. Eu... Eu estava feliz.

Respirei fundo e continuei:

— Mas naquele dia, quando ela foi julgada e a vi novamente, mais bonita do que poderia ter imaginado, vi em seus olhos que a Rebekah que eu conhecia havia sumido. Que algo havia roubado sua vida, a luz que eu sabia que ela já possuía. — Pigarreei e continuei: — Então, eu a segui até a Colina da Perdição e vi o que os homens da minha fé fizeram com ela. — A dor apunhalou meu coração. — Eu a vi, AK. Minha irmã mais nova. Minha melhor amiga quando criança. Quando a vi em sua casa, revelando o motivo para que agora ostentasse aquela cicatriz, e que era incapaz de conceber, não pude suportar. Eu... — Respirei fundo. — Encontrei a garrafa na varanda de Ky e aquilo me fez esquecer. — Pensamentos mais profundos e sombrios ameaçaram irromper, mas eu os afastei, pois não poderia lidar com todos eles agora. — Eu não queria saber de nada. A bebida levou tudo embora.

— Sabe, você também foi uma vítima dessa seita do caralho.

Minha cabeça virou para ele em surpresa. Algo passou por seu rosto e, em um movimento que me chocou ainda mais do que sua compreensão, ele ergueu a mão e enxugou as lágrimas do meu rosto. Sua palma se abriu e repousei minha bochecha contra ela.

— Eu não fui uma vítima — revelei quando minha garganta contrita permitiu. — Fui cúmplice ao ver minha irmã se ferir e não fiz nada. Não sou melhor do que aqueles que a machucaram. — Eu estava falando de Lilah, mas vi outra coisa na minha cabeça. Fui cúmplice de algo muito, muito pior. Algo imperdoável.

— Você está errada, Ruiva — ele enfatizou, e embora suas palavras encontrassem um canto em meu coração para se enterrar, não pude acreditar que fossem verdadeiras.

AK me segurou enquanto eu chorava. Não entendi por que ele fez isso, mas me consolei com sua bondade. Nenhum homem me concedeu tal graça antes. Abri os olhos inchados e doloridos. AK ainda estava me observando, como um anjo da guarda.

Um demônio com olhos de anjo.

— Eu vou dizer uma coisa para você, Ruiva. A bebida é um bom escape, mas é cruel. Continue indo do jeito que estava e vai se foder ainda mais. — Ele afastou a mão do meu rosto e eu senti falta de seu calor na mesma hora. Recostando-se na cadeira, ele gesticulou para a casa. — Você está aqui para garantir que você controle a sua vida, não a bebida.

Apesar da fraqueza do meu corpo e das emoções emanando do meu coração, eu me encontrei sorrindo com seu estranho uso de palavras. Talvez ele também achasse divertido – eu estava convencida de que, sob seu belo comportamento sombrio, vi a sombra de um sorriso.

Um bocejo escapuliu da minha boca e o cansaço me atingiu com força total.

— Você precisa dormir — AK afirmou. Eu concordava completamente. — Durma o máximo que puder nos próximos dias. Se você dormir, não se sentirá tão mal.

— Você já lidou com isso antes? — perguntei, e pelo sutil recuar de sua cabeça, soube que era verdade. Sua expressão dizia tudo.

Deixei AK perto da fogueira. Quando entrei na casa, olhei pela janela da cozinha, para o homem misterioso que de alguma forma se tornou minha bússola neste mundo exterior.

Seu corpo afundou na cadeira e sua cabeça estava entre as mãos. Por um minuto, pensei ter visto seus ombros tremendo como se ele estivesse se desfazendo em lágrimas. Mas eu tinha certeza de que era apenas uma ilusão por causa da fraca iluminação. AK era um homem forte e, eu acreditava, possuía um belo coração. Eu tinha certeza de que nada poderia fazê-lo desmoronar. Eu gostaria de ter um pouco de sua força.

Em minutos, eu estava na cama e caindo no sono. De alguma forma, meus fardos pareciam um pouco mais leves. E só havia um homem a quem agradecer: o homem do diabo com olhos de anjo.

CAPÍTULO CATORZE

PHEBE

Acordei com os sons agora familiares de pássaros cantando e a brisa farfalhando através das folhas. Preparei-me para o enjoo, para a exaustão que enfrentava todos os dias desde que chegamos, mas sorri de alívio quando senti apenas tons abafados desse sofrimento hoje.

Eu estava dormindo há dois dias. Dormi, comi, tomei banho e dormi novamente. Eu havia vomitado mais do que jamais pensei ser possível e, lentamente, comecei a me sentir melhor. Respirei com mais facilidade, caminhei com mais facilidade, falei com mais facilidade. Tudo parecia apenas... mais fácil. O peso no meu peito era um pouco mais fácil de suportar.

Tomei banho e coloquei o vestido favorito que AK havia embalado para mim; era verde-oliva. Escovei o cabelo e saí para onde sabia que o encontraria. Desde a nossa chegada, ele passava a maior parte do tempo fora de casa. Era como se não aguentasse ficar ali dentro. Às vezes, quando eu acordava para usar o banheiro no meio da noite, eu o via do lado de fora, acordado em uma cadeira próxima à fogueira. Sem dormir.

Ele estava sentado à uma mesa ao lado da casa. Um grande baú enferrujado se encontrava ao seu lado, com vários pedaços de metal preto e plástico espalhados sobre a mesa. Seu cabelo estava puxado para trás do rosto e amarrado em um coque. Não me lembrava de ter visto seu rosto tão claramente antes.

Sua concentração focava-se totalmente na tarefa enquanto limpava as peças à sua frente com detalhes dolorosamente meticulosos. Caminhei até ele e o vi piscar seus olhos castanhos para mim.

— Você está com uma aparência melhor — AK comentou, e continuou a limpar o pequeno e grosso pedaço de metal em suas mãos.

— Eu me sinto melhor.

Olhei para o baú gasto ao seu lado. Estava cheio até a borda com formas que pensei ter reconhecido. Uma espessa camada de poeira cobria cada uma.

— Isso são armas? — questionei, confusa, me perguntando por que ele possuía tantas.

AK parou de limpar, mas seu olhar não encontrou o meu.

— Sim.

— Elas parecem velhas — murmurei, querendo que ele dissesse alguma coisa, precisando de algum tipo de conversa. Ele tinha estado tão quieto desde que chegamos aqui. Eu não o conhecia muito bem, mas sentia que geralmente ele não era tão quieto assim.

AK encolheu os ombros.

— Elas têm cerca de quinze a vinte anos. Algumas são mais novas, de sete anos atrás. — Sua expressão estava tensa, assim como seus músculos.

AK usava uma camiseta preta e calça jeans escura. Quando recomeçou a limpeza das armas, permiti que meus olhos percorressem sua pele. Ele possuía inúmeras tatuagens, ostentando muitas imagens diferentes. Uma grande, representando uma arma, não muito diferente da que ele limpava, se destacou mais.

— Você gosta de armas?

O lábio de AK se curvou no canto.

— Pode-se dizer que sim.

— Por que isso é divertido?

AK largou a última peça de metal e, em seguida, em uma velocidade estonteante, começou a juntar todas as peças. Seu olhar estava concentrado na tarefa, os lábios franzidos. Mesmo quando uma mecha de cabelo caiu de seu coque, ele não se distraiu. No que pareceram segundos, os fragmentos de metal aleatórios que antes espalhavam-se pela mesa se transformaram em uma arma. AK puxou algo na parte superior do dispositivo e o encaixou no lugar. Ele colocou a arma sobre a mesa e se recostou, suspirando profundamente.

— Isso foi... impressionante. — Não pude deixar de sorrir. Eu nunca tinha visto nada parecido antes.

Parecendo repentinamente tímido, AK baixou os olhos, mas vi o brilho de um sorriso em seus lábios. Ele se recostou na cadeira.

— Você sabe como essa arma se chama?

Balancei a cabeça em negativa.

— Não sei absolutamente nada sobre armas. Os discípulos do Profeta as carregavam na Comuna, mas as mulheres não podiam tocá-las. Elas são apenas para homens.

— Um — ele ergueu um dedo —, elas não são apenas para homens. E dois, esta arma aqui é chamada de AK-47.

AK-47. E então entendi.

— AK — eu disse, sentindo como se tivesse acabado de resolver um grande mistério. — Você recebeu o nome de uma... uma arma? — Eu estava confusa. Quem faria isso com uma criança?

— Eu tenho um nome, Phebe. AK se tornou meu apelido no Hangmen, porque sou bom com armas. O pai do Styx me viu atirar e meu nome de estrada surgiu ali.

— É por isso que você tem tantas armas, porque é bom com elas? — Ele assentiu, mas rigidamente, como se essa não fosse toda a história. — Então, qual é o seu nome verdadeiro? — perguntei.

AK se mexeu, desconfortável, em sua cadeira.

— Xavier. Xavier Charles Deyes.

— Xavier. — Eu sorri. Gostei de como soou na minha língua. — Eu gosto desse nome. — Repeti em minha cabeça mais uma vez. — Eu prefiro este nome ao da arma.

— Mas não sou mais aquela pessoa, então respondo por AK agora. Combina com quem sou agora. Xavier morreu muito tempo atrás.

— E quem é você agora? — indaguei, confusa com o rumo sombrio que essa conversa tinha tomado.

— Um Hangmen. E não o maldito Xavier Deyes.

AK se abaixou, claramente encerrando a conversa, e tirou outra arma empoeirada do baú. Com a mesma velocidade com que montou a outra, ele desmontou essa. Observei em silêncio enquanto ele fazia um trabalho rápido de limpeza e remontagem, para logo em seguida colocá-la no chão junto com uma pilha de outras armas brilhantes em um cobertor do outro lado de seus pés.

— Você gosta de atirar?

Minha pergunta acalmou seus movimentos.

— Sim. — Ele inclinou a cabeça para o lado. — E você?

Foi impossível conter a risada.

— Não... Eu nem mesmo segurei uma arma em minhas mãos antes. Eu nem saberia por onde começar.

AK pegou uma da pilha ao lado dele e colocou-a diante de mim. Encarei a grande arma e franzi o rosto.

— Eu não teria ideia de como manusear tal coisa.

AK pegou outra arma na mão.

— Então vou te mostrar. — Ele se levantou, e qualquer constrangimento que pareceu nutrir minutos atrás desapareceu. Ele estava confiante com a arma na mão, completamente transformado. AK pegou aquela que ele queria que eu usasse. — Vem comigo.

Levantei da cadeira e segui seus passos. AK liderou o caminho por entre as árvores, parando à beira de um pequeno campo. Cinco árvores estavam à distância, uma placa de madeira pintada em cores vivas fixada em cada tronco.

— Alvos — AK indicou, como se estivesse lendo minha mente. — Você mira, atira e tenta acertar um.

— Impossível.

— Nem um pouco, Ruiva. Você só precisa de um bom professor.

Eu me virei e sorri.

— E *você* é um bom professor? — perguntei de um jeito zombeteiro. Seus olhos brilharam com o sorriso no meu rosto e humor na minha voz.

— Pode ter certeza que sim. — Ele se aproximou e pegou uma das minhas mãos. Sua palma e dedos pareciam ásperos nos meus. *Ele trabalha muito*, pensei. Trabalhava com as mãos. Uma imagem repentina daquelas mãos em meus seios me atingiu de repente. Mais memórias se seguiram: de seus dedos segurando minha bunda enquanto ele estocava dentro de mim, de seus dedos acariciando ao longo do meu núcleo antes de deslizar para dentro e me fazer gritar.

Minhas bochechas aqueceram com a memória, e quando olhei para cima, AK tinha se aproximado até que estava a apenas alguns centímetros de distância. Ele colocou o dedo sob meu queixo e levantou meu rosto.

— Por que você está corando assim, Ruiva? — Acariciou minha bochecha com aquele dedo. — É como se todas as suas malditas sardas tivessem se agrupado.

Evitando a verdade, eu disse:

— Odeio minhas sardas.

Foi uma tentativa patética de distração, então fiquei muda quando ele se inclinou ainda mais perto, seu hálito quente sobre meu rosto, e disse:

— Eu gosto delas pra caralho.

Engoli em seco, sentindo meus mamilos enrugarem e minha respiração se tornar irregular.

— Você gosta?

— Aham — murmurou e se aproximou ainda mais.

Tive que conter um gemido quando senti a protuberância em sua calça jeans endurecer. Comecei a arfar e um sorriso lento curvou os lábios de AK. Ele colocou a arma entre nós e colocou minha mão por cima.

Eu me senti tonta e acalorada quando ele deu um passo para trás. Com as mãos nos meus ombros, AK me virou para enfrentar os alvos nas árvores. Sua boca veio ao meu ouvido à medida que ele se postava às minhas costas, me fazendo estremecer.

— Concentre-se — ele disse em voz baixa.

Fechei os olhos.

— Eu... Estou achando difícil fazer isso com você tão perto.

A risada profunda e áspera de AK ressoou. Ele não respondeu, mas em vez disso ergueu a arma mais alto. Ele moveu uma das minhas mãos para a parte inferior da arma e a outra para uma pequena alavanca.

— Gatilho — informou, guiando a ponta do meu dedo ao longo do metal liso. — Cano. — Ele passou os dedos pela minha mão, que foi colocada na parte inferior do rifle. AK se certificou de que a parte inferior da arma estivesse alinhada abaixo do meu braço. — Segure-o com firmeza, assim. — Então passou a mão pelo meu cabelo, guiando minha cabeça com a palma da mão.

Outro vislumbre de uma memória passou diante dos meus olhos. Eu, entre suas coxas, ajoelhada em sua masculinidade. Engoli em seco, de repente, quase sendo capaz de saboreá-lo na minha língua.

— Você está corando de novo — ele brincou, seus lábios roçando a minha orelha.

— Estou... me lembrando — confessei sem fôlego. Permiti que minha mente me mostrasse o que viria a seguir. Eu, subindo em seu colo e o montando, lentamente, para frente e para trás, suas mãos percorrendo minha bunda e coxas.

— Está? — AK rosnou.

— Você e eu. Do lado de fora da sua casa. — Virei a cabeça até que meus lábios roçassem os dele. Inspirei profundamente e ele fez o mesmo, compartilhando o mesmo ar quente. — Você me tomou.

Meu peito estava subindo e descendo em movimentos fortes. AK riu contra a minha boca e lambeu ao longo dos meus lábios com sua língua. Eu gemi com a sensação, sentindo meus seios latejando.

— Não, cadela. — O calor inundou meu núcleo quando ele disse: — Foi você quem *me* tomou.

AK arrastou o nariz ao longo da minha bochecha e, em seguida, cuidadosamente me virou de volta para enfrentar as árvores. Sua mão guiou minha cabeça para baixo até que meus olhos estivessem focados em uma lente no topo da arma. Seu torso estava colado às minhas costas. Eu o senti em todos os lugares. Dentro de mim, atrás de mim, meus sentidos além de suas capacidades.

— Concentre-se — ele ordenou. Minhas costas se endireitaram enquanto eu tentava fazer o que ele pediu.

Pisquei, vendo os alvos da árvore mais próximos pela lente. Tirando minha mão do gatilho, ele a levou para uma pequena alavanca na lateral da arma.

— Trava de segurança. — Ele puxou minha mão de volta. A arma engatilhou e ele me guiou de volta. — Alinhe a cruz na lente com o centro do alvo. Espere até que sua mão esteja firme e atire. — Fiz o que ele disse, depois senti sua mão apertar meu dedo no gatilho. Deixei a calma tomar conta de mim. — Quando estiver pronta, puxe.

Contei até três e puxei o gatilho. O estrondo da bala voando pelo cano fez os pássaros se espalharem pelo céu ao nosso redor. Mas eu mal percebi devido à dor repentina no meu ombro. Cambaleei para trás e AK enlaçou meu corpo com seus braços fortes para me impedir de cair. Arfei enquanto tentava respirar.

— Diga olá ao ricochete — ele disse e riu secamente.

Pisquei até minha visão voltar ao foco, então olhei para frente. Vi uma marca de bala na primeira árvore, a mais próxima de onde estávamos. Uma risada escapou quando vi que não havia acertado o alvo pretendido – em vez disso, havia arrancado um pedaço do tronco. A risada ecoou e lágrimas se formaram em meus olhos. Segurei a arma perto de mim enquanto tentava me recompor, mas foi inútil. Eu não ria assim em... Eu não tinha certeza se já tinha feito isso.

— Phebe? — AK perguntou, mas eu podia ouvir a leveza em sua voz. Ele relaxou seu domínio sobre mim e me virei para ele, que manteve as mãos apoiadas nas minhas costas, como se ainda não estivesse pronto para me soltar.

— O tiro. — Bufei uma risada nem um pouco feminina, o que só me fez rir mais. — Não chegou nem perto do alvo. — Tombei a cabeça para trás quando outra onda de risos me atingiu. Minha garganta e meu peito doíam pelo esforço.

Quando finalmente consegui me acalmar, sequei as lágrimas e olhei para AK. Ele estava me encarando com os lábios franzidos. Fiquei em silêncio e ele permaneceu imóvel. Quando eu estava prestes a perguntar o que havia de errado, ele deu um passo à frente e me empurrou contra a árvore atrás de nós. Senti minhas costas arranhando por causa da casca áspera. Ele tirou a arma das minhas mãos e a jogou no chão. Em seguida, seus lábios esmagavam os meus, sua língua mergulhando em minha boca. Gemi quando o provei na minha língua, o sabor tão familiar e muito desejado.

Suas mãos deslizaram pelos meus braços e me seguraram no lugar. Senti sua dureza contra a minha barriga e ouvi seu gemido baixo, a vibração ressoando no seu peito. Meu núcleo encharcou quando AK se pressionou contra mim. Então ele se afastou, sem fôlego e com os músculos tensionados.

— Você precisa... — Ele prendeu a respiração. — Porra, você precisa rir mais, Ruiva. Cai muito bem em você.

Minhas mãos tremiam enquanto seguravam seus bíceps musculosos. AK recuou, depois deu outro passo para trás, soltando o cabelo escuro, que caiu para frente quando ele pegou a arma do chão.

— De novo — ele ordenou e me devolveu a arma. Eu queria protestar. Queria soltar aquele objeto e trazê-lo de volta para mim, ter sua língua e gosto em minha boca. Mas então me ocorreu.

Ele havia *parado*.

Nenhum homem havia feito isso antes na minha vida.

— Atire — AK comandou, sua voz ainda áspera pelo desejo. Levantei a arma e assumi a posição que ele havia me mostrado antes. Ele bateu nos meus tornozelos com a ponta da bota. — Mais afastado. Isso vai impedir você de cair desta vez.

Fiz o que ele disse, alinhando a arma ao alvo, sentindo-o ao meu lado mais uma vez. E quando disparei a bala, sorri com os toques sutis e íntimos que ele usava para me guiar. Desta vez, eu me preparei para o coice da arma, feliz quando me mantive firme. Olhei para a árvore e notei que tinha lascado a base do alvo.

— Acertei!

Ele me deu um sorriso, e a visão roubou todo o ar dos meus pulmões. Ele era tão bonito que meu coração chegava a doer.

— Você chegou mais perto do que antes, mas não vai ganhar nenhum prêmio com isso. Vamos tentar de novo.

E assim foi o dia. Pelo menos até que fiquei muito cansada e tivemos que voltar para o chalé. AK cozinhava na grelha enquanto eu relaxava em uma cadeira reclinável. Quando comemos, eu estava exausta, os resquícios do álcool em meu sangue ainda roubando minha energia. Descansei a cabeça contra as almofadas da cadeira e adormeci.

Quando acordei, o sol estava se pondo, o céu com listras rosadas e alaranjadas. Pisquei enquanto olhava ao meu redor procurando por AK. Ele se encontrava sentado no mesmo lugar em que sempre ficava na maioria dos dias, só que desta vez havia dois pares de botas pretas à sua frente.

Ambos pareciam bem desgastados e estavam manchados de sujeira. Sabendo que ele não havia percebido que eu o observava, estava prestes a perguntar a quem pertenciam aquelas botas quando, de repente, notei a expressão em seu rosto. Era... tristeza. Não, essa não era uma palavra forte o suficiente para descrever o que seu rosto transmitia. Era uma angústia encarnada, um rosto atormentado por tal tristeza que me fez sentir dor.

Observei do santuário escuro da cadeira enquanto ele pegava um par de botas em suas mãos trêmulas. Era o par mais gasto dos dois. Quando AK as puxou para o peito e fechou os olhos, com os ombros tremendo, quase pulei da cadeira e corri para ele. Para confortá-lo. Para ter certeza de que ele estava bem.

Mas não achei que meu gesto seria bem-vindo. Então, o deixei em paz. Fiquei em silêncio enquanto ele segurava as botas contra o peito por vários minutos, antes de colocá-las, de forma lenta e meticulosa, em seu colo. Ele estendeu a mão para um pano ao lado dele, e vi as marcas de lágrimas em seu rosto.

Lágrimas surgiram em meus olhos. Ele era um homem tão formidável, tão grande e forte, e vê-lo chorar era mais do que eu podia suportar. AK começou a limpar as botas em silêncio. Mantive os olhos semicerrados, pálpebras pesadas, para que acreditasse que eu estava dormindo. Ele limpou metodicamente os dois pares de botas até ficarem brilhando. Quando terminou, encarou aqueles calçados por tanto tempo que fiquei preocupada em ter que demonstrar que estava acordada ou acabaria dormindo aqui a noite toda.

Mas então AK se levantou, olhou para mim e eu rapidamente fechei os olhos. Eu o ouvi caminhando em minha direção, o senti parar ao meu lado e se agachar. Equilibrei meu ritmo respiratório, tentando continuar fingindo que estava dormindo. Gentilmente, ele passou a mão pelo meu cabelo. Seu hálito quente soprou em minha pele. Então, me chocando completamente, ele deu um beijo suave na minha bochecha. Um gesto tão casto e amoroso. A doçura do ato desencadeou um turbilhão de emoções dentro de mim.

Emoções com as quais eu não estava familiarizada. Emoções que não entendia.

AK se afastou. Abri os olhos uma fração e vi quando ele pegou as botas em suas mãos. Lentamente, ele caminhou até a porta da frente da casa. Ele se abaixou e colocou um par em um lado do tapete no chão. Então, com mais cuidado, quase reverentemente, colocou o segundo par no lado oposto do tapete. Ele se levantou e olhou para as botas. Elas pareciam tão perfeitamente situadas na porta, como se ambos os donos vivessem felizes dentro da casa. AK empurrou a porta e a fechou. Esperei vários minutos antes de me mover. Olhei para onde ele estava sentado e vi que todas as armas haviam sido limpas, assim como o baú. Aproximei-me da porta.

Agachando, encarei os dois pares de botas. Deixei meus dedos tocarem o couro polido. Elas estavam tão limpas que eu quase podia ver meu reflexo à luz do sol poente. Os calçados eram idênticos em todos os aspectos, exceto que um par era maior que o outro.

Presumi que não pertenciam ao AK. Franzi as sobrancelhas enquanto me perguntava a quem o outro par poderia ter pertencido. Ouvi o som de uma porta se fechando dentro do chalé e entrei, vendo a porta do quarto dele fechada. Sentei-me à mesa para o caso de ele reaparecer. Queria ter certeza de que ele estava bem.

No entanto, ele não apareceu. Então fui para a cama, incapaz de tirar da minha mente a visão dele abraçando as botas. Eu conhecia o nível de dor que ele exibia. E eu sabia como isso poderia roubar sua alegria.

Dois dias depois, saí do meu quarto para vê-lo vestindo uma calça jeans, botas e sem camisa, esperando por mim à mesa.

— Bom dia — cumprimentei com cautela, testando se ele ainda estava tão subjugado pelas emoções como estava ontem.

— Bom dia, Ruiva — ele respondeu, e senti um peso sair dos meus ombros quando ele me chamou por esse nome. Ele empurrou um prato de comida e uma caneca de café na minha direção. — Coma e beba.

Sentei-me diante dele e fiz o que pediu. Quando terminei, ele veio para o meu lado e estendeu a mão. Apesar da minha confusão, deixei que me ajudasse a ficar de pé.

AK me puxou para seu quarto e me levou a um armário. Ele fez uma pausa antes de estender a mão para abri-lo, seu aperto na minha mão cada vez mais forte. Quando olhei para dentro, vi uma pequena prateleira de roupas.

Roupas femininas.

— Deve ser do seu tamanho — AK disse, com rispidez. Ele se abaixou e pegou um par de botas marrons. — Experimente isso. Tem um lugar que quero mostrar a você hoje, e não dá pra usar essas porras de sandálias. — Seus ombros enrijeceram. — Estou cansado de nunca sair do terreno deste chalé.

Tirei o par de botas de suas mãos e as calcei.

— Coube — eu disse, sorrindo.

Ele enfiou a mão no armário e pegou um short e uma regata. Surpreendentemente, a regata não mostrava a imagem do diabo na frente, mas, sim, a bandeira americana e uma águia. O texto abaixo dizia "*Semper Fi*". Eu não sabia o que isso significava; a linguagem era estranha.

— Coloque isso também.

Peguei os itens e voltei para o meu quarto. As roupas caíram muito bem. Eu era claramente mais alta do que a mulher a quem elas pertenciam, mas ficou decente. Saí para a cozinha e o vi me esperando, algumas garrafas de água nas mãos.

— Acho que couberam direitinho.

— Que bom. — Ele se levantou. AK ainda não tinha colocado uma camisa, mas havia amarrado o cabelo para trás. Decidi que gostava muito desse visual. Eu podia ver seus olhos muito melhor.

Apontei para minhas roupas.

— Elas... pertencem a alguma ex sua? — Fiquei surpresa com a intensa onda de ciúme que tomou conta de mim. Meu corpo estava tenso enquanto esperava por uma resposta. Eu sabia que não deveria me importar... mas me importava.

Mas AK se virou e saiu do chalé.

— Nada disso — murmurou, de um jeito quase inaudível, mas eu ouvi. Ele se virou para mim, iluminado pelo sol da manhã, e inclinou a cabeça na direção das árvores. — Vamos. Você vai gostar disso.

Empolgada com sua promessa, eu o segui para o lado de fora e segurei sua mão. AK parou e encarou nossos dedos entrelaçados, parecendo surpreso com o gesto. Também fiquei surpresa por ter feito isso, mas senti uma repentina necessidade de segurá-lo. Eu podia ver que havia um tipo pesado de tristeza que vivia dentro dele, uma tristeza que me senti compelida a afastar. AK respirou fundo e nos fez seguir em direção às árvores. Olhei por cima do ombro, percebendo que as botas ainda estavam perto da porta. Sua tristeza estava ligada àquilo de alguma forma, tinha que estar. Eu simplesmente não sabia o porquê.

Parecia que eu não era a única com segredos escondidos.

— AK — sussurrei, maravilhada com a visão diante de mim. — É lindo.

Ficamos no topo de uma rocha alta, olhando para uma cachoeira que caía em uma pequena piscina azul brilhante. Ninguém estava aqui neste santuário, exceto nós. Os pássaros cantavam e os raios do sol cintilavam na superfície turquesa da água.

— AK — sussurrei sem fôlego. — Eu nunca tinha visto uma cachoeira na minha vida. Eu as vi em livros, li sobre elas. Mas isso... — Balancei a cabeça em descrença. — Eu mal posso acreditar na incrível beleza diante de mim.

— Sim — ele concordou. — É lindo pra caralho.

AK sentou-se na beirada da rocha e deu um gole em sua garrafa de água. Tínhamos caminhado todo o caminho até aqui. A trilha foi exaustiva para meus músculos ainda doloridos, mas ele mal suou. Seu condicionamento físico era incrível.

Forçando-me a desviar o olhar daquela visão, sentei-me ao lado dele. Ergui o cabelo, tentando levar um pouco de ar ao meu pescoço quente e acalorado, sentindo-o grudado contra a minha pele suada. AK sorriu para mim, em uma batalha perdida para afastar os fios vermelhos brilhantes do meu rosto. Silenciosamente, ele tirou o elástico do cabelo e me entregou. Seu cabelo escuro caiu sobre suas bochechas, mas vi seu sorriso. Prendi o cabelo comprido em um coque parecido com o que ele costumava usar.

— Nunca vi nada tão mágico em minha vida. — Observei em transe enquanto a cachoeira borbulhava na piscina de cristal. — O que é tudo isso, AK? O chalé, a caminhada, os tiros, a cachoeira? — Balancei a cabeça. — É como estar em outro mundo. Um que eu acreditava que só existia nos meus sonhos.

— E é a porra de outro mundo — ele respondeu e soltou uma única risada áspera. — Pelo menos está a quilômetros de distância daquele de onde viemos. — AK terminou sua garrafa de água e eu tomei um gole da minha. — É uma cabana de caça. Eu cresci vindo aqui. Costumava praticar tiro ao alvo, caminhar todos os dias e apenas ficar longe do mundo por um tempo.

Eu sorri, tentando imaginar um jovem AK aqui.

— Parece que você teve uma infância muito diferente da minha — comentei com uma risada nervosa. AK olhou diretamente para mim e vi o humor desaparecer de seu rosto.

— Mas uma idade adulta não tão diferente. — Ele desviou o olhar.

Eu estava prestes a questioná-lo para saber o que ele queria dizer com isso, quando notei uma tatuagem em seu braço. Olhei para a regata que eu usava e percebi que era a mesma imagem. Estendendo a mão, rocei meus dedos sobre a bandeira americana em seu braço.

— Este emblema — comentei e apontei para a camisa. — Eles são os mesmos. — Os músculos de AK retesaram. — O que significa?

— Nada para mim — respondeu, áspero. AK se levantou e começou a descer pela lateral da rocha. O caminho lamacento era íngreme. Ele olhou por cima do ombro. — Vamos. Não é tão ruim. Vou ajudar você. — Não hesitei em pegar sua mão e segui-lo. Enquanto caminhávamos pelo caminho, percebi que confiava nele.

Eu *confiava* em um homem.

Nunca duvidei que ele me manteria segura. Nem mesmo por um segundo.

Chegamos à beira da piscina natural. AK se abaixou e encheu sua garrafa de água. Ele estendeu a mão para a minha também. Passei para ele e olhei mais de perto para a cachoeira ao nosso lado. A queda d'água era alta com esta proximidade, e tão bonita quanto tinha sido do topo da rocha.

— Aqui. — AK estendeu a garrafa para que eu a pegasse. Muito ocupada observando a cachoeira, não havia percebido que a tampa da garrafa não estava no lugar. Então, quando AK afastou a mão para trás e jogou o conteúdo da garrafa no meu rosto, gritei alto em choque. Pulei quando a água fria escorreu pelo meu corpo. Fiquei parada, imóvel, até olhar para AK. E ele estava rindo. Não apenas sorrindo, mas rindo com vontade, o som profundo fazendo com que uma leveza inundasse meu peito.

— AK! — gritei e perdi o equilíbrio. Meus pés escorregaram na água e eu caí para trás até cair de bunda na lama, em um baque surdo. Quando levantei as mãos, eu as vi cobertas de lama. AK riu ainda mais às minhas costas. Minha metade inferior inteira estava ensopada. E eu estava coberta de lama úmida.

AK se aproximou de mim enquanto eu lavava minhas mãos.

— Eu estava te zoando, Phebe. Não achei que você fosse cair na porra do chão.

Fiz uma careta quando ele se aproximou, ainda rindo, ao invés de se desculpar. Esperei até que ele estendeu a mão para me ajudar, como eu sabia que ele faria. Peguei o máximo de água possível em minhas mãos e joguei em seu rosto.

— Cadela! — AK gritou enquanto recuava, a água pingando de seu cabelo comprido. Mas não havia malícia em seu tom. Seus olhos escuros, que estavam tão opacos e tristes desde a noite em que ele limpou as botas, estavam cheios de luz. Então ele estava brigando comigo. Eu me arrastei para frente até estar submersa na água, na esperança de escapar de qualquer retaliação. Meu peito e braços afundaram na superfície fria, no entanto, seus braços me envolveram por trás e me ergueram no ar.

— Não! — berrei, rindo enquanto ele me jogava no ar. Eu caí na água com um barulho e me levantei, limpando a água do meu rosto. — Não sei nadar! — gritei e felizmente consegui me manter equilibrada.

Olhei ao redor da água. Não conseguia ver AK em lugar nenhum. E então ele emergiu da água bem na minha frente, e meu coração quase inchou do meu peito.

Os braços de AK envolveram minha cintura. Bati em seu braço nu enquanto ele sorria.

— Isso vai ensinar você a não se meter comigo, Ruiva.

Balancei a cabeça em protesto.

— Eu? — Ri da expressão brincalhona em seu rosto. — Foi você que jogou água em mim primeiro!

Ele balançou a cabeça e parou de rir.

— Você parecia... com calor. Achei que precisava se refrescar.

Ri de sua expressão presunçosa e, em seguida, lentamente, segundo a segundo, o sorriso sumiu dos meus lábios. Minhas mãos em seus braços começaram a acariciar sua pele molhada. Senti minhas bochechas corarem quando o olhar de AK perdeu a alegria. Ele nos levou mais para dentro da piscina, tão longe que meus pés não sentiram mais o fundo. Ofegando, o pânico tomou conta de mim, fazendo-me agarrá-lo com mais força e não tive escolha a não ser envolver as pernas em volta de sua cintura.

— Não consigo tocar no chão — expliquei. — Estamos muito fundo para a minha altura.

— Essa era a intenção, Ruiva. — Ele abaixou as mãos até que estivessem ao meu redor. Eu o senti endurecer contra mim e senti meu próprio núcleo esquentar com um calor repentino.

— AK — sussurrei quando ele moveu lentamente seus quadris contra mim. Uma de suas mãos mergulhou no cós do meu short. Seus dedos eram lentos enquanto viajavam para baixo, gentis quando tocaram entre minhas pernas e começaram a acariciar minhas dobras para frente e para trás.

Arfei e fechei os olhos enquanto ele esfregava a ponta do dedo sobre o meu clitóris. Ouvi o som de seus ofegos, sentindo sua rigidez contra mim e não queria nada mais do que tocá-lo também. Abaixando uma das minhas mãos ao redor de seu pescoço, deslizei para baixo pelo seu torso musculoso, acariciando os vales profundos até alcançar o botão de sua calça jeans. Eu a desabotoei e abri o zíper, tocando em sua masculinidade e sentindo-o endurecer mais ainda em minha mão.

— Porra, Ruiva — ele sibilou enquanto sua mão se movia mais e mais rápido no meu centro. Eu o acariciei para cima e para baixo enquanto ele me mantinha firmemente em seus braços, nunca me deixando cair.

Lutei contra a vontade de fechar os olhos. Eu queria observá-lo. Queria vê-lo, sem a poção ou a bebida para me nublar. Eu queria observar este homem que me trouxe a este lugar para me ajudar simplesmente porque ele queria. Fui desejada por muitos homens antes, mas não por qualquer outro motivo além do sexo. Eu não podia ter certeza, mas quando o olhar escuro de AK se concentrava em mim, quando ele me oferecia sua mão e quando beijou minha bochecha quando pensou que eu estava dormindo, não pensei que fosse apenas para seu prazer.

Eu não tinha certeza, mas... mas eu esperava, e rezava, que ele realmente gostasse de mim. Por mim. Não pelo meu corpo. Mas apenas por... mim. Eu não entendia como isso poderia ser verdade, mas queria desesperadamente que fosse.

AK inclinou a cabeça para frente e capturou meus lábios com os seus. Ele manteve a mão no meu núcleo, deslizando para frente e para trás, e então dentro de mim em um movimento lento e rítmico. Sua língua procurou mergulhar entre meus lábios, e nossas bocas entraram em sincronia com o movimento de nossas mãos.

Quando AK me beijou, o mundo inteiro desmoronou. Toda a dor e demônios que nublavam meu cérebro caíram em um vazio feliz, trancados enquanto o gosto desse homem me consumia, afastando a escuridão. Gemi em sua boca, deliciando-me quando ele engolia cada um dos meus gemidos. Senti um formigamento revelador na base da minha espinha. Eu o agarrei com mais força, encontrando seu olhar novamente enquanto ele movimentava seus dedos cada vez mais rápido, um, dois, então três dedos, até que atingiu o ponto dentro de mim que eu conhecia bem, que fui treinada a estimular, aquele que quando AK pressionou, me despedaçou em cacos de vidro, meu corpo nada mais do que luz. Meu grito voou com o vento, ecoando pela cachoeira.

AK pareceu ter parado de respirar. E então ele se acalmou, sem nunca desviar o olhar do meu, até que gozou na minha mão, seus quadris impulsionando enquanto sua liberação era lavada pela água. Suas pupilas pretas quase erradicaram o marrom de suas íris e suas bochechas estavam rosadas.

Nossos olhares permaneceram conectados, presos em alguma felicidade silenciosa, mas pungente. AK me beijou novamente, não usando sua língua desta vez, apenas seus lábios, seus lábios macios e sensuais. Eles acariciaram os meus como se eu fosse especial para o seu coração.

Como se eu fosse digna de tanto carinho.

Meus olhos se encheram de lágrimas. Sua mão se moveu do meu núcleo e acariciou minhas costas para cima e para baixo, acalmando meus pensamentos. Seus lábios me adoravam. Nunca pensei que entenderia o significado de um beijo. Como isso poderia parar momentaneamente as batidas do coração, ou como um toque tão inocente poderia fazer com que nos sentíssemos tão queridos.

Soltei sua masculinidade e rapidamente fechei sua calça jeans. AK me puxou para mais perto.

— Eu gosto de você pra caralho, Ruiva — ele disse com a voz rouca.
Meus olhos se fecharam com essas palavras e balancei a cabeça.

— Por quê? Como você pode gostar de alguém como eu?

AK deu um único beijo em cada um dos meus olhos fechados. Quando os abri, ele disse:

— Porque você entende. — Suas palavras foram quase um sussurro. Antes que eu pudesse pedir a ele para explicar o que quis dizer, um sorriso lento curvou seus lábios. Ele beijou minha bochecha. — Você está vermelhinha do sol — ele comentou. — É melhor irmos antes que você se queime.

Olhei para AK e não vi nada além de pele bronzeada e perfeita. Ele tinha várias cicatrizes espalhadas pelo corpo, algumas grandes, outras pequenas, mas não liguei para elas. Todos nós tínhamos cicatrizes, fosse por fora ou por dentro. AK me deu mais um beijo rápido e começou a se afastar, mas coloquei minhas mãos em seu rosto. Sua pele estava quente sob minhas palmas, fosse por causa do sol ou da libertação.

— Ruiva? — questionou com o cenho franzido.

— Obrigada — falei, quando consegui encontrar as palavras. Dei a ele um pequeno sorriso. — Obrigada por me trazer aqui. Por me tirar de Meister... por tudo. — *Por me tratar como se eu fosse mais do que uma prostituta*, eu queria acrescentar, mas me contive. Os ombros de AK cederam e ele exalou como se estivesse prendendo a respiração por um longo tempo. — Não tenho ideia do porquê você fez tudo isso por mim, mas... obrigada.

AK não falou nada, mas sustentou meu olhar por vários segundos.

— É melhor irmos. O sol não será seu amigo se ficarmos aqui por muito mais tempo.

Mantendo-me em seu domínio, AK nos levou de volta à margem da piscina natural. Ele me ajudou a ficar em pé no terreno irregular e a sair da água. Fiquei grata pela água fria em minha pele quando o sol forte imediatamente bateu em meu rosto.

Ele pegou as garrafas de água do chão e estendeu a mão. Suspirei e deslizei minha mão na dele. A caminhada de volta ao chalé foi tranquila, mas mais confortável do que eu me sentia... em anos. Seu afeto tinha se tornado um bálsamo para o fogo constante do arrependimento que queimava, sem fim, em meu coração. E esse alívio temporário, esse breve momento para poder respirar, tinha tudo a ver com o homem que me trouxe para casa.

Aquele para o qual meu coração estava subitamente inclinado.

Tirei uma soneca e tomei banho, pela primeira vez sem pensar em mais nada além de AK. Olhei no espelho; minha pele foi beijada pelo sol, e mais sardas do que eu pensava ser possível salpicavam meu rosto. Um sorriso surgiu em meus lábios quando me lembrei de AK me dizendo que gostava das minhas sardas. Meu rosto, um céu estrelado.

Meu cabelo ruivo.

Ruiva.

A noite havia caído e AK estava do lado de fora cozinhando na grelha. Coloquei um vestido preto solto que tirei do armário do seu quarto. O material pendia dos meus ombros, revelando minha pele, pelo que eu era grata. Eu estava um pouco queimada no rosto e nos braços por causa do sol de hoje.

AK virou a cabeça quando me ouviu sair, já estava sentado em seu lugar de sempre. Havia vários tipos de comida na mesa e carne na grelha atrás dele. Ele se recostou na cadeira reclinável, olhando para as estrelas no céu negro. Sorrindo, passei por ele para sentar ao seu lado, mas ele segurou minha cintura e me puxou para seu colo. Soltei um pequeno grito de choque quando aterrissei em suas coxas.

— De agora em diante, você vai ficar sentada aqui comigo. — Ele me puxou para baixo até que minha cabeça estivesse recostada em seu peito nu e meu corpo pressionado contra o dele. Sua mão acariciou meu cabelo na mesma hora, deslizando pelas longas mechas como se isso o acalmasse de alguma forma. Sua pele estava quente; também fora ligeiramente queimada pelo sol, mas tinha um cheiro celestial e parecia ainda melhor sob minha bochecha.

Suspirei de contentamento. Pouco depois, AK se levantou para nos buscar comida. Comemos lado a lado, sem falar muito, apenas contentes por estarmos na companhia um do outro. Quando terminamos, AK acendeu um cigarro. Eu me enrolei em seu peito. Eu tinha certeza de que se nunca deixasse este lugar novamente, estaria tudo bem. Observei a fumaça branca subir acima de nós e vagar na escuridão, formando círculos que serpenteavam no céu noturno.

— É tão lindo aqui fora — murmurei. Tentei contar todas as estrelas, mas era impossível, eram tantas. — Acho que nunca realmente olhei para o céu noturno antes. Tenho certeza de que nunca realmente olhei para as estrelas antes de você compará-las às minhas sardas. No entanto, agora me pergunto como elas se parecem de perto, se são tão bonitas quanto parecem daqui. — Balancei a cabeça, surpresa com o fato de que estava aqui, fazendo algo tão preguiçoso quanto olhar para as estrelas. Passei a mão pelo torso de AK. — E aqui estou eu. Com você, neste lugar abençoado de uma forma incomensurável.

— Ruiva — AK disse, áspero, e me puxou para mais perto de si.

— É verdade. — Pensei nos meus dias na Comuna. Nenhum homem jamais teria se deitado comigo assim, não sem sexo. Nunca teria acariciado meu cabelo, brincado comigo na piscina de uma cachoeira. Afeição não tinha lugar na Ordem. O amor era compartilhado por meio do ato sexual. E como uma Irmã Sagrada, nunca foi gentil ou puro.

No entanto, aqui estava AK, segurando-me por nenhuma outra razão além do fato de ele desejar isso.

Eu era *querida*.

— Quando estou aqui, com você... — sussurrei, sentindo meu coração bater muito rápido com o que estava prestes a confessar. — Quando estou com você, é fácil não pensar na minha vida de antes. Eu... — Minhas bochechas queimaram de vergonha e uma onda repentina de dor me dominou. — Nunca estive com um homem que me visse como algo além de alguém em quem pudesse encontrar sua libertação. — Meu estômago afundou com aquela triste verdade. — Era tudo o que sempre quis, AK. Para dar prazer aos homens pela causa de nosso Senhor.

Levantei a cabeça da curva de seu braço e descansei em seu peito. Ele estava olhando para o céu. Seu cigarro queimava em sua mão e sua mandíbula estava cerrada. Ele deve ter sentido que eu estava olhando para ele porque seus olhos encontraram os meus.

— É verdade.

Deslocando minha perna sobre a dele, levantei meu vestido. A testa de AK franziu em confusão. Puxei meu vestido cada vez mais alto, até que minha coxa ficasse exposta.

— Mateus 4:19 — eu disse. — "*E Ele disse a eles, sigam-me e eu os farei pescadores de homens*". — Virei a coxa e passei o dedo sobre a tatuagem que o Profeta ordenou que todas as suas Irmãs Sagradas tivessem. AK estava congelado enquanto olhava para a escritura tatuada que conduzia ao meu núcleo. O lugar que o Profeta David disse que os homens mais desejavam.

— O que diabos isso significa? — perguntou com raiva.

Puxando meu vestido para baixo, coloquei a mão em seu ombro e o guiei para se deitar. Ele assim o fez, relutantemente, e recostei minha cabeça em seu ombro e meu braço em volta de seu torso.

— O Profeta David declarou que certas mulheres da Ordem eram destinadas a um serviço especial. Revelado a ele por Deus, como uma forma de trazer mais membros para a causa. Ele afirmou que essa escritura, especialmente as palavras "*pescadores de homens*", tinha um significado maior do que imaginávamos. Ele afirmou que Deus havia revelado a ele que as mulheres da Comuna, escolhidas a dedo por ele e seus discípulos, se tornariam pescadoras de homens. Os homens eram o objetivo, o prêmio para o Profeta, e nós; as Irmãs Sagradas, éramos as iscas.

AK havia se tornado incrivelmente tenso abaixo de mim, mas agora que comecei, agora que comecei a descarregar esse fardo de minha alma, não conseguia parar. Eu queria falar essas palavras... palavras que nunca havia proferido antes.

— Eles vieram atrás de mim quando eu tinha dez anos. — Fechei os olhos, lembrando-me daquele dia em detalhes. O Irmão John me levando para ser treinada. — Eu já havia sido tocada por homens. As crianças nas Comunas do Profeta eram tocadas livremente por quem assim o desejasse. Nenhuma idade era considerada cedo demais. Na verdade, o Profeta David incentivava nossos pais ou responsáveis a nos tocarem primeiro, para nos mostrar como é o amor de Deus, para que não ficássemos assustadas quando outros homens e mulheres também viessem nos procurar sexualmente.

Respirei fundo e continuei:

— Quando o Irmão John foi me buscar, quando eu tinha dez anos, para informar que eu havia sido escolhida para ser uma Irmã Sagrada, provei homens adultos na minha língua, e eles me provaram. Eu tinha sido tocada de todas as maneiras, exceto o ato sexual por completo. — Estremeci, ainda me lembrando da semana que se seguiu. — Embora tenha sido menos de uma semana depois, quando fui apresentada a esse ato. — Minhas coxas se apertaram quando me lembrei do Irmão John me deitando na cama, seu corpo nu subindo acima de mim. Vacilei quando me lembrei de sua respiração em meu rosto e suas mãos contornando minha coxa nua. E lembrei-me de seu comprimento, quando rompeu minha inocência. As lágrimas, o sangue, a dor e a vergonha...

— Phebe. — AK virou seu corpo para me encarar. Eu não tinha percebido que as lágrimas estavam correndo livremente até que ele as enxugou. Sua mão segurou meu rosto e seu polegar acariciou a pele úmida.

— Por dias depois, tentei ficar escondida nos cantos dos quartos. Mas todos os dias, o Irmão John vinha atrás de mim e tomava meu corpo novamente. Ele me tomou até eu conseguir bloquear a dor. Até que seu toque e atenção se tornassem comuns para mim.

Engoli em seco e olhei para o rosto de AK. Sua expressão era sombria. Seus dentes estavam cerrados. Estendi a mão e entrelacei os dedos à mão que ainda segurava meu rosto, puxando-a para pousá-la sobre o peito, acima do meu coração.

— E então começou o treinamento. Irmãs Sagradas mais velhas vinham aos nossos quartos todos os dias. Éramos cerca de vinte quando fui treinada. Todas próximas em idade e que haviam tido o primeiro encontro sexual através do Irmão John. Mais lições se seguiram, ensinando a forma correta para segurar a masculinidade de um homem, como acariciá-lo até que ele implorasse por mais. Como tomá-lo com a boca e seduzi-lo com os movimentos sutis do nosso corpo, como fazê-lo cair em nossos braços e se entregar ao Senhor por meio do nosso corpo. Nós pescamos os homens e eles sempre morderam a isca.

— Eles treinaram você para foder?

— Sim — respondi e odiei que fosse a dura verdade. — Primeiro na Comuna. O Profeta David frequentemente convidava homens importantes para nossa causa para que visitassem suas inúmeras Comunas, tanto nacionais quanto estrangeiras. Nunca soube qual era o motivo da presença deles ali; nos diziam que estavam a negócios, mas desde os dez anos de idade fui convocada para seduzi-los. Muitos gostavam de meninas novinhas, ainda mais quando podíamos atendê-los na cama com a habilidade de uma mulher com o dobro de nossa idade. E eu fazia tudo aquilo satisfeita... eventualmente. Passei a acreditar tanto no que estava fazendo que me alegrava quando era escolhida por um dos homens visitantes. Ainda mais quando cheguei aos quatorze anos e fui enviada para o mundo exterior. Apenas as melhores Irmãs Sagradas eram enviadas para fora dos portões. Aquelas que se destacaram em agradar aos homens.

Eu poderia dizer pela expressão de AK que ele não conseguia falar. Então continuei:

— Eu nunca tinha estado fora da Comuna antes. Havia tantas imagens e sons que me assustaram. Mas os irmãos que nos levaram para as cidades nos mantiveram seguras, focadas em nossa missão.

Funguei ao lembrar de ter entrado em centenas de bares que visitei quando criança, e depois como adulta.

— Os homens sempre mordiam a isca. Quando nos viam entrando, praticamente salivavam. Nos vestíamos de maneira sedutora, e então os levávamos de volta ao ônibus que nos levava para a cidade. Dávamos a eles um prazer como nenhum que já tivessem experimentado, e os convencíamos a voltar para a Comuna conosco. E eles quase sempre iam. Principalmente quando viam o que os esperava lá. Mais amor livre. Mais mulheres... garotinhas.

— Pedófilos filhos da puta — AK rosnou. — Estou feliz por ter colocado uma bala na cabeça daquele maldito idiota. E matado dezenas de outros filhos da puta da seita também.

Parei e pisquei para AK, permitindo que suas palavras fossem absorvidas.

— Você...? — Com certeza, eu estava enganada. — Você matou o Profeta David? Você foi o homem do diabo que tirou a vida dele?

— Sim. — Ele me puxou para mais perto. — Eu assisti aquele maldito pedófilo do caralho cair quando minha bala o acertou bem entre a porra dos olhos.

Minha respiração acelerou com sua confissão. Na Comuna, chorei a morte do Profeta como se meu coração tivesse sido partido em dois, mas agora, depois de tudo o que aconteceu, saber que foi AK quem o matou só me fez desejá-lo ainda mais.

Levantei sua mão e beijei ao longo de seus dedos.

— Obrigada — sussurrei. Ele nunca entenderia o nível da minha gratidão. No entanto, com esse conhecimento veio minha maior angústia.

Meus maiores arrependimentos.

AK me segurou forte enquanto as lágrimas caíam dos meus olhos. Ele pressionou beijo após beijo na minha testa, fazendo-me sentir segura.

— Houve centenas e centenas — confessei e senti a profunda vergonha percorrer meu corpo como uma maré avassaladora. AK estava imóvel como uma estátua embaixo de mim. — Já atendi tantos homens que nem sei quantos. Às vezes, por escolha e, às vezes, pela força. — Respirei fundo. — Mas se foi o último, foi porque *eu* falhei como uma Irmã Sagrada.

— O quê? O que diabos isso significa?

— Se a sedução não fosse bem executada, ou meus sussurros das escrituras de Deus não fossem fortes o suficiente na convicção, às vezes os homens eram rudes e tiravam nossa vontade. Eles tomavam o dízimo de nossa carne pelo nosso fracasso.

— Estupro? — rosnou. — Você era culpada se eles a estuprassem?

— Às vezes acontecia — comentei, lembrando da primeira vez que tive uma faca na minha garganta e fui espancada quando o homem se enfiou dentro de mim... em cada entrada do meu corpo. Lembrei-me de Meister e como ele tinha sido um daqueles homens. — Meister não gostava de ser seduzido; ele gostava de tomar. Ele sentia prazer em extrair a dor do meu corpo. Mas quanto menos eu protestava e quanto mais permitia que ele fizesse comigo o que desejasse, mais sua possessividade aumentava. Eu podia vê-lo se tornando viciado em mim, dia após dia, e eu estava com medo. Mas Judah ordenou que eu ficasse ao lado de Meister pelo tempo que ele desejasse. — Fechei os olhos. O resto da história estava turva por causa das drogas; eu sabia disso agora. — Ele nunca desistiu de mim. — Meus dedos acariciaram o rosto de AK. — Até que você veio me reivindicar de seu comando.

— Você nunca vai voltar para ele — AK disse, com firmeza, e senti meu coração quebrar com a promessa.

Novas lágrimas inundaram minhas bochechas. Eu não conseguia acreditar que esse homem estava lutando por mim.

— Eu não... Não sei como viver neste mundo, AK. — Engoli em seco. — Não sei ser outra coisa senão uma... prostituta. — Dei uma risada sem alegria. — As pessoas do mundo exterior falavam de nós. "Prostitutas de Deus", era como nos chamavam nos bares. O Profeta David e Judah nos chamavam de "Prostitutas de David". É o que Meister queria que eu parasse de ser. Era para ser a prostituta *dele*, e só dele.

Fechei os olhos com força e senti o sal das minhas lágrimas ardendo em meus lábios.

— Neste mundo, as prostitutas não são reverenciadas, mas punidas. Que homem iria querer uma mulher assim como o amor de sua vida? Uma mulher que conquistou homens de todas as formas possíveis? Que chupou, acariciou e fodeu tantos homens que ela não consegue se lembrar de um único rosto entre as massas? — Balancei a cabeça, engasgando com minhas palavras. — Quem iria querer uma mulher que perdeu a inocência aos dez anos de idade e foi frequentemente tocada antes disso?

E então senti crescer dentro de mim. Minha confissão mais secreta, minha dor mais profunda. Tentei me conter, tentei segurar aquilo, meu maior arrependimento, por tanto tempo. Mas não pude. AK era seguro. Aqui era um lugar seguro para eu me livrar dessa culpa.

Eu tinha que finalmente deixá-la livre.

— Que homem iria querer uma mulher que engravidou aos doze anos?

Quando as palavras deixaram meus lábios, senti seu corpo tensionar abaixo do meu. Ele prendeu o fôlego e sua mão parou de se mover nas minhas costas.

— Phebe... — ele disse, por fim, com suavidade.

Fechei os olhos enquanto escondia meu rosto em agonia. Balancei a cabeça, tentando não deixar as comportas daqueles tempos se abrirem em minha mente, mas não pude resistir. Então deixei minha história – meus pecados, meu fracasso – transbordar...

Eu me olhei no espelho e passei a mão na barriga. O inchaço era tão grande agora que o Irmão John me afastou do dever como Irmã Sagrada e ordenou que eu descansasse. Minhas costas doíam e, desde esta manhã, ondas de dor cegante apertaram minha barriga, me fazendo gritar. Martha me disse que isso era normal, que era o meu bebê chegando. Ela havia sido designada para ficar comigo. Ela também estava grávida, mas deu à luz há algumas semanas. Desde então, tudo que ela fez foi chorar. Ela havia sido punida por aquelas lágrimas, cílios talharam sua carne, mas ela não conseguia parar de chorar.

Porque eles levaram seu filho. Eles o levaram pela causa. E não permitiriam que ela o visse.

Minhas costas doeram quando outra onda agonizante de dor passou por mim. Gritei, sentindo uma pressão crescendo na parte inferior das minhas costas. Cambaleei e Martha correu pela porta bem a tempo de me pegar.

— Venha, Phebe. — Ela me levou para a cama.

Agarrei a barriga, cerrando os olhos quando a pressão se tornou insuportável e meu corpo inteiro foi dominado pela necessidade de empurrar.

— Acho que está na hora — murmurei, assim que a porta do meu quarto se abriu e a Irmã Leah entrou.

— O bebê está chegando — Martha avisou.

Irmã Leah separou minhas pernas e senti sua mão dentro de mim.

— Você tem que empurrar — ela ordenou.

Martha agarrou minha mão.

— Você pode fazer isso, Phebe — ela me encorajou, com lágrimas escorrendo pelo rosto. Eu sabia que ela estava pensando em seu filho, que seu sofrimento era recente.

Com cada grama de força que pude reunir, empurrei, sentindo como se meu corpo estivesse se dividindo em dois. Respirei o mais profundamente que pude em meio à agonia e exaustão que atormentavam meu corpo. E então, não sei quanto tempo depois, um grito alto ressoou em meus ouvidos. Martha se abaixou para ver o bebê nos braços da Irmã Leah.

— É uma menina, Phebe — ela disse e apertou minha mão com mais força.

— Uma... menina? — sussurrei, sem fôlego, e senti algo mudar dentro de mim. Senti algo desconhecido se enraizar, algo que nunca havia sentido antes... um tipo de paz. Tanta paz e amor que me tirou o fôlego.

A Irmã Leah colocou o bebê no meu peito. Pisquei, oprimida pela intensidade do momento, então finalmente olhei para baixo. Dois olhinhos castanho-escuros me encaravam. Ao lado de seu olho esquerdo havia uma pintinha grande e escura. Encarei aquele sinal, hipnotizada por tamanha beleza.

Ela veio de mim.

Ela... ela era minha...

Lágrimas inundaram meu rosto enquanto eu a segurava em meus braços trêmulos.

— Sapphira. — Ouvi Martha fungar ao meu lado. — Vou chamá-la de Sapphira.

— É um nome lindo, irmã. — Martha deu um beijo na minha cabeça. Ela tinha quatorze anos, dois anos a mais que eu, mas eu sabia que naquele momento ela me entendia mais do que qualquer pessoa.

— Sapphira — Irmã Leah falou e se inclinou sobre mim. O pânico me dominou quando vi seus braços estendidos para tirar meu bebê de mim.

— Não! — reclamei em voz alta. Sapphira pulou em meus braços e começou a chorar.

— Entregue-me o bebê, criança. Você sabe que ela é um Bebê de David, e sabes muito bem que ela não fica contigo. Você tem um propósito maior para servir.

Um Bebê de David. Bebês nascidos de Irmãs Sagradas. Bebês que eram "propriedade" do Profeta David e não de suas mães. Criados não pelos pais, mas em comunidade pelos responsáveis.

Um soluço saiu da minha garganta. Tentei me afastar, sair da cama. Sapphira era minha. Ela era meu bebê!

— Não, por favor... — Encarei seus olhos castanhos. — Ela é minha. Por favor, não a tire de mim. Eu cuidarei dela. Eu administrarei ambas as funções.

— Phebe! — Irmã Leah explodiu. — Faça o que eu mando, ou o Irmão John será chamado. Você sabia muito bem, desde que descobriu a gravidez, que ela não te pertenceria.

— Não! — Eu me arrastei para fora da cama. Segurei Sapphira perto do meu peito enquanto lutava para me esconder no canto do quarto. Irmã Leah saiu e vi Martha nos encarando, chorando enquanto se sentava na beirada da cama, perdida.

Eles fizeram isso com Martha também. Levaram seu filho quando ela queria ficar com ele.

Olhei para Sapphira e balancei a cabeça. Meu rosto estava encharcado de lágrimas enquanto eu a segurava contra meu peito.

— Você é minha. — Sorri em meio às lágrimas quando Sapphira parou de chorar e olhou para mim. Beijei sua cabecinha, sentindo a pele quente embaixo de mim. — Eu amo você — murmurei, com a voz embargada. — Eu amo você, Sapphira.

A porta se abriu e o Irmão John, seguido pela Irmã Leah, entrou. Eu queria correr, fugir com a minha filha, mas estava presa. Não havia para onde ir.

Irmão John olhou para mim com desaprovação.

— Phebe, entregue o bebê para a Irmã Leah. Pare com essa tolice.

— Ela é minha — murmurei, baixinho, em uma atitude desafiadora.

Ele deve ter me ouvido, porque balançou a cabeça.

— Ela é uma Bebê de David. Ela pertence à fé. Você é uma Irmã Sagrada. E você tem um caminho diferente do de ser mãe. Uma causa muito mais valiosa.

Ele chegou cada vez mais perto, até que colocou as mãos em Sapphira.

— Não! — Chorei de novo quando ele a tirou do meu abraço. — Por favor... Eu a amo! — Meu peito se agitou com soluços e meu corpo tremia quando Irmão John deu meu bebê para Irmã Leah e ela a tirou do quarto.

Eu gritei.

Gritei e gritei até minha garganta ficar em carne viva. Não me lembrei do que aconteceu a seguir, tudo era um borrão, mas quando levantei a cabeça, o Irmão John também havia saído do quarto. Apenas Martha e eu permanecemos ali. Meus olhos estavam inchados de tanto chorar e meu corpo doía por causa do parto. Mas nada era maior do que o vazio que sentia em meus braços. O espaço vazio onde Sapphira deveria estar.

A dor veio em ondas quebrando, uma e outra vez.

— Sapphira — sussurrei. — Sapphira...

Seu nome parecia uma oração cruel em meus lábios.

Uma mão estava nas minhas costas, acariciando para cima e para baixo.

— Martha. — Eu caí em seu colo. — O que vou fazer agora?

Senti as lágrimas de Martha atingirem minha bochecha; uma dor compartilhada. Ela acariciou meu cabelo.

— O Irmão John me disse que podemos ganhar o direito, por meio da pescaria, de vê-los ocasionalmente. Estamos proibidas de dizer quem somos para eles, mas podemos alegar que somos suas irmãs. Eles vão nos dar pelo menos isso. — Sua voz soou tão desesperada quanto eu me sentia.

Pisquei rapidamente, tentando limpar as lágrimas dos meus olhos.

— Eles vão? — perguntei, um vislumbre de esperança brotando em meu coração despedaçado.

— Sim — Martha confirmou. — E é isso que pretendo fazer. — Ela fungou. — Se recrutarmos mais homens do que nossa cota usual, nossa recompensa será um tempo com eles. E eu preciso vê-lo, Phebe. Não posso... Não consigo...

— Respirar — concluí por ela, quando Martha não conseguia expressar o que estava em seu coração ferido.

— Sim — ela disse, depois de vários momentos de silêncio.

Apertando minha mão contra o peito, imaginei Sapphira em minha mente.

Meu coração nunca mais sarou depois daquele dia, despedaçado de uma forma irreparável. Mas acreditei em nosso Profeta. No final, acreditei que ele faria o que fosse melhor para seu povo; incluindo eu.

Eu só tinha que obedecer e ter fé...

O peito de AK estava encharcado enquanto eu lutava para respirar com a memória daquele dia. Sua mão estava entremeada em meu cabelo, e eu o abracei como se fosse desmoronar se não fosse por sua força.

— Meu Deus, Phebe. Não tenho palavras para o quanto essa merda é fodida. — Ele me puxou ainda mais perto de seu corpo. — Você a viu de novo?

Assenti com a cabeça, relembrando aqueles dias preciosos.

— Levei dois anos para vê-la novamente. Eles disseram que eu precisava de tempo para libertá-la do meu coração. Isso nunca funcionou, é claro. Eu sabia que meu vínculo com ela nunca iria desaparecer. No dia em que a vi novamente, ela estava brincando do lado de fora com algumas outras crianças. — Eu sorri apesar das lágrimas. — Ela tinha o cabelo mais brilhante e loiro, parecido com o de Lilah, mas os olhos de Sapphira eram tão escuros, como a meia-noite... Eu não sabia quem era o pai dela, ele poderia ter sido qualquer um dos vários homens a quem servi, mas ele devia ter aqueles olhos. E ao lado de seu olho esquerdo havia uma pinta visível, cuja memória me fez sobreviver os dois anos anteriores.

Levantei o olhar e vi AK me observando.

— Sentei-me ao lado dela na grama. Eu estava tão nervosa. Nervosa em encontrar minha própria carne e sangue. Estava tremendo tanto que levei uma eternidade para perguntar se eu poderia brincar com ela. Ela também estava nervosa no início. Descobri que era uma garotinha muito tímida. Linda, mas extremamente tímida. Demorou mais duas visitas para que ela, finalmente, conversasse comigo. Para que me desse um sorriso. — Meu lábio inferior tremeu. — E aquele sorriso iluminou minha vida, AK. Não havia sol antes daquele dia.

Fechei os olhos por um segundo, e AK me puxou ainda mais para cima em seu peito.

— O que foi? — perguntou, observando meu rosto.

— Ela tinha seis anos quando eu disse que era irmã dela. Seu sangue. Sua *irmã*, AK... — Balancei a cabeça. — Minha alma morreu naquele dia. Morreu quando não pude dizer que ela era minha, que eu era sua mãe e ela era amada mais do que imaginava ser possível. Ela era a minha própria alma. O próprio ar que respirava.

— E você ganhou essas visitas? — AK perguntou, com firmeza. Seu domínio sobre mim intensificou.

— Eu fodi homens, AK. Fodi tantos homens para conseguir essas visitas. Fodi tão bem que ganhei recompensas do Profeta pelo meu recorde de recrutamento, medalhas. E eles me recompensaram com uma posição muito cobiçada: a chefe das Irmãs Sagradas. Eu ensinei outras; liderei nossas missões. Fui chamada para atrair e impressionar os visitantes mais importantes do Profeta David, e, depois, de Judah. — Meu peito apertou e um soluço escapou. — Mas eles fizeram dela uma Irmã Sagrada também, AK. Meu bebê, minha garotinha, eles fizeram dela uma Irmã Sagrada. Eles transformaram minha filha em uma prostituta. — Meu peito doeu. — Eu sabia que era provável. Os Bebês de David que eram meninas costumavam ser colocadas no mesmo círculo que suas mães. O Profeta as considerava dignas de serem uma, porque já estava em seu sangue. Mas, ainda assim, doeu mais do que qualquer coisa quando descobri que ela estava sendo treinada.

— Porra. — AK deu um beijo na minha cabeça.

Recuei, recusando seu toque gentil. Ele franziu as sobrancelhas.

— Não — eu disse. — Você não entende.

Ele abriu a boca para retrucar, mas coloquei meu dedo sobre seu lábio para silenciar suas palavras.

— Eu acreditei em tudo, AK. Acreditava que meu sacrifício, por mais difícil que fosse de suportar, era necessário porque o Profeta assim o considerava. Mesmo quando Sapphira se tornou uma Irmã Sagrada, eu acreditava que era a vontade de Deus. Apesar da dor que isso causou, das dificuldades para nós duas, nunca duvidei do Profeta. Eu realmente acreditava que ele sabia o que era melhor. — Engasguei com essas palavras patéticas. — Eu fui estúpida e ingênua.

Respirei fundo e deixei mais lágrimas caírem.

— Eu falhei com ela em todos os sentidos por causa da minha fé cega. Falhei com Lilah, encorajando-a a acreditar e a se juntar novamente à fé antes de ser punida. Foi só quando fomos para Nova Sião, depois da ascensão do Profeta Cain, e quando as coisas começaram a mudar, que o véu que envolvia meus olhos se afastou e a verdade de nossa, assim chamada, missão me foi revelada. Era tudo falso... tudo o que fizemos foi por causa do ego de um homem... e todas aquelas pessoas morreram por causa disso...

AK colocou as mãos em minhas bochechas e ergueu minha cabeça.

— Sapphira... o suicídio...?

— Ela não estava lá — revelei e o observei relaxar. Pensei em Judah. — A única coisa boa que Judah fez quando eu era sua consorte foi mandá-la embora. Implorei a ele para interromper sua missão como Irmã Sagrada. Eu disse que se ele me amasse como dizia, faria aquilo por mim. Ele a salvaria.

Exalei, sentindo algum conforto naquilo.

— Ele fez o que pedi e a mandou embora, livrando-a de uma vida de servidão sexual. Ela tinha treze anos na época. Ela teria quatorze anos agora. Judah me informou que havia uma Comuna menor onde os idosos ou deficientes eram colocados. Ele a mandou para lá para trabalhar. Era no exterior e muito longe do Texas. — Abaixei o olhar. — Nem cheguei a dizer adeus a ela, mas me consolou porque ela estava longe de Nova Sião, onde pude ver que tudo estava ruindo ao nosso redor. — Engoli o nó na garganta. — Mas minha filha ainda está lá fora, em algum lugar do mundo, sem mim.

Respirei fundo.

— Desde que você me salvou de Meister, desde que me forçou a enfrentar meus demônios, tenho sido atormentada por culpa e arrependimento. Eu deveria ter lutado mais por ela. Eu deveria ter percebido antes que a Ordem era um verdadeiro inferno. Mas pelo menos estou segura de que ela ainda vive. Outras não tiveram tanta sorte e viram seus bebês morrerem ao lado delas. Não ouvi nenhuma ordem de Judah exigindo que os idosos ou enfermos fossem mortos, então rezo para que ela esteja segura. — Coloquei a mão no meu coração. — Eu *tenho* que acreditar que ela está bem, que respira, ou então eu deixaria de viver.

Quando confessei o último dos meus pecados, uma espécie de entorpecimento inebriante tomou conta de mim. AK estava me observando com atenção e quase chorei quando não vi nenhuma censura em seu olhar, nenhum julgamento. Sua mão tremia quando ele entrelaçou os dedos aos meus.

Esse pequeno gesto de conforto me permitiu respirar. Permitiu que o aperto no meu peito relaxasse e encontrasse um pouco de paz nesta bagunça.

— Você não teve culpa, Ruiva — ele me consolou, sua voz baixa, profunda, mas o melhor de tudo, sincera. — Você era uma maldita criança. Você era uma criança que teve uma filha, e aqueles filhos da puta a tiraram de você, te dando uma esperança de merda, tudo para que você ainda pudesse ser a prostituta deles. Eles fizeram uma lavagem cerebral em você. Sobre cada coisa em sua vida. E você não tem que se desculpar por porra nenhuma.

— Eu não acredito nisso — murmurei, cansada. Eu estava esgotada e desolada.

Estava entorpecida.

AK se sentou e me puxou para seu colo. Suas mãos seguraram meu rosto e ele se certificou de que eu olhasse diretamente em seus olhos.

— Então eu vou acreditar por você.

— Obrigada — sussurrei, mais grata do que ele poderia imaginar.

Olhei para seu belo rosto, e sabia que lhe devia uma explicação. Estava tudo embaçado, mas eu sabia como devo ter agido depois que ele me salvou, sob a influência da bebida. Eu respirei fundo.

— Eu não sou nada se não uma prostituta, AK. Não sei ser outra coisa. Não sei como viver com todos os meus demônios. Meu fracasso com Sapphira, Lilah e todas as vidas dos homens que seduzi foram perdidos quando Judah ordenou que bebessem seu veneno. Eu levei aqueles homens para a Comuna, para a nossa fé, e eles morreram sob o comando de Judah.

Agarrei-me a AK como se a minha vida dependesse disso.

— Não sei viver em um mundo onde vejo minha filha em meus braços sempre que fecho os olhos. Não saber onde ela está no mundo, se sequer pensa em mim. — Respirei devagar. — A poção de Meister levou tudo embora; os medos e as preocupações. A bebida que encontrei na varanda de Ky fez a mesma coisa comigo, quando você tirou a poção das minhas veias. Foi um substituto adequado. Isso me fez não lembrar, ou pensar em Sapphira, por um tempo. Eu vi Lilah com Grace e, embora esteja exultante por terem uma à outra, me matou ver o que é ser uma boa e verdadeira mãe. Por esta razão eu não queria ser trazida de volta à vida real. — Balancei a cabeça. — A vida real é muito difícil. E não sei como lidar com isso. De maneira alguma.

Agarrei-me a AK como se ele fosse a única corda me impedindo de submergir. E chorei, perdendo o controle final sobre minha tristeza quando seus grandes braços vieram ao meu redor e me seguraram o mais perto possível. Ele beijou meu cabelo e me balançou para frente e para trás, mantendo-me segura em suas mãos.

— Você não tem culpa — disse ele, novamente, sua bondade caindo sobre mim como um bálsamo. — Eles te obrigaram a fazer isso. Esses filhos da puta tomaram você como um brinquedinho de merda e a estupraram. Forçaram você a trabalhar e roubaram sua filha. Você não pode se culpar. Você foi traficada.

AK não disse mais nada enquanto eu chorava anos de tristeza do meu coração. Ele apenas me segurou enquanto minhas lágrimas secavam e meu corpo cedia em exaustão.

Eu mal era capaz de manter os olhos abertos, perdendo a batalha contra o cansaço. Lembrei-me de ser levantada nos braços de AK e colocada em uma cama quente, porém quando acordei novamente, estava sozinha e meu corpo inteiro tremia. Minha pele estava suando com os pesadelos vívidos. Eu vi o rosto da minha filha, a senti em meus braços. Vi Lilah na cruz, seu corpo ensanguentado.

Era demais.

Afastei o edredom e saí do quarto. O chalé estava calmo e silencioso, mas eu precisava dele.

Eu precisava tanto dele.

Entrei na ponta dos pés no quarto de AK. Neste cômodo também havia duas camas pequenas e estreitas. A estrutura grande de AK estava sob as cobertas de uma delas. Como se ele fosse um farol para meu coração ferido, meus pés caminharam até chegar ao lado de sua cama. O piso de madeira rangeu sob meus pés. Seu corpo ficou ereto e ele piscou contra a luz da lua.

— Phebe?

Não falei nada. Simplesmente levantei a coberta sob a qual ele estava deitado e entrei. Deixei seu cheiro de cigarro acalmar meus nervos enquanto me acomodava no travesseiro. Encarei seus olhos e me aproximei de seu corpo quente, nós dois mal cabendo no pequeno colchão. Repousei a cabeça contra o ombro de AK e fechei os olhos.

Seus braços me envolveram e ouvi sua respiração em meu ouvido. No conforto de seu abraço seguro, deixei o sono me levar. E pela primeira vez na vida, deitei-me na cama com um homem e simplesmente dormi.

Meu corpo protegido em seus braços...

... E talvez minha alma também.

CAPÍTULO QUINZE

AK

— Você quase conseguiu dessa vez — zombei e Phebe bufou, frustrada. A árvore mais próxima de nós estava lascada novamente. Porra, a cadela melhorava a cada dia, mas atirar não era fácil. Eu sabia disso.

Ela estava melhor hoje. Dormiu por quase um dia inteiro depois de toda a merda que me contou. A cadela teve uma filha. E pior, aqueles idiotas filhos da puta a levaram embora e agora ela estava sabe-se lá onde. Não era de admirar que a cadela se perdeu em meio à névoa do álcool.

Minha mente vagou para Zane, meu sobrinho, e lutei contra a porra da vergonha que também me dominava. Phebe havia perdido um filho e eu tinha perdido... tudo...

Phebe se inclinou para mim e escondeu o rosto no meu peito, afastando-me dos meus pensamentos. Ela olhou para cima e disse:

— Não consigo nem atingir o alvo no centro dessa árvore. — Apontou para a árvore mais distante. — Quem poderia acertar aquilo? — Balançou a cabeça.

Olhei para a árvore à qual ela se referia e dei de ombros.

— Eu.

Ela ficou boquiaberta.

— *Você* consegue acertar? — Ela me olhou com ceticismo. — Sei que deve ser um bom atirador, mas tenho certeza de que nem você consegue acertar aquele alvo.

Sorri com sua descrença. A cadela não tinha a porra da ideia. Tirando a arma de sua mão, dei um passo à frente e tomei minha posição. Eu podia sentir seus olhos em mim, mas bloqueei Phebe do meu pensamento. O mundo sumiu ao meu redor enquanto eu ficava completamente imóvel. Foquei no alvo. Cancelei tudo ao redor, exceto o alvo.

Meu foco se tornou nítido, inquestionável. Movi o dedo no gatilho e, com a facilidade de anos de prática, enviei a bala voando pelo ar e direto para o centro do alvo. Abaixei a arma, sentindo a mesma adrenalina que sempre sentia. Virei-me e encarei Phebe. Ela estava me observando, olhos arregalados e boca ligeiramente aberta.

E estava linda pra caralho. A cadela estava deslumbrante, toda sardas e olhos azuis.

— AK. — Ela deu um passo à frente, os olhos agora no alvo. — Como...? O quê? — Ela lutou para terminar suas palavras. — Como você fez isso? — Olhou para a arma em minhas mãos e balançou a cabeça com desconfiança. — Há algo que você não está me dizendo.

Meu estômago apertou e virei a cabeça para o outro lado.

— Não, aprendi a atirar aqui quando era criança, só isso. Melhorei com a prática e fiquei mais experiente ainda com os Hangmen.

Juntei as armas e me dirigi para o chalé. Phebe me seguiu enquanto eu guardava tudo no baú e, em seguida, entrei na casa. Sua mão deslizou na minha, me pedindo para parar. Seus olhos azuis procuraram meu rosto.

— Por que você pode atirar assim? — perguntou, com mais firmeza desta vez.

Eu não disse nada em resposta e ela apontou para um armário do outro lado da sala.

— Por que aquele armário está trancado? — Eu sabia do que ela estava falando, mas nem imaginava que a cadela havia notado. — Por que estamos aqui neste chalé, AK?

Tentei engolir o aborrecimento que subiu pela minha garganta. Eu tinha visto a cadela em sua bebedeira, ouvi quando me contou sobre sua filha, mas aqui estava ela querendo me dar sermão?

— De quem são as botas perto da porta?

Suas palavras bateram em meu peito. Eu podia sentir minhas paredes se erguendo, empurrando a cadela para fora. Phebe havia conseguido passar pelas minhas defesas, mas agora estava querendo ir longe demais. Ela deixou todas as suas merdas do passado escancaradas, mas isso não significa que era hora de eu fazer o mesmo.

— Eu vi você. — Ela apertou meu braço com mais força. — Eu o vi limpando aqueles calçados. Testemunhei você segurando-os contra o peito. — Phebe se aproximou. Eu queria me afastar, mas minhas pernas não se moviam. — Eu vi você derramar lágrimas sobre elas.

— Deixe isso pra lá — avisei. Minha bochecha se contraiu de raiva.

— AK, por favor... fale comigo — ela pediu, com os olhos cheios de lágrimas. — Eu... Eu confiei em você. Por favor, confie em mim também. Eu posso ver o fardo que você carrega.

Perdendo o controle, puxei Phebe para mais perto e rosnei:

— Não tente sua merda de sedução comigo, Ruiva. Você não está pronta para o que eu poderia falar. Se acha que sua história é ruim, você não viu nada ainda. — Eu trouxe seu rosto o mais próximo possível do meu. — Então, corte essa merda e dê o fora.

Soltei seus braços e peguei as chaves da caminhonete do balcão. Passei apressado pela porta, ouvindo Phebe chamar meu nome às minhas costas. Fui incapaz de parar. Entrei na caminhonete e saí pela estrada. Eu dirigi a esmo até chegar a uma loja. Comprei uma tonelada de comida que não precisava, depois peguei uma garrafa de uísque na prateleira de cima. Abri a tampa e o líquido estava escorrendo pela minha garganta antes mesmo de eu sair da loja. Sentei-me na caminhonete, sentindo a queimação que eu precisava para me tirar do limite. Ri com a ironia. Livrei Phebe da bebida, mas aqui estava eu como um filho da puta, afogando as memórias que aumentaram dez vezes desde que ela me contou sua história.

Essa porra de chalé. Essas botas do caralho. As armas, as roupas no armário... aquele maldito armário trancado.

Meu celular vibrou no bolso; agora que estava longe da cabana, havia sinal de telefonia.

Tanner.

— Sim?

— Finalmente. Queria que soubesse que os homens de Meister sabem que fomos nós. Confirmei *hackeando* o sistema de e-mail. Eles não fizeram nada ainda, mas queria te manter informado. Styx e Ky têm tudo sob controle, mas querem que você fique atento para quando decidir voltar. Você precisa se cuidar na estrada.

Suspirei, sentindo o uísque entorpecer os pensamentos sombrios na minha cabeça.

— Okay — eu disse. — Tanner?

— Sim?

— Você é bom em rastrear pessoas? Encontrar pessoas desaparecidas e toda essa merda?

— Tipo isso. Por quê?

— Preciso que encontre uma jovem cadela da seita. Sapphira, sem sobrenome. Teria quatorze anos agora. A mesma merda que aconteceu com Mae e Phebe.

Ela pensava que a filha estava segura em outro país, mas eu conhecia filhos da puta como Judah, e aquele cuzão nunca fez nada bom. Eu duvidava que ela estivesse no lugar onde ele havia dito que a enviara. Então, eu precisava verificar.

— Ela estaria morta, não é? Se ela era da seita...?

— Ela foi enviada para algum lar de idosos ou alguma merda do tipo. Talvez no exterior. Onde o Profeta Cuzão mandava seus velhinhos morrerem longe da Comuna. Pelo menos foi o que ele disse. Não tenho certeza se é verdade.

— Certo — Tanner respondeu. — Deixa comigo. Vou fazer algumas pesquisas.

— Obrigado, irmão. — Desliguei o celular e inclinei a cabeça para trás contra o encosto do banco.

Inspirei profundamente, então tomei outro gole do uísque. Pensei na expressão de Phebe enquanto gritava com ela, seus olhos perdidos e lágrimas enquanto eu saía furioso pela porta, chateado com ela por trazer todas as minhas merdas à tona.

— Porra! — praguejei e liguei o motor.

No momento em que cheguei ao chalé, estava completamente tonto e minha cabeça parecia uma tonelada mais leve. E o melhor de tudo, esses pensamentos de merda haviam sumido e ficado em segundo plano. Um ruído oco na minha cabeça, ao invés da bateria de uma banda de metal.

Pegando as sacolas de comida que nem precisávamos, abri a porta e congelei no lugar. Phebe estava sentada no chão ao lado do armário trancado. Não, o armário que agora estava aberto, e com o conteúdo espalhado ao seu redor.

Phebe nem mesmo se sobressaltou quando me viu parado ali, encarando-a com o semblante fechado. Ela lentamente ergueu a única foto que eu não via há anos. Aquela que costumava ter um lugar de destaque neste chalé, uma cópia da que ficava na casa de Tina e Devin, logo acima da lareira.

— Este é você quando jovem. — Phebe virou a foto para que eu não tivesse escolha a não ser olhar para ela. Ver cada um dos rostos sorridentes foi como se eu tivesse recebido vários socos no estômago. Quando Phebe apontou para a pessoa no centro, vestida em azul-marinho, com cabelo raspado e um sorriso enorme, porra, eu não consegui respirar. — AK, é você, não é?

— Eu disse para não mexer nessa porra de armário — eu disse, sombriamente. Minhas mãos que seguravam as sacolas de comida tremiam. Estremeci quando a raiva incandescente me rasgou. O uísque queimou até virar um maldito vapor em minhas veias, mas eu não conseguia tirar os olhos daquela porra de foto.

— As botas — Phebe continuou, ignorando o fato de que eu estava lá fervendo, me desfazendo. Ela passou o dedo pelas minhas botas na foto, depois pelas da pessoa ao meu lado. Aquele a quem eu não conseguia mais olhar. — O outro par de botas também. — Quando sua respiração falhou e seus lábios se espalharam em um sorriso triste, seu dedo traçando o rosto de Zane, seu lindo e sorridente rosto, perdi o controle.

Joguei as sacolas em minha mão pela sala e as ouvi se chocando contra a parede. O conteúdo caiu e se espalhou pelo chão. Minhas mãos se fecharam em punhos enquanto eu lutava para conter a raiva incandescente que corria em minhas veias.

Phebe, pela primeira vez lendo o perigo à sua frente, com precisão, ficou de pé e voltou para a porta de seu quarto. Sua pele beijada pelo sol empalideceu enquanto eu a encarava.

— Desculpe-me — ela disse, lutando para encontrar a maçaneta. Lágrimas transbordaram de seus olhos quando ela deslizou pela porta, como se soubesse a dor que aquelas malditas fotos causaram dentro de mim. — Eu sinto muito, AK — murmurou por trás da porta trancada.

Meus pés estavam enraizados no chão quando vi a pilha de molduras e álbuns que não viam a luz do dia há anos. O uísque estava do outro lado da cozinha, intacto, o conteúdo restante pronto para ser ingerido. Peguei a garrafa, tirei a tampa e engoli o uísque como se fosse água. Andando de um lado para o outro, tentei pensar em outra coisa, para impedir os pensamentos que se atropelaram ao ver aqueles rostos novamente.

Os rostos que mais significaram para mim em minha vida. As pessoas que eram tudo para mim... meu lar.

Sem perceber que tropecei – os efeitos da bebida –, minha bota esmagou algo de vidro. Parei e olhei para baixo, vendo a foto que Phebe estava segurando agora sob o meu pé e com a moldura quebrada. Em pânico ao vê-la arruinada, recuei e na mesma hora a peguei no chão. Meus olhos pousaram na imagem e um som angustiado deixou minha boca.

Minha mão estava tremendo de novo, mas agora não era de raiva.

Recuei até minhas costas baterem na parede. Minhas pernas cederam enquanto eu encarava a foto, olhava para todos nós sorrindo, felizes, Zane em meus braços. Pisquei quando minha visão ficou turva, em seguida, lágrima após lágrima caiu na moldura quebrada.

Gritos de "*Oorah!*" ecoaram em minha cabeça. O sol, areia e sangue. Deixando os soluços escaparem pela garganta, abracei a foto em meu peito. Quando a puxei de volta, meu olhar aterrissou nas botas. Os malditos coturnos.

Suas botas.

Minhas botas.

Lado a lado, como sempre planejamos.

Fechei os olhos, não querendo voltar lá. Mas não pude evitar. Eu tinha deixado as memórias de lado por muito tempo, e essa merda não iria ficar lá para sempre...

Os F-15E[10] chegaram, explodindo edifícios e alvejando os insurgentes. Bones e eu ficamos quietos, esperando o sinal para acabar com qualquer um dos inimigos que sobraram. Dois. Havia dois, e eu enviei balas direto em suas cabeças, sem nem pensar.

Devin.

Eu precisava chegar até Devin.

Saindo da minha posição, corri para o prédio onde eu havia visto Devin pela última vez. Corpos, tanto fuzileiros navais quanto insurgentes, estavam espalhados pelo chão.

— Devin! — gritei, virando corpo após corpo, procurando pelo meu irmão. Uma mão pousou no meu ombro, tentando me deter.

Bones.

Eu o afastei e retornei para a busca.

— Ele não está aqui — murmurei quando chequei o local todo duas vezes. Virei a cabeça, o ar seco aderindo à minha pele. — Ele não está aqui! — Meu coração disparou enquanto eu continuava procurando. Onde ele estava? Onde estava o meu irmão?

— X. — A voz de Bones veio carregada pelo vento.

Detectei a preocupação em seu tom. Cada passo para onde ele estava era um tormento. A fumaça se dissipou e vi meu observador segurando algo na mão. Uma foto. E eu conhecia aquela foto, porra. Eu tirei essa maldita foto. Zane. Zane nos braços de Devin.

Minhas mãos não paravam de tremer enquanto eu a pegava de Bones e olhava para baixo.

— Onde ele está, porra?! — perguntei com a voz embargada. Bones não disse nada. Um comando veio do rádio, dizendo para nos reagruparmos.

Bones me levou de volta para o local onde o restante da tropa estava e ouvimos enquanto o Sargento Lewis informava a todos. Seis homens tinham sido levados pelos insurgentes, incluindo o Tenente Deyes. O tempo todo em que, Lewis – o melhor amigo de Devin —, estava falando, encarei o rosto de Zane, Devin rindo enquanto seu filho ria também. E senti algo em meu coração que me dizia que nada mais seria o mesmo daquele dia em diante. Eu podia sentir isso...

10 Aviões de caça bombardeiro.

Minhas pernas estavam dormentes quando se estenderam à frente, minhas mãos ainda segurando a foto. Virei a cabeça latejante para o lado e vasculhei as fotos até que vi a borda irregular da que eu mais procurava. Tirei de um álbum. As bordas estavam rasgadas e chamuscadas. Mas, ainda assim, fui brindado com o rosto sorridente de Zane. O sorriso risonho e orgulhoso de Devin. Eu o levantei até o nariz e fechei os olhos. Ainda cheirava àquela merda de deserto. Àquele cerco quando tudo mudou. Ainda era capaz de ouvir as granadas, os gritos dos inimigos e dos fuzileiros navais... O som do meu rifle disparando tiro após tiro, Bones me dizendo que eram tiros certeiros.

— Dev. — Senti meu estômago revirar. Inclinei a cabeça para baixo e chorei. Chorei, ensopando minha camiseta. Chorei, segurando as duas malditas fotos.

Não a ouvi sair do quarto, mas quando senti seus braços me envolverem, não consegui afastá-la. Mergulhando em seu abraço como um maricas, deixei todos os anos de emoção reprimida se derramarem de mim como um rio. E eu simplesmente a abracei.

Phebe me embalou em seus braços.

— Eu sinto muito — ela sussurrou em uma voz rouca. — Desculpe-me por ter olhado... — Suas palavras me fizeram desmoronar ainda mais. Mas eu segurei as fotos em minhas mãos como se fossem minha tábua de salvação. Meu único vínculo com a família que eu adorava, e pela qual eu teria feito qualquer coisa.

Não sei quanto tempo ficamos sentados lá, Phebe me segurando, enxugando minhas bochechas enquanto eu me perdia. Seus dedos afastaram meu cabelo úmido do rosto enquanto eu arfava. Ela moveu o uísque para o lado, sem nem mesmo olhar para a garrafa.

— Vem. — Levantou minha cabeça de seu colo. Eu me sentia pesado. Cada parte minha parecia pesada pra caralho. — Deite-se comigo. — Ela ficou de pé. Eu mantive as fotos contra o meu peito enquanto obrigava minhas pernas a se moverem. Phebe me levou para o quarto em que eu dormia. Aquele onde eu guardava memórias demais para ser capaz de dormir em paz. Descalcei as botas e me sentei na beirada da cama.

Não conseguia largar as fotos.

— Deite-se e descanse a cabeça. — Phebe se acomodou primeiro. Ela estendeu os braços, e precisando de alguém para assumir a liderança dessa vez, deitei-me ao seu lado, recostando a cabeça em seu peito. — Shhh... — Phebe me tranquilizou, passando as mãos no meu cabelo. — Durma.

Usando a voz dela para me acalmar, fechei os olhos.

Eu estava cansado, tão cansado.

— Durma. Estarei aqui quando você acordar. Eu vou mantê-lo seguro. — Ouvi suas palavras, porém eu já estava sendo dominado pela escuridão. Quando senti o cheiro pútrido de sangue e urina, soube que era para visitar um sonho que nunca mais quis ver...

— Quatro semanas. — Meu joelho quicou para cima e para baixo na parte de trás do caminhão blindada. — Estão com ele há quatro semanas.

— Ele vai ficar bem, X — Bones disse. — Ele é forte. Ele vai ser um dos dois.

Assenti com a cabeça, querendo acreditar, mas não tinha certeza se conseguia. A equipe da Inteligência havia voltado para o acampamento. Tortura, dizia o relatório. Quatro mortos: dois decapitados, um enforcado e um com um tiro na cabeça.

Dois sobreviventes.

Apenas dois fuzileiros sobreviveram... mas haviam sido torturados.

Muito machucados.

E nós estávamos indo ao resgate.

Segurei a arma quando o caminhão chegou a um local isolado. Saímos e assumimos nossas posições. Bones e eu encontramos o ponto mais alto que podíamos: uma velha torre abandonada.

— Você já tem visão? — o Sargento Lewis perguntou através de nossos fones de ouvido.

— Sim, senhor.

Bones ficou em silêncio enquanto eu me preparava para atirar.

— Três — Bones comunicou, e detectei a pitada de excitação em sua voz. Ele me deu as coordenadas e mandei as balas voando. — Tiro certeiro — Bones disse e me direcionou para outra posição. — Tiro limpo — repetiu.

Então, todo o inferno desabou quando os homens em terra se moveram. Armas dispararam, gritos e berros ecoaram pela cidade árida. Mas escutei os comandos de Bones, atirando e abatendo, atirando e abatendo, mantendo meu foco como um bom atirador deve fazer.

— Limpo! — o Sargento Lewis informou pelo comunicador. Desconsiderando as ordens para permanecer no meu lugar, corri da torre para o prédio onde os prisioneiros estavam sendo mantidos. Ignorei a voz de Bones atrás de mim me dizendo para parar, porém fui incapaz de me deter. Podia ser a porra do meu irmão lá.

Companheiros soldados tentaram me impedir quando entrei no prédio e segui o som dos médicos dando ordens. O chão estava coberto de cadáveres e ouvi os sons dos insurgentes sobreviventes gritando em outra sala. Meu coração martelava no mesmo ritmo dos meus pés correndo até que cheguei a um quarto nos fundos. Vacilei com o cheiro que senti. Mijo, merda e sangue.

Preparando-me para o pior, entrei na sala e olhei à esquerda. Dois homens estavam sendo tratados pelos médicos. Nada além de pele e ossos, cobertos de sangue e hematomas.

Mas eu precisava saber. Eu precisava saber se meu irmão ainda vivia.

Empurrei os homens para fora do caminho e congelei quando vi um par de olhos familiares me encarando. Escuros, assim como os meus. Mas isso foi tudo que reconheci. Seu rosto estava preto e azul. Marcas de facas e ferimentos à bala marcavam sua pele nua. Alguns de seus dentes faltavam e dois de seus dedos foram amputados.

— Dev. — Eu caí no chão. Mesmo perdido como estava, quando seus olhos encontraram os meus, um som aflito vibrou em seu peito. Inclinei-me para frente e segurei a mão que não estava ferida. — Estou aqui, Dev. Estou aqui, porra.

Apertei sua mão e chorei quando ele tentou retribuir o gesto.

— Eu não vou a lugar nenhum. — Enfiei a mão no bolso e tirei a foto dele e Zane. — Bones encontrou, Dev — eu disse e observei seu único olho não inchado, se fechando e enchendo de lágrimas. — Guardei para quando encontrasse você.

— Filho — disse uma voz rouca ao meu lado.

— Sargento. — Olhei para Lewis, percebendo seu semblante também devastado. — Precisamos retirá-lo por via aérea. É urgente.

— Okay. — Inclinei-me para beijar a cabeça de Dev. — Vejo você logo, okay, Dev? Aguente firme. — Soltando sua mão fraca, coloquei a foto lá. Os dedos de Dev a seguraram o mais forte que podiam. Quando os médicos o ergueram, eu disse: — Não o deixe perder essa foto. Faça-o olhar para a foto se as coisas ficarem ruins. — Minha voz era quase inaudível. O médico me garantiu que faria como pedido.

— Lá fora, filho. — Lewis indicou para eu sair do local. Fiz o que ele disse, andando como um maldito fantasma pelos corredores.

Tudo o que eu conseguia pensar era no estado em que Dev se encontrava. Os dedos ausentes, os dentes quebrados, as marcas de faca, os ferimentos de bala e seus olhos cheios de lágrimas quando me viu... quando viu a foto de seu filho.

Esses malditos filhos da puta. O que infernos fizeram com ele? Cortando, deixando-o faminto, fazendo com que ele se deitasse em sua própria merda.

Filhos da puta!

Parei quando ouvi um barulho à minha esquerda. Os sons abafados dos insurgentes vinham de trás de uma porta próxima. Escutei suas fodidas vozes abafadas e senti meu sangue ferver.

Eles machucaram meu irmão. Eles tocaram no Dev.

Olhei para a porta fechada e meus pés se moveram sem pensar. Enfiei a mão no bolso e peguei minha faca. Eu nem sequer olhei para trás quando entrei no quarto e fechei a porta atrás de mim. Três homens olharam para mim. Três homens amarrados e sentados contra a parede.

Mesmo assim, eles começaram a balbuciar algumas merdas, mas eu não consegui entender uma palavra. E mesmo se entendesse, eu não daria a mínima. Acabei de ver seus cadáveres na minha cabeça. Eu vi o sangue de cada um deles se acumulando no chão.

Apertei a faca com mais força. Meus pés se moveram para frente e o vermelho borrou meus olhos quando cheguei ao primeiro homem. Ele começou a se mexer no chão, tentando fugir. Mas ele era meu e não ia a lugar algum.

Levantei a faca e cortei sua coxa, me certificando de atingir a artéria femoral. Passei a lâmina em seu estômago e sorri quando suas entranhas derramaram do corte. Golpeei novamente e novamente. O sangue respingou em meu rosto enquanto eu ia para o próximo homem, cortando sua garganta e ouvindo-o gorgolejar com seu próprio sangue. Depois o terceiro. Golpeei seus corpos, causando mais dor a eles do que era possível no pouco tempo que eu sabia que possuía, e o tempo todo, eu fazia isso com a porra de um sorriso no rosto.

— Xavier! — Reconheci fracamente a voz de Bones, mas não parei. Nada me deteria agora.

— Deyes! — Uma voz mais alta explodiu, então alguém me agarrou pela cintura, me afastando das mortes que reivindiquei. Lutei contra quem tenha me puxado até que eu estava preso no chão, minha faca arrancada de meus dedos. Olhei para o lado e sorri ainda mais quando vi os cadáveres caídos contra a parede. Cadáveres que mal se pareciam com humanos. Filhos da puta que pagaram por terem torturado meu irmão.

— Levem ele daqui! — Lewis ordenou, uma nota de pânico em sua voz, e fui levado para fora. O sangue de suas mortes cobrindo minhas mãos.

Fui jogado em uma pequena cabana. A porta se fechou atrás de mim. Enquanto estava sentado em silêncio, olhei para as mãos ensanguentadas e não senti nada além de orgulho. Mas não demorou muito para que meus dedos sempre firmes começassem a tremer. Não demorou muito para que os pensamentos sobre Devin e o estado em que ele se encontrava me atingissem. Não demorou muito para que as lágrimas viessem grossas e rápidas, a adrenalina desaparecendo e a realidade me atingindo.

A porta se abriu e Lewis entrou. Sargento Lewis – o melhor amigo de Devin e meu superior. Ele começou a andar de um lado ao outro, perdendo o controle. Ele me encarou e, em seguida, balançando a cabeça, repetiu inúmeras vezes:

— Merda!

Eu o observei, entorpecido. Eles poderiam me prender. Eu não me importava. Aqueles filhos da puta estavam mortos. Isso era tudo com o que eu me importava agora.

— Aqui está o que vai acontecer. — Lewis ficou imóvel. Seu rosto estava vermelho

e seus olhos dispararam de um lado para o outro como se ele estivesse debatendo algo em sua cabeça. — Todos aqueles filhos da puta foram mortos no ataque. Sem sobreviventes. — Pisquei, insensível e indiferente enquanto ele se agachava diante de mim. — Que porra você estava pensando, X?

— Eles o machucaram — rosnei. — Eles precisavam morrer.

— Seu irmão é o melhor fuzileiro naval que conheço e, mais do que isso, ele segue as regras, honra nossa bandeira. Ele nunca teria feito uma coisa dessas se estivesse no seu lugar. Você sabe o que poderia acontecer com você se isso fosse descoberto?

— Eu não me importo. Eles acabaram com o meu irmão. Eles mereciam morrer. Não dou a mínima para o que acontece comigo agora.

Lewis passou a mão pelo rosto, exasperado.

— Se limpe. Eu tenho que descobrir o que fazer com toda essa merda. Todos nós temos que alinhar nossas histórias. Esqueça que isso aconteceu, okay?

Eu me levantei, sem dizer merda alguma. Lewis agarrou meu braço e me puxou de volta para encará-lo.

— Dev salvou minha vida mais vezes do que você imagina. Essa é a única razão pela qual estou indo contra todos os códigos éticos e morais, X. Devo a Dev, e depois do que aconteceu, tenho a certeza de que não vou deixar você ir para a Corte Marcial.

Saí pela porta, apenas para ver o prédio que mantinha meu irmão em chamas, chamas altas e fumaça se formando em um túnel no ar.

— Os idiotas botaram fogo quando chegamos, mas conseguimos tirar nossos homens primeiro — o sargento Lewis disse atrás de mim. Eu sabia que essa era a cobertura que eles estavam usando para esconder meus crimes.

Mas enquanto eu lavava o sangue das minhas mortes em um riacho próximo, não pude deixar de sentir orgulho por elas. Aqueles filhos da puta mereciam morrer. E se eu tivesse mais tempo, sabia que teria feito muito pior...

Arfei, acordando, e me endireitei. Olhei para o final da cama. Lá estavam eles. Alinhados para me visitar novamente. Os malditos insurgentes, pingando sangue, suas entranhas espalhadas e gargantas cortadas. Eles me encaravam com olhos escuros como buracos negros.

— Vão embora — ordenei e rastejei para a cabeceira da cama. Mas eles não se moveram. Eles apenas me olharam. Era tudo o que eles sempre faziam.

E então eu os vi às suas costas, partindo meu coração em dois. Esses com quem eu me importava.

— Não — implorei, os braços estendidos. — Por favor. Por favor, não voltem para mim... — Minha voz sumiu enquanto eles ocupavam seu espaço usual ao lado dos insurgentes.

Todos eles me encaravam com olhos mortos, a pele macilenta e fina como papel.

— Por favor. — Senti o resto da minha determinação, minha força, se desfazendo. Minhas bochechas ficaram molhadas enquanto eu enfrentava todos eles, os terrores que não me deixaram em anos. Minha culpa voltou à tona. — Me deixem em paz! — gritei. — Por favor... apenas me deixem em paz — resmunguei, sem energia sobrando, e tentei respirar.

A porta do quarto se abriu e Phebe entrou correndo.

— AK? — Ela olhou ao redor do quarto em pânico.

— Leve eles embora daqui. — Apontei para o final da cama. — Faça com que eles vão embora. Por favor...

— Quem? — perguntou, suavemente.

— Eles. — Apontei para cada um de seus rostos fodidos. — O sangue está espalhado pelo chão.

— AK... — ela sussurrou, então subiu na cama com o maior cuidado.

— Onde você estava? — perguntei quando sua mão tocou meu rosto.

— Eu estava pegando um pouco de água. Eu tinha acabado de sair do quarto. Mas estou aqui agora. Calma...

Encarei seus olhos azuis e confessei:

— Eu os matei.

Phebe ficou tensa ao meu lado.

— Quem?

— Eles — eu disse e apontei para o final da cama. — Eles machucaram meu irmão. Eles quase o mataram, então eu os matei também. Eu os matei como eles mereciam. Mas agora eles não vão embora. Eles nunca vão embora. Nem eles... — Apontei a mão trêmula para as duas pessoas que mais me assombravam.

— AK, você não está fazendo sentido. — Ela se aproximou do meu lado, pegou minha mão e apertou com força. Olhei para seus dedos finos entrelaçados aos meus.

— Ele teve Estresse Pós-traumático — eu disse, com a voz quase inaudível. — Eles o levaram para um hospital nos meses em que eu ainda estava servindo pelo resto do meu tempo. Eu não pude vê-lo... Ele foi trazido de volta ao Texas. Eu não sabia o quão ruim estava até voltar para casa. E voltei para descobrir que meu irmão estava muito fodido... muito além de fodido.

Phebe beijou minha mão e olhei para o seu rosto.

— Eu não sabia o que fazer. Ele estava lá em corpo, mas não estava em sua cabeça. Ele bebia, mas o pior... ele estava usando heroína. Voltei para casa e descobri que meu irmão era um viciado, já fazia uns malditos meses e ninguém tinha me contado porra alguma. Ele ainda estava vivendo no Iraque em sua cabeça. Ainda naquela merda, enlouquecendo. Vivendo a tortura dia após dia. Aquilo nunca acabou para ele.

— Eu não entendo...

— Meu irmão. — Senti a dor somente em dizer essa palavra. — Eu matei meu irmão, Phebe. As botas... suas botas estão perto da porta, suas armas estão no baú. Este é o chalé dele, para onde ele me trouxe quando era criança. Ele está morto e é tudo minha culpa.

Olhei para ele de pé na frente da minha cama, seus pulsos e garganta pingando sangue, seu corpo muito magro e debilitado. Sua mão estava estendida para que eu pudesse segurar, mas não importava quantas vezes eu tentasse pegá-la, para mantê-lo seguro, minha mão simplesmente caía no ar. Eu não conseguia alcançá-lo.

— Foi tudo minha culpa — repeti. — Eu estraguei tudo. Perdi tudo porque estraguei tudo.

As mãos de Phebe apertaram as minhas.

— Então me diga. Conte-me o que aconteceu. Você precisa desabafar, AK. E estou aqui. Não vou deixar você desmoronar. Não vou deixar que eles o machuquem.

Encarei seus olhos e, não tendo mais forças para lutar, contei tudo a ela. Pela primeira vez na vida, contei a alguém.

Eu contei tudo – desde a entrada para o corpo de fuzileiros navais, ao sequestro, à tortura.

O que eu fiz.

E depois...

Ela acenou para mim quando caminhei pelo aeroporto. Puxei a bagagem mais para cima no meu ombro e sorri quando vi o homenzinho se soltando das pernas de Tina. Zane disparou no meio da multidão e se jogou em meus braços.

— Zane! — Eu o abracei com força contra meu peito. — Senti sua falta, amigão!

Zane me abraçou de volta.

— Eu também senti sua falta — Zane disse.

Afastei a cabeça para olhar para ele.

— Merda! Olha como você está grande!

Ele encolheu os ombros.

— Muito grande. — O garoto não estava brincando. Eu não podia acreditar o quanto ele mudou em nove meses.

— Oi, estranho. — Eu me virei para ver Tina parada ao nosso lado. Sorri para minha cunhada, mas rapidamente desfiz o sorriso quando olhei para ela de verdade. Ela estava magra. Seu rosto estava contraído e, porra, ela parecia cansada.

— Oi. — Procurei por Devin no aeroporto. — Onde ele está?

Tina desviou o olhar. Quando voltou a me encarar, seus olhos estavam cheios de lágrimas. Meu coração afundou.

— Papai está no hospital — Zane disse, e eu congelei.

— O quê? — perguntei a Tina.

Ela segurou meu braço.

— Vamos para casa. Vou explicar tudo lá.

Eu a segui pelo aeroporto. Ficamos em silêncio no carro, deixando Zane me contar sobre os últimos nove meses e o que eu havia perdido. Mas tudo que consegui ouvir foi "papai está no hospital".

Quando chegamos em casa, Tina mandou Zane para o quarto dele, enquanto eu me sentava à mesa da cozinha, observando-a fazer um café. Ela se encostou no balcão, e não foi até que vi suas costas tremendo que soube que ela estava chorando.

Pulei da cadeira, ainda vestido com meu uniforme, e a virei para mim. Eu era maior que ela, mas seu corpo minúsculo se inclinou em meu peito. E Tina perdeu o controle. Ela soluçou e soluçou até que foi capaz de respirar o suficiente para dizer:

— Ele nunca voltou, Xavier. O homem que voltou não era meu marido. Ele não era seu irmão.

Fechei os olhos com força, lembrando dele naquele quarto dos fundos do prédio dos insurgentes.

— O que aconteceu?

— Ele voltou para casa, mas se sentava à nossa porta todas as noites com uma espingarda na mão. Ele disse que sabia que eles voltariam para buscá-lo. Disse que iria matá-los antes que chegassem até nós.

— Porra — murmurei e ouvi minha própria voz falhar.

— Foi demais. Eu tive que levar Zane para a casa da minha irmã. Eu não tive escolha. Dev estava deixando nosso menino com muito medo de voltar para casa, então o enviei para Claire. Eu tentei, X. Tentei ajudá-lo, mas foi demais.

— Então eles o internaram? — perguntei com os dentes entrecerrados.

— Claire e Tom o avaliaram. Ele foi internado em um hospital. Ele está lá desde então.

— Qual hospital?

Tina me informou o endereço e eu subi na minha Harley, saindo dali em disparada para o hospital. A equipe médica me agradeceu por meu serviço enquanto eu corria pelos corredores das enfermarias, ainda vestindo meu uniforme. Eu não deveria fazer uma visita, mas quando disse às enfermeiras que acabara de voltar do Iraque, elas me deixaram entrar.

O cheiro de alvejante me atingiu quando empurrei a porta do quarto. Tudo era branco e de aparência fria. Devin estava na cama mais próxima. Meu coração se partiu quando vi seus olhos sem vida apenas encarando o teto.

— Dev? — Lentamente, me aproximei da cama.

Sua cabeça virou para o lado. Seu cabelo ainda era curto, mas apenas aquele detalhe podia ser considerado normal. Meu irmão tinha metade do tamanho de quando era saudável. Cicatrizes marcavam sua pele, mas o pior era a ausência de vida em seus olhos.

Como Tina havia dito, ele estava lá em corpo, mas não em mente. Minha mão tremia quando a estendi e segurei seus dedos. Devin nem mesmo vacilou. Ele apenas continuou olhando como se não estivesse me vendo.

Senti meus lábios tremendo e minha visão embaçou pelas lágrimas.

— Sou eu, Dev. X. Acabei de voltar hoje.

Dev respirou, olhou, mas não disse nada. Encarei a bolsa transparente ao lado dele, me perguntando o que diabos estavam colocando em suas veias. Então vi a dobra de seus braços e as cicatrizes ali marcadas. Um sinal claro de que ele estava se injetando com smack.

— Dev, porra. — Quase desabei na cama, passando um dedo sobre sua mão. — Eu os peguei, Dev — eu disse, calmamente. — Todos. Eles estão mortos. Eu me certifiquei disso.

Olhei para o meu irmão, meu maldito herói, mas seus olhos estavam tão sem vida quanto no instante em que entrei. Então fiquei sentado em silêncio até a enfermeira entrar e me dizer que meu tempo havia acabado. Beijei a cabeça de Dev e me levantei. Quando estava saindo do quarto, um som veio da outra pessoa ali. Olhei para o lado e vi um garoto, da minha idade, talvez mais jovem. Ele estava amarrado à cama pelas mãos e pés, assim como Dev. Caminhei até seu leito e li seu registro médico.

Josiah Cade.

Seus olhos estavam bem abertos e tão pretos que não pareciam reais. Ele também estava sendo mantido sob efeito de drogas sedativas, mas, ainda assim, lutou contra as amarras enquanto eu me postava ao seu lado.

— O que diabos te trouxe aqui também? — perguntei, e o cara parou de se debater. Quando ele parou, vi que seus braços eram repletos de cortes. Uma cacetada de cortes. Mas seus olhos estavam focados em mim. Como se estivesse tentando me dizer algo com seu olhar negro.

E eu não aguentei.

Não aguentava mais nada dessa merda.

Dando-lhe as costas, saí do hospital e dirigi até o bar mais próximo. Um bar de motociclistas.

Uma semana depois, eu era o mais novo recruta dos Hades Hangmen. E então as coisas pioram ainda mais...

— Você não tem que continuar. — Phebe deu um beijo na minha testa.

— Piorou — murmurei e deixei Phebe me abraçar mais forte. — Eu estraguei tudo, e foi aí que as coisas deram completamente errado.

— AK...

— Não! Eu... Eu quero contar. — Encarei os olhos azuis de Phebe, e eu sabia que era a hora. Eu não conseguia mais manter isso para mim...

— Vamos para a sua casa, certo? — Vike perguntou enquanto entrávamos furtivamente no terreno e embaixo da janela.

— Tina foi para a costa com a irmã e Zane. Ela não vai estar lá a semana toda. Ela nunca saberá que ele se foi.

Vike assentiu com a cabeça e entrelaçou as mãos para que eu pisasse e conseguisse subir na janela.

— Vamos então, idiota. Vamos tirar seu irmão daqui.

Eu me arrastei pela janela do quarto do meu irmão e ouvi Viking subindo logo atrás.

— Merda, é ele? — Vike perguntou enquanto me aproximava da cama onde Dev estava.

Os olhos de Dev estavam tão embaçados como todas as vezes em que vim visitá-lo. Meses e meses neste inferno e nenhum progresso havia sido feito.

Arranquei a intravenosa de sua mão e afastei as cobertas do seu corpo. Eu me abaixei e o peguei em meus braços, percebendo que ele pesava quase nada.

— Vamos. — Caminhei até a janela.

Quando estava quase saindo, ouvi um barulho vindo de Josiah na cama em frente. Quando olhei, ele estava nos observando, aqueles olhos negros perdidos. Em todos os meses em que visitei Dev, eu não tinha visto uma pessoa ali por ele. O filho da puta estava sozinho.

— Vike — eu disse, por impulso. — Segure o Dev.

— O quê?

— Faça isso — ordenei. Vike pegou Dev e subiu pela janela enquanto eu cruzava o quarto e libertava Josiah de suas restrições. Escalei a janela, deixando-a aberta assim que passei para que o garoto pudesse escapar. Corremos pelo gramado e entramos na caminhonete escondida. Na cobertura da escuridão, nós disparamos para o chalé e carregamos Dev para dentro.

Colocamos meu irmão em um quarto. Ele estava apagado como uma luz, muito dopado pelas drogas para conseguir se comunicar. Sentei ao lado dele, segurando sua mão. Mas quanto mais eu o observava, tudo em que eu conseguia pensar era no garoto Josiah que havíamos deixado para trás.

— Você acha que ele saiu bem? — perguntei ao Vike que se sentou ao meu lado.

— Quem?

— Josiah. O garoto que soltei.

Vike encolheu os ombros.

— Nem ideia. — Ele apontou para Dev. — Então, que porra fazemos agora?

— Temos que desintoxicar Dev de tudo o que ele está usando.

Cuidamos de Dev a noite toda, mas ele mal fez um movimento. Então, quando a noite se transformou em um novo dia, liguei para um recruta e pedi que viesse cuidar dele para mim, enquanto eu fazia uma corrida de última hora.

Quando o recruta chegou, entrei na sala de estar e encontrei Vike sentado à mesa da cozinha. Ele arqueou a sobrancelha e balançou a cabeça.

— Nós vamos atrás daquele garoto Josiah, não é?

— Tenho que ver como ele está. Se ele é como Dev, sabe-se lá em que estado ele ficará por conta própria. Eu não posso, em sã consciência, simplesmente deixá-lo sozinho. Algo em seus olhos negros me disse que o filho da puta estava gritando por ajuda, mas não tinha como pedir... porra, seus malditos braços com cicatrizes, o jeito que ele simplesmente encara o nada. Não acho que ele tem alguém que se importe com ele. E eu, por mim, não posso deixar isso assim.

Não demorou muito para que o encontrássemos em um beco perto do hospital, rasgando seus braços com a lâmina. O jovem filho da puta olhou para nós quando nos aproximamos, os lábios repuxados sobre os dentes enquanto rosnava. Levantei as mãos, observando seus olhos desfocados tentando – mas falhando – permanecer focados em mim.

— Meu nome é AK. Estou aqui para ajudar. Tirar você desse lugar e para longe daquele maldito manicômio. Eles vão te encontrar se você não vier comigo, e dessa vez, você não vai sair de novo.

Demorou muito tempo para fazê-lo se mover – o garoto claramente não podia ser tocado, a contar pelo surto que deu assim que encostei a mão nele. O irmão olhou para nós do canto do beco, o corpo tenso. Mas quando o restante das drogas em seu sistema levou a melhor, deixando-o desmaiado, nós o pegamos e também o levamos de volta para o chalé.

Vike carregou Josiah para o quarto de hóspedes. Eu o deitei na cama e Vike o olhou pela primeira vez. Voltei para perto de Dev e me sentei ao seu lado, rezando para que ele voltasse a ser o irmão que eu conhecia.

Seríamos X e Dev mais uma vez...

— Mas ele não voltou? — Phebe perguntou e eu balancei a cabeça.

— Ficou pior. Josiah... Flame, apareceu. Ele estava fodido da cabeça, mas conseguia entender. E não sei se foi gratidão ou o quê, mas ele me ouviu. Vike o levou para o complexo dos Hangmen, e ele também se tornou um recruta. Mas Dev... — Parei e encarei seu fantasma no final da cama. Meu peito se apertou. — Ele não conseguia parar de viver em sua própria mente. Ele falava comigo, comia. Mas eu o encontrava do lado de fora no meio da noite, esperando que os homens que o torturaram voltassem.

— AK. — Phebe pressionou a mão na minha testa. — Você está queimando. — Segurei seu pulso e levei sua mão à boca. Beijei a palma delicada e usei a batida de seu pulso para tentar acalmar meu coração. — AK? — Ela chamou. — Você está me preocupando.

— Eu fui chamado de volta para os Hangmen. A guerra começou com os Diablos, e o *prez*, o pai do Styx, precisava de mim. Ele enviou um recruta para vigiar o meu irmão. Eu não tive escolha a não ser ir embora. Eu era o atirador dos Hangmen. Eu era AK. E tive que ir.

— O que aconteceu? — Percebi o tremor de pavor em sua voz.

— Ele se libertou. — Fechei os olhos. — Ele saiu...

— Teve notícias de Bird? — Vike perguntou, falando sobre o recruta que estava vigiando meu irmão.

— Não. — Apertei a mão no volante. — Ele não atendeu à ligação de hoje.

Flame mudou de posição no banco de trás, com as facas nas mãos. Ele nunca ficava longe de mim. De mim ou de Vike. O garoto estava completamente fodido, mas agora ele também era meu irmão. Fodido ou não.

Parei na garagem do chalé apenas para ver que a caminhonete havia desaparecido. Senti o sangue gelar e uma sensação estranha percorreu minha espinha.

— Onde está a caminhonete do Bird? — Pulei do carro em que estávamos. Vike e Flame estavam bem atrás de mim. Levantei a mão, me aproximando lentamente da porta da frente aberta.

Eu vi o sangue antes do corpo.

— Porra! — Vike xingou.

O corpo mutilado de Bird jazia sem vida no chão. Agachei e toquei o sangue, percebendo que ainda estava quente. Meu coração disparou.

— Ele está morto há apenas algumas horas, no máximo. — Fiquei de pé e gritei, com as mãos na cabeça: — Porra, Dev!

Corri para a caminhonete e saí da garagem o mais rápido que pude. Ultrapassei todos os limites de velocidade ao longo do caminho. Tentei falar com Tina em seu celular. Sem resposta, caralho.

— Dev, não tenha feito algo estúpido, porra — eu disse para o ar.

Uma hora depois, parei na garagem para ver uma caminhonete lá... A caminhonete do Bird. O sangue sumiu do meu rosto quando vi que a porta dos fundos estava aberta. Não havia som algum. Não havia vizinhos por quilômetros. Agora, era só eu e tudo o que estava nesta casa.

Meu estômago revirou quando vi o SUV de Tina na garagem, a cadeirinha de Zane na parte de trás.

— Não... — sussurrei e corri pela porta.

Meus pés mal faziam barulho enquanto eu rastejava pela pequena casa, procurando em todos os cantos. Parei na porta da cozinha. Um rastro de sangue, sangue fresco, serpenteava pelo chão.

Minhas pernas tremiam, mas as forcei a continuar, a entrar ali. Um som escapou da minha garganta quando vi Tina no chão. Seu corpo sem vida, com um corte no pescoço e nos pulsos, múltiplas punhaladas no coração. A bile subiu pela garganta enquanto seus olhos mortos me encaravam, seu rosto congelado em uma expressão de choque. Tina... Minha irmã... Minha segunda mãe.

Não...

O pânico tomou conta de mim... Zane. *Corri pela casa, procurando em todos os cômodos em que pude pensar. O último lugar para olhar era o quarto, cuja porta estava fechada. Meu coração batia tão forte que era tudo que eu podia ouvir quando virei a maçaneta e lentamente abri a porta. Eu vi sangue novamente. Sangue ao lado da cama.*

Andei ao redor, me preparando para o que poderia encontrar. O som gorgolejante com sangue atingiu meus ouvidos. Voei ao redor da cama. Dev estava caído contra a lateral, com o sangue escorrendo dos cortes em seus pulsos e garganta. Lancei-me sobre ele e o peguei em meus braços.

— Dev! Não! — O sangue continuava se esvaindo e eu não conseguia fazê-lo estancar. — Dev! — gritei, soluços torturando meu peito. — O que você fez?

— A salvo — ele conseguiu sussurrar de sua garganta cortada. — A salvo...

Fechei os olhos.

— Não! — Eu o embalei em meus braços. — Não me deixe — implorei quando seus olhos começaram a ficar vidrados. — Dev! Não se atreva a me deixar, porra! — Mas ele ficou imóvel em meus braços. Seu sangue estava por toda parte, em minhas mãos, no chão. — Dev? Onde está o Zane? — perguntei quando seu corpo começou a relaxar. Eu o segurei apertado e contei os segundos até que ele ficou inerte.

Trinta e dois segundos.

Lágrimas deslizavam pelas minhas bochechas e se misturaram com o sangue em minhas mãos.

— Dev — sussurrei, balançando-o para frente e para trás. Meu peito estava vazio, meu coração foi arrancado dele. Eu não conseguia respirar. Eu não conseguia respirar!

— Merda — disse uma voz da porta. Virei a cabeça, sem soltar o meu irmão. Vike e Flame ficaram ali, olhando para o sangue. — Irmão — Vike murmurou, o filho da puta sério pela primeira vez.

— Ele a matou. Ele se matou. Ele pensou que ainda estava lá. Que eles iriam buscá-lo novamente... — Mais lágrimas saltaram dos meus olhos. — Acho que ele pensou que a estava salvando, salvando a si mesmo. Ele não iria... ele não é um assassino... — Encarei seus olhos escuros e sem vida. — Ele é a porra do meu irmão... a porra do meu herói...

— Não — Phebe sussurrou enquanto me embalava em seus braços. — AK, não... — ela disse, novamente, e eu sabia que estava chorando também. Phebe enxugou minhas lágrimas, beijou minha pele enquanto me segurava perto de seu peito. — Zane... Onde estava o Zane?

— Com a sua tia Claire. Ela o tinha levado para passar a tarde. — Pisquei e encarei os olhos azuis de Phebe. — Se ele estivesse lá... ele o teria matado também, Phebe. Ele teria feito isso. Seu próprio filho.

— E onde ele está agora? — Ela olhou para a foto de seu rosto jovem ainda na minha mão.

— Não sei.

— Por quê?

— Claire me proibiu de vê-lo. Ela se mudou. Ele... ele nem mesmo foi ao funeral de seu próprio pai. Claire e Tom enterraram Tina separadamente, chamando meu irmão de assassino. Enterrei Dev sozinho, apenas Vike e Flame ao meu lado. Ele nem mesmo conseguiu um enterro pelo serviço militar prestado. — Rolei de costas e tentei respirar. — Aquele garoto foi a porra da minha vida inteira, e eu não o vejo há anos. — Olhei para a foto de todos nós, da minha formatura na Marinha e nem reconheci mais aquelas pessoas. Eu não me reconheci. — Ele deve ter quinze anos agora. — Passei a mão sobre o rosto de Zane. — E eu não o conheço, porra. Nunca irei conhecê-lo.

— AK. — Phebe deitou a cabeça no meu ombro. — Não tenho palavras para dizer. Não sei como ajudar.

Eu a senti em meus braços.

— Você está ajudando, apenas por estar aqui — afirmei. — Você ajuda porque entende. Nenhuma outra pessoa me entendeu como você. — Eu a segurei perto. — Você me entende e eu entendo você.

O silêncio se estendeu enquanto eu olhava para o teto, completamente drenado.

— AK? — A voz sonolenta de Phebe finalmente soou.

— Sim?

— Eles ainda estão aqui?

Fiquei tenso e olhei para o final da cama. Eu sabia ao que ela se referia. Os terrores. Eu me preparei para ver aqueles malditos rostos... mas então soltei um longo suspiro.

— Não — eu disse, a voz áspera, vendo apenas a escuridão da noite. — Eles se foram — respondi, sentindo uma leveza repentina rastejando no meu coração pesado. — Eles se foram.

— Uhmm — ela murmurou e esfregou a bochecha contra meu peito. — Isso é porque você também não tem culpa.

Olhei para o cabelo ruivo de Phebe e pensei em suas palavras. *Você também não tem culpa...*

Não me lembrava de ter adormecido, mas naquela noite finalmente dormi. Por mais de duas malditas horas.

E eu nem sonhei.

CAPÍTULO DEZESSEIS

AK

— Olá — Phebe me cumprimentou assim que abri os olhos. Ela ainda estava deitada ao meu lado, onde tínhamos adormecido na noite anterior. Meus olhos estavam inchados como se eu tivesse levado uma baita surra. Minha garganta doía e minha exaustão era nítida.

— Oi. — Olhei para baixo para ver sua mão ainda na minha. Hesitei quando avistei um raio de luz se infiltrando pela fresta entre a cortina e a janela. — É de manhã? — Passei a mão sobre meu peito nu. Devo ter tirado minha camisa à noite.

— É de tarde. — Ela sorriu. — Dormimos a noite e a manhã inteira. — Seu sorriso se desfez, e ela ergueu a mão livre para acariciar meu rosto. — Como você está se sentindo?

— Exausto.

Phebe estava olhando para mim, claramente querendo que eu dissesse mais. Alonguei o pescoço e pensei na noite passada. Em tudo o que eu havia confidenciado. Esperei pela sensação usual de angústia no peito. A vergonha e a culpa. E estavam lá. Eu tinha certeza de que isso nunca iria embora. Mas hoje estavam... menos intensas.

— Melhor — afirmei e realmente quis dizer isso. — Um pouco melhor.

Seus olhos se suavizaram.

— Que bom. — Ela beijou minha mão novamente. — Estive pensando enquanto você dormia.

— É?

Ela assentiu com a cabeça.

— Eu acho que... Acho que deveríamos nos encontrar, AK. Acho que fomos feitos para encontrar um ao outro, para deixarmos o inferno juntos. — Eu não respondi, não tinha palavras. — Acho que nenhuma solução é rápida, e nenhum remédio vai fazer com que nosso sofrimento vá embora num passe de mágica. Acredito que devemos passar por essa dor que estamos sentindo para podermos seguir em frente. E acredito que qualquer Deus ou poder maior que exista acima de nós nos uniu para que possamos nos curar juntos. Curar um ao outro de uma maneira que nenhuma outra pessoa poderia fazer. — Ela baixou o olhar, e um rubor adorável cobriu suas bochechas sardentas. — Pelo menos é isso que tenho considerado. — Ela deu uma risada. — Mas isso poderia ser apenas eu sendo boba.

— Não. — Coloquei a mão sob seu queixo, levantando seu rosto, esperando até que aqueles olhos tímidos estivessem de volta em mim. — Eu acho que você está certa, Ruiva. Acho que você pode estar certa pra caralho. — Um sorriso radiante iluminou seu rosto. — O que foi?

— Ruiva — ela disse com um suspiro. — Eu gosto quando você me chama de Ruiva.

— Gosta?

— Sim — ela concordou com um aceno com a cabeça.

Eu me arrastei mais e mais perto até que meu nariz tocou o seu e meus lábios pairaram sobre os dela.

— Você sabe do que eu gosto? — Ela balançou a cabeça. — Dos seus lábios nos meus.

Ela engoliu em seco e pressionou a mão no meu peito. No minuto em que sua mão tocou minha pele, meu pau se agitou na minha calça jeans.

— Você gosta? — perguntou suavemente.

Arrastei os dentes sobre meu lábio inferior.

— Uhmm... — Inclinei-me em sua direção e rocei meus lábios aos dela até ouvir um gemido de sua boca. Passei a mão pelo seu braço nu até alcançar a alça fina de sua camisola. Sua pele se arrepiou com o meu toque e eu sorri para todas as sardas cobrindo seu corpo.

— AK... — ela murmurou e fechou os olhos.

— Ruiva?

— Me beije — implorou. Enfiei minha mão por entre os fios do seu cabelo e a beijei com aspereza.

Meus lábios ardiam, efeito colateral da porra do choro intenso. Meus lábios – e os dela – estavam inchados, mas eu, com certeza, não recuaria e nem ela. Minha língua mergulhou em sua boca, e ela gemeu.

Eu não estava com pressa, então não acelerei meus avanços. Estar com ela, assim, era diferente. Nenhuma cadela jamais me conheceu, não dessa maneira. Ninguém nunca soube tudo sobre meus demônios – nem mesmo Vike e Flame sabiam o quão ruim os terrores tinham se tornado.

Mas a Ruiva sabia e eu agora conhecia suas angústias. Soube de seu abuso. A criança. A mesma culpa e vergonha que corriam pelas minhas veias, também corriam nas dela. Afastei-me de sua boca e ela arfou por ar. Eu não parei. Desci meus lábios em seu pescoço, empurrando seu cabelo vermelho para trás no travesseiro. Nós dois ocupando cada centímetro desta cama estreita, mas eu gostava disso. Ela estava aqui, embaixo de mim, ao meu lado, e não importava para onde ela ou eu nos movêssemos, o outro estava lá.

Eu me ajeitei acima dela, puxando-a por baixo do meu corpo. Meus braços flexionaram em cada lado de sua cabeça enquanto eu olhava para ela. Seus olhos azuis estavam arregalados, as pupilas dilatadas.

— Linda pra caralho. — Afastei os fios de cabelo restantes de seu rosto.

— AK... — ela sussurrou, e sua voz abafada parecia conter uma nota de surpresa. Suas bochechas estavam coradas, mas eu ainda podia ver as sardas por baixo da pele rosada.

E então tudo me atingiu. Ela tinha sido prostituída, provavelmente fodida de mais maneiras do que a maioria das cadelas jamais seria em toda a vida. Mas quando se tratava disso, lento, significando mais do que seduzir e gozar, ela estava perdida pra caralho.

Neste aspecto, ela poderia muito bem ser virgem. Porra, eu também. Nunca fiquei com uma cadela assim, cara a cara, olho no olho. Nunca tratei uma cadela com a honestidade estabelecida entre nós, nada deixado por dizer.

E nunca fiquei com uma cadela de quem eu gostasse.

Porra... Eu *gostava* de Phebe.

— Você... você também é lindo. — Ela sorriu com timidez e, nervosa, colocou a mão no meu rosto. Ela disse que sua filha era linda e tímida. Eu me perguntei se ela não tinha passado por uma lavagem cerebral e moldada a se tornar o sonho molhado de um homem, e que talvez ela mesma tenha sido tímida também. Porra, ela possuía beleza de sobra. E agora, ela estava nervosa pra caralho.

Abaixei-me para capturar sua boca, sentir seus lábios contra os meus, e a beijei de leve, para seguir uma trilha de beijos pelo pescoço. As mãos de Phebe envolveram meu cabelo enquanto eu prosseguia mais para baixo – sobre sua clavícula até o decote de sua camisola interromper meus avanços. Olhando de volta para ela, me certifiquei de que ela queria isso, e ergui a bainha da camisola aos pouquinhos, expondo suas pernas, boceta, sua barriga e, eventualmente, seus seios. Como ela não protestou, retirei a peça por cima e joguei no chão. Inclinei para trás e apreciei a vista abaixo de mim naquela cama estreita.

Sua pele era de um branco brilhante, mas perfeita. Minhas mãos pousaram em suas panturrilhas, em seguida, traçaram um caminho sobre suas coxas, quadris, ao longo de sua barriga até que alcançassem os seios. Lenta e suavemente, rocei meus dedos sobre a carne macia, chegando aos mamilos com as pontas dos meus polegares. Ela arfou com a carícia. Encontrei seu olhar; seus lábios inchados estavam semiabertos. Suas costas arquearam quando a toquei, explorando seu corpo. Mas o melhor de tudo – seus olhos nervosos, quando se fixaram em mim, se acalmaram e se focaram.

— Você está bem, Ruiva? — Um pequeno sorriso surgiu em seus lábios e ela assentiu. — Ótimo. — Abaixei a cabeça e circulei seu mamilo com a ponta da minha língua.

Phebe gemeu e se mexeu na cama. Espalmei seu seio, em seguida, chupei o botão inteiro em minha boca. Meu pau martelou contra o zíper da minha calça jeans. Ela tinha um gosto perfeito; então peguei mais. Chupei e lambi até que ela começou a puxar meu cabelo, silenciosamente implorando por mais.

Afastando-me de seus seios, a carne agora molhada e vermelha, lambi seu torso até a barriga. Minhas mãos moldaram seus quadris, mantendo-a no lugar.

— AK... — ela murmurou, repetidamente. Parei entre suas pernas. Meus polegares acariciaram de seus quadris e ao longo do topo de suas coxas. — Por favor... — Phebe implorou enquanto suas pernas se espalhavam mais e sua boceta se abria para os meus olhos.

Seus olhos estavam semicerrados e ela mordia o lábio.

— Vou lamber você, Ruiva — informei, minha voz profunda e rouca. Seus olhos se fecharam e um gemido escapou de sua garganta. — Você quer isso?

— Sim — ela sussurrou. — Por favor...

Não precisando de mais permissão do que isso, eu me arrastei para baixo na cama até que meu peito pressionou contra o colchão e meus pés saíram da cama. Apoiei os cotovelos no colchão e, separando os lábios de sua boceta com meus polegares, me inclinei e lambi ao longo de sua entrada até o clitóris. Os quadris de Phebe rebolaram na cama, e tive que segurá-los para mantê-la no lugar. Seus gemidos eram longos e tão doces quanto sua boceta enquanto eu lambia de novo e mais uma vez. Chupei seu clitóris em minha boca, sentindo-o inchar.

— AK — ela murmurou. — Eu não aguento... é... é... — Parei e levantei a cabeça. Seus olhos desesperados encontraram os meus, suas bochechas em um tom vermelho vibrante. — Perfeito — ela continuou. Sua mão se abaixou e acariciou a minha bochecha. — Tão, tão perfeito.

Vi as lágrimas assomando em seus olhos. Eu a vi olhando para mim como nenhuma cadela jamais olhou antes. Então a chupei outra vez. Chupei seu clitóris lentamente, com cuidado, ouvindo quando ela começou a ofegar. Suas mãos apertaram meu cabelo enquanto eu a sentia contrair ao redor da minha língua. Então Phebe se acalmou e um grito alto veio de seu peito e encheu o quarto. Mas não parei. Eu estava viciado em seu gosto quando ela gozou em minha boca. Chupei sua boceta até que sua mão me afastou.

Eu me levantei e tirei o jeans enquanto observava Phebe exausta na cama, ofegante. Seu cabelo comprido estava esparramado pelo travesseiro, selvagem e indomado.

Chutei a calça para o lado e acariciei meu pau duro. Phebe ficou imóvel e apenas me observou enquanto eu lentamente subia em cima dela, arrastando minha mão por toda a sua pele nua com carícias suaves. Engatinhei pelo colchão até que minhas mãos pousaram em cada lado de sua cabeça. Encarei seu rosto, sem dizer nada. Eu só queria olhar para ela, assim. Sem qualquer merda entre nós. Sem falar sobre paus e foder e querer tomar. Só ela, assim, nervosa e tímida e ofegante por gozar sob minha língua.

— Porra — rosnei e minha língua mergulhou em sua boca. As mãos delicadas envolveram meu pescoço e ela me puxou para perto, como se a cadela não pudesse me soltar. E eu não queria que ela soltasse. Eu estava bem pra caralho onde estava.

Usando meus joelhos para abrir suas pernas, acomodei os quadris até que meu pau roçou sua boceta molhada. Gemi enquanto bebia seus gemidos. Phebe se afastou da minha boca e apenas respirou.

— Eu quero você, Ruiva — sussurrei, minha voz áspera.

— Eu... quero isso — ela murmurou.

Inclinando a cabeça para trás, para que pudesse ver seus olhos, eu disse:

— Eu quero tomar você. Quero tomar essa boceta, essa alma ferida do caralho e esse coração. Você está bem com isso?

Os lábios de Phebe tremeram e seus olhos marejaram. Senti um nó imenso na garganta diante dessa visão.

— Sim — ela respondeu com uma risada embargada, colocando um sorriso nos lábios. — Eu quero isso. — Ela ergueu a cabeça e me beijou. — Me tome... — Phebe sussurrou contra a minha boca.

Gemendo, investi para frente, meu pau deslizando dentro dela, centímetro a centímetro, até que senti como se tivesse chegado em casa.

— Porra! — sibilei enquanto sua boceta contraía ao meu redor. A cabeça de Phebe tombou no travesseiro, e seus dedos apertaram minha nuca. Enterrei o rosto em seu pescoço, inalando seu doce perfume enquanto movia meus quadris.

Minhas costas e músculos do braço flexionaram à medida que eu arremetia contra ela, para frente e para trás. Lento e sem pressa. Nossas respirações eram profundas e pesadas. As mãos de Phebe caíram do meu pescoço, e um gemido ofegante escapou de sua boca. Levantei a cabeça, precisando ver seu rosto. Eu precisava que ela soubesse quem a estava tomando. Eu precisava observar seus olhos.

Engoli em seco quando os vi. E quase perdi o controle de novo quando percebi que lágrimas transbordavam, escorrendo devagar pelas bochechas enquanto eu continuava me movendo suavemente, enchendo-a uma e outra vez, com calma, em um ritmo gentil do caralho.

— AK... — ela murmurou, baixinho. Seus cílios estavam molhados e seus lábios tremiam.

Senti as paredes de sua boceta apertando meu pau e movi meus quadris mais rápido. Mas nunca desviei o olhar do dela, assim como ela também não perdeu esse contato. Quase perdi o fôlego quando vi um flash de vermelhidão viajar pelo seu pescoço e sobre o peito. Seus quadris rebolaram contra os meus e, porra, foi incrível. Ela enrolou os dedos no meu cabelo, em seguida, deslizou-os para baixo para segurar minhas bochechas com carinho. Seus lábios se separaram. Senti sua boceta apertar ainda mais quando ela gozou com um gemido longo e suave. A sensação do seu orgasmo, a visão de seu rosto e aquelas mãos em minhas bochechas me levaram junto. Minhas mãos se fecharam em punhos quando gozei, estocando dentro dela. Parei, gemendo, mas nunca afastando o olhar. Phebe acariciou minhas bochechas enquanto eu relaxava meus braços e prendia a respiração.

Então eu a beijei, sentindo o gosto do sal de suas lágrimas na minha boca, na minha língua. Eu a beijei e beijei até que não tive escolha a não ser me afastar e respirar. Recostei a testa à dela e fechei os olhos. Eu não tinha ideia de como chamar o que acabamos de fazer, mas não era apenas uma foda qualquer.

Como se estivesse lendo minha mente, Phebe sussurrou:

— Fizemos amor. — Recuei para que meu rosto ficasse a apenas alguns centímetros do dela. Seus olhos estavam arregalados e perscrutadores. — Foi isso, não foi? Aquilo foi... fazer amor? — Engoli em seco, sem saber o que diabos dizer sobre isso. *Amor*...? — Já tinha ouvido falar disso antes, mas nunca acreditei que pudesse ser verdade. — Ela sorriu, seu lábio inferior tremendo. Eu não queria nada mais do que abraçar essa cadela e dizer a ela que tudo ficaria bem. — Nunca foi assim antes, não para mim. Isso foi diferente. Eu, com você, foi diferente. Eu... — Ela pensou por um momento. — Estou em paz. — Suas sobrancelhas franziram. — Isso faz sentido? Que você me traz paz?

— Sim — respondi e, enquanto observava seu rosto, percebi que ela fez a porra da mesma coisa comigo. — Você também me dá paz.

Pelo seu enorme sorriso, você pensaria que acabei de dizer a ela que eu era a resposta a todas as suas orações. Porra, eu estava começando a me perguntar se ela se tornaria a resposta para as minhas.

Phebe traçou as linhas das minhas tatuagens e, em seguida, me surpreendeu quando disse:

— E se isso for simplesmente a escuridão antes do sol?

— O quê?

— E se estivermos detidos à meia-noite, AK? Nós dois presos na escuridão de nossos passados. Juntos. E talvez devamos suportar a escuridão por um tempo.

Engoli em seco, os olhos fixos nos dela.

— Mas então, um dia virá o nascer do sol. A escuridão vai acabar e a luz do sol vai entrar. Nascer do sol, AK. Apenas imagine. — Ela sorriu e quase quebrou a porra do meu coração. — Podemos procurar o nascer do sol juntos. Podemos ser o nascer do sol... juntos.

— Sim — murmurei, incapaz de tirar a palavra "nascer do sol" da minha cabeça. Eu queria isso. Eu queria a porra do nascer do sol ao lado da Ruiva.

— AK? — Phebe colocou uma mecha do meu cabelo atrás da orelha. — Podemos ficar aqui um pouco?

— Sim — respondi, sabendo que tínhamos mais uma semana livre.

— Que bom.

Então, fiz amor com ela novamente antes de adormecermos.

E nem um único pesadelo apareceu.

Acordei sozinho, piscando na escuridão da noite. Ainda me sentindo mal da noite passada, por realmente compartilhar meu passado fodido com alguém, saí do quarto. O armário estava fechado, mas sem a fechadura. A comida jogada no chão havia sido guardada. Mas foi a parede que me fez perder a porra do fôlego.

Duas fotos.

Duas fotos penduradas na parede, sustentadas por pregos pequenos.

Zane e Devin em uma, e Tina, Dev, Zane e eu na outra. Não ouvi seus passos ao meu lado, mas sua mão rodeou minha cintura por trás, e ela deu um beijo em meu ombro nu.

— Elas merecem ficar à mostra — Phebe disse, suavemente, então se moveu para o balcão. Ela pegou alguma coisa e trouxe para mim. Tentei ver o que era, mas ela estava na ponta dos pés e enfiando algo por cima da minha cabeça antes que eu pudesse deduzir o que era. Seja lá o que fosse, estava com um cheiro limpo. E quando senti a sensação familiar de metal contra minha pele, eu soube.

A *dog tag*[11] de Devin.

Meu coração batia em um ritmo louco, e não ousei olhar para baixo.

— Tem o nome do seu irmão. Caiu do armário quando eu estava colocando tudo de volta. — Ela fez uma pausa. — Não creio que tenha acontecido por acaso. Acho que significa que você deveria ter e usar com orgulho. — Eu não conseguia falar, mas quase desmoronei quando ela disse: — Você não foi o culpado pelo que aconteceu, e precisa começar a perdoar a si mesmo, ou de que outra forma você seguirá em frente?

— E você?

Ela deu um sorriso débil.

— Vou me esforçar para fazer o mesmo. Eu repasso as memórias de cada vez que a vi em minha mente. Não há o suficiente. Eu deveria ter mais, mas estou começando a entender que isso foi roubado de mim. E... — Ela respirou fundo. — E não foi minha culpa.

— Estou muito orgulhoso de você.

Phebe abaixou os olhos.

— Obrigada. — Encarando-me por entre os longos cílios, ela disse: — Também estou orgulhosa de você.

E porra, eu não esperava o golpe que aquele elogio causou.

Phebe caminhou até o porta-retrato com a foto de Zane e Devin.

— Ele se parece com você e seu irmão. — Ela sorriu. — Mais com você.

— Sim — eu disse, áspero, ainda não acostumado a falar sobre todos eles assim. — Isso é o que Dev e Tina costumavam dizer. Ele era uma miniatura minha.

— Eu me pergunto como ele se parece agora — ela refletiu, e então voltou para a cozinha.

Saí e acendi o fogo na fogueira. Sentei na cadeira reclinável e recostei a cabeça, olhando para o céu. Olhando para as estrelas com o colar de Devin em meu pescoço, me perguntei como tinha sido a vida de Zane. Eu me perguntei se ele amava Claire e Tom como pais. Eu me perguntei se ele se lembrava muito de sua mãe e de seu pai... Eu me perguntei se ele se lembrava de mim, se gostava de motos, como eu e seu pai sempre gostamos. Meu estômago embrulhou... Eu me perguntei se ele odiava Dev pelo que fez... se me odiava.

11 Dog tag – colar de identificação militar.

— AK? — Phebe saiu, carregando algo em seus braços. Seu rosto estava brilhante e animado quando ela o colocou no chão. — O que é isso?

Inclinei para frente para ver o velho toca-discos de vinil de Dev.

— Toca música — respondi, lembrando de como Styx e Ky disseram que as cadelas da seita não sabiam porra alguma sobre tecnologia.

— É sério? — Phebe exclamou e seu rosto se iluminou como uma árvore de Natal. Não pude deixar de sorrir. Sua mão correu sobre o toca-discos e ela suspirou. — Quando costumávamos sair e recrutar, quando pescávamos os homens, sempre tínhamos um propósito. Para seduzi-los. Mas eu tinha um segredo.

Arqueei a sobrancelha em uma pergunta silenciosa.

— Eu adorava dançar. — Ela encolheu os ombros. — Os irmãos que nos levaram me deixavam fazer isso, pois diziam que fazia os homens me quererem mais. Mas eu não fazia isso por eles. Quando a música tocava, todas as minhas preocupações iam embora. Eu perdia... a mim mesma... — Ela riu e balançou a cabeça. — Eu sou uma boba.

Levantei-me da cadeira e voltei para dentro do chalé. Encontrei um cabo de extensão e o estiquei até onde estávamos. Phebe me observou com curiosidade enquanto eu o ligava e o toca-discos ganhava vida. Mexi o pino e não pude deixar de soltar uma risada quando uma música familiar explodiu nos alto-falantes.

Phebe arfou quando a música encheu o ar ao nosso redor.

— O que é?

Voltei para a minha cadeira, esfregando a nuca.

— Bowie. *Heroes*. — Fiz uma pausa. — A música favorita do Dev. Ele costumava tocar essa música o tempo todo. — Então eu também a coloquei para repetir.

Phebe fechou os olhos e se balançou com a batida. Seu vestido branco com ombros de fora se agitou em torno de suas pernas. O longo cabelo ruivo caiu em ondas soltas, roçando sua pele sardenta enquanto ela se movia.

Ela sorriu e se colocou na ponta dos pés. Completamente perdida em seu próprio mundo, Phebe ergueu os braços e seu corpo se moveu com a batida. Seus quadris rebolaram ao ritmo da música... e eu não conseguia desviar o olhar.

Recostei-me à cadeira, mantendo os olhos fixos em Phebe enquanto ela deixava as palavras de Bowie ditarem seus movimentos. E eu vi. Eu vi por que os homens acabavam hipnotizados por ela. O sorriso em seus lábios aumentou enquanto ela dançava, sua pele pálida parecendo um branco brilhante contra a luz do fogo. E então ela abriu os olhos. Ela abriu aqueles fodidos olhos azuis perfeitos e os pousou diretamente sobre mim.

Ela segurou a bainha do vestido na altura dos joelhos e balançou o tecido em suas mãos enquanto se aproximava. E, porra, ela me seduziu. A cadela estava dançando para mim, e eu sabia que era apenas ela. Sem truques, sem treinamento; ela estava apenas sentindo a melodia e fazendo o que queria.

A coisa mais sensual que já vi na minha vida.

A música terminou e depois voltou à vida. Ela riu quando percebeu que estava repetindo, se entregando completamente ao que amava. Não pensando em sua filha, ou no rosto de Lilah. Nem em Meister ou no maldito inferno de onde ela tinha vindo.

Seu olhar travou no meu enquanto ela dançava em minha direção. Phebe levantou a perna e montou no meu colo. Seus braços se fecharam em volta do meu pescoço, e ela inclinou a cabeça para trás, expondo seu pescoço longo e pálido. Seus ombros mantiveram o ritmo e seus quadris pressionaram contra mim. Meu pau endureceu na mesma hora. Ela sentiu, e isso era nítido, porque quando seus olhos baixaram, eles estavam pesados. Abaixei minha mão e libertei meu pau da calça jeans, erguendo seus quadris por um segundo. Ajeitei a ponta na entrada de sua boceta e a guiei para baixo. Seus gemidos foram abafados pela música. Mas ela continuou se movendo com a batida, minhas mãos deslizando por todo o seu corpo. Eu a observei enquanto ela dançava, enquanto ela me tomava.

Ela dançou e dançou até gozar, me levando ao limite junto com ela. Sua cabeça pendeu para frente no meu ombro e ela riu. Inclinei a minha para trás, recuperando o fôlego.

— Eu gosto dessa música — Phebe disse, ofegante.

Assenti com um aceno e sorri.

— Eu sempre gostei. Gosto ainda mais agora.

Ela deu uma risadinha.

— Eu gosto da letra. A conversa a respeito de sermos heróis.

— É?

— Sim. — Ela sorriu e repousou a cabeça no meu ombro. Mesmo assim, ela se manteve em movimento, acompanhando a melodia que se repetiu mais sete vezes.

— Phebe? — Ela ergueu a cabeça. Seus olhos estavam cansados, mas vívidos pra caralho. — Você vai morar comigo quando voltarmos. Você não vai voltar para a casa de Li. Você me pertence agora.

As sobrancelhas vermelhas se ergueram em choque, mas então um sorriso caloroso apareceu em seus lábios.

— Eu pertenço a você — ela repetiu e se recostou em mim, enlaçando minha cintura.

Ela chamou a nossa foda de *fazer amor*. Eu pensei sobre isso, repassando as palavras na minha cabeça.

E, porra, a cadela estava certa.

Ela me fisgou, eu mordi a isca, mas ao contrário dos outros desgraçados filhos da puta, ela nunca me deixaria... porque eu a fisguei também.

Para sempre.

CAPÍTULO DEZESSETE

PHEBE

Uma semana depois...

— Sapphira? — Meus pés correram sobre o chão duro, impulsionados pelas batidas do meu coração. O homem a puxou para um grande edifício. Corri, quase sem fôlego enquanto os seguia para dentro.

Engasguei com o cheiro. Então vi o homem tocando sua perna enquanto a prendia em uma cama e colocava a poção em seu braço. A cabeça de Sapphira caiu para o lado e seus olhos castanhos me encararam sem vida. Seus grandes olhos castanhos, com aquela pinta notável do lado esquerdo.

— Sapphira!

Corri para frente e peguei sua mão. Tudo o que senti foram ossos e frieza. Coloquei contra minha bochecha, tentando acordá-la de seu estupor, mas seus olhos apenas me encaravam.

— Sapphira? — Chorei, sentindo meu coração rasgar ao vê-la em tal estado. Suas pernas estavam machucadas. Seu rosto, ensanguentado. Meu lindo bebê estava sofrendo. Forçada a entrar neste inferno também.

Sua cabeça se virou e eu paralisei.

— Salve-me — ela disse, sua voz vacilante e triste, desprovida de vida. — Salve--me, mãe... lembre-se...

— Lembrar-me do quê? — perguntei, apertando sua mão, mas sua cabeça pendeu para o lado mais uma vez e seus olhos se fecharam. Pulei para frente e sacudi seus ombros muito magros. — Sapphira! Lembrar-me do quê?

Mas não havia nada, nada além do eco de suas palavras sussurradas...
— Salve-me, mãe... lembre-se...

Meus olhos se abriram, mas meu corpo estava paralisado na cama.

— Phebe? — A voz em pânico de AK chegou aos meus ouvidos. Tentei me concentrar em respirar, mas tudo que podia ouvir era o eco residual da voz do sonho de Sapphira me implorando para ajudá-la. Para lembrar de alguma coisa.

— Lembrar do quê? — resmunguei em confusão, minha garganta seca capturando minhas palavras.

O rosto de AK pairou sobre o meu, suas sobrancelhas franzidas.

— Phebe, você estava tendo um pesadelo.

Pisquei e seu rosto entrou em foco e me concentrei em suas palavras. Um pesadelo. Tinha sido um pesadelo? Parecia tão real. Meu coração reagiu como se minha filha estivesse falando comigo na vida real. Às vezes, meus sonhos pareciam memórias. Às vezes, minhas memórias pareciam sonhos. Era impossível saber o que era real e o que não era.

Levantei a mão e olhei para a palma, para os dedos. Eu os apertei em um punho. Porque podia sentir a mão pequena e ossuda de Sapphira na minha. Sentir sua pele fria e seca como se ainda estivesse agarrada à minha.

— Phebe? — AK chamou, novamente, então pressionou seus lábios contra os meus. Meus olhos se fecharam no minuto em que senti seu calor reconfortante se infiltrar em minha pele. Seu beijo foi gentil, persuasivo e, pouco depois, meu corpo relaxou e passei meus braços ao redor de seu pescoço.

Foi um pesadelo. Tinha sido apenas um pesadelo.

AK passou o dedo pelo meu rosto.

— Você está bem?

Respirei fundo, e então assenti com a cabeça.

— Eu... — Engoli em seco. — Eu sonhei com Sapphira. Ela estava em perigo. — Meus olhos arderam quando me lembrei de suas palavras suplicantes. — Ela me chamou de "mãe" — sussurrei, minha garganta travando com a emoção.

A expressão preocupada de AK se suavizou.

— Nós vamos encontrá-la — ele disse e o encarei, confusa. AK deu de ombros e respondeu: — Eu já tenho alguém procurando por ela.

— Você fez isso? — perguntei, mal conseguindo acreditar que ele estava falando a verdade.

— Sim. — Ele desviou o olhar e disse: — Vamos encontrá-la. Onde quer que ela esteja, nós a traremos de volta para você.

Observei este homem... Este homem com os olhos mais gentis que já existiram, então avancei e o abracei com força.

— Obrigada. — Quando me afastei, olhei ao redor do quarto. Por um momento, fiquei confusa sobre onde estávamos, mas então me lembrei que tínhamos voltado do chalé para casa na noite anterior.

Como se estivesse lendo minha mente, AK disse:

— Você adormeceu. Eu a trouxe e te coloquei na cama. — Ele fez uma pausa. — Foram duas semanas intensas.

Eu sorri, lembrando do tempo feliz que passamos no chalé. A cachoeira, a música, o fogo... e fazer amor. Então me dei conta de que havíamos retornado.

— Tenho que visitar a Lilah.

AK assentiu.

— Ela sabe que você está de volta. Ela queria te ver esta manhã, mas eu disse para esperar até que você estivesse pronta.

— Estou pronta. — Levantei da cama e fiquei parada. — Eu... vou dizer a ela por que estava bebendo. — Endireitei as costas. — Contarei tudo a ela. Lilah merece saber. — Beijei a bochecha de AK e fui para o chuveiro.

Depois de me limpar e me vestir, segui para a cozinha.

AK se sentava à mesa com Asher, e, por um instante, fiquei sobressaltada, lembrando-me pouco depois de que ele morava aqui também.

— Phebe, você se lembra de Asher? — AK disse, e o rapaz me deu um aceno com a cabeça, tímido.

— Sim. Olá, Asher.

— Phebe — ele cumprimentou, e em seguida se voltou para AK. — Você tem que ver, AK. Vou te mostrar de novo. Flame não podia acreditar na porra dos olhos dele!

Estava prestes a me sentar ao lado de AK quando ele segurou minha mão e me puxou para seu colo. Asher mal piscou com o movimento. Sentei-me ali, meio sem-graça, enquanto ele explicava:

— Tenho ensinado Lil' Ash a atirar. Enquanto estávamos fora, ele atingiu o alvo mais distante onde treinamos. Da mesma distância que aquele do chalé. — Meus olhos se arregalaram, lembrando de AK acertando aquele alvo impossível.

— Impressionante — comentei.

Asher deu de ombros.

— Tive um bom professor.

Senti o corpo de AK retesar um pouco. Eu sabia por que isso acontecia. Eu sabia que tanto quanto ele claramente adorava Asher, ele estava pensando em Zane. Asher e Zane não seriam tão diferentes em idade.

O sobrinho que ele nunca mais viu.

AK olhou para mim.

— Ash pode levar você para a casa da Li, então irei com ele para o campo de treinamento.

Inclinei-me para AK afetuosamente, a ação se tornando cada vez mais natural.

— Eu vou andando. — Olhei pela janela, para o sol forte. — Está um dia lindo e vou curtir a caminhada pela mata. Eu gosto de andar.

— Tem certeza? — ele me perguntou.

— Sim — respondi e beijei sua testa.

Eu me levantei de seu colo e calcei minhas sandálias. Asher foi para seu quarto e AK imediatamente me puxou contra o seu peito. Fiquei sem fôlego com o contato súbito e comecei a rir. Suas mãos seguraram meu rosto.

— Se ficar difícil, peça para a Lilah ligar no meu celular e vou te buscar. Se você escutar qualquer coisa de que não goste e ficar com vontade de beber, a mesma coisa. Ligue para mim. Eu vou buscar você.

Segurei suas mãos nas minhas.

— Farei isso. Prometo. Mas vou ficar bem. Demorei tempo demais para ter essa conversa com ela.

Aproximei meu rosto e seus lábios tomaram os meus. Gemi, como sempre fazia quando sua língua mergulhava na minha boca. Quando ele se afastou, eu estava sem fôlego.

— Vá — ele disse, com rispidez. — Antes que eu arraste você de volta para o quarto e não a deixe sair pelo resto do dia.

Ri enquanto ele ajustava a virilha de sua calça jeans. Ouvi uma porta se abrir atrás de nós e me virei. Asher estava parado no umbral, o rosto vermelho escarlate.

— Vejo vocês mais tarde — eu disse.

— O jantar será aqui hoje à noite — AK falou. — A maioria dos irmãos virá.

Eu sorri e caminhei até a porta. No minuto em que estava no ar fresco, respirei fundo. Ouvi Asher rir de AK dentro da cabana, e meu coração perdeu uma batida de tristeza. Ele era tão bom com aquele garoto. Era triste que tivesse sido separado de Zane.

Entrei na cobertura de árvores e suspirei, dando boas-vindas ao ar fresco enquanto enchia meus pulmões e acalmava meu coração perturbado. O sonho com Sapphira não saía da minha mente. Eu havia disfarçado minha preocupação na frente de AK, do quanto aquilo tinha me abalado. Depois de tudo que ele estava passando, eu sabia que ele não precisava de mais preocupações em sua vida. Mas não consegui libertá-la da minha mente. O pensamento dela naquela cama, com a poção em seu braço. Seu braço frio... e ela me chamando de "mãe".

Mãe.

— Sapphira — sussurrei contra brisa, tentando interpretar o que o sonho significava. Mesmo quando cheguei à entrada da casa de Lilah, não pude evitar as palavras de Sapphira, suas lágrimas enquanto clamava por socorro...

O som de uma risada aguda me fez estacar em meus passos. Grace saiu correndo da casa com Lilah vindo logo atrás. Minha irmã ria enquanto a pequena gritava e tentava escapar. Mas Lilah conseguiu pegar a menina e erguê-la no ar. Saí da cobertura das árvores, percebendo que elas haviam me visto na mesma hora.

— Phebe! — Grace saltou dos braços de Lilah e correu na minha direção. Seus braços envolveram minhas pernas. Eu ri de sua animação, sua alegria. Quando olhei para baixo, suas sobrancelhas estavam franzidas. — Onde você estava?

Agachei-me para ficar da sua altura e expliquei:

— Tive de me afastar um pouco. Mas estou de volta agora.

— Você não vai morar com a gente?

Balancei a cabeça.

— Não. — Olhei para cima para ver Lilah observando tudo com atenção. — Eu moro com o AK agora.

— Perto da tia Maddie? — a menina perguntou.

— Sim.

— AK é seu marido?

Eu sorri, sem saber como deveria chamá-lo.

— De certa forma — respondi, por fim.

Quando olhei para Lilah novamente, vi a surpresa em seu rosto.

— Grace? — minha irmã a chamou. — Vá ler um pouquinho. Eu preciso conversar a sós com sua tia Phebe.

Tia Phebe. Gostei dessas palavras.

Grace fez o que ela pediu, deixando-nos ali, cara a cara e sozinhas. Lilah se aproximou e segurou minha mão.

— Você... você está melhor?

Uma tristeza repentina me atingiu pelo que a fiz passar.

— Sim.

Seus ombros relaxaram.

— E você está com o AK?

— Sim — respondi, novamente.

Lilah observou meu rosto. E vi mais perguntas vindo em minha direção, mas eu precisava contar tudo aquilo que me propus em dizer antes de perder a coragem.

— Lilah, eu... eu preciso explicar algo para você. — Dei uma risada desprovida de humor, sabendo que a dor que sofri estava prestes a aumentar mais uma vez. — Sobre mim e por que fiz tudo aquilo... por que afoguei minhas tristezas com a bebida. Sobre coisas que aconteceram na minha vida que você não sabe. E eu *quero* que você saiba.

— Ok — Lilah disse, calmamente. Ouvi uma ponta de nervosismo sutil em sua voz. — Venha aqui. — Ela me levou até as cadeiras no gramado.

Sua mão nunca deixou a minha, em um apoio silencioso. E, respirando fundo, contei tudo a ela...

— Phebe... — Lilah disse, com tristeza, quando terminei de falar. Lágrimas escorriam pelo seu rosto. — Onde ela está? Sua Sapphira?

— Não sei. — Abaixei a cabeça. — Mas sonho com ela muitas vezes. Eu a vejo em minha mente todos os dias. Ela está sempre comigo, mas tão distante ao mesmo tempo. — Fiz uma careta. — Ontem à noite, sonhei que ela estava me implorando por ajuda. Ela estava machucada e com medo e precisava de mim. Eu sonhei... — Virei a cabeça para escapar do olhar de Lilah, sentindo sua mão apertar a minha. — Ela me chamou de "mãe". — Eu ri através das minhas lágrimas. — Finalmente, Lilah. Ela me chamou de "mãe".

— Phebe... — ela sussurrou em simpatia.

— No entanto, ela não sabe. Ela acredita que sou sua irmã. Mas não consigo tirar esse sonho da minha cabeça. Os sonhos desaparecem, tornam-se uma memória esquecida. Este se torna mais forte a cada minuto.

— Beauty sempre diz que é preciso ouvir seus sonhos, pois há uma mensagem em algum lugar dentro deles. Uma que devemos ouvir. Decifrar.

— Beauty?

— A *old lady* de um dos irmãos, Tank. Você vai conhecê-la em algum momento. Ela é uma mulher muito meiga.

Assenti com a cabeça, distraidamente ouvindo sua explicação, porém minha mente estava preocupada demais com o que essa Beauty disse sobre os sonhos. Que eram uma mensagem sobre algo.

Pensei em Sapphira me implorando por ajuda. A poção, sua mão na minha, ela implorando para que eu me lembrasse... tentando encontrar o significado mais profundo.

— Mamãe? — A voz cautelosa de Grace veio da porta. — Eu li quatro livros. Posso ir ver a tia Phebe agora?

Eu ri da tenacidade de Grace. Mesmo em Nova Sião, ela fora mais perspicaz do que as outras meninas. Insistente e bonita, mas sua natureza era silenciada pela repressão em que nos encontrávamos. Se Cain não a tivesse tirado naquele momento, ela teria sido considerada uma Amaldiçoada e, portanto, educada sexualmente por um ancião... uma criança inocente, de apenas oito anos. Agradeci a Deus todos os dias por tê-la escondido bem o suficiente. Que ela também não tivesse caído nas mãos de Meister. Ele sempre a observou de perto. Como se a desejasse, como se ele...

Senti meu corpo gelar. Isso me fez lembrar de algo... alguma coisa importante...

Lilah suspirou e olhou para mim em busca de uma resposta à pergunta de Grace.

— Claro! — respondi alto o suficiente para Grace ouvir, enquanto qualquer pedaço de informação que estava subindo à superfície da minha mente escapuliu novamente. Grace pulou e correu para onde estávamos. Ela colocou a mão na minha e me puxou da cadeira.

— Você sabe o que é esconde-esconde, Tia Phebe?

— Sim — respondi com um sorriso indulgente.

— Temos que ir para a floresta!

— Não muito longe, apenas onde eu possa vê-las — Lilah se intrometeu.

— Eu vou me esconder primeiro. — Grace me virou. — Você conta até sessenta, então vem me procurar.

Eu a ouvi fugindo e comecei a contar.

— Eu sei que você se sente culpada pelo que aconteceu comigo na Colina da Perdição — Lilah disse, interrompendo minha contagem. — Mas você deve saber o que fez por mim ao trazer Grace para minha vida. Eu sei que você está sobrecarregada de culpa. Mas você deu Grace ao Ky e a mim. Nada mais importa além disso agora... você nos tornou uma família. — Lilah veio ficar diante de mim. Encarei sua cicatriz e tentei não discordar. Sua mão pressionou contra minha bochecha. — Você teria sido uma ótima mãe se tivesse a chance. Você sempre me amou e cuidou de mim quando criança. E Grace adora você, fala sobre como cuidou dela em Nova Sião quando ninguém mais o fez. — Mordi meu lábio para esconder o tremor. — E quando encontrarmos Sapphira novamente, porque os Hangmen vão encontrá-la, você terá a chance de dizer a ela quem você é, que a ama. E ela será a garota mais sortuda do mundo, porque ela terá você.

— Lilah — sussurrei.

Ela sorriu.

— E eu serei uma tia. Mal posso esperar.

O som de folhas farfalhando veio atrás de mim e eu ri, sabendo que era Grace correndo pela floresta.

— Estou indo, pronta ou não! — gritei e me afastei de Lilah, correndo para a floresta. Curiosamente, a cada passo, me sentia um pouco mais leve. No entanto, algo escuro permaneceu na parte de trás da minha mente. Algo fora de alcance que eu simplesmente não conseguia decifrar.

O cheiro do churrasco fumegante invadiu a floresta. Ouvi o som de uma risada e senti meu estômago revirar de nervosismo. Este era o resto dos Hangmen. Os homens que me viram naquela noite no bar, seduzindo, usando-me como isca. AK me contou sobre minhas atitudes naquela noite. E por mais que ele tenha me dito que eu não deveria ficar envergonhada com meu comportamento, não pude evitar.

Parei atrás da cabana de AK e me encostei em uma árvore próxima. *Você consegue fazer isso.* Respirei fundo várias vezes e, quando estava prestes a sair da floresta e entrar na clareira, vi Ky e AK caminhando na minha direção. Eu sorri, prestes a revelar minha presença, mas a expressão no rosto de Ky me deteve no meio do caminho.

— Eles estão circulando por cerca de dois dias agora. Eles não fizeram nada além de dirigir ao redor do complexo em uma van branca. A porra da mesma hora todos os dias: onze da manhã. Como um relógio. Alguns eram *skinheads* filhos da puta. Mas eles são Klan, sem dúvida. Ou da Irmandade; eu nunca consigo distinguir esses idiotas.

— Meister? — AK perguntou, asperamente, e meu coração parecia que tinha parado de bater.

— Não ele em pessoa, mas achamos que são seus homens. — Ky riu.

— Pensam que podem nos intimidar. São uns idiotas.

Minha mão tremia na árvore quando pensei em Meister. Fechei os olhos e imagens dele me segurando em Nova Sião vieram à tona na minha mente. Ele mordendo minha carne, me tomando à força... nada parecido com a forma como AK havia me tomado. Então... *Eu devo tirar o que você viu hoje de sua mente fraca. Fazer todas essas novas memórias irem embora.*

Cambaleei quando uma imagem da qual não me lembrava antes desse momento voltou à minha mente. Uma espécie de cadeira, dura e desconfortável. A forma enorme de Meister sobre mim enquanto ele injetava agulha após agulha em minha carne. E eu lutei. Lutei para me agarrar a algo que não poderia esquecer, que jurei não esquecer. Lutei e lutei, mas tinha sumido. Não havia nada.

— Qual é o plano? — AK perguntou, interrompendo meus pensamentos.

— Estamos de olho. Não parece que eles vão atacar, estão apenas nos espionando por algum motivo. De qualquer maneira, eles não conseguem ver nada da estrada. Tanner está monitorando seus sistemas em busca de sinais de alerta. Mas se eles tentarem qualquer coisa, nós matamos todos eles — Ky disse e bateu no braço de AK. — Eu só queria que você soubesse. Eles estarão procurando por Phebe. Ele sabe que ela está aqui. Agora ela é *old lady*, você precisava saber dessa merda.

— Obrigado — AK agradeceu e Ky deu a ele um largo sorriso.

— Chave de boceta, irmão! — Ele riu ainda mais alto. — E pela irmã da Li. Isso nos torna parentes de alguma forma? Você e eu agora somos família, irmão?

— Eu espero que não — AK retrucou, e não pude deixar de sentir um calor no meu coração enquanto ele ria. Ky deu um soco em seu braço e, juntos, voltaram para a clareira.

Permaneci na floresta por mais alguns minutos, apenas tentando me acalmar. Meister sabia onde eu estava? Então isso colocaria todos aqui em perigo. Esses homens não o conheciam como eu. Meu estômago embrulhou... Lilah, Grace...

Ele nunca iria parar até que me capturasse. Eu o conhecia. Eu sabia o quão longe sua obsessão por mim poderia ir. Seus homens não estariam simplesmente circulando por aqui a fim de intimidar. Meister sempre tinha um propósito maior.

Uma intensa explosão de risadas flutuou na brisa em minha direção. Obriguei meus pés a seguirem pela clareira. Viking, o melhor amigo de AK, estava de pé. Ele se virou direto para mim.

— Aqui está ela, porra! A cadela ruiva que domou meu melhor amigo!

Meu rosto empalideceu quando todos os homens e mulheres olharam para mim. Alguns me encaravam com cautela, outros com sorrisos gentis. Eu não sabia o que fazer, para onde ir ou o que pensar até que...

— Ruiva. Vem cá... — A voz de AK se sobressaiu à música que começou a tocar.

Olhei em sua direção e o vi em uma cadeira ao lado de Flame e Maddie. Outro homem de cabelo escuro, com uma bela mulher de cabelo negro no colo, estava do outro lado.

Ela estava grávida.

AK fez com que eu me sentasse em seus joelhos – um movimento com o qual estava cada vez mais acostumada. Seus lábios roçaram o meu ouvido.

— Você está bem?

Eu me virei para encará-lo e beijei sua bochecha barbada.

— Estou bem — menti, não querendo que ele se preocupasse que agora eu sabia sobre os homens de Meister. Que estava preocupada com o pesadelo que não saía da minha mente ou com o fato de estar começando a me lembrar de coisas sobre a cidade de onde fui resgatada.

Eu só queria que AK fosse feliz. Eu tinha visto vislumbres disso no chalé. Eu não queria que meus fardos o arrastassem de volta para a escuridão.

O som da voz de Viking chamou a atenção de todos novamente.

— E então, nesta outra vez, AK e Flame invadiram a casa de *crack* que estávamos roubando... — Os homens riam enquanto Viking contava história após história. Eu gostava de ouvir sobre AK. Gostava de ouvir sobre coisas bobas que ele fazia em momentos de brincadeira com seu amigo, quando o peso de seu passado não era um fardo em sua mente.

Meus olhos se desviaram para a mulher de cabelo negro ao meu lado. Ela era chamada de Mae. Eu a observei embalar sua barriga enquanto falava com Maddie. A mão de seu marido também descansava sobre seu ventre, e eu senti a mesma dor se formando por dentro, como sempre acontecia quando eu via uma mãe e um filho. Só que dessa vez foi pior.

Salve-me, mãe... lembre-se... Beauty diz que encontramos mensagens nos sonhos... salve-me, mãe... lembre-se...

Paralisei quando meu sangue gelou. A poção... a cama... seu rosto espancado...

Meister me dizendo que eu iria esquecer, que ele me faria esquecer tudo...

Não, pensei, meu coração disparando em uma batida descontrolada. Não podia ser verdade. Ela estava segura, no exterior. Eu sabia que ela havia sido tirada de Nova Sião. Judah havia me prometido... Judah...

Judah, que havia mentido tanto...

— Você está bem? — AK perguntou e virei o rosto para ele, forçando um sorriso.

— Só estou cansada.

Gritei quando AK colocou suas mãos sob minhas pernas e me ergueu em seus braços. Na frente de todos, ele me levou em direção à sua cabana. Olhei em volta para ver todos eles nos observando atentamente. Meu rosto queimou de vergonha.

— Você está tão desesperado por uma trepada? — Viking gritou quando alcançamos a porta. AK mostrou o dedo do meio para o amigo e entrou na cabana.

Ele me deitou na cama, tirou minhas roupas e depois as próprias. AK levantou as cobertas e me puxou para seus braços. Eu não queria que ele visse como eu estava em pânico por dentro, e ele era muito perceptivo. Ele viu coisas dentro de mim que ninguém nunca viu. Eu precisava desviar sua atenção.

— Você gosta muito do Viking, não é? — perguntei e ele revirou os olhos fingindo exasperação, quando eu só via afeto.

— Não consigo me livrar do filho da puta. Naquela noite que vi Dev no hospital, fui a um bar. Eu precisava desesperadamente de uma bebida. Era um bar de motociclistas que Dev, às vezes, me levava quando estávamos de licença. Eu estava sentado no bar quando aquele gigante idiota veio e se sentou ao meu lado. Ele me viu em meu uniforme de fuzileiro naval e o filho da puta apenas sorriu para mim e perguntou: "Quantos idiotas você matou?". Simplesmente veio e me perguntou isso.

AK riu, e adorei ouvir o som estrondoso de sua risada.

— Eu disse a ele para ir se foder, e o filho da puta apenas riu na minha cara. Cinco minutos depois, ele entrou em uma briga com alguns idiotas, por causa daquela boca grande. Eu estava ansioso para uma briga depois de ver Dev naquele estado, então eu o protegi. Nocauteamos quatro dos caras em minutos. Ele apertou minha mão, me comprou uma bebida e me perguntou se eu gostaria de andar de moto e bater em mais filhos da puta diariamente. Eu disse sim. Ele me trouxe aqui, me apresentou ao pai do Styx, e no dia seguinte eu era o mais novo recruta dos Hades Hangmen. O filho da puta nunca me deixou em paz depois daquele dia. E então você sabe como tiramos Flame do manicômio e o resto é história. O *Psycho Trio* nasceu. Estamos juntos desde o início. Fiz uma última incursão militar para a qual já havia me inscrito, depois deixei os fuzileiros navais para sempre. Estou neste clube desde então.

— Você os ama como uma família — eu disse. — Viking, Flame e agora Asher.

AK inalou e perdeu o humor.

— Sim. Amo todos os meus irmãos daqui, mas esses dois são meus melhores amigos. Eu teria ficado perdido sem eles quando toda a merda aconteceu. Eles me impediram de cair em uma espiral para um lugar de onde eu não poderia voltar. — AK abaixou o olhar. — Como eu quis fazer por você.

Meu coração pulou uma batida.

— Você é um bom homem, Xavier Deyes. — Coloquei a mão em sua bochecha. Ele olhou para mim, surpreso, e sabendo que ele era o homem mais especial que já conheci, falei do fundo do meu coração. — Eu... Eu amo você — sussurrei e vi seus olhos se arregalarem. — E não espero que você diga isso de volta. Eu acabei de... Eu só queria que você soubesse que meu coração agora está em suas mãos. Você tem honra e orgulho, e a alma mais gentil que existe. — Tentei impedir minha voz de vacilar.

Tentei esconder esse... adeus.

— Porra, Ruiva. — Ele me rolou de costas, seus olhos observando meu rosto. — Eu também amo você.

Meu coração inchou mais do que eu pensava ser possível. E AK me beijou. Ele me beijou, e com tanta graça e adoração, fez amor comigo, lenta e apaixonadamente, com amor.

Depois, ainda nos braços de AK, adormeci. E quando vi Sapphira em minha mente outra vez, implorando por ajuda, segurei sua mão fria e machucada e prometi:

— *Estou indo atrás de você, querida. Eu estarei com você em breve.*

Parei na entrada da casa de Lilah. Só mais uma vez. Eu precisava ver tanto ela quanto Grace. A criança estava brincando com bonecas no gramado. Um sorriso veio aos meus lábios quando vi Ky sentado em frente a ela, brincando com bonecas também.

— Por que diabos estou fazendo essa merda? — ele perguntou à Lilah, que os observava feliz.

— Porque você é o papai dela e ela queria brincar com você.

— Você quer aprender como desmontar uma moto, Grace? Em vez disso, sujar as mãos com óleo e todas essas merdas? Vai ser divertido.

— Não. — Ela empurrou uma boneca para ele. — Estamos brincando de boneca. E Jamie-Rae precisa ir ao salão para arrumar o cabelo.

— Puta que pariu! — Ky gemeu e pegou a boneca.

Lilah riu do marido, e meu coração doeu com a forma como eles pareciam perfeitos. Ela havia encontrado a verdadeira felicidade.

— Oooou... — Grace cantarolou. — Podemos brincar de esconde-esconde de novo?

— De novo? — Lilah perguntou, exasperada. — O que há com você e essa brincadeira?

— É a minha favorita!

— Feito. — Ky se levantou. — Qualquer coisa, menos essa merda de boneca.

Afastei-me do quintal quando vi Grace ir para a floresta para se esconder. Corri pelo caminho, nunca olhando para trás. Eu sabia que estaria quase na hora, se as informações de Ky estivessem corretas. Continuei correndo até que passei por entre as árvores e cheguei à beira da estrada. Ainda não havia carros ou caminhonetes. Estava quieto, então fiquei parada e esperei.

Lutei contra o nervosismo, ciente do que estaria esperando por mim. Mas eu tinha que fazer isso. AK estaria seguro e eu sabia que ela estava lá. Os sonhos eram muito reais para ser apenas sonhos. Ele a tinha. Eu sabia. Alguma coisa, bem no fundo, dizia que eu tinha que encontrá-la.

Senti algo se encaixar ontem à noite enquanto AK dormia, me abraçando. Uma verdade que eu sabia que poderia ser muito real.

Ele estava com ela em seu poder.

Ouvi o som de um motor virando a curva da estrada e respirei fundo. Uma van branca – aquela sobre a qual Ky falara a AK na noite anterior – se aproximou. Eu me preparei. Esta seria minha única chance de chegar até Sapphira. Ky disse que eles passavam por aqui uma vez por dia. Esta era minha única chance. AK me lia com muita facilidade, e saberia que algo estava errado. Se eu contasse a ele o que havia me lembrado, ele nunca me deixaria fazer isso. Mas eu não arriscaria sua vida, ou a vida de seus irmãos. Cerrei as mãos em um esforço para abafar o tremor. A van parou abruptamente.

Um homem que não reconheci desceu, sorriu e balançou a cabeça. Eu não o conhecia, mas era óbvio que ele sabia quem eu era. O homem rapidamente olhou ao redor da floresta com desconfiança.

— Não pode ser assim tão fácil.

Tentei dar um passo para trás. Uma arma foi subitamente apontada para mim, e mais dois homens saíram da van também armados.

— Entre — o primeiro homem ordenou, e outro abriu a porta traseira do veículo. O terror manteve minhas pernas paralisadas e eu fiquei enraizada no chão. O mais próximo de mim cambaleou para frente, envolvendo os braços em volta da minha cintura. Contive o instinto de gritar por ajuda. Meu captor me arrastou em direção à van. Estávamos a apenas um passo da porta traseira quando ouvi um som que fez meu corpo estremecer de horror e o sangue sumir do meu rosto.

— Encontrei você, tia Phebe!

Virei a cabeça, apenas para ver Grace irromper por entre as árvores e tropeçar até parar na beira da estrada. Seus olhos azuis se arregalaram quando ela me viu nos braços do homem.

— Corra! — gritei, puro terror tomando o controle do meu corpo. — Corra, Grace! CORRA! — Uma mão cobriu a minha boca, interrompendo minha ordem frenética.

Grace se virou, com o rosto pálido, e correu de volta para a floresta. Ela mal havia percorrido cinco metros quando o segundo homem a agarrou pelo cabelo e colocou a mão em sua boca.

Ela lutou.

A pequena Grace lutou, esperneou e se debateu contra seu captor, mas o homem era muito grande e forte. Tentei me libertar, arranhando e agarrando os braços do meu algoz. Em seguida, o cabo de uma arma acertou meu rosto, fazendo minha visão embaçar e minha cabeça girar. Fui jogada na parte de trás da van, minha bochecha se chocando contra o chão duro com um baque.

— Tia Phebe!

Levantei a cabeça, ignorando as luzes dançando na minha visão para ver Grace sendo jogada ao meu lado. Eu me arrastei até onde ela estava e a segurei em meus braços.

— Grace — sussurrei, as lágrimas começando a escorrer pelo meu rosto.

— Q-quem são esses homens? Achei que estávamos brincando de esconde-esconde.

— Nós vamos ficar bem — eu disse, sem saber o que mais eu poderia dizer.

— Ligue para Meister. Diga a ele que a pegamos — um dos homens falou enquanto fechavam as portas e nos lançavam na escuridão, exceto por uma pequena luz acima de nós. Ouvi as portas da frente abrindo e fechando e o motor ligando.

— Tia Phebe? — A voz débil e assustada de Grace soou.

— Vem aqui, querida. — Eu a puxei em meus braços.

— Você está sangrando — ela disse e ouvi sua voz tremer.

— Estou bem — a acalmei e dei um sorriso.

— Onde... onde estamos indo?

Abracei Grace com mais força, lutando contra as lágrimas.

— Vai ficar tudo bem — afirmei, baixinho, sabendo que cada palavra era uma mentira. — Eu não vou deixar nada acontecer com você, prometo.

E então a van foi embora.

CAPÍTULO DEZOITO

AK

— AK! Você está aí?

Alguém estava batendo à porta da minha cabana. Levantei da mesa e abri a porta, vendo Tanner ali parado.

— Ela está aqui? — ele perguntou enquanto entrava.

— Phebe?

— Sim.

— Não, ela foi ver Lilah. Por quê?

Tanner tirou uma folha de papel do bolso e a segurou no ar. Ash saiu de seu quarto, observando-nos com atenção.

— Não existe essa porra de lar para velhos nessa seita.

Minha mandíbula contraiu quando Tanner se sentou à mesa. Sentei-me diante dele e esperei que continuasse.

— Mas encontrei uma Sapphira. Quatorze anos. Loira, olhos castanhos, trinta quilos, um metro e meio.

Eu fiz uma careta, me perguntando como ele sabia tanto sobre ela.

— Onde?

Ele bateu com o papel na mesa e o empurrou na minha direção. Era uma planilha, uma espécie de inventário ou algo assim. Formulários de envio para o México, contas privadas.

— Meister não está apenas traficando essas cadelas como prostitutas na cidade fantasma. O idiota está vendendo elas. Ele as pega, as usa como prostitutas, depois as envia para o México para serem vendidas a quem pagar mais — Tanner apontou para uma linha na planilha. — Sapphira. Vadia da seita. Vendida pelo "Profeta Cain"; Judah, no caso, para Meister meses atrás. Meister tem centenas dessas planilhas de pedidos. E ele está ganhando muito dinheiro vendendo essas cadelas para um idiota no México. Sapphira será enviada em breve. O nome dela consta no último pedido. — Senti a raiva passar por mim como uma tempestade. — Acho que a data em que Meister comprou Sapphira é mais ou menos quando Judah disse a Phebe que havia enviado a garota para a Comuna de idosos, certo?

Assenti com a cabeça, incapaz de falar. Então eu me recompus e bati meu punho na mesa.

— Ela estava naquela cidade fantasma com ela o tempo todo? Sapphira estava lá com Phebe e nenhuma delas sabia disso? Drogadas. Completamente dopadas. — Então a tempestade se transformou em um maldito furacão. — E eu estava lá! Eu poderia tê-la tirado também! — Empurrei a cadeira para trás, me levantando de supetão. — Porra! — rugi e arrastei as mãos pelo cabelo. — Temos que contar ao Ky e ao Styx. Eu preciso voltar lá, eu preciso...

A porta da cabana se abriu com tudo, me interrompendo.

— Grace está aqui com Phebe? — Ky estava ofegante, com o rosto vermelho, a respiração acelerada.

— Não. — Franzi o cenho. — Phebe está com a Lilah.

Ky balançou a cabeça.

— Não, ela não está. Estive com Li a manhã toda. Phebe nunca apareceu.

Quando suas palavras me atingiram, senti minha respiração soar em meus ouvidos.

— Ela disse que estava indo para a casa de Lilah. — Ky olhou para mim. — Temos câmeras nessa porra de estrada, certo?

Ky entendeu o que quis dizer.

— Puta que pariu! Grace desapareceu brincando de esconde-esconde na floresta.

Eu não pensei mais, apenas corri para fora da cabana e pulei na minha moto. Ouvi meus irmãos fazerem o mesmo atrás de mim enquanto eu praticamente voava para o clube. Desci da moto e corri para a porta.

Hush e Cowboy estavam no bar e se levantaram em segundos.

— O que foi? — Hush perguntou.

Eu ouvi Ky, Tanner e Ash correndo atrás de mim.

— Câmeras! — Ky gritou e correu atrás do bar para a pequena sala lateral onde as câmeras de segurança eram mantidas.

Smiler veio trabalhar nos monitores.

— O que vocês querem ver? E quando?

— A estrada do lado. Cerca de duas horas atrás — informei, pensando em quando Phebe tinha saído. Olhei para o relógio na parede e senti meu sangue congelar. — Por volta das onze da manhã.

Ky parou e olhou para mim.

— Quando aqueles filhos da puta estariam na estrada.

Smiler trabalhou até encontrar a filmagem, e a vimos diante de nós em preto e branco, em uma imagem granulada. Phebe saindo da floresta, parada na beira da estrada... esperando. Ela estava esperando pelos filhos da puta.

Mas que porra é essa?

As veias do meu pescoço quase explodiram quando vi um dos filhos da puta agarrar Phebe e arrastá-la para a van. Então, saindo da floresta veio Grace. Observei o rosto de Phebe enquanto ela obviamente a ouvia gritar. Vi sua boca abrindo, dizendo alguma coisa em desespero. *Porra*, ela estava mandando Grace correr. Eu poderia ler em seus lábios. Mas o idiota que a segurava cobriu sua boca e deu uma coronhada em sua cabeça. Ela caiu para frente, lutando para se manter consciente. Outro homem da Klan pegou Grace antes mesmo que ela chegasse à beira da floresta e jogou as duas na parte de trás da van.

Eles foram embora.

Houve um silêncio pesado.

— Chame o *prez* — Ky, finalmente, disse a Ash, em palavras frias como gelo. — Chamem todo mundo. — Seu tom era muito calmo, e com Ky, isso significava que ele estava prestes a explodir.

Tanner saiu correndo da sala para o escritório onde estavam os computadores. Sabe-se lá o que estava fazendo. Mas eu não conseguia me mover. Eu estava furioso. Fervendo, louco para matar. Eu apenas encarei a imagem de Phebe em pé na beira da estrada, em seguida, sendo nocauteada.

A cadela estava se entregando.

Ela estava voltando para aquele inferno.

— Por quê... POR QUÊ? — Perdi o controle sobre minha raiva.

Peguei uma cadeira e a joguei para o outro lado da sala. Braços me envolveram por trás e, de repente, Flame estava na minha frente.

— Se acalma, porra!

— Nós a traremos de volta — Vike disse em meu ouvido.

Vários irmãos vieram correndo para o bar.

Então Lilah apareceu, com lágrimas escorrendo pelo rosto. Ela correu para os braços de Ky.

— Nós a traremos de volta. Eu juro — Ky disse para sua *old lady*.

Observei Lilah, já me preparando caso alguém se atrevesse e colocar a culpa em Phebe. Lilah olhou para mim e eu estava pronto, só esperando uma briga do caralho. Mas então ela disse:

— Ela me disse algo ontem. Não consigo pensar em nada além disso desde que Grace desapareceu.

A voz de Lilah estava carregada de emoção. Ela balançou a cabeça.

— Ela me contou tudo sobre seu passado. E disse que também tinha sonhos. Um em particular onde Sapphira pedia sua ajuda. Um sonho em que Sapphira estava sendo drogada e presa por um homem... assim como Phebe tinha estado na cidade fantasma.

Lembrei do seu pesadelo. Lembrei-me dela segurando a mão no ar quando ainda estava dormindo, gritando o nome de Sapphira, segurando a mão fantasma de alguém.

— Ela se lembrou. — Senti os cabelos da minha nuca se arrepiarem. — Ela se lembrou que Meister também estava com a filha dela.

A cabeça de Lilah se inclinou, em descrença.

— É verdade? Ele está com Sapphira?

— Acabamos de descobrir — concordei.

— Ela nunca vai se perdoar por Grace tê-la seguido e ter sido capturada por aqueles homens.

E porra, Lilah estava certa. Se as coisas dessem errado... se não as recuperássemos...

— Nós vamos trazer Phebe de volta — Vike disse, vendo claramente o que eu estava pensando.

— *Church*! — Ky ordenou.

Entramos na *church* e nos sentamos em nossos lugares habituais. Styx irrompeu na sala, o semblante enfurecido, o maldito Hangmen mudo estava com força total.

Com a batida da porta, a *church* estava em uma maldita sessão de merda.

Quatro horas. Quatro horas de espera para que Tanner encontrasse algo. Quatro horas, ficando louco e me perguntando por que a Ruiva não tinha me contado o que ela suspeitava – que Meister estava com Sapphira.

Por que diabos ela não disse nada para mim? Eu teria ajudado.

Botas soaram correndo no chão, entrando na sala às pressas, e eu me levantei. Hush e Cowboy tiraram as bandanas do rosto.

— Nada — Hush comunicou.

Cowboy assentiu com a cabeça.

— Nada mesmo. Estava tudo limpo. Marcas de pneus recentes no chão, então não demoraram muito. Cerca de três vans grandes, eu diria. Algumas caminhonetes também.

Desabei na cadeira. Ky estava andando de um lado para o outro na sala.

— Onde diabos eles podem ter ido?

Lembrei-me da planilha de Tanner na mesa da minha cozinha.

— México. — Styx e Ky olharam diretamente para mim. — Na folha que constava o nome de Sapphira, um documento de compra e venda ou algo assim, tinha o México como destino.

A porta se abriu e Tank e Tanner entraram, Bull seguindo atrás.

— Entrega amanhã, depois da fronteira. Alguma comunidade agrícola isolada a cerca de trinta quilômetros de La Cruz. — Tanner leu os papéis em sua mão. — O comprador vai encontrar com eles lá e será feita uma entrega. Um filho da puta chamado Garcia. — Ele levantou o olhar. — Essas são todas as informações que Meister gravou.

No minuto em que o nome de Garcia saiu da boca de Tanner, Styx e Ky ficaram completamente quietos. A temperatura na sala pareceu cair cerca de vinte graus.

— O quê? — perguntei e observei o *prez* e o *VP* se entreolharem, se comunicando em silêncio. — O quê? — exigi saber. Os olhos azuis de Ky estavam quase pretos, as pupilas dilatadas. Sua pele estava manchada de vermelho e suas mãos estavam cerradas em punhos.

— Esse é território dos Diablos — Tank informou. — Se entrarmos ali sem permissão será uma declaração de guerra.

Todos nós olhamos para Styx, que ergueu as mãos. Ele olhou para Smiler e sinalizou:

— *Entre em contato com Chávez, o* prez *do Diablos. Diga a ele que queremos passar pela fronteira sem sermos detectados e que precisamos nos encontrar em um lugar neutro para isso.* — Ele alongou o pescoço. — *Encontraremos com eles esta noite e chegaremos pela manhã. Temos que estar lá quando as caminhonetes chegarem. Surpreender os filhos da puta.* — Ele olhou para mim. — *Eu sei que é a sua cadela, mas precisamos de você e Smiler para montar um plano juntos. Tanner?* — Styx olhou para o Príncipe Branco. — *Você conseguiu alguma imagem da fazenda?*

Tanner assentiu com a cabeça.

— É antiga, mas já é alguma coisa.

— *Mostre ao AK. Ele precisa ver os mapas.*

— Este acordo com o Diablos vai durar quando todos nós invadirmos seu território? — Cowboy perguntou ao Styx.

— Acho que vamos ver — Ky respondeu por Styx.

— *Todos nós vamos* — Styx sinalizou. — *Motos e caminhonetes.*

— Vamos levar Rider também — eu disse e senti cada par de olhos em mim. Encarei todos eles. — Vocês não viram o que esse babaca do Meister faz com essas cadelas. Nós vimos. — Apontei para Flame, Vike, Hush e Cowboy. Eu me mexi na minha cadeira. — Sabe-se lá em que estado vamos encontrá-las. É cerca de três horas e meia daqui até La Cruz. Se algo der errado, ou ele machucar Phebe ou Grace, Rider será necessário. E se Sapphira estiver lá, aquela cadela provavelmente terá sido estuprada e drogada sistematicamente por meses. — Balancei a cabeça. — Não vou correr riscos com nada disso. Ele vai também. Ele é o único médico que sabe estar na estrada quando a merda acontece. Goste ou não, ele lutou do nosso lado na última guerra, e precisamos dele agora mais do que qualquer um quer admitir.

— Eu vou buscá-lo — Smiler disse e saiu da sala.

— *Partiremos em uma hora* — Styx sinalizou. — *Reúna todas as armas que conseguir.* — O martelo foi batido na mesa e todos nós saímos para nos recompor.

Vi Lilah esperando no bar, mas saí pela porta dos fundos e subi na moto. Cheguei à minha cabana em minutos e comecei a juntar minhas armas. Tirei meu rifle de atirador favorito do baú e me certifiquei de ter uma porra de uma tonelada de balas. Ash entrou apressado pela porta, o rosto sério, e se aproximou do mesmo baú. Ele pegou a arma com a qual estava treinando e a carregou.

Coloquei a mão em seu braço.

— Que porra você pensa que está fazendo?

— Também vou.

— Vai é o caralho!

O garoto endireitou os ombros.

— Vou dirigindo a van com Slash. Rider vai atrás com todos os suprimentos médicos. Styx ordenou.

Eu fiquei bem na frente dele, observando seus olhos negros determinados e focados aos meus, sem vacilar.

— Você entende que podemos estar entrando em uma merda de zona de guerra, garoto? Você percebe que alguns de nós podem não conseguir voltar? Esse filho da puta do Meister não é brincadeira. — Levantei minha arma. — Nós vamos matar. E muito.

Ash ergueu o queixo, desafiador.

— Estou pronto — afirmou com segurança. — Eu posso atirar. E estou pronto para uma guerra, se entrarmos em uma.

Observei esse garoto de dezesseis anos. Eu vi quanto ele mudou de criança para um fodido homem bem diante dos meus olhos. Se eu não estivesse tão cheio de raiva e ódio por Meister, eu teria ficado muito orgulhoso. Agarrei seu *cut* de recruta e o puxei para frente.

— Não faça nada idiota. Fique comigo ou com Flame.

— Okay — ele disse e soltou um longo suspiro.

Peguei minhas facas, a Glock e mais munição do que precisava e joguei tudo em uma bolsa. Quando me levantei, Ash estava olhando para a arma em sua mão.

Porra, ele parecia tão jovem.

Fui até ele, esperando que me notasse.

— Pode ser que você tenha que matar pessoas hoje ou amanhã. Você vem, você luta. Esse é o código dos Hangmen.

Suas bochechas empalideceram, mas ele respondeu:

— Eu sei.

Eu queria dizer mais, porém a verdade é que a primeira morte não era algo para o qual estivéssemos preparados. Aquilo nos muda para sempre, e então seguimos em frente com a vida e matamos mais um monte de gente.

Se acontecer, aconteceu.

Carreguei a van com suprimentos e pulei na minha moto. Flame e Vike vieram rugindo ao meu lado. Cada um deles inclinou o queixo quando Ash e Slash entraram na van e se afastaram.

Vinte minutos depois, os Hangmen saíram do complexo como um comboio, como uma maldita unidade. E com cada quilômetro percorrido, eu deixava meu ódio por Meister crescer dentro de mim – combustível para esta porra de missão. *Ou massacre*, pensei comigo mesmo. Porque se aquele filho da puta tivesse tocado um fio de cabelo de Phebe, eu acabaria com a vida dele de uma maneira ainda pior do que qualquer um daqueles filhos da puta que levaram meu irmão. Eu o faria pagar, arrancaria sua carne e cortaria suas entranhas. E quando olhei para a minha esquerda e direita, com Flame e Viking ao meu lado, eu sabia que eles estariam comigo também.

Meister ia cair, e eu recuperaria a minha cadela.

Não havia outra opção.

CAPÍTULO DEZENOVE

PHEBE

Não sei quanto tempo ficamos na van, mas pareceram horas. Grace chorou em meus braços até adormecer, exausta. Mas eu nunca a soltei. Eu a segurei com força contra o meu peito enquanto pensava no que estava por vir.

Medo. Eu não tinha nada dentro de mim, além de puro medo.

A van parou e fiquei tensa quando ouvi vozes do lado de fora. As vozes eram baixas, mas profundas e, certamente, masculinas. Tremi quando ouvi o som de passos apressados em direção às portas da van. Grace acordou e ergueu a cabeça, um olhar confuso em seu rosto bonito quando as portas se abriram.

Os homens que nos levaram enfiaram a mão para dentro e arrancaram Grace dos meus braços. Grace gritou e estendeu a mão para mim. Pulei para fora da van, tentando chegar até ela, mas uma mão envolveu meu cabelo e me puxou para trás.

— Não! — berrei, lutando para me soltar. — Grace! — Comecei a chorar quando os homens a levaram para um prédio e fora da minha vista.

Olhei ao redor e não reconheci o lugar onde estávamos. O ar estava tão quente e pegajoso quanto na casa dos Hangmen, o céu ainda tão claro. Campos verdes estavam à nossa volta. Uma caixa d'água se sobressaía no meio de vários edifícios, mas não havia mais nada por quilômetros.

— Ele a quer no Prédio Dois — disse um dos homens.

Com a mão dele ainda agarrada ao meu cabelo, fui arrastada por um caminho de terra. Eu ataquei, tentando ver ao meu redor, procurando por Grace, mas não havia nada. Pior, eu não conseguia mais ouvir os gritos dela.

Apenas silêncio.

Por que ela estava tão quieta?

Paramos em um prédio. O homem que estava me segurando abriu a porta e me jogou para dentro. Eu caí com força no chão de pedra, mas me levantei na mesma hora em que a porta se fechou. Bati meus punhos cerrados contra a madeira, gritando para sair. Mas depois de minutos e minutos tentando, gritando... Comecei a soluçar e recostei-me à porta, deslizando o corpo até sentar-me ao chão.

O que eu fiz?

Olhei ao redor do local onde eu estava. Não havia nada além de uma velha mesa e cadeira no centro. Então pensei na ordem do homem. *Ele a quer no Prédio Dois...*

Ele... Meister.

Apoiada nas mãos e nos joelhos, rastejei para o canto da sala. Eu me enrolei contra a parede e tentei imaginar Grace. O que eles estavam fazendo com ela? O que fariam com ela?

Meister. Ele a cobiçou em Nova Sião. E eu tinha acabado de entregá-la a ele em uma bandeja de prata. Engoli o vômito subindo pela garganta. Lilah... Ela nunca me perdoaria por isso.

O que você fez, Phebe?

O som da maçaneta girando na porta me fez congelar. Eu fiquei parada, meu coração batendo em um ritmo frenético. Mantive os olhos fixos na porta... então perdi toda a força quando Meister entrou. Ele era tão grande quanto eu me lembrava. Ele me encarou do outro lado da sala, seus olhos azuis encontrando os meus, e uma onda de memórias veio à minha mente. Lembrei-me de estar acorrentada a uma cama... Lembrei-me de ser mantida nua, recebendo roupas apenas quando ele alegava que eu as merecia.

Sufoquei com um grito quando me lembrei de estar em algum tipo de bar. No colo de Meister, montando seu pau em uma sala cheia de pessoas... então eu me virei... Eu me virei e...

... *AK?*

Olhos gentis.

A árvore...

... *meu AK.*

As solas das botas pretas de Meister pisaram em minha direção no chão duro. Meus músculos tremeram quando ele parou diante de mim. Ouvi cada respiração ecoando em meus ouvidos. Senti a pulsação em meu pescoço, têmpora e pulsos disparando em uma batida instável.

Ele se abaixou e fechei os olhos, mas ainda sentia seu olhar em mim. Sentia as adagas que seus olhos lançaram e a tensão que seu corpo enorme emanava. Vacilei quando seus dedos tocaram o meu rosto. Minhas narinas dilataram enquanto eu tentava desesperadamente controlar minha respiração. Eu queria tirar sua mão de mim, queria atacá-lo e machucá-lo.

Mas o medo me paralisou.

— Onde você esteve, minha putinha? — Sua voz profunda e áspera perguntou. Congelei, minhas lágrimas escorrendo pelo meu rosto. Uma risada curta saiu de seus lábios. — Mas eu sei, não é, *Liebchen*? — Sua mão deixou minha bochecha e afastou meu cabelo. De repente, minha cabeça foi puxada para trás e senti seu hálito em meu rosto. — Abra a porra dos olhos, vagabunda — ele exigiu. Eu o obedeci e meu olhar colidiu com o dele.

Meu estômago revirou. Ele estava fervendo. A pele de seu rosto estava vermelha e seus músculos tensos. Seus dentes estavam à mostra e as veias saltavam de seu pescoço. Ele puxou meu cabelo para trás novamente e eu gritei.

— Você estava com um deles, não estava, puta? Fodendo com eles, fodendo seus paus como a vadia que você é.

Meister se abaixou e espalmou a mão entre as minhas pernas. Eu gritei, incapaz de conter minha reação quando ele enfiou os dedos em minhas dobras, rasgando a carne. A bochecha áspera e sem barbear de Meister esfregou contra a minha, arranhando minha pele.

— Depois de tudo o que eu lhe dei. Depois de salvar você de morrer junto com todos os outros idiotas daquela seita, é assim que você me retribui?

Tremendo e com medo, consegui abrir a boca e perguntar:

— O que você fez com ela?

Meister afastou a cabeça e sorriu.

— Você quer dizer a vadiazinha de oito anos que você me trouxe de presente? Aquela que eu queria na seita desde o minuto em que a vi? — Seu sorriso malicioso fez minha pele estremecer. — Nada. Ela está segura. Uma garota tão bonita quanto ela, intocada e virgem, vai me fazer uma fortuna. — Ele me puxou para mais perto pelo cabelo. — Esse presente quase... *quase* compensa sua desobediência. Você é uma boa pescadora, Phebe. Trazendo apenas iscas de alta qualidade para meus compradores. Eu deveria ter você na equipe. Faríamos uma fortuna colocando suas habilidades em uso.

Meus olhos se fecharam, ignorando suas provocações, aliviada por Grace permanecer ilesa por enquanto.

— Abra seus malditos olhos! — Meister rosnou.

Ele ficou de pé, puxando-me junto. Meu couro cabeludo estava em chamas enquanto eu lutava para escapar de seu aperto, a dor descendo pela minha espinha. Fui jogada contra a parede, e perdi o fôlego com o impacto. O corpo enorme de Meister pressionou contra o meu e ele ergueu o meu vestido; rasgando minha calcinha, enfiou os dedos dentro de mim, fazendo-me gritar.

— O que foi? — Seus lábios se arrastaram pela minha bochecha, um contraste escuro com suas mãos arranhando e apunhalando dentro do meu núcleo. — Ele não aceitou você assim? O atirador? Xavier? — Congelei, meus olhos colidindo com os dele em estado de choque. — Xavier Charles Deyes. Plano, Texas. Atirador de elite, fuzileiros navais. Sargento de armas dos Hades Hangmen. — Ele sorriu mais amplamente, então lambeu os lábios. — Eu sei tudo sobre ele. Sei que o irmão matou a esposa. E sei que ele tem um sobrinho que ainda está vivo e mora com sua tia Claire e tio Tom. — Ele assentiu com a cabeça em aprovação. — Garoto bonito. Fui à escola dele e me certifiquei de que era realmente ele. Zane é o nome dele. Ele manteve Deyes como seu sobrenome, embora o papaizinho tenha pirado e matado sua mãe no chão da cozinha. — Ele suspirou. — Eu tenho que ter certeza de que estou lidando com as pessoas certas, Phebe. Essa merda de guerra não é brincadeira.

Meus olhos se arregalaram de horror. Meister parecia afrontado.

— O quê? Você pensou que eu simplesmente os deixaria fugir levando minha garota? — Ele encolheu os ombros e tirou os dedos de dentro de mim, deixando as pontas descansando na entrada. — Pena que você voltou tão cedo. Foi inesperado.

Procurei seu olhar, sem entender o que ele quis dizer com aquilo.

— Eu tinha acabado de comprar três barris de Césio. Estava no meio de fazer uma bomba radioativa, uma merda realmente potente. Eu ia assistir aquele complexo dos Hangmen queimar até o chão, com um sorriso no meu rosto, com todos aqueles bastardos dentro. — Ele balançou a cabeça em falso desapontamento. — Todas as suas putas e filhos também. Os desgraçados merecem. Eu fiz algumas pesquisas sobre aquele MC. Costumava ser uma equipe totalmente branca; eles tinham uma regra que proibia negros. Era uma merda boa. Mas agora eles têm um vira-lata preto e branco ao lado deles. Os Hades Hangmen são apenas mais uma porra de decepção para a raça branca.

— Você é louco — sussurrei, agradecida por ele não ter seguido seu plano. Lilah... Grace... AK... toda a sua família. As crianças.

Meister congelou, então inclinou a cabeça na minha direção.

— Louco? Não. Estou em uma porra de guerra, uma guerra que vou vencer. — Ele forçou seus dedos de volta dentro de mim, com tanta brutalidade que eu sabia que agora estava sangrando. — E você ia ser minha mulher. Aquela ao meu lado quando a Irmandade e a Klan se unissem para tomar de volta o que é nosso por direito.

Ele se inclinou até que sua boca roçou contra o meu ouvido.

— Então, eu tive que arranjar uma substituta. Afinal, preciso de uma prostituta. E sou o maldito *Meister*. Eu precisava de uma boa princesinha ariana sob minhas asas... e no meu pau. *Meine Liebchen.*

Meister afastou as mãos do meu centro e eu caí contra a parede. Ele marchou até a porta e pediu algo a um de seus homens. Meister fechou a porta novamente e recostou-se à porta. Ele olhou para mim e em momento algum eu desviei o olhar.

Eu apenas o observei, me perguntando, temendo, o que aconteceria a seguir.

A porta se abriu e alguém foi atirado para dentro. Afastei-me da parede quando vi a figura no chão. Era...

— Martha? — sussurrei de uma forma quase inaudível, o choque me deixando sem voz.

Martha gemeu de angústia e dor. Mas ela se virou ao som da minha voz e vi seu rosto. Estava cortado e coberto de hematomas. Seu cabelo estava emaranhado e cheio de sujeira. Mas quando ela me viu, eu sabia que não estava mais sob a influência da poção, porque seus olhos realmente me viam. Eles me reconheceram.

— Martha. — Dei um passo à frente, mas ela se afastou e balançou a cabeça, os braços abertos. Lágrimas escorriam por suas bochechas.

— Sinto muito. — Ela balançou a cabeça novamente, o rosto se contorcendo. — Eu não tive escolha. — Ela lançou o olhar apavorado para Meister, que ainda estava observando, divertido, da porta. Seus braços estavam cruzados e havia presunção em seu olhar azul.

— Desculpar-se pelo quê? — perguntei, pavor enchendo minhas veias, gota a gota.

— Veja, *Liebchen*, não consegui entender por que você atacou Dale naquele dia, semanas atrás. Ora, quando ordenei que ficasse em nosso barraco, você me desobedeceu. Você nunca me desobedeceu antes. Você sempre foi uma putinha tão boa. Sempre obediente. Então me lembrei que você estava tentando alcançar alguém no celeiro. Alguém que você conhecia. Alguém que você queria salvar. — Ele apontou para Martha. — Ou pelo menos duas pessoas. Você também conhecia esta, eu vi em seus olhos. — Ele fez uma pausa. — Mas então havia a criança na cama. Minha maior atração, minha boceta mais usada. E eu sabia que havia mais nisso.

Engoli em seco, virando a cabeça para Martha, que agora soluçava no chão.

— Eu as liberei do coquetel que as mantinha sob meu comando e decidi obter algumas respostas delas. A outra, a jovem boceta dourada, nunca entregou nada, nunca se rendeu. Nem uma vez. Maldita vagabunda de temperamento forte. Mas esta aqui... — Meister caminhou até Martha e a ergueu pelo braço. — Esta gritou como a porra de um porco. Ela me contou por que você queria tanto que a outra vagabunda fosse libertada.

Prendi a respiração enquanto Martha balançava a cabeça. Seus olhos estavam tão envergonhados, tão cheios de culpa.

— Não — sussurrei, minhas pernas começando a bambear.

— Uma filha — Meister disse e sorriu. Um sorriso largo e cruel. — A porra de uma filha que você teve aos doze anos. — Sua cabeça se inclinou para o lado. — Parece que você sempre foi uma vagabunda, Phebe. Fodendo homens quando era criança? Não admira que você fosse tão boa com o meu pau. Quando cheguei em você, já era mestre nessa arte.

— Sinto muito, irmã — Martha murmurou, e meu coração se partiu por ela. Ela estava coberta de hematomas pretos e azulados, muito magra e machucada. Não mais do que um cadáver ambulante.

Abri a boca para dizer que não havia nada a perdoar, quando as mãos de Meister, de repente, se moveram e agarraram seu pescoço; o estalo alto de osso se partindo ecoou pelas paredes de pedra. O corpo sem vida de Martha desabou no chão.

Gritei ao ver os olhos sem vida de minha amiga me encarando, seu pescoço desarticulado. Gritei e gritei quando Meister foi até a porta e a abriu. Um guarda entrou, arrastando outra pessoa com ele. E então tudo pareceu parar – meus pensamentos, meu coração, a respiração em meus pulmões – quando Sapphira foi empurrada diante de mim.

— Não! — gritei e Sapphira levantou a cabeça para me encarar.

Seus olhos castanhos se encheram de lágrimas e suas mãos cobriram a boca.

— Phebe? — ela murmurou através dos lábios partidos e inchados. Observei seu rosto se contorcer de tristeza e ela tentou correr em minha direção.

Meister a puxou de volta contra seu corpo e eu perdi o controle. Forçando meus pés para frente, eu o ataquei. Eu precisava afastá-lo da minha menina. Mas antes que eu pudesse, um golpe acertou meu estômago e meus joelhos se dobraram, chocando contra o chão. Fui puxada pelo guarda, que segurou meus braços, me impedindo de recuar.

— Sapphira! — berrei, vendo seus olhos aumentarem com o medo.

— Phebe! — ela chamou de volta. Meister bateu em seu rosto com a mão. Sua cabeça pendeu para o lado, atordoada, e Meister segurou seu rosto, forçando-a a me encarar.

Chorei, sufocando de raiva ao ver minha filha nos braços deste monstro. Meister podia ver na minha expressão, e isso era nítido. Ele sorriu com frieza. A mão dele esfregou e apertou os seios dela. Sapphira chorou em seus braços, mas ele não tinha qualquer consideração por ela. Tentei me mover, para chegar até ela, mas estava presa pela força incrível do guarda.

Sapphira olhou para baixo e viu o cadáver de Martha. Ela se debateu nos braços de Mesteir, que a segurou com mais força quando o medo se apoderou da garota que berrava a plenos pulmões.

— Eu disse que precisava de uma substituta quando você fugiu — Meister disse, novamente, e eu empalideci. Ele acariciou a bochecha de Sapphira. — Quando descobri a identidade da garota, sabia que só poderia ser ela.

A mão dele desceu pelo torso de Sapphira, até chegar ao centro dela. Eu gemia de angústia quando ele a tocou entre as pernas. Seus olhos castanhos fixos nos meus – implorando, chorando por ajuda.

— E sua boceta é mais apertada. Muito, muito apertada, porra. — Ele encolheu os ombros, gemendo como se esse fato lhe trouxesse prazer. — Suponho que seja por causa da idade dela. Quatorze anos. — Ele balançou a cabeça. — Tão boa pra caralho. Para lamber. Provar. Boceta adolescente, perfeita.

Choraminguei, incapaz de suportar que ele falasse da minha filha daquela maneira. Com seus olhos em mim, ele disse:

— E ela adora isso... veja. — Meister segurou a nuca de Sapphira e a empurrou para frente. Seus pés tropeçaram enquanto ela tentava se manter em pé. Meister a curvou sobre a mesa no centro da sala e afastou seu vestido sujo.

Perdi o controle. Cada fibra do meu ser ganhou vida com o pensamento de Sapphira naquela mesa, sendo estuprada. E quando ela olhou para mim, seus olhos indefesos, mas resignados com seu destino, não pude fazer mais nada.

Esperneei, chutei e arranhei o guarda que me segurava, frenética e completamente selvagem.

— Porra! — o guarda gritou quando consegui acertá-lo entre as pernas. Seus braços me soltaram e eu avancei.

Corri para Meister, com força total, e empurrei seu peito. Ele cambaleou apenas uma fração de segundo. Mas foi o suficiente para Sapphira se libertar e recuar. E eu avancei. Punhos cerrados, ataquei seu rosto. Eu bati e soquei, até que a paciência de Meister acabou e ele bateu no meu rosto. Eu caí no chão com o golpe, chocando-me contra a mesa. Mas ele continuou avançando, o rosto furioso, seus golpes atingindo todos os alvos – rosto, estômago, meu peito.

— Phebe! — Ouvi Sapphira chamar, chorando atrás de mim. Mas tudo que eu conseguia pensar era que ela estava segura agora. Eu a salvei dele.

Meister me puxou para mais perto de si. Seus olhos azuis estavam em chamas.

— Você quer foder tanto assim, vagabunda? — ele perguntou com os dentes cerrados, cuspindo no meu rosto.

Não respondi, mas, em vez disso, o deixei me girar e bater meu peito contra a mesa. Fiquei sem fôlego, mas quando olhei para cima, vi o guarda que anteriormente me segurou, segurando minha filha em vez disso. E ela estava partindo meu coração, chorando. Ela observou, encarou meus olhos enquanto Meister levantava meu vestido e se enfiava dentro de mim. Ainda dolorida por causa de suas unhas que haviam cortado minhas entranhas, seus dedos me tomando com tanta força, e meu rosto ainda latejando de seus golpes, mantive a expressão calma. Dei um sorriso débil, tentando dizer a ela que estava tudo bem. Eu sorri para Sapphira e mantive o olhar fixo ao dela. Se ela sustentasse meus olhos com os dela, ela não veria Meister me atacando com tamanha brutalidade. Ela não me veria querendo gritar de agonia e dor.

Ele tomou e tomou, mas tudo que eu conseguia pensar era que estava feliz por estar acontecendo comigo e não com Sapphira. Eu não poderia ter visto isso... isso teria me matado.

Meister grunhiu e berrou às minhas costas até que senti seus quadris sacudindo. Até que o ouvi gritar durante seu orgasmo. Senti sua semente jorrar dentro de mim e respirei, sabendo que tudo havia acabado.

Meister se inclinou sobre mim e com sua boca no meu ouvido, disse:

— Amanhã vocês duas estarão fora da minha vida e irão para o inferno. Então irei atrás de todos que você ama. Sua irmã no Hangmen e aquele idiota com quem você andou trepando. Cada um deles vai morrer. Devagar. E eles morrerão sabendo que você os condenou. Amaldiçoados. — Meister sinalizou para o guarda soltar Sapphira. Ela ficou parada, sem saber o que fazer.

Ouvi os passos dos homens se movendo em direção à saída e a porta se fechando atrás deles. Quando olhei para verificar se haviam sumido, minhas pernas cederam e desabei no chão. Tentei erguer meu corpo, mas não consegui.

— Phebe! — A voz suave de Sapphira soou como as boas-vindas do céu aos meus ouvidos. — Phebe — ela disse, novamente. Lágrimas inundaram seu rosto quando ela olhou para mim. Quando segui seu olhar, vi o sangue escorrendo do meu centro, manchando minhas coxas.

— Está tudo bem — assegurei, e quase despedacei quando ela se aproximou e se ajoelhou ao meu lado. Observei seus belos traços e liberei as lágrimas quando vi aquela pinta que sempre amei ao lado de seu olho esquerdo.

— Você está ferida. — Ela estendeu a mão, timidamente, sem saber onde ela poderia me tocar. Mas eu queria muito sentir o toque de sua mão. Estendi a minha e a segurei, trazendo-o ao meu rosto. — Por quê? — ela questionou e chorou ainda mais, suas paredes desabando. — Por que você fez isso? Ele... Ele te machucou tanto.

— Eu não podia deixá-lo machucar você ainda mais. — Tentei mover as pernas. Sapphira colocou os braços sob os meus e me ajudou a me recostar contra a parede mais próxima. Ela estava tão magra, tão fraca, mas ela me carregou... meu bebê.

Ela se sentou ao meu lado. Peguei sua mão e vi a mãozinha de recém-nascida no centro da minha palma, quatorze anos atrás. Em seguida, sua mão de quatro anos na minha enquanto corríamos pelos campos em uma de minhas visitas. Sua mão trêmula na minha quando ela recebeu seu primeiro toque de um homem.

Tudo isso era a minha filha... minha linda filha.

— Você é minha — afirmei, incapaz de conter as palavras por mais tempo. — Você é meu milagre, minha garotinha. — Minha voz estava rouca e vacilante, mas senti Sapphira ficar tensa ao meu lado.

Quando olhei para sua expressão confusa, sorri, mesmo com a dor lancinante. Porque ela estava aqui ao meu lado. Ela estava aqui, quando pensei que a tinha perdido. Não havia mais dor agora que eu podia segurar sua mão na minha mais uma vez.

Seus olhos estavam arregalados enquanto ela me ouvia confessar meu maior segredo. Enquanto eu a observava, senti tanto amor por ela, tanto que era indescritível.

— Você é minha — repeti, sem desviar o olhar em momento algum. — Minha.

Beijei as costas de sua mão e tentei não desmoronar ao ver seus ferimentos e o rosto machucado.

— Eu... Eu não entendo — ela disse, confusa.

Sua mão tremia na minha. Eu a segurei com mais força.

— Eu dei à luz a você quando tinha doze anos.

Sapphira arfou, chocada. Senti sua pulsação acelerar e vi seus olhos brilharem. Ela piscou, os longos cílios como leques emplumados enquanto ela tentava compreender tudo o que revelei. Pigarreei, as lágrimas escorrendo pelo meu rosto.

— Eles tiraram você de mim. Eles a tiraram de mim, contra a minha vontade e não me deixaram ficar contigo. — Inclinei-me para frente e beijei sua testa. — Mas eu lutei para ver você. Fiz tudo o que pude para vê-la.

— Você... — ela sussurrou. — Você é minha irmã. Você me disse que era minha irmã...

— Eu não tive escolha. Eles não me deixaram dizer a verdade. Eles não queriam que nos apegássemos demais. — Eu ri sem alegria. — Não funcionou. Desde o minuto em que nasceu, você se tornou minha alma inteira.

O lábio inferior de Sapphira tremeu enquanto ela olhava para mim. A menina observou meu rosto como se me visse como alguém distinto.

— Eu também queria você — ela disse, suavemente, e se aproximou de mim. — Eu perguntava por ti o tempo todo, mas eles diziam que você não viria a mim a menos que eu fizesse o que eles mandassem. Eu... Eu a queria. Minha irmã Phebe.

— Você queria? — perguntei em descrença.

Ela sorriu de leve.

— Meus momentos favoritos eram quando você ia me visitar. Eu contava os dias me perguntando onde você estava. — Então ela baixou o olhar, e depois me encarou, nervosa. — Eu... Sempre quis uma mãe.

Suas palavras estilhaçaram meu coração. Meus olhos se fecharam.

— Phebe? — ela murmurou com urgência, e eu sorri.

Sorri apesar da dor e das lágrimas.

— Eu também sempre quis você.

Abri os olhos e vi Sapphira me encarando com nada além de amor em seu olhar. Então ela olhou para o corpo de Martha no chão e a tristeza rapidamente a dominou. Ela se desfez. Minha filha se desfez e, pela primeira vez na vida, eu estava aqui para oferecer conforto... Estava *aqui* por ela...

Eu a segurei em meus braços, puxando-a contra meu peito. E ela veio. Ela aceitou o consolo que ofereci e fez meu coração disparar. Eu a ninei, beijando o topo de sua cabeça. Eu a segurei em meus braços, e mesmo neste inferno, eu poderia ter sido enganada em acreditar que estava ao lado de um rio celeste, em paz e contente.

Sapphira chorou. E eu chorei enquanto a segurava.

— Shhh... — eu a tranquilizei e ouvi sua respiração arquejante.

Ela desmoronou em meus braços por muitos minutos, até que sua respiração se acalmou e ela lentamente voltou ao normal. Aproveitando o silêncio, falei:

— Eu não sabia que você estava aqui. — Sapphira ficou rígida. — O Profeta, ou quem todos acreditamos à época, ser o Profeta, me disse que a tinha salvado. — Estremeci. — Pensei que você estava segura.

— Fui entregue ao Meister — alegou, e senti a culpa se enraizar. — Eu... Não me lembro muito disso até... até algumas semanas atrás, quando ele me trouxe aqui. — Ela soluçou. — Ele me queria... ele me usou. Ele me queria como sua princesa branca, ele disse.

Suas palavras enviaram uma pontada de dor em meu estômago. Sapphira ergueu a cabeça.

— Eu não posso acreditar nisso. — Corando, olhos tímidos, ela passou o dedo pela minha testa, pela minha bochecha e pelos meus lábios. — Minha mãe — sssurrou e o som dessa palavra em seus lábios perfurou meu coração. — Você é minha mãe... — Ela deu uma única risada, então seu cenho franziu e ela começou a chorar. — E você me salvou dele. Você tomou meu lugar. E ele... ele...

— Sempre — prometi e coloquei sua cabeça em meu ombro.

— Por que a vida é assim? — Sapphira perguntou, baixinho. Ela olhou para mim e encontrei seu olhar. — É... dolorosa. É triste.

Uma tristeza incontida cavou dentro de mim com a vida que ela teve. Que ela tinha vivido.

— Não é — assegurei e observei a surpresa florescer em sua expressão. — Lá fora, há felicidade a ser encontrada.

— De verdade?

— Eu vi. Eu... por um tempo curto e precioso, eu vivi isso.

Suas sobrancelhas se ergueram.

— E como é?

— Lindo, se você apenas deixar a luz entrar. Se perseguir o nascer do sol. — Sorri para mim mesma. — Há um homem lá fora que me fez acreditar em algo que pensei estar perdido para sempre.

— O quê?

— Amor. — Olhei para minha filha. — Eu tenho amado você. Eu a amei, ansiei por você, mas fui ferida a cada passo do caminho. Eu tenho uma irmã; você tem uma tia. Lilah. E eu a vi ser machucada tantas vezes que perdi a conta. E você tem uma prima, Grace, que você simplesmente adoraria.

— Eu tenho? — Sapphira perguntou em estado de choque.

Assenti com a cabeça.

— E então tem o AK. O homem que me mostrou o que o bem realmente significa. Que me mostrou amor incondicional. Um homem do qual abri mão porque não podia mais causar-lhe dor. Ele também sofreu muito nesta vida. — Então meu coração pesou. — Mas Meister tem Grace. Ela está aqui... em algum lugar.

Os olhos de Sapphira se fecharam.

— O que... o que vai acontecer conosco? O que será de todas nós?

Eu a segurei com mais força enquanto ela descansava no meu ombro mais uma vez.

— Não sei — admiti com sinceridade. — Mas vou lutar por nós. Por você e Grace. Eu vou... — Eu a beijei, passando a mão por seu cabelo loiro. — Vou lutar pela minha filha.

A respiração de Sapphira se estabilizou em um ritmo suave e, sem ver seu rosto, eu sabia que havia sorrido.

— Filha — ela murmurou e rodeou meu corpo com seus braços. — Mãe... Eu gosto de como isso soa.

Quando ela adormeceu contra mim, embalada em meus braços, percebi que desejos e esperanças poderiam se tornar realidade. Eu a embalei para dormir quando mais importava. E embora não soubesse o que

Meister planejava, eu nunca a decepcionaria novamente. Neste momento obscuro, apreciei cada segundo deste tempo; este momento de silêncio com minha filha de volta em meus braços. Quando bebê, seu coração batia próximo ao meu. E em meu abraço caloroso, ele bateu mais uma vez, me tornando inteira.

Depois de todos esses anos de luta, meu bebê estava de volta comigo. Adormecida, confortada pelo meu toque.

E eu morreria para mantê-la segura.

— Onde estamos indo? — Segurei a mão de Sapphira. O guarda não falou enquanto nos arrastava para fora da sala em que havíamos dormido. Ele nos forçou a sair para a luz forte da manhã e em direção a uma van que nos esperava.

Três vans maiores estavam ao lado. Meister ficou parado, esperando. Ele viu quando a porta foi aberta e fomos jogadas para dentro.

— Tia Phebe! — Uma voz familiar gritou quando caí no chão do veículo. Sapphira veio ao meu lado e eu a puxei para o meu lado. Grace estava enfiada no canto da van, parecendo apavorada.

— Grace — eu disse, aliviada, e ela correu para meus braços.

— Tia Phebe... Estou com medo. — Ela chorou e enfiou a cabeça na curva do meu braço. Balancei a cabeça, lágrimas brotando de meus olhos enquanto tentava pensar no que fazer. Mas não tive respostas. Dedos suaves enxugaram as gotas de minhas bochechas. Virei-me para ver Sapphira me dando um sorriso tímido.

Mais dor do que já senti em minha vida passou por mim quando percebi que tudo isso – essa dor e sofrimento, esse tratamento bruto por parte dos homens – não eram novidade para Sapphira. Aquilo era tudo o que ela conhecia.

A cabeça de Grace se ergueu e a pequena olhou para Sapphira. Eu abracei Grace com mais força.

— Grace, esta é Sapphira... — Inspirei profundamente e disse: — Minha... minha filha.

Ouvi quando Sapphira prendeu a respiração, ciente de que ela sentia a estranheza que aquelas palavras conjuravam tanto quanto eu. Mas elas pareciam certas, e quando eu, nervosamente, encontrei o olhar de Sapphira, vi uma sensação de paz se instalar em suas íris castanhas.

— Sua filha? — Grace fungou.

— Sim.

Sapphira passou a mão pela cabeça de Grace.

— Prazer em conhecê-la, Grace — ela disse, tímida.

— Igualmente — Grace respondeu.

Tive pouco tempo para aproveitar o momento. As portas foram fechadas com força e fomos mergulhadas na escuridão. Então, segurei minha sobrinha e minha filha, as mãos firmemente entrelaçadas às delas.

E enquanto éramos levadas para longe, orei para quem estivesse ouvindo para que eu pudesse, de alguma forma, nos tirar disso com vida.

Nós merecíamos uma chance de felicidade.

CAPÍTULO VINTE

AK

Fazenda isolada, La Cruz, México

Minha barriga estava grudada ao telhado enquanto esperava, o sol surgindo no horizonte. Ele aqueceu minhas costas, me levando de volta ao Iraque. Respirei continuamente, os olhos examinando a casa da fazenda abandonada. Já estávamos aqui há duas horas, disfarçados pela cobertura da escuridão. Verifiquei as outras posições: Hush e Cowboy ao norte, Tank, Tanner e Bull ao sul. Flame e Viking estavam a oeste, e, ao meu lado, estavam Styx, Smiler e Ky. Ash e Slash estavam no celeiro caindo aos pedaços que usávamos como esconderijo para a caminhonete e as motos. Rider recebeu uma arma e ordens para ficar guardando a caminhonete. O filho da puta poderia ser útil em uma luta.

O encontro com os Diablos foi surpreendentemente tranquilo.

— Precisamos de uma passagem para o México — Ky disse ao Chávez, o *prez* dos Diablos.

Como Styx, ele herdou o título quando Styx matou seu pai na guerra contra o cartel, logo depois que o pai de Chávez colocou uma bala no crânio do pai de Styx. Não havia amor entre os dois filhos, ambos na casa dos vinte e poucos anos e de constituição e selvageria semelhantes. Mas com um "*você nos deve, e quando chegar a hora, vou cobrar esse favor*" de Chávez, o acordo foi fechado e nós cruzamos a fronteira, sem perguntas, sem sermos detectados pelo cartel, patrulha de fronteira, ou melhor, Meister e esse Garcia.

— Atenção — Ky disse, ao meu lado, enquanto a nuvem de poeira vindo da estrada crescia à distância. Assobiei, dizendo a todos os nossos irmãos que a merda estava prestes a acontecer. Concentrei-me em meu escopo e observei enquanto um único Escalade se aproximava.

Aumentei o aperto, dando início à minha procura por um alvo. A casa da fazenda ficou em silêncio quando o Escalade parou. Era à prova de balas, blindado. Caro pra caralho. Os filhos da puta claramente esperavam problemas no dia a dia. E eles tinham dinheiro. Muito dinheiro.

Respirei fundo, observando, bloqueando tudo, enquanto a porta se abria. Um mexicano musculoso desceu do lado do motorista com o rifle na mão. Ele esquadrinhou a área, mas era óbvio que deve ter estado aqui muitas vezes antes, logo, não esperava problemas.

Exatamente com o que nós estávamos contando.

Ele abriu a porta de trás e um filho da puta de aparência nojenta saiu. Ele era alto e musculoso, com cabelo preto azeviche.

O chefe.

Garcia.

Ouvi Ky rosnar. Styx colocou a mão em seu ombro. Olhei para a minha esquerda, vendo o rosto de Ky mais lívido do que eu já tinha visto em todos os anos que o conhecia. O *prez* não parecia muito diferente, mas aquele maldito sabia quando ser paciente e quando matar.

Eles conheciam esse idiota. Isso era nítido. E pela reação deles, esse filho da puta tinha uma história. Mas não havia tempo para saber mais.

Mais três homens desceram dos bancos traseiros. Mais músculos. Mas era só isso. Cinco no total.

Os compradores.

Traficantes.

Minutos se passaram enquanto todos conversavam e riam. Como se estar prestes a trocar a porra da minha mulher não fosse nada para suas vidas. Eu queria tanto puxar o gatilho. Eu queria abrir um buraco em cada um de seus crânios, mas ainda não havia sinal de Phebe. Nenhum sinal de...

O som de carros se aproximando veio da estrada de chão. Eu me virei, silenciosamente, e através do telescópio vi quatro vans: três grandes e uma pequena.

Meu coração começou a disparar, mas eu me mantive calmo. Senti a tensão emanando de Ky ao meu lado. Verifiquei se os irmãos estavam prontos, e percebi que já estavam com suas armas em punho.

Dois minutos depois, as vans pararam e Meister saltou da cabine da menor. Os motoristas das três principais vans permaneceram em seus assentos. A van menor manteve minha atenção. Se as prostitutas da seita estavam naquelas vans, que porra havia na menor?

Meister e Garcia apertaram as mãos e tive vontade de rir. O rei da Irmandade Ariana fazendo negócios com um mexicano. Maldito hipócrita.

Eles conversaram e nós esperamos. Então, um grito alto veio da parte de trás da van menor. O cabelo da minha nuca se arrepiou quando reconheci aquela porra de voz.

Phebe.

E ela não parou. Suas mãos bateram nas portas fazendo tanto barulho que as costas de Meister enrijeceram de aborrecimento e ele caminhou para a parte traseira. Ele abriu as portas e, através da minha mira, vi três figuras: Phebe, uma loira e... Grace.

Estendi minha mão e toquei no braço de Ky. Apontei para a van, sinalizando que ela estava lá. Então Meister puxou Phebe de dentro da van, e assim que seus pés atingiram o chão, ele acertou seu rosto com a mão. Sua cabeça foi para trás e, quando olhei de perto, vi que ela foi espancada... e meu sangue ferveu quando vi o sangue seco em seu vestido.

Ele a tocou... aquele filho da puta a tinha tocado.

Respirei pelo nariz, me forçando a ficar calmo. Meister arrastou as outras duas figuras para fora. Uma loira saiu primeiro e eu soube, simplesmente soube, na mesma hora, quem era. Phebe, atacando o guarda que tinha vindo se juntar a Meister, estava gritando, lutando para chegar até ela.

Sapphira.

Ele jogou Sapphira no chão, seu corpo magro desabando, sem forças. Ela ficou abaixada, com muito medo de se levantar. Meister puxou Grace para fora, mas o filho da puta não foi rude com ela. Em vez disso, ele segurou a mão da menina e a levou até Garcia, que sorriu e se agachou. Sua mão afastou o cabelo da criança do rosto, e ouvi Ky perder o controle ao meu lado – um rosnado baixo de raiva fervente, seguido por:

— Esse filho da puta vai morrer, porra.

Esse foi o único aviso que recebi antes que o inferno explodisse.

Ky disparou um tiro direto em Garcia. Mas assim que a bala saiu de seu cano, o guarda de Garcia se moveu à sua frente, levando o tiro. O lado da cabeça do cara explodiu e ele caiu no chão, e o lugar virou um caos.

— Porra! — Ky assobiou.

Armas dispararam em todas as direções. Ky e Styx desceram correndo as escadas do prédio, entrando na briga. Mirei e atirei em outro guarda mexicano. Ele caiu quando acertei o alvo.

Garcia saltou para a traseira do Escalade e fechou a porta. As balas ricochetearam no metal, não conseguindo atravessar. Grace gritou, cobrindo os ouvidos com os sons.

Ky mergulhou para sua filha, mas ao fazê-lo, Meister a agarrou e puxou-a contra o peito. Ele pegou sua arma e apontou para a cabeça de Grace.

Ky parou, assim como Styx. Com o coração batendo forte, alinhei meu tiro, colocando o alvo na cabeça de Meister.

Calma.

Respire.

Foco.

Mas antes que pudesse puxar o gatilho, um tiro disparou às costas dele. A bala atingiu seu crânio, cérebro e osso voando no ar. Ergui a cabeça quando o corpo enorme de Meister inclinou para frente, morto, olhos azuis abertos para sempre, caindo em cima de Grace. Ky o tirou de cima dela em segundos, pegou sua filha e correu de volta na direção do celeiro. Virei a cabeça, procurando pela pessoa que havia atirado no filho da puta. Phebe estava com um rifle na mão, as mãos tremendo e as bochechas pálidas. Ela havia atirado nele.

Um tiro direto em Meister.

Sapphira ainda estava no chão, escondendo a cabeça com as mãos. Mais dois homens vieram correndo para Phebe. Eu atirei em um, depois no outro, não deixando nenhum deles se aproximar dela. Eu tinha acabado de alinhar meu próximo alvo, algum motorista da Irmandade Ariana que havia pulado da van, quando um tiro disparou atrás de mim. Em segundos, rolei de costas, pronto para atacar quem quer que estivesse lá, e o corpo de um homem da Klan caiu no telhado ao meu lado. Olhei para cima para ver quem havia acabado com o filho da puta.

Lil' Ash.

Sua arma estava erguida, as narinas dilatadas enquanto ele olhava para o skinhead agora morto.

— Ash.

Seus olhos negros estavam arregalados de choque, mas ele conseguiu olhar para mim.

— Eu o vi subir as escadas. Eu tive que segui-lo.

— Ash...

Ouvi o som de pneus cantando na estrada. Rolei de volta, de bruços, e vi todas as três vans saindo para a estrada de terra, abandonando os homens da Klan que ainda estavam lutando contra meus irmãos. Flame estava cortando algum maldito com suas facas; Viking atirava em qualquer filho da puta que se movesse.

E então eu o vi. Um homem da Klan se levantou do chão, sangrando de um ferimento a bala no ombro. Phebe estava olhando ao redor, atordoada, mãos ensanguentadas, rosto pálido, perdido, tentando encontrar Sapphira. Ela tinha ido embora. Onde diabos ela tinha ido?

Então eu vi, quase em câmera lenta, quando o maldito apontou a arma para Phebe. Lutei para pegar meu rifle, determinado a acabar com esse filho da puta. E atirei, enviando uma bala em seu coração. Mas ele já havia disparado antes de atingir o chão.

Eu assisti tudo aquilo impotente. Observei Sapphira sair correndo de trás da porta de uma van e empurrar Phebe para fora do caminho. E vi quando a bala passou direto por seu estômago. Seus olhos castanhos estavam arregalados, virando-se para Phebe quando caiu no chão.

Eu saí correndo no minuto em que Phebe levantou a cabeça e viu Sapphira no chão. Eu estava lá em segundos, eliminando os últimos filhos da puta que ficaram no meu caminho. Segui o som dos gritos frenéticos de Phebe e corri para onde ela estava sentada, gritando e chorando com Sapphira em seus braços. O sangue se espalhou pelo vestido branco da garota, sangue vermelho brilhante esvaindo de sua barriga.

— Não! — Phebe gritou quando o tiroteio parou.

As vans haviam partido; o Escalade também. Garcia havia fugido.

— Rider! — gritei e me ajoelhei ao lado de Phebe. Ela estava uma bagunça, espancada, machucada e havia sido, claramente, estuprada, mas seus olhos azuis estavam selvagens, inchados pra caralho, quando ela encontrou o meu olhar.

— Sapphira! — Ela chorou mais, quase incapaz de respirar.

Achei que já tivesse visto dor antes. Achei que tivesse visto a porra do terror da perda. Mas, naquele momento, percebi que não tinha visto nada. Phebe, minha Ruiva, estava morrendo junto com sua filha. A porra do seu coração partido e sangrando.

Rider veio correndo até nós. Nossa van chegou segundos depois, Slash no volante. Grace estava na frente da cabine, suas pequenas mãos no vidro, tentando ver Phebe e Sapphira.

— Eu preciso dela na parte de trás — Rider informou.

Peguei Sapphira em meus braços. Phebe estendeu a mão, tentando pegá-la de volta, perdendo o controle ainda mais, segundo a segundo.

— Entre na van, Ruiva — ordenei, tentando ser rápido. Ela tropeçou em seus pés. Coloquei a garota no chão e Rider começou a trabalhar. Ele rasgou seu vestido, e observei enquanto ele esfregava a mão no rosto, vendo o ferimento. Era ruim. Era muito ruim.

Eu podia dizer por sua reação.

— Precisamos ir agora — ele disse e começou a trabalhar.

Levantei Phebe e coloquei-a ao lado de Sapphira. Ela caiu de joelhos ao lado da filha e segurou a mão dela, balançando o corpo para frente e para trás.

Ela já estava emocionalmente longe demais.

Minha Ruiva estava perdida em sua própria mente.

Eu me virei e vi meus irmãos voltando para suas motos. Então vi Ash, parado sozinho, olhando para a porra de suas mãos. Eu corri até ele.

— Ash — eu o chamei, e ele olhou para cima. O garoto nem tinha visto a comoção, muito ocupado enlouquecendo a respeito de sua primeira morte. — Você está bem?

Ele assentiu com a cabeça, entorpecido.

— Eu preciso que você leve minha moto de volta para Austin. — Ele assentiu novamente. — Ash? — chamei e Flame apareceu atrás dele. Ash olhou para seu irmão mais velho e engoliu em seco.

A mão de Flame se fechou ao seu lado, depois se abriu e se fechou novamente.

— Eu cuido dele — ele garantiu, e então, completamente sem jeito, colocou a mão no ombro do garoto e apertou. Eu vi as malditas lágrimas inundando os olhos de Ash somente pelo fato de Flame o estar tocando. Com o fato de ele ter matado alguém.

Flame o estava *tocando.*

Dei as chaves para Flame, então me virei e corri de volta para a van. Fechei as portas e me sentei ao lado de Phebe. Puxei minha cadela em meus braços enquanto Rider trabalhava em Sapphira. Quando nos movemos, Phebe olhou para mim, sua filha desmaiada no chão diante dela, e não gostei do que vi em seus olhos. Ela estava morta. Seus olhos estavam mortos pra caralho. As lágrimas haviam cessado, ela estava entorpecida, mas sua mão segurava com força a da filha.

Então eu a segurei.

Eu apenas a segurei.

PHEBE

— Não! — Uma voz gritou ao meu lado. Pisquei e ouvi dois tiros.

Eu me virei e Sapphira saltou diante de mim. Eu estava confusa. Eu não sabia o que havia acontecido... até que a vi cair... desabando no chão. Eu me joguei ao seu lado, e então vi todo aquele sangue escorrendo de sua barriga. Vi seus olhos castanhos me observando, silenciosamente me implorando para salvá-la.

— Sapphira. — Seus olhos começaram a fechar. O pânico tomou conta de mim enquanto o sangue continuava a fluir. Eu a puxei para os meus braços, tentando acordá-la. — Sapphira! — gritei, percebendo que ela não acordava. Segurei seu rosto entre as mãos. Ela estava ficando fria... estava ficando muito fria...

AK estava me carregando para fora da van, mas não larguei a mão de Sapphira. Eu não podia. Ela precisava de mim.

— Eu sou a mãe dela — eu disse quando entramos no clube. Mas minha mão soltou a dela quando AK a puxou. — Eu sou a mãe dela — repeti, entorpecida.

— Ela precisa ir, Ruiva. Rider precisa tirar a porra da bala da barriga dela.

Cain e alguns dos homens a levaram para um quarto. Deixei AK me levar para que pudesse esperar na porta. Mas enquanto observava sua mão flácida na lateral da cama, a vida drenando de suas veias, enquanto observava seu rosto empalidecer mais ainda, e enquanto observava Cain tentar... tentar, mas falhar em salvar minha menina, eu sabia que era tarde demais.

Ela se foi. Senti isso dentro de mim. Ela tinha partido. Minha filha... ela havia morrido. Eu não a salvei. Quando chegou a hora, eu havia falhado... Tentei, mas como tudo o mais, não consegui salvá-la... quando mais importou...

... eu *falhei*.

Eu iria perdê-la quando acabei de recuperá-la. Quando ela tinha acabado de me chamar de "mãe". Quando finalmente tivemos nossa chance de uma vida melhor.

Meus pés recuaram. E mais uma vez.

— AK, preciso da sua ajuda — Cain disse ao lado de Sapphira.

AK passou por mim, mas continuei recuando em meus passos. Eu o vi pegar uma bolsa e enfiar uma agulha em seu braço. A poção. Eles estavam dando a poção para ela. Sapphira nunca mais voltaria. Eles precisavam da poção para livrá-la da dor, porque seu sofrimento nunca iria embora.

Ela nunca mais voltaria para mim. Para estar em meus braços. Para estar no meu coração.

Cheguei até uma porta e, precisando ficar sozinha, precisando ficar longe do sangue e da dor e da evidência do meu fracasso, a abri. Cambaleei para dentro, usando a bancada como guia. Eu não sabia para onde ir. Não sabia o que fazer. Eu precisava que essa dor em meu coração fosse embora. Eu precisava que a imagem de Sapphira, sangrando em meus braços, fosse embora.

Minha mão derrubou algo e eu olhei para baixo. Eu tinha derramado um frasco de comprimidos. Pílulas. Eu sabia que aquilo tirava a dor. Limpei a névoa de meus olhos e olhei em volta. Uma garrafa de álcool estava na bancada oposta.

Aquilo também afastava a dor.

Pegando o frasco, tentando ver através das lágrimas, tirei a tampa e peguei um punhado de comprimidos. Eu engoli um, então tomei um gole. E fiz de novo, e de novo, e de novo... até que a dor começou a diminuir. Repeti o mesmo ato inúmeras vezes, até que minhas pálpebras se fecharam e acordei em uma floresta familiar.

Limpei os olhos enquanto observava a beleza das árvores verdes brilhantes. A grama estava macia sob meus pés descalços. Meus braços estavam livres de hematomas e... não havia dor.

— Mamãe? — Fechei os olhos ao som idílico de uma voz suave. Mamãe. — Mamãe, você está aqui. — Não havia aflição ou sofrimento em sua voz, nem medo. Havia apenas... felicidade.

Abrindo os olhos, encarei o longe, na direção ao rio. Sapphira estava sentada na grama. Ela estava vestida de branco, seu longo cabelo loiro esparramado pelas costas em ondas suaves. E ela sorria.

— Sapphira — sussurrei, correndo para onde ela estava sentada.

Abaixei-me ao seu lado e a peguei em meus braços. Ela se encaixou perfeitamente, como sempre deveria ter sido.

— Você está em paz agora? — Beijei sua testa.

— Estou, agora que você está aqui — ela disse e deitou a cabeça no meu colo. Sapphira suspirou enquanto eu observava a água brilhante do rio. — Podemos ficar aqui, mamãe? — Ela me encarou com seu lindo olhar castanho.

Inclinei-me e beijei o pequeno sinal que eu amava ao lado do seu olho.

— Podemos, sim — respondi, sabendo que seríamos felizes aqui.

— Que bom.

Ela adormeceu.

E eu sorri novamente. Porque tudo estava bem.

Até que enfim.

CAPÍTULO VINTE E UM

AK

— Você acha que ela vai sobreviver? — perguntei a Rider, baixinho, para que Phebe não me ouvisse.

Rider largou a bala em uma bandeja ao lado dele e ergueu o olhar. Tive que dar crédito ao ex-profeta, o filho da puta tinha abaixado a cabeça e lidado com essa merda sem reclamar. Acontece que ele derrubou alguns membros da Klan no processo também. Não tínhamos visto outra caminhonete chegar no final do tiroteio. Rider atirou no motorista e em um outro antes que um deles fugisse.

Aquele que Ash atirou antes que pudesse me matar.

Ele assentiu.

— Parou o sangramento rápido o bastante. Ela precisa de mais sangue, estou esperando pelo seu tipo, mas ela deve ficar bem. A bala atingiu o lado esquerdo da barriga, e nenhum órgão vital foi afetado. Felizmente. Ela deve ficar bem.

O alívio percorreu meu corpo. Balancei em meus pés quando ele começou a dar os pontos no ferimento da garota.

— Obrigado — murmurei.

Rider levantou a cabeça, surpreso. Com relutância, encontrei seu olhar, e ele assentiu com a cabeça.

— Depois do que Phebe fez por mim, por Bella, e depois de descobrir que Judah fez tudo... isso. — Ele olhou para Sapphira e cerrou os dentes.

Ele tinha ouvido toda a história das negociações de tráfico de seu irmão. O filho da puta levou isso a sério. A maior parte da merda já acontecia há meses, tudo pelas suas costas enquanto ele ainda era profeta.

Na verdade, senti algo próximo a simpatia pelo idiota.

Eu me virei para olhar para Phebe na porta, mas ela não estava lá.

— Phebe? — Cheguei perto da porta e olhei para fora do corredor. — Phebe? — chamei de novo.

Corri para o bar, me perguntando onde diabos ela estava, vendo apenas Vike sentado ao balcão.

— Você viu a Phebe? — perguntei.

— Ela não esteve aqui — ele respondeu.

Corri de novo para o corredor e comecei a verificar os quartos dos irmãos no clube. A maioria dos irmãos estava dormindo ou tinha ido para casa. Eu corri para fora das portas e no ar noturno. Hush e Cowboy estavam sentados no quintal, bebendo e fumando.

— Você está bem, *mon frère*?

— Phebe? — repeti o nome dela de novo, começando a entrar em pânico pra caralho.

— Ela não veio pra cá — Hush respondeu. — Estou aqui desde que voltamos.

Tentei pensar. Tentei imaginar onde diabos ela poderia ter ido. Corri de volta para o clube e comecei a verificar as portas, uma após a outra – armazenamento, arsenal, malditos banheiros. Cheguei então à porta que dava para uma sala de descanso atrás do bar, onde quem estivesse trabalhando podia fumar ou beber alguma coisa. Abri a porta e congelei. Um frasco de Tylenol estava caído sobre o balcão. Restavam apenas alguns comprimidos. Meu coração disparou e então parou quando vi um par de pés aparecendo no canto. Pálidos, sujos e cobertos de sangue seco.

— Phebe! Não! — gritei e caí de joelhos. — Phebe. — Peguei seu corpo sem vida em meus braços. Sua cabeça tombou para trás e uma dor afiada apunhalou meu estômago. — Não! — Olhei à esquerda. Uma garrafa vazia de uísque estava ao seu lado, uma que eu sabia que estava cheia ou quase cheia quando ela a pegou.

Eu a puxei para mais perto do meu peito e olhei para seu rosto. Ela ainda estava coberta de sangue, ainda quebrada e machucada, e eu não podia aguentar, porra. De novo, não. Não outra pessoa que eu amava.

— Phebe! — berrei e ouvi alguém entrar atrás de mim. Eu me virei, não dando a mínima para as lágrimas escorrendo pelo meu rosto enquanto segurava seu corpo sem vida em meus braços. — Ela mal tem pulso — eu disse a Vike.

— O que foi? — Ele se ajoelhou ao meu lado.

— Pílulas e uísque.

— Levante o tronco dela — ele instruiu.

Muitas memórias do passado vieram à minha cabeça. Dev, Tina... e agora Phebe. Eu não podia, não...

— Eu não posso perdê-la também.

Os olhos azuis de Vike encontraram os meus.

— Você não vai, irmão. Prometo. Basta levantar o peito dela. — A mão de Vike tocou minha bochecha. — Ela precisa de você, AK. Você sabe como isso funciona. Você sabe dessa merda. Ela precisa vomitar essa porra. — Ele segurou meu rosto com as mãos. — Ela ainda está viva, porra. Não é o Dev. Ela pode ser salva.

Não é o Dev.

Suas palavras romperam algo em mim, e eu me recompus. Inclinando Phebe para a frente, incapaz de observar qualquer ferimento, enfiei dois dedos em sua garganta e esperei até que ela engasgasse. Não peguei a porra de um balde e tive que me obrigar a não olhar para o sangue entre suas coxas ou então eu iria desmoronar. Em seguida, um gemido escapou pela sua boca, a porra do pequeno ruído soando como o maldito céu.

— Vamos — implorei e empurrei meus dedos ainda mais para baixo. O som de ânsia foi o prenúncio do vômito que veio logo em seguida. Eu continuei, vendo o coquetel de Tylenol e uísque de Phebe se espalhando pelo chão. — Chame o Rider — eu disse a Vike.

Inclinei-me para frente e vi seus olhos. Eles estavam revirando, lutando contra a consciência.

— Você não vai morrer, Ruiva — atestei. Seus olhos se abriram um pouquinho. — Eu não vou deixar você morrer — murmurei assim que Rider entrou na sala.

— Overdose — reportei. — Acho que ela já botou tudo para fora.

— Leve-a para um dos quartos — Rider instruiu sem perder o ritmo.

— Para o meu — Vike disse. Eu a peguei em meus braços, observando enquanto ela lutava para acordar.

Eu a deitei na cama de Vike e Rider entrou segundos depois. Ele colocou uma agulha direto no braço dela e a conectou a uma intravenosa.

— Podemos precisar fazer uma lavagem estomacal — Rider falou. Ele verificou a pulsação de Phebe no braço. — O pulso dela está ficando forte. — Ele olhou para mim. — Sobrou alguma coisa no estômago dela?

— Nada. — Afastei o cabelo sujo de seu rosto, lutando para não me desfazer novamente. — Ela precisa de um banho. — Fechei os olhos e engoli a porra do caroço na garganta. Então olhei para baixo, entre suas pernas. Seu vestido ainda a cobria, mas o sangue estava lá. — Ele a estuprou, porra. — Minha voz falhou. Eu estava perdendo a batalha contra minhas malditas lágrimas. — Olhe para a porra do estado dela. — Encarei Vike. — Quanto uma pessoa pode aguentar, cacete? — Minha mão pairou sobre seus lábios inchados e rosto ferido. Ela era linda pra caralho. E não ia morrer.

— Não podemos levá-la ao hospital assim. Nem ela, nem Sapphira. Os policiais viriam atrás de nós em segundos — Vike disse a Rider. — Você tem que cuidar delas aqui. Se precisar de qualquer coisa, eu e Flame vamos buscar para você.

— Okay — Rider assentiu. Segurei Phebe enquanto Rider verificava sua pulsação mais uma vez. Um longo suspiro saiu de sua boca. — Ela está voltando ao normal. Sua pressão arterial está subindo novamente e seu pulso está estabilizando. — Ele se afastou da cama. — Mantenha-a aqui durante a noite para que eu possa ver como ela está enquanto cuido de Sapphira também.

— Okay. — Olhei para minha cadela. Porra, ela tinha acabado de ter sua filha de volta e fez isso... e então me ocorreu. — Ela pensou que a tinha perdido — murmurei, observando o rosto adormecido para ter certeza de que ela ainda estava respirando. — Ela pensou que Sapphira tinha morrido. Que morreu salvando... sua mãe, quando tudo que ela sempre quis fazer era salvá-la.

Ninguém disse nada em resposta. Mas eu não estava realmente falando com eles de qualquer maneira. Beijei a testa de Phebe, sentindo o calor enchendo sua pele sob meus lábios.

— Porra, Ruiva, acorde. Eu... Eu meio que preciso de você. — Fechei os olhos e a puxei para mais perto.

Não percebi quando Vike saiu, mas na próxima vez que olhei para cima, um soro estava pendurado em um suporte de metal. Coloquei Phebe na cama e me deitei ao lado dela. Segurei sua mão e a observei respirar.

E fiquei acordado a noite toda, me certificando de que ela estava respirando. Se Phebe estava respirando, ela poderia voltar para mim.

Então, eu a observei respirar.

Meus irmãos me observaram do bar quando a carreguei para fora. Flame e Vike estavam na caminhonete, esperando, assim como Ash.

— Você está bem, garoto? — Observei enquanto ele respirava fundo e assentia. Ele não estava bem. Eu sabia. Lembrei-me da minha primeira morte. Dev tinha me dado um uísque e disse que ficaria mais fácil daquele dia em diante.

E assim foi.

Sentei na parte de trás com Phebe, e Vike nos levou para casa. No minuto em que entrei na minha cabana, levei-a direto para o chuveiro, liguei a ducha e tirei suas roupas. Seus olhos piscaram, abertos, procurando por mim.

— Vou lavar essa merda de você, Ruiva. — Eu a coloquei no chão enquanto também tirava minhas roupas.

Nos enfiei debaixo do jato de água e a lavei. Ela gemeu em meus braços quando a água atingiu um hematoma, e tive que cerrar os dentes quando cheguei entre suas pernas. Vike pagou uma médica para examinar Phebe e Sapphira. Ela disse que o filho da puta de Meister arranhou e machucou a boceta de Phebe. Não era nada duradouro, só doeria por enquanto. Sapphira também havia sido estuprada, repetidas vezes ao longo dos meses, o que nós já sabíamos. Ela deu injeções e testou para todas as malditas doenças existentes.

Deu negativo para tudo.

Graças a Deus.

Então, eu, simplesmente a lavei. Eu a limpei até que ela fosse a minha Phebe novamente. Cabelo ruivo brilhante e pele como a porra da neve. E essas sardas. Essas malditas sardas. Sequei minha cadela e a levei para o quarto. Nosso quarto, porque desta vez ela não iria a lugar algum.

Não mesmo.

Subi na cama ao seu lado e segurei a maldita respiração quando ela se virou para mim e sorriu tanto quanto podia através de seus lábios machucados.

— Você também está aqui? — ela sussurrou. — Meus dois grandes amores comigo, felizes e em paz. — Seus olhos se fecharam e ela suspirou. — Não poderia ter sonhado que teria tanta sorte. — Franzi o cenho, me perguntando o que diabos ela quis dizer com aquilo. — Vou apresentá-lo a ela, AK. Você vai amá-la. — Ela riu, de leve. — E ela vai amar você. Porque você é tão fácil de se amar...

Phebe voltou a dormir e eu descansei a cabeça ao seu lado. Fechei os olhos, mantendo sua mão entrelaçada à minha para que ela não pudesse fugir novamente. E a espera começou. A espera para ela voltar para mim.

Assim, poderíamos começar de novo.

CAPÍTULO VINTE E DOIS

FLAME

Saí da casa do Vike e caminhei para minha cabana. Abri a porta e vi Ash sentado no sofá, olhando para a lareira apagada.

Ele nem olhou para cima quando fechei a porta. Seu rosto estava pálido e as mãos cruzadas no colo. Ouvi Maddie na cozinha, e passei por Ash, mas ele ainda não havia olhado para cima. Quando cheguei até Maddie, ela se virou. Seu rosto estava estranho.

Ela estava preocupada.

Ela estendeu as mãos e eu as peguei entre as minhas, puxando-a contra o meu peito. Seus braços enlaçaram minha cintura na mesma hora. Inalei seu perfume e fechei meus olhos.

— Como está Phebe?

— No AK — eu disse. — Mas ela ainda não acordou.

— E Sapphira?

— Viva.

Maddie deu um passo para trás e colocou a mão na testa.

— Que confusão. Tudo está uma bagunça. Grace está bem. Ela está abalada e com medo, mas Lilah e Ky estão com ela. — Os olhos de Maddie brilharam. — Ela é tão jovem para que isso acontecesse com ela. E Sapphira. — Minha cadela respirou fundo. — Eu... Eu sei como era a vida dela. Sendo forçada a esse tipo de servidão.

— Maddie — rosnei, incapaz de impedir a porra da queimação em minhas veias com o pensamento. Mas seus olhos pairaram em Ash no sofá.

— Ele também é jovem. — Ela olhou de volta para mim. — Não sei o que aconteceu. Ele não me disse.

— Ele matou alguém hoje, e salvou a vida do AK.

Os lábios de Maddie se separaram em choque. Seu rosto empalideceu e ela olhou para Ash novamente.

— Não me admira que ele esteja tão perdido. — Ela enxugou uma lágrima e me encarou novamente, segurando minha mão. — Você deve falar com ele.

Senti o gelo se alastrar pelo meu peito.

— Eu não sei o que dizer.

Maddie se aproximou até que estava pressionada ao meu corpo. Sua mão pousou sobre meu coração.

— Flame, você esteve lá. Você já passou por isso. O que significa que você esteve nessa mesma situação. — Ela fez uma pausa. — O que aconteceu com você? Como você lidou com isso?

— AK — respondi, pensando na minha primeira morte. Foi um Diablo. Estávamos fazendo uma corrida quando fomos atacados. Eu esfaqueei o filho da puta bem no coração. Eu o esfaqueei e o observei morrer. — AK me fez sentar, me deu um uísque e me disse que eu nunca mais me sentiria assim, digo, sentir mal por tirar uma vida. Que ficaria mais fácil.

— E funcionou?

— Eu não me senti mal, em primeiro lugar — admiti e observei Maddie congelar, então acenei com a cabeça. — Eu gostei. Aquilo fez com que as chamas em meu sangue não queimassem tanto.

Maddie estendeu a mão e puxou minha cabeça para baixo, então beijou minha boca; depois voltou a segurar minha mão.

— Mas Asher não é como você, Flame. Posso ver daqui que ele sente esse momento com força em seu coração. Acho que ele está em choque. Ele continua olhando para as próprias mãos. — Maddie beijou meus dedos. Arrepios surgiram na minha pele. — Ele precisa de você, Flame. Ele precisa do irmão.

Meu coração começou a bater muito rápido.

— Eu não sei o que dizer. Eu sou uma merda com essas coisas. Vou apenas esperar até Phebe melhorar e AK estar de volta e falar com ele.

— Ele não quer AK — Maddie disse e colocou minha mão sobre seu coração. — Ele quer você. Ele só quer você. — Ela sorriu, mas não era um sorriso feliz. Era triste. Eu não gosto dela triste. — Asher veio direto para cá, cerca de uma hora atrás, quando você ainda estava na sede do clube. Aqui, Flame. Não para a casa do Viking. Ele não ansiava por AK. Ele veio para nossa casa. Para você. Seu irmão. — Uma lágrima escorreu pela bochecha de Maddie. — Ele veio para o lugar onde se sentia seguro. Você o fez se sentir seguro.

Limpei a lágrima de seu olho e senti meu estômago apertar. Estendi a mão e mostrei para ela.

— Eu coloquei a mão no ombro dele.

Maddie arfou.

— Quando?

— Depois. Ele estava estranho. Eu coloquei a mão em seu ombro, então eu montei na moto ao lado dele durante todo o caminho para casa.

O lábio inferior de Maddie tremeu.

— Você o protegeu; cuidou dele.

— Eu fiz isso? — Franzi a sobrancelha. — Eu me certifiquei de que ele chegasse em casa, de que ele dirigisse a moto de AK em linha reta. Suas mãos tremiam muito.

Maddie sorria enquanto chorava. E este era um bom sorriso.

— Ele precisa de você, Flame. — Ela me abraçou novamente e eu beijei o topo de sua cabeça. — Você vê isso? — perguntou. — Este abraço?

Eu a segurei perto, confuso.

— Sim.

— Asher pode precisar de um também.

Eu congelei, porra, e todos os músculos do meu corpo retesaram.

— Eu não posso.

— Você pode — ela disse, então olhou para cima, me encarando com seus olhos verdes. — Como eu, ele ama você. E você o ama. Ele está seguro por sua causa. Ele pode precisar saber que é amado. Um abraço vai confortá-lo.

— Maddie...

Ela se afastou e foi até um armário para pegar dois copos e uma garrafa de uísque. Ela serviu o líquido – assim como AK tinha feito para mim anos atrás – e trouxe os copos para mim.

— Você se lembra do que AK disse a você? — Acenei em concordância. Lembrava de cada palavra. — Então leve um desses para Asher e diga o mesmo a ele. Isso vai ajudá-lo. Eu prometo. — Peguei os copos de Maddie. — Estarei esperando por você em nosso quarto.

— Maddie... — murmurei de novo, não tendo certeza se conseguiria fazer isso.

— Eu amo você. — Ela foi para o quarto, me deixando sozinho com Ash.

O uísque nos copos balançou de um lado para o outro. Eu fiz uma careta, vendo que minhas mãos tremiam. *Você se lembra do que AK disse a você?* Pensei nas palavras de Maddie, em seguida, caminhei em direção ao meu irmão.

Ele não levantou a cabeça até que me sentei no sofá ao seu lado. Também encarei a lareira, não vendo nada mais do que cinzas queimadas. Cerrando a mandíbula, estendi a mão na direção de Ash.

— Aqui — eu disse, segurando um copo de uísque.

Ash não fez nada durante alguns segundos, mas então aceitou minha oferta. Seus dedos tocaram os meus, e estavam gelados. Eles estavam tremendo.

Ouvi o ritmo estranho de sua respiração. Ele arfava, e mal respirava. Olhei para o lado e vi que sua cabeça estava abaixada.

Ele segurou o uísque nas mãos, sem beber.

— Beba — repeti.

Ash ergueu os olhos. Suas bochechas estavam pálidas pra caralho, e seus olhos estavam molhados. Lágrimas escorriam pelo seu rosto. Meu estômago revirou, mas eu não sabia o porquê. Apontei para o uísque novamente.

— Beba.

Ele não bebeu. Apenas ficou sentado lá, olhando para mim com lágrimas escorrendo pelo rosto. Eu sabia que seria uma merda nisso. Eu disse a Maddie que não poderia fazer essa porra.

Você se lembra do que AK disse a você?

Fechei os olhos e me lembrei de AK naquele dia. Lembrei do que ele fez, como Maddie disse. Eu só tinha que dizer a Ash o que AK me disse.

AK começou colocando a mão no meu ombro. Abrindo meus olhos, eu encarei minha mão. Cerrei os dedos em um punho. Eu podia fazer isso. Eu podia tocar em Ash.

Eu precisava.

Levantando a mão, lutando contra o desejo de recuar, eu a coloquei no ombro de Ash. Parecia estranho pra caralho. Eu queria me afastar, mas imaginei os olhos verdes de Maddie. Imaginei seu sorriso quando o fiz. Ash engoliu em seco e encontrou meu olhar. Eu queria desviar o olhar, mas lutei contra a necessidade e repeti – palavra por palavra – o que AK havia me dito.

— Vamos, Ash. Você precisa de uma bebida.

A boca dele estava um pouco aberta e ele olhou para minha mão em seu ombro com o canto do olho. Não achei que fosse fazer merda alguma, mas então ele levou o uísque à boca e tomou um gole.

— Tudo. — Bebi o meu junto, sentindo o álcool queimar minha garganta. Mas isso tornou as coisas melhores.

Ash também terminou sua bebida, então enxugou as bochechas com o antebraço.

— Fica mais fácil — eu falei, dizendo as palavras de AK para Ash, exatamente da mesma maneira que ele as disse para mim. — A partir deste momento, se torna uma segunda natureza e não incomoda tanto. Eu prometo.

Ash piscou, e piscou novamente.

— Eu só fico me lembrando de seu rosto enquanto ele me olhava do chão. — Meus dentes cerraram. — Ele tinha olhos castanhos. Eu continuo vendo seus fodidos olhos castanhos, Flame.

— Ele era uma escória. E merecia morrer. Você salvou AK. — Uma dor estranha apertou meu peito com a ideia de AK sendo morto. Eu não gostava disso. Eu não gostava nem um pouco disso.

Ash estendeu as mãos na frente.

— Fico pensando que vejo sangue em minhas mãos. Eu continuo lavando, mas, às vezes, ainda vejo sangue.

Eu não sabia o que dizer sobre isso. AK não disse mais nada para mim naquela noite, anos atrás. Então Ash olhou para mim novamente, e seu rosto se contorceu. Ele estava chorando. Porra, ele estava chorando. Apertei minha mão em seu ombro, mas ele apenas chorou mais.

O pânico cresceu dentro de mim. Olhei para a porta do nosso quarto, mas estava fechada. Eu tinha que chamar a Maddie. Ela saberia o que fazer. Mas então a cabeça de Ash caiu para frente. Eu não gostei da aparência dele. Aquilo fez meu coração doer.

Ouvi as palavras de Maddie na minha cabeça. *Como eu, ele ama você. E você o ama. Ele está seguro por sua causa. Ele pode precisar saber que é amado. Um abraço vai confortá-lo...*

Encarei minha mão em seu ombro. Tudo em mim me disse para afastá-lo. Mas quando vi seus ombros tremendo, não pude. Eu respirei fundo, e porra, o puxei para mim. Coloquei meu braço em volta de seus ombros e o trouxe para o meu peito. Fechei os olhos e respirei pelo nariz, tentando me acalmar. Ash parou de fazer barulho. Eu abri meus olhos, pensando que ele diria algo para mim. Que olharia para mim e me faria afastá-lo, mas ele não fez isso. Em vez disso, ele agarrou meu *cut* e chorou mais um pouco.

Encarei as cinzas na lareira, apenas tentando manter minha merda sob controle. Ele estava me tocando. Ele estava me tocando. *Ele é bom*, eu disse a mim mesmo em minha cabeça. *Ele é seu irmão.*

Ash ficou assim por dez minutos. Eu contei os minutos na minha cabeça em segundos. Algum tempo depois, ele soltou meu *cut* e ergueu a cabeça. Seu rosto estava vermelho e manchado. Ele desviou o olhar quando o encarei. Olhando para o outro lado da sala, perguntei:

— Você está bem agora?

— Sim — ele murmurou, em seguida, pigarreou. — Obrigado, Flame.

Assenti com a cabeça. Algo estranho explodiu em meu peito. Era quente, e eu não sabia o que era.

— Desculpe por ser um fracote do caralho — Ash disse.

— Você não é um fracote — assegurei. — Você matou. Você é um

Hangmen. Você vai matar novamente. Eu não sinto isso, mas AK me disse que a maioria das pessoas enlouquece. Você pirou. Está tudo bem. Não vai acontecer de novo.

— Sim.

Tudo ficou quieto. Muito quieto. Eu não sabia mais o que dizer, mas Ash falou primeiro:

— Desculpe ter vindo aqui. Eu simplesmente não estava pensando, e quando percebi já estava à sua porta. — Seu rosto estava vermelho. — Eu vou embora daqui a pouco. Vou para a casa do Slash ou do Vike. AK está com a casa cheia de novo.

Não gostei do fato de que ele iria para Slash ou Vike.

— Você gosta daqui?

Ash levantou a cabeça; eu vi pela minha visão periférica.

— Eu adoro — ele respondeu, baixinho. — Eu gosto de estar com você e a Madds.

— Fique aqui esta noite. — Eu me levantei do sofá. Eu não aguentava mais toda essa merda de conversa.

— Mesmo?

Eu concordei.

— Madds não mexeu no quarto dos fundos. É seu.

— Obrigado, Flame — Ash agradeceu.

Eu estava quase na porta do quarto quando olhei para trás. Ash estava no sofá. Olhei para o quarto dos fundos, onde ele ficaria esta noite. E pensei sobre ele estar lá todos os dias. E eu... gostei da ideia.

Fechei os olhos, respirei fundo e disse:

— Você quer morar aqui?

Ash não disse nada em resposta. Abri os olhos, prestes a deixá-lo sozinho, quando o vi ficar de pé, me encarando do outro lado do sofá.

— Você está falando sério? — ele perguntou. — Você quer que eu more aqui?

— Você tem um quarto. Você deve usá-lo.

— Sim. — Ele sorriu.

Minha mandíbula cerrou.

— Não diga a AK ainda. Espere até que toda essa merda com a Phebe acabe. Ele pode ficar mal.

— Okay — Ash respondeu.

Assenti com a cabeça e girei a maçaneta da porta do meu quarto. Eu precisava ir embora agora. Minha cabeça estava muito cheia.

— Flame? — Ash chamou, me fazendo parar, só que eu não olhei para trás. — Obrigado. — Ele estava falando sério pra caralho. — Por tudo. Eu... — Eu o ouvi respirar fundo. — Acho que vou gostar de morar aqui.

Assenti com a cabeça novamente, sem saber que outras palavras dizer.

Abri a porta e a fechei. Maddie estava ao lado da cama, esperando. Ela também estava chorando.

— O que foi? — Fui até ela, apressado. — Por que você está chorando?

— Eu amo você, Flame — ela disse, segurando minhas mãos.

Eu fiz uma careta.

— Não entendo. Por que você está chorando?

— Eu ouvi você conversar com ele. — Ela sorriu. — E ouvi você pedir a ele para morar conosco.

— Você me disse antes que eu deveria pensar sobre isso. Eu pensei. Pedi a ele que se mudasse. Ele disse que sim.

Maddie enlaçou minha cintura com os braços.

— Estou tão orgulhosa de você, Flame — sussurrou, e eu senti meu peito apertar novamente. — Bem quando acredito que não poderia te amar ainda mais, você vai e prova que estou errada.

— Eu também amo você — eu disse e beijei sua cabeça.

Então congelei. Cada maldita parte minha ficou imóvel. Meus olhos estavam na cama. Maddie estava desenhando. Soltando-a, fui para a cama e peguei o bloco de desenho. Meu corpo gelou e eu olhei para Maddie em busca de respostas.

Ela encolheu os ombros.

— Ainda não. E sei que pode demorar um pouco antes de estarmos prontos. — Ela veio em minha direção e eu encarei o desenho outra vez. Eu não sabia o que diabos estava acontecendo no meu coração e no meu estômago, mas me sentia com calor e frio. Era confuso. — É algo que me pergunto se poderíamos ter um dia.

Maddie pousou a cabeça no meu bíceps. Sua mão percorreu a imagem. Eu estava lá. Ela também estava, e em seus braços havia um bebê.

— Eu não sabia se poderíamos fazer isso. Mas ouvir você com Ash agora, me fez acreditar que, talvez, um dia, quando estivermos ainda mais fortes, que nós... poderíamos.

— Maddie. — Encarei sua cabeça em meu braço. Engoli em seco e tentei imaginá-la como Mae estava agora, a barriga crescendo. E não senti as chamas esquentarem. Na verdade, elas se acalmaram.

Maddie ergueu a cabeça e sorriu para mim. Beijei sua boca e disse:

— Talvez... um dia.

E então eu a beijei de novo.

Ainda segurando o desenho na minha mão.

CAPÍTULO VINTE E TRÊS

PHEBE

Meus olhos se abriram com a sensação da mão de alguém na minha testa.

— Phebe? — disse uma voz familiar.

— Uhmm? — murmurei, não querendo sair da floresta. No entanto, a mão me puxou para longe. Minha alma ansiava por aquele toque, pelo coração da pessoa a quem essa alma pertencia. Como a atração de um ímã.

— Phebe — ele disse, novamente, e abri meus olhos.

Sorri quando o quarto entrou em foco.

— AK — sussurrei e senti meu coração se encher de luz.

— Sim — ele disse, com rispidez. — Eu preciso que você acorde. Você está dormindo há alguns dias.

Conforme suas palavras penetraram em minha felicidade, senti uma escuridão começar a cobrir a luz. Minha mente disparou, me mostrando coisas que eu não queria enfrentar... Meister morrendo pelas minhas mãos, Grace gritando... e depois... o corpo de Sapphira em meus braços, sua mão ficando mole na minha.

— Sapphira... — Chorei, o impacto de sua perda instantaneamente demais para suportar.

Envolvi meu braço ao meu redor e tentei encontrar um pouco de alívio enquanto a tristeza me dominava. Senti braços me embalando e me puxando para um peito duro. AK. Eu conhecia seu cheiro.

— Eu não posso suportar isso — sussurrei e deixei as lágrimas caírem.

— Ruiva. — Ele colocou a mão sob meu queixo, me forçando a levantar a cabeça. — Olhe para mim. — Fiz o que ele disse e seu belo rosto apareceu. — Ela está viva. — Parei de me mover e de respirar quando suas palavras tomaram conta de mim. — Ela sobreviveu. Sapphira está viva.

O choque me deixou sem palavras, me entorpecendo por completo.

— O quê? — eu, finalmente, disse, estendendo a mão para me firmar em seus antebraços.

— Ela está viva. Porra, Ruiva, ela está acordada. E está perguntando por você... ela está perguntando pela mãe.

Meu peito apertou e minha respiração tremia enquanto ouvia suas palavras.

— Ela morreu em meus braços. Ela nasceu em meus braços e eu também estava lá quando ela morreu. Meu bebê... A minha menininha... Eu a vi chegar e me deixar.

— Ela não morreu, Ruiva. — Sua cabeça se virou na direção do quarto ao lado. — Ela está lá, e ela acabou de acordar e quer você. Ela está com medo e quer a mãe. — A voz de AK estava rouca e áspera. Seus olhos brilharam quando ele me encarou, e eu poderia dizer por seu rosto que ele não estava mentindo.

— Ela está aqui... comigo — sussurrei, as palavras soando como uma ilusão. AK assentiu com a cabeça, e a devastação me atingiu. — Eu pensei que ela tinha morrido. Achei que não a tivesse salvado. Achei que ela tivesse morrido tentando me salvar. E não pude... Não pude suportar o fardo... que ela teria morrido por mim, quando eu deveria ter morrido por ela.

Lágrimas inundaram meus olhos e sufoquei a tristeza. As mãos de AK seguraram meu rosto e ergueram minha cabeça.

— Porque ela ama você, Ruiva. Ela nunca te conheceu como mãe dela, mas quando chegou a hora, aceitou a porra da bala no seu lugar porque você a amava, mesmo quando foi impedida de dizer a ela. — Ele assentiu. — Ela sabia. Ela sabia, porra.

Desabei contra o seu peito forte. Segurei sua camisa enquanto balançava a cabeça.

— Sinto muito. Eu sinto muitíssimo... o que eu fiz, depois do que aconteceu com seu irmão... — Ouvi AK lutar contra sua tristeza.

— Só não faça isso de novo, porra. — Ele passou os braços em volta de mim. Então encarei seus olhos amáveis. — Eu meio que gosto de ter você por perto. — AK tentou sorrir, então beijou meus lábios. Doeu um pouco e eu me retraí, mas ele foi gentil e breve. — Agora entre naquele quarto e veja a sua filha. Desta vez será nos seus termos, Ruiva. Ela precisa de você.

— Ela precisa de mim — afirmei, repentinamente nervosa.

Pegando a mão de AK, saí da cama. Eu estava vestida com uma longa camisola que Bella me dera. Meu corpo doía, mas eu precisava chegar até Sapphira.

Quando chegamos à sua porta fechada, minhas mãos começaram a tremer. Eu me virei para AK.

— E se eu não conseguir? — Ele me olhou com curiosidade. — E se eu for ruim nisso... em ser mãe?

— Impossível. — Ele colocou uma mecha do meu cabelo atrás da orelha. — Você lutou tanto por este momento, Ruiva. Tudo o que você passou, foi para isso.

Ele era perfeito.

Girei a maçaneta bem devagar e abri a porta. Não pude conter as emoções que me atingiram ao ver Sapphira, limpa e acordada no centro da cama bem-feita. Seus olhos castanhos estavam assustados e arregalados, mas quando me viram entrar nervosamente no quarto, eles se encheram de algo totalmente diferente. O medo se foi, e em seu lugar havia... amor. Amor e felicidade... e vi meu coração disparar a uma velocidade desconhecida.

— Sapphira — sussurrei, minha voz embargando quando o soluço que tentei segurar, escapou. Andei o mais rápido que pude até a cama e sentei-me na beirada. Tomando o maior cuidado com seu ferimento, encarei minha filha. Nunca me senti tão abençoada.

Seus dedos se contraíram na cama. Como se desejassem meu toque, como se precisassem de mim. Suavemente, entrelacei meus dedos aos dela. Suspiramos. Encontrando seu olhar lacrimejante, eu disse:

— Achei que tivesse perdido você.

Sapphira sorriu e balançou a cabeça. Então sua mão agarrou a minha com mais força.

— Eu também pensei que havia perdido você. — Sua voz era tão meiga como no meu sonho.

— Você me salvou — eu disse, sentindo meu coração quebrar com a lembrança.

— Eu precisei. — Ela tentou se aproximar. Eu me movi mais para perto dela, colocando minha mão em sua bochecha macia. As marcas ainda permaneciam, mas ela havia sido limpa. Ela parecia um anjo. Meu anjo. — Eu não poderia imaginar um mundo sem você nele.

Meus olhos se voltaram para os dela, e sua pele floresceu com um rubor envergonhado.

— Verdade? — sussurrei, e senti cada uma de suas palavras cimentar um lugar permanente no meu coração.

— Sim. — Uma única lágrima desceu pela sua bochecha. — Você... você é minha mãe.

Eu a observei tentar sorrir em meio às lágrimas. Uma risada exultante saiu da minha garganta e beijei sua cabeça.

— Sim, eu sou — respondi, e não pude deixar de sorrir. Suspirei e me afastei.

Sapphira olhou para a porta. Segui seu olhar e vi AK parado ali. Sorri quando seus olhos escuros encontraram os meus.

— Este é o AK. — Ele inclinou a cabeça em um cumprimento. Voltando-me para minha... filha, eu disse: — Ele é meu amor. Uma parte do meu coração.

— Aquele sobre o qual você me falou? — ela perguntou com timidez, abaixando a cabeça ante a atenção dele.

— Sim.

— Eu conheci minha tia, Lilah. — Sapphira sorriu. — Eu gostei dela. Ela me limpou quando acordei. — Fechei os olhos, abraçando a onda de alegria que senti ao pensar em minha amada irmã cuidando de minha preciosa filha.

Ouvi AK se mover da porta, e Sapphira o observou se afastar.

— Agora podemos viver a vida de que você falou? Aquela que você me disse que existia se sobrevivêssemos?

— Sim. — Apertei sua mão. — Vamos viver da maneira que sempre deveríamos ter vivido.

Ela abaixou o olhar, nervosa.

— Eu... posso ser sua filha aqui? — Sapphira fez uma pausa. — Uma filha de verdade?

— Se você quiser — respondi, rezando com todas as fibras do meu ser para que ela dissesse sim.

Ela olhou para mim novamente através dos cílios longos.

— P-posso chamar você de... mamãe?

A última palavra foi um sussurro. Mas foi uma graça. Uma bênção pura e simples. Um perdão proferido suavemente por todos os meus erros.

Um novo começo.

— Sim — assegurei e a abracei com gentileza. — Sim.

Então meu coração floresceu quando ela sussurrou:

— Mamãe.

Fechei os olhos e saboreei o som. Quatorze anos. Quatorze anos para ouvir essa palavra de seus lábios.

— Mamãe? E quanto às outras? As outras irmãs que foram capturadas?

Meu coração se partiu.

— Elas se foram, querida. Sem pistas... e temo que não há esperanças para nenhuma delas. Os homens daqui tentaram procurá-las o melhor que puderam, mas o paradeiro é tragicamente desconhecido.

Sapphira ficou em silêncio com a notícia. Eu não tinha certeza se ela aguentaria mais tristeza em sua jovem vida.

— Mamãe...? — Sapphira disse, suavemente, alguns momentos depois. — Você pode ficar comigo enquanto eu durmo?

— Claro — respondi, quase quebrando de alegria. Deitei meu corpo ao lado de Sapphira na cama e envolvi seus ombros com o meu braço. Ela se recostou contra mim e deu um suspiro feliz.

— Você vai me contar sobre este mundo? — sondou, o cansaço ainda presente em sua voz baixa.

— É diferente de tudo o que conhecemos, querida. — Fechei os olhos e pensei em AK. Pensei em sua bondade, sua risada, seu coração puro. Pensei em Lilah rindo enquanto corria pelo gramado com Grace. E contei tudo a ela. Tudo de bom que foi roubado de nossas vidas, e eu sabia que minha menina agora veria essas coisas também.

Não demorou muito para eu ouvir sua respiração constante quando adormeceu. Eu olhei para ela dormindo em meus braços, quando cheguei a uma conclusão. Eu finalmente consegui. Eu tinha ficado com a minha filha, contando-lhe uma história enquanto ela caía lentamente no sono.

E eu nunca teria que deixá-la de novo.

Ela estava segura. E eu estava mudada para sempre, tudo por causa de um homem.

Inclinei-me e beijei sua cabeça.

— Eu nunca vou decepcionar você. Este é meu voto solene.

Deixando Sapphira descansar, saí do quarto e segui o cheiro da fumaça do cigarro de AK. Ele estava sentado à mesa da cozinha, perdido em pensamentos. Ele vestia uma camisa branca com seu colete de couro e calça jeans escura. Seu cabelo comprido estava solto na altura dos ombros.

O tempo todo, tudo o que eu conseguia pensar era que ele era meu.

AK deve ter ouvido meus passos, pois virou a cabeça na minha direção. Parei ao seu lado e coloquei minhas mãos em suas bochechas. Vi a confusão em seus olhos e disse:

— Você nos salvou. — Minha voz falhou, mas continuei: — Você fez o impossível e me devolveu minha filha. Você me deu a chance de ser mãe. — AK engoliu em seco e respirou fundo. — E você me devolveu a batida do meu coração. — Eu beijei cada uma de suas bochechas. — Eu amo você, Xavier Deyes. Eu o amo mais do que pensei ser possível. Você é minha benção. Você é minha redenção.

— Ruiva — ele sussurrou, asperamente.

Sentei em seu colo, suspirando quando suas mãos envolveram minhas costas, então encarei seus lindos olhos.

— Você me deu este presente, este momento onde meu inferno

acabou. E agora você também precisa disso. Salve-se da maneira como você tanto tenta salvar a todos.

Ele desviou o olhar, mas o guiei de volta para mim.

— Eu estarei aqui com você. Assim como sua família. — Apontei para fora da janela. — Viking, Flame e Asher. E Sapphira também. Estaremos todos aqui para você.

Ele me observou por tanto tempo que eu sabia que havia se perdido em seus pensamentos. Então ele me beijou, gentilmente, com reverência, antes de me colocar de pé.

— Eu tenho que fazer uma ligação — AK disse e saiu. — Tan? — Eu o ouvi dizer. — Eu preciso de sua ajuda para rastrear alguém.

E sorri enquanto me sentava à mesa de madeira da cozinha e olhava ao redor da cabana. Ouvi os pássaros cantando lá fora; os passos de Flame e Viking quando vieram conversar com seu melhor amigo. E eu sabia que era isso. Esta era a vida que nunca pensei que ganharia.

AK e Sapphira, para sempre ao meu lado.

Eu estava em casa.

CAPÍTULO VINTE E QUATRO

AK

Duas semanas depois...

Parei a moto no endereço que Tanner me deu. Em Austin. A casa ficava em Austin, porra.

Bem ao meu lado este tempo todo.

Os braços de Phebe apertaram minha cintura e sua boca roçou contra o meu ouvido.

— Você está bem? — Fechei os olhos e tudo o que pude ver foi Dev e Tina. Eu os via apenas em minha mente, agora que os terrores haviam cessado. Nada iria conter os pesadelos, as memórias, mas as coisas pareceram... melhorar.

— Sim — respondi e sabia que nós dois entendíamos que eu era um mentiroso do caralho.

Os braços de Phebe se afastaram da minha cintura e ela desceu da moto. Ela estava na calçada, vestida de couro, seu longo cabelo ruivo preso em uma trança francesa.

Maldita perfeição.

Então ela estendeu a mão.

— Estamos aqui agora, AK. Vamos até a porta.

Desci da moto, cerrando os punhos enquanto minhas mãos tremiam. E não importava quantas vezes eu respirasse fundo, eu não conseguia me acalmar. Eu sabia que não seria capaz de me acalmar. Porque sabia o quão errado essa merda poderia dar. Eu não tinha expectativas. Esperava ter a porta fechada na minha cara e os policiais me perseguindo pelo que eu havia feito ao retirar Dev do manicômio anos atrás. Sem dúvida, Claire e Tom teriam contado a eles sobre a minha parte naquilo.

Segurei a mão de Phebe enquanto caminhávamos pela calçada até a enorme casa pintada de branco. Uma parte minha relaxou ao ver um lugar tão caro. Zane cresceu aqui. Ele tinha mais dinheiro do que Dev ou Tina jamais poderiam ter dado a ele. Não que o dinheiro significasse alguma merda. Mas pelo menos ele não tinha passado necessidade.

Quando chegamos à porta, Phebe se inclinou para mim. Olhei para seu rosto sardento e ela sorriu para me encorajar.

— Provavelmente vai dar merda — avisei.

— Eu sei — ela respondeu, em seguida, acenou com a cabeça para a porta.

Levantei a mão e bati três vezes. Dei um passo para trás, esperando. Eu olhei para mim mesmo e me perguntei se Claire me reconheceria. Eu estava vestindo uma calça jeans desbotada, uma camisa preta e meu *cut*. Meu cabelo estava comprido. A última vez que ela me viu, ainda era curto. E sei muito bem que envelheci.

A porta se abriu. A mão de Phebe apertou a minha enquanto eu lentamente olhava para o rosto mais velho, porém familiar de Claire. Demorou um pouco para ela me reconhecer, então vi seus olhos se arregalarem.

— Xavier? — ela sussurrou, cobrindo a boca com a mão. Seus olhos passaram sobre mim, estudando minha aparência.

— Claire. — A porra da minha voz estava rouca.

— Eu não acredito nisso. — Ela balançou a cabeça. Ela abaixou a mão, e eu me preparei para sua ira, me preparei para ela me dizer para dar o fora. Mas em vez disso, ela suspirou. — Estamos procurando por você há muito tempo.

Congelei e senti Phebe inspirar fundo. Claire apontou para a mesa e cadeiras em sua ampla varanda.

— Vamos nos sentar. Aceitam um chá?

Eu ainda não conseguia falar, então fiquei grato quando Phebe sorriu e disse:

— Sim, por favor. Obrigada.

Claire voltou para a casa e nos sentamos.

— Isso é bom — Phebe comentou e levou minha mão aos lábios, beijando o dorso.

— Achei que ela fosse bater a porta na nossa cara. — Olhei para a pitoresca rua suburbana. — Ela me culpou, Ruiva. Ela disse na minha cara que era tudo minha culpa.

— Não era — Phebe disse com veemência.

Sorri com sua defesa feroz. Eu não tinha certeza se algum dia me perdoaria pelo que fiz, mas adorava a forma como ela não parava de tentar afirmar isso até que eu o fizesse.

Claire voltou para fora e colocou o chá na mesa. Ela entregou um copo a cada um de nós e, nervosa, se sentou na cadeira à minha frente, passando as mãos sobre o vestido floral.

— Tom foi transferido de Plano quando Zane tinha doze anos. — Fiquei calmo quando ela mencionou o nome do meu sobrinho. — Ouvimos dizer que você tinha vindo para Austin também, e desde o minuto em que chegamos... antes disso, na verdade... estivemos procurando por você.

— Por quê? — perguntei, meio ríspido.

Os ombros de Claire cederam.

— Porque ele sentiu sua falta, Xavier. Ele sentiu tanto a sua falta.

Eu não esperava que a porra do nó se construísse na minha garganta, mas então não esperava que Zane me quisesse... depois de tudo.

— Foi demais, sabe? Perder Tina e Dev daquela maneira... Seus pais morreram de forma violenta. Mas o que nunca vou me perdoar foi o fato de ele ter perdido você também. — Claire endireitou os ombros e enxugou uma lágrima que escorreu de seu olho. — Fiquei tão magoada com o que Dev tinha feito a Tina. Eu estava com tanta raiva, estava tão cega pela fúria, que acreditei que estava fazendo o melhor ao afastar você da vida dele. — Ela me encarou com um olhar culpado. — Eu culpei você. — Suas palavras foram um golpe no meu peito. — Culpei você e pensei que você machucaria Zane também.

Apertei o copo com força em minha mão.

— Foi minha culpa. — Olhei para o gelo derretendo no meu chá. — Eu estraguei tudo. Eu ferrei tudo, e toda a merda que aconteceu com Dev e Tina... porra, com o Zane... foi tudo minha culpa.

— AK — Phebe sussurrou e agarrou meu braço. Mas eu não conseguia olhar para minha cadela. Se fizesse, eu sabia que iria desmoronar.

— Ele tinha Estresse Pós-traumático, Xavier — Claire disse, e eu levantei a cabeça. — Eu tive que fazer muita terapia. Levei anos para lidar com a morte dela. — Claire sufocou um soluço. — Ela era minha irmãzinha. E ele a matou. Dev, o garoto que ela amava desde a escola... Eu não conseguia compreender. Não podia acreditar. — Ela se recompôs. — Mas, ao longo dos anos, as coisas foram explicadas de uma maneira que agora entendo. — Ela fungou. — O que Dev passou no Iraque... — Meu corpo tensionou. — A pouca ajuda que ele recebeu quando voltou, não o defendeu da escuridão que ele tinha que lidar sozinho... Eu posso entender como isso aconteceu. Ele nunca voltou de verdade. Ele permaneceu vivendo naquele tempo até morrer. — Ela engoliu em seco. — Ainda dói. E não passa um dia sem que eu não pense em Tina, especialmente se Zane fizer algo que ela teria feito; um gesto, uma expressão, dizer uma determinada palavra. — Ela franziu o rosto. — Tem sido muito difícil.

— Eu sei — eu disse e senti minhas próprias lágrimas surgindo.

— Mas eu estava errada. O garoto não lidou bem com a perda de Dev e Tina. — Claire desviou o olhar para se recompor. Quando voltou a me encarar, ela disse: — Mas você era o melhor amigo dele. Ele te idolatrava acima de qualquer pessoa e sabia que você estava por aí em algum lugar. Ele não entendeu por que você nunca veio vê-lo.

Ela respirou fundo e continuou:

— Eu disse a ele que era por minha causa. Eu disse que havia te mandado embora porque estava com raiva. E ele me odiava. Por um tempo, ele passou por um momento muito difícil. — Ela piscou, a maquiagem dos olhos escorrendo um pouco. — Mas ele é um bom garoto, Xavier. Um bom menino. Inteligente. — Ela desabou e estendi a mão para cobrir a dela, que estava tremendo. — Eles teriam ficado muito orgulhosos dele. — Claire riu com tristeza. — Ele se parece com você. Assim como Dev. Como um homem Deyes.

Baixei a cabeça quando ela disse isso. Foi a vez da sua mão cobrir a minha, e ela dar um aperto confortador. Eu ainda não conseguia olhar para cima.

— Ele implorou para que procurássemos por você. Ele queria tanto você, seu tio X. Pedimos todos os favores que pudemos com amigos da polícia, do governo, mas era como se você tivesse saído do sistema.

— E eu saí — admiti quando finalmente pude olhar para ela novamente. Minhas bochechas estavam molhadas pra caralho, mas era de Zane que ela estava falando. Meu sobrinho querendo me ver. Precisando de mim, e eu não estava lá para ele.

Depois de tudo que ele passou, eu não estive lá.

— Tivemos que desistir eventualmente. — Claire balançou a cabeça. — Mas toda vez que saímos para algum lugar, ele procura por você. Acreditamos que você estava em Austin, então ele nunca parou de procurar. — As sobrancelhas de Claire baixaram. — E aqui está você, à nossa porta.

— Era hora de encontrá-lo — eu disse e senti a bochecha de Phebe pousar no meu braço.

— Ele logo estará em casa. — Claire checou seu relógio. — A escola já deve ter terminado. Ele estará aqui a qualquer minuto.

O nervosismo que me tomou era tão intenso que tive que lutar para respirar. Então senti Phebe tensa ao meu lado.

Eu não olhei para cima. Pela reação dela, eu sabia que ele estava aqui, em algum lugar.

— Ele se parece com você — ela disse, sua voz cheia de emoção. Isso foi tudo que precisei para levantar a cabeça.

Eu ouvi o portão abrir antes de vê-lo. Ele estava olhando para a minha moto, a cabeça virada naquela direção enquanto subia pela calçada. Então ele se virou. Ele se virou e olhou para a varanda. Olhos castanhos, cabelo castanho comprido. Calça jeans, camisa branca e botas pretas nos pés.

Porra.

Ele levou um segundo para me ver. Mas quando me levantei, olhando diretamente em seus olhos, vi sua breve confusão desaparecer. E vi o reconhecimento neles. Zane era alto, como eu, e para um garoto de quinze anos, bastante corpulento. Mas foi a porra de seus olhos que não pude deixar de encarar. Porque olhando para mim, estava Dev. Meu irmão estava olhando para mim através de seu filho.

Sua mochila caiu no chão e ele ficou imóvel.

— Tio X? — ele disse, e isso acabou comigo.

A voz que eu conhecia como quando era uma criança havia sumido.

Agora ele também soava exatamente como Dev.

— Ei, garoto. — Dei um passo à frente. Mas parei quando vi seus olhos se fecharem e sua cabeça abaixar. Entrei em pânico, em pânico por ele não me querer aqui, afinal. Mas quando um som baixo saiu de sua boca e ele se lançou para a frente escada acima para a varanda e passou os braços em volta de mim, me senti despedaçar.

O garoto estava chorando. Porra, me segurando tão forte que eu também perdi o controle. Segurei meu sobrinho com força e não tinha certeza se conseguiria soltá-lo. A última vez que ele esteve assim em meus braços, ele era pequeno e magro. Agora ele era tudo menos isso, mas ainda parecia o mesmo. Meu peito ainda parecia grande pra caralho.

— Senti sua falta — ele disse e fechei os olhos com força.

— Também senti sua falta, garoto. — Minha voz estava rouca.

Zane inclinou a cabeça para trás e me olhou com atenção.

— Eu não culpo você — ele falou. Tive que desviar a cabeça para o outro lado. — Eu sei que ele estava doente da guerra. Mas não o culpo por nada que você fez. Você tentou ajudá-lo.

— Porra, garoto. — Sequei os olhos com meu antebraço.

Zane deu um passo para trás e eu o vi conferindo meu *cut*. Seus olhos lacrimejantes se arregalaram.

— Você está no Hangmen? — Seus olhos brilharam.

— Sim — respondi, confuso, me perguntando como ele sabia quem diabos nós éramos.

Pela sua reação, parecia que eu tinha acabado de dizer ao garoto que eu era Jesus Cristo.

— Eu os vejo o tempo todo andando pelo centro da cidade. — Ele se concentrou no meu *cut*. — AK — ele leu. — Esse é o seu nome de estrada?

Assenti com a cabeça, um sorriso em meus lábios.

— Você gosta de motos?

Zane colocou as mãos nos bolsos e assentiu com a cabeça. Ele olhou por cima do ombro para minha moto.

— É sua?

— Sim.

— Tia Claire? — Zane chamou. — Posso mostrar a garagem ao Tio X?

— Claro — ela respondeu, sorrindo.

Vi Phebe observando com toda a emoção em seu olhar. Estendi a mão e a puxei para o meu lado.

— Zane, Phebe. Phebe, Zane. Phebe é minha *old lady* — informei ao meu sobrinho.

Phebe apertou sua mão.

— Muito prazer em conhecê-lo, Zane — ela o cumprimentou. — Eu ouvi muito sobre você.

— Ouviu? — ele perguntou em estado de choque.

— Sim. — Phebe sorriu. — E também vi muitas fotos suas.

Eu vi o garoto prestes a desmoronar novamente, então coloquei a mão em seu ombro.

— A garagem?

Zane exalou profundamente, então me conduziu ao redor da casa, em direção aos fundos. Ele abriu a garagem e acendeu uma luz, porém eu não consegui passar pela porta. Não dei um maldito passo quando reconheci a moto que estava bem ali no meio.

— É a...?

— Do meu pai? Sim — Zane respondeu.

A palavra "pai" me atingiu como um golpe no peito. Ele se moveu ao lado da velha Harley Davidson Low Rider, que agora estava mais enferrujada do que qualquer coisa. Zane se agachou ao lado dela e passou a mão suavemente sobre o banco.

— Papai nunca ligou muito para ela quando voltou do Iraque. Depois que eles... morreram, tia Claire a colocou em um depósito com todas as outras coisas. Ela não conseguia olhar para nada até um ano atrás, e foi quando eu a vi. Ela me deixou trazer para casa e trabalhar nela.

— Você mexe com motos? — perguntei, de repente, sentindo a presença de Dev ao meu lado. Seu filho também gostava de motos. Esse sempre tinha sido o plano. Servir nosso país, beber cervejas e simplesmente pilotar por aí quando voltássemos. Sempre imaginei Zane fazendo o mesmo algum dia.

Eu não estava muito errado.

— Adoro essas máquinas. — Ele ficou todo tímido. — Ainda não sou muito bom com elas. Aprendi o que sei no YouTube e coisas assim, mas estou melhorando... Eu acho.

— YouTube? — Balancei a cabeça. Zane riu da minha reação horrorizada.

Entrei na garagem e passei a mão sobre o guidão da moto, lembrando de Dev andando ao meu lado, livre como o vento.

Pela primeira vez, uma boa lembrança.

— Você quer aprender a mecânica real? Motociclistas que sabem o que estão fazendo?

Zane ficou boquiaberto.

— Está falando sério?

— Com certeza. Meus irmãos sabem uma coisa ou duas sobre essa merda. — Pisquei para ele e Zane começou a rir.

— Sim — ele respondeu, rápido, então fez uma pausa. — No complexo dos Hangmen?

— Claro.

— Mas ainda não posso pilotar. Tia Claire diz que não posso até ser mais velho.

— Foda-se essa merda. Eu vou te ensinar — respondi e Zane engoliu em seco.

— Sério?

— Sim.

Nós nos encaramos por um tempo.

— Você parece com ele — afirmei e meu maldito coração se partiu.

Zane baixou a cabeça.

— Sinto falta dele. Eu sinto tanto a falta dos dois — ele sussurrou, sua voz falhando.

Envolvi sua nuca com a minha mão e o puxei para o meu peito.

— Eu também sinto falta dele. Dos dois. Pra caralho.

Zane não disse nada por cerca de trinta segundos, e então falou, baixinho:

— E eu sinto sua falta, X... muito.

— Nunca mais, okay? — murmurei e lutei mais do que nunca para não desmoronar.

— Você está falando sério? — Ele agarrou minha camisa como se estivesse com medo de que eu desaparecesse.

— Eu juro.

— Que bom — ele disse, baixinho.

Ficamos assim por uma maldita eternidade. E, finalmente, consegui respirar. Pela primeira vez em anos... Eu conseguia respirar.

— Você quer vir para um churrasco? Ficar alguns dias? No complexo, ou então no chalé?

Zane se afastou e enxugou os olhos com a camisa.

— Com os Hangmen?

— Sim. — Eu ri da emoção em seu rosto. — Eles estarão lá. Vou apresentar você aos meus irmãos de estrada e melhores amigos. Lil' Ash também.

— Lil' Ash?

— Você vai gostar dele, garoto. Tem mais ou menos a sua idade. Gosta de motos.

— Legal — Zane disse, então deu um sorriso imenso.

— Sim... legal.

PHEBE

Quando voltamos para a cabana, já estava escuro. AK e eu passamos a noite com seu sobrinho. Ele atualizou AK sobre todas as coisas em sua vida que o tio havia perdido: escola, eventos da vida, muito. Não entendi a maior parte do que falavam, mas não me importei. Foi uma bênção vê-lo reunido com seu sobrinho.

Ele estava... *feliz*.

— A Saff vai ficar com a Li esta noite? — AK perguntou enquanto fechava a porta da nossa cabana.

— Sim — respondi e me virei para imprensar meu corpo ao peito musculoso de AK. Deslizei as mãos para baixo em seu colete, enfiando-as por baixo e empurrando-o para fora de seus ombros. Sua respiração mudou, suas narinas dilataram sob meu toque.

— O que você está fazendo, Ruiva? — ele perguntou com a voz baixa.

Desci as mãos para a bainha de sua camiseta e a puxei sobre sua barriga definida e tonificada. Suas tatuagens brilhavam contra a pele morena. Puxei a camiseta pela cabeça e a joguei no chão.

Inclinando-me para frente, dei beijos em seu peito, movendo-me para lamber seu mamilo. AK sibilou e passou os dedos pelo meu cabelo.

— Ruiva... você não está pronta.

Eu o encarei, sem pudor.

— Fui ao médico ontem com a Lilah. Estou liberada, como eles costumam dizer.

Ele observou meus olhos, e então moveu sua mão para minha bochecha.

— Mesmo assim, não tenho certeza se você está pronta aqui. — Ele tocou na minha cabeça com a mão livre. Fechei os olhos, deixando o fato do quanto ele se importava comigo me aquecer.

Recostei a testa contra sua pele e falei com o meu coração.

— Eu preciso de você... — Eu não queria que o toque de Meister fosse o último em meu corpo por mais tempo. — Há apenas o toque de um homem que quero em meu corpo outra vez; dado livremente e com amor. — Encontrei seu olhar escuro. — O seu.

— Ruiva — AK murmurou.

Eu o levei para o nosso quarto, fechando a porta em seguida. Desabotoei sua calça jeans e a puxei pelas pernas fortes. Recuei quando AK ficou diante de mim, gloriosamente nu.

Tirei a jaqueta, a regata e o sutiã, então deslizei a calça de couro pelas minhas pernas. Não interrompi o contato visual nem mesmo quando tirei a calcinha e me endireitei.

— Linda — AK sussurrou, sua voz rouca, enquanto eu estendia minha mão. Ele a pegou sem hesitar e o levei para a cama.

Deitei-me no colchão e ele se acomodou ao meu lado. Encarei seus olhos e pressionei minha boca contra a dele. Deixei meus lábios adorarem os seus, meu coração entrando em perfeita sincronia com o dele.

Pairei sobre seu tórax, gemendo quando suas mãos ásperas pousaram nas minhas costas. Sua língua macia mergulhou na minha boca e eu pude prová-lo. Senti suas mãos na minha pele, seu calor se fundindo com o meu. E senti tudo. Eu me permiti sentir tudo. Não bloqueei um único segundo.

Afastando-me de sua boca, beijei seu pescoço e peito. Beijei seu torso e desci para o V musculoso que levava à sua masculinidade. AK gemeu quando suas pernas se moveram em antecipação. Pegando seu comprimento em minha mão, encarei seus olhos para vê-los vidrados e atordoados enquanto ele retribuía meu olhar.

— Eu amo você — sussurrei. Seus olhos brilharam quando coloquei sua masculinidade em minha boca, lenta e suavemente.

— Sim, Ruiva — ele gemeu e passou as mãos pelo meu cabelo com o toque mais gentil.

Gemi quando seu gosto explodiu na minha língua. Meus olhos se fecharam e saboreei a sensação dele assim comigo.

— Vem aqui — AK chamou. Engatinhei sobre seu corpo, confusa. — Quero provar você também. — Ele guiou meus quadris em sua direção, virando meu corpo até que eu praticamente sentei em seu rosto, minha barriga pressionada contra o seu peito.

Inclinei a cabeça para trás quando sua boca me devorou por entre as pernas. Sua língua me explorou e eu acariciei seu comprimento em minha mão. Precisando prová-lo novamente, me abaixei e o tomei de volta em minha boca. Eu o lambi e chupei até que não pudesse mais sentir sua língua no meu núcleo. Apoiei a bochecha em sua coxa enquanto ele me segurava no lugar e me lambia até que eu explodi em um milhão de pedaços.

AK inverteu nossas posições, e quando dei por mim, ele agora pairava acima do meu corpo. Sem dizer nada, suas mãos ladearam a minha cabeça e ele se aninhou entre as minhas pernas. Passei as mãos pelo seu cabelo, focando em seu olhar escuro enquanto ele empurrava para dentro de mim. Ele foi tão gentil como uma pena enquanto me enchia, com cuidado, de um jeito lindo... tudo isso sem sentir dor.

— Você está bem? — perguntou.

— Sim.

Arrastei as mãos pelos seus braços enquanto ele balançava para frente e para trás. Seu hálito quente soprou em meu rosto, o calor de seu corpo me manteve segura e as lágrimas assomaram aos meus olhos com a expressão reverente em seu rosto. Se eu não tivesse ouvido as palavras de sua boca, teria tido a certeza de que ele me amava apenas pela forma como me olhava. Pela facilidade e gentileza em seus movimentos, e pela maneira como me embalou. Como se eu fosse preciosa. Como se eu, de alguma forma, o fizesse completo.

Ele também me completava.

— Eu amo você. — Eu precisava que ele ouvisse quantas vezes fossem necessárias.

— Eu também amo você, Ruiva.

Eu sorri, então falei o que estava em minha alma:

— Antes disso, eu não sabia que meu lar era um batimento cardíaco. Ou dois, no caso. Batendo em perfeita sincronia com o meu. O seu e de Sapphira, a canção de ninar que purifica meus pecados.

— Ruiva...

— O arrependimento é uma forma de tristeza, AK. Graça é uma forma de alegria. Derramamos lágrimas por cada pecado que semeamos. Agora é hora de sorrirmos. Sorrir e perseguir a luz. Abraçar as bênçãos que recebemos. Juntos.

— Sim — AK disse, e eu sabia que não poderia amá-lo mais do que naquele momento.

E fizemos amor. Conforme os minutos passavam, ele me tomou mais uma vez, erradicando qualquer homem do meu passado. Curando as cicatrizes que meu corpo suportou e enterrando seu coração dentro do meu.

Enquanto nossa respiração acelerava e nós seguíamos as luzes cegantes de nosso prazer, deixei as lágrimas caírem grossas e rápidas. Lágrimas de alegria que curavam, lavando toda a vergonha e culpa que permaneciam em nossos corações. E quando AK colocou sua cabeça em meu ombro, eu o segurei perto, jurando nunca mais soltá-lo.

— Serei eternamente grata pelo dia em que você me amarrou àquela árvore. — Eu o senti ficar imóvel.

AK ergueu a cabeça e deu um sorriso doce e confuso.

— Foi o primeiro ato de graça que recebi. E enquanto eu olhava em seus olhos, eu me vi. Meu reflexo olhando para mim... minha alma ferida.

— Sim — ele murmurou. Eu sabia que ele estava me dizendo que havia sentido isso também.

— O homem do diabo com olhos de anjo.

Respirei fundo e ele fez o mesmo. Então nos beijamos e nos afastamos.

— Duas almas amaldiçoadas que, juntas, encontraram redenção.

— Ruiva — ele sussurrou e me segurou perto de seu coração. E fechei meus olhos, com um sorriso espalhado em meu rosto. Porque, pela primeira vez, havia muitas coisas pelas quais eu deveria me sentir feliz.

Finalmente.

EPÍLOGO

AK

Duas semanas depois...

Ky e Styx se sentaram desajeitadamente em suas cadeiras enquanto esperávamos que eles falassem. A *church* havia sido convocada.

— Essa não foi a primeira vez que encontramos Garcia no México. — Ky se mexeu na cadeira e Styx sinalizou para ele continuar: — Vocês não sabiam que eu tinha uma irmã até que me casei com Li. Elysia, ou Sia, como a chamamos. — Ele deu de ombros. — Ela não foi criada nesta vida, então nunca conversamos sobre ela. — Ele fez uma pausa. — Mas quando ela tinha dezessete anos, eu e Styx tivemos que tirá-la de alguns problemas... problemas causados por Garcia.

— Que tipo de problemas? — Hush perguntou. O irmão estava tenso. Porra, todos nós estávamos.

A mandíbula de Ky contraiu e pude ver que ele estava a um segundo de perder o controle.

— Ela se envolveu com ele. Então ele a levou. Vocês viram no que ele está metido. Tráfico de pessoas. Eu e Styx a tiramos antes que fosse tarde demais.

— *Ele está procurando por ela desde então* — Styx sinalizou, então tomou um gole do seu uísque. — *Sia esteve escondida por todo esse tempo. É por isso que ela não vem sempre aqui. Não podemos arriscar.*

— Ele a quer de volta — Ky afirmou, e tive que dar crédito ao irmão por ele ainda manter a calma.

— *Os Diablos estão em contato. Garcia está farejando de novo desde nossa pequena viagem ao México. Tentando obter informações sobre nós.* — Styx fez uma pausa, então encontrou o olhar de todos na sala. — *Ele está procurando por ela de novo.*

— O que isso significa? — Cowboy perguntou. Os olhos de Ky se estreitaram sobre os nossos dois irmãos *cajun*. O filho da puta também não gostava que farejassem em torno de sua irmã.

— Significa que aquele filho da puta não superou a minha irmã. — Ky se inclinou para frente, os olhos em chamas. — E se ele voltar para Austin por ela, vou cortar o pau do idiota e fazer ele comer aquela merda.

— Isso é bem gráfico, irmão. — Vike ergueu as sobrancelhas. — Eu gosto disso.

— *Por enquanto, nós a protegeremos. Vamos observar a situação e ver como ela se desenrola. Mas vocês precisavam saber o que poderia estar vindo bater em nossa direção* — Styx assinalou.

— Algum dia iremos saber a história completa sobre o que aconteceu anos atrás com ele? — perguntei, e Ky se recostou em sua cadeira.

— Em algum momento, mas não agora.

— Precisamos saber — Hush emendou. — Eu quero saber o que ela passou.

Os olhos desconfiados de Ky estavam de volta em Hush e Cowboy. Nenhum dos irmãos vacilou.

— Eu disse não agora, porra.

— *Alguma outra informação?* — Styx sinalizou, impedindo Ky de castrar os *cajuns* pelo interesse de ambos em sua irmã.

Ninguém disse nada, então levantei a mão.

— Vou para o meu chalé neste fim de semana para um churrasco. Vocês são bem-vindos. Tragam barracas e todas as merdas se quiserem ficar lá. — Todos ficaram em silêncio. Eu não tinha mencionado o chalé desde que Dev morreu. Endireitei os ombros, ignorando o desconforto. — Meu sobrinho vai estar lá. Zane. Quero apresentar o garoto a vocês. Ele é... — Pigarreei. — Ele é um bom garoto. Adora motos. Parece comigo. Tem quinze anos.

— Futuro Hangmen do caralho! — Vike disse. Eu sorri, me perguntando o que diabos Claire teria a dizer sobre isso.

— *Então estaremos lá* — Ky disse. — De qualquer maneira, Grace está na sua casa quase tanto quanto está na nossa.

Eu ri. Ela e Sapphira eram unha e carne.

— Saff também não conheceu nenhum de vocês. Vou tentar fazer com que ela vá também. Ela é meio tímida. Ainda não se atreveu a encontrar ninguém.

— *Estaremos todos lá.* — Styx sinalizou, e vi todos os meus irmãos assentirem com a cabeça em concordância. Eu amava esse clube pra caralho. O filho da puta iria se casar em algumas semanas, provavelmente não tinha tempo, mas ele estava fazendo isso por mim.

Não importava quando você precisava do clube, ele sempre estava lá.

— Mais uma coisa — interrompi quando Styx estava prestes a bater o martelo. — Eu convidei Rider também. — O silêncio foi palpável. — O filho da puta agiu errado, eu entendo isso. Mas ele salvou minha cadela e sua filha. Eu não teria nenhuma delas se ele não tivesse agido com precisão. Ele matou homens da Klan no tiroteio e, porra, Phebe gosta dele e da Bella. — Encontrei o olhar afiado e castanho de Styx. — Eu entendo que ele não é um irmão, mas eu voto para que ele tenha permissão para voltar às instalações para churrascos e essas coisas. Ele é um bom médico, nos salva de ter que ir ao hospital e levantar a suspeita dos policiais, e ele sabe lutar. Não quer oficializar o cara novamente como um irmão? Não dou a mínima. Mas essa é a minha posição. Achei que vocês deveriam saber.

Styx revirou os lábios, irritado.

— Tô dentro — Smiler disse. Nenhuma surpresa para ninguém.

— Ah, foda-se. Eu também — Vike replicou, encolhendo os ombros.

— E eu — Flame disse. Disfarcei meu sorriso. O *Psycho Trio* do caralho nunca deixou de me proteger.

— Nós também — Hush falou, apontando para si mesmo e para o Cowboy, que inclinou a cabeça em minha direção, ergueu seu Stetson e piscou.

Styx bateu com o martelo na mesa. A *church* estava encerrada. Nenhuma decisão seria tomada tão cedo. Eu não me importei.

Eu disse o que precisava.

O chalé - Alguns dias depois...

— Será que todos eles ficarão olhando para mim? — Sapphira perguntou à mãe.

Phebe parou de escovar o cabelo de sua filha. Elas estavam no segundo quarto, com as paredes agora pintadas de branco e uma cama nova só para Saff. Vike e Flame me ajudaram a organizar este lugar. Nova pintura, nova mobília. Tudo novo.

Precisávamos começar de novo.

— Eles estão ansiosos para conhecê-la. — Phebe colocou os braços em volta dos ombros de Sapphira. Eu vi os olhos da menina se abaixarem com o gesto, com um pequeno sorriso em sua boca. Essas duas me matavam um pouco a cada dia. — Ninguém vai julgar você. E Lilah, Mae, Maddie, Bella e Grace estarão lá também. Todas temos a mesma história. Você gosta delas, sente-se segura em suas companhias, não é? E estaremos todas lá com você.

— Okay — Sapphira concordou.

Phebe recuou e virou a garota para encará-la.

— Você é tão linda, querida — ela disse com lágrimas nos olhos.

Sapphira estava usando um longo vestido roxo. Phebe estava em seu vestido branco de ombros de fora que eu amava pra caralho. Ambas as cadelas eram deslumbrantes.

Ambas eram minhas para proteger.

— Obrigada, mamãe — Sapphira respondeu. Tomei isso como um sinal para dar o fora dali, mas não antes de ver a porra do sorriso ofuscante que apareceu nos lábios de Phebe.

Ela nunca se cansava dessa palavra: mamãe.

Entrei na sala de estar da cabana e parei. Zane estava olhando as fotos acima da lareira. Fui até ele, que mal se moveu. Não achava que ele poderia falar, mesmo se quisesse.

— Ele carregava essa porra de foto toda vez que viajava — eu disse e ouvi a respiração lenta de Zane. Lutei contra o aperto no meu peito na mesma hora. — Ele ficava olhando para ela por horas. Com saudades de você. — Encarei seu perfil.

— Eu me lembro deste dia — Zane disse.

— Lembra?

— Lembro do momento em que a foto foi tirada.

Encarei a foto, assim como Zane. Enfiei a mão no bolso do meu *cut* e tirei o que eu queria que ele guardasse. Quando olhei para Zane, ele já estava me observando. E viu o que estava em minhas mãos.

— Não tenho certeza se você gostaria delas. — Senti o metal frio em minhas mãos. — É uma situação complicada e não tenho certeza se você gostaria de algo assim. Eu só me perguntei, porque ele era seu pai...

— Eu quero — Zane disse, rápido demais.

Assenti com a cabeça e coloquei a dog tag em suas mãos. O garoto arfou, seus olhos lacrimejaram enquanto ele roçava os dedos sobre o nome e o número de identificação de Dev.

— Eu estou... Estou orgulhoso dele, sabe? — Ele ignorou a lágrima que rolou pelo seu rosto. — Estou orgulhoso do que ele fez pelo nosso país.

Assenti com a cabeça, porque eu não conseguia falar.

— Estou orgulhoso de vocês dois. — Ele ergueu os olhos para os meus. — Eu entendo que não acabou bem. Mas... mas Claire me disse como mamãe estava orgulhosa de vocês dois, você e papai. E eu me lembro dela dizendo que o que você estava fazendo era importante. Que vocês dois eram corajosos.

— Ele ficaria orgulhoso de você também, sabe...

— Você acha? — Zane perguntou com um sorriso.

— Eu sei disso. Você era a vida dele.

A cabeça de Zane pendeu e eu passei o braço em volta de seus ombros.

— Agora você tem a mim. Não sou seu pai, mas sou seu tio e estou aqui sempre que você precisar.

— Eu sei — Zane respondeu, e eu o levei para fora.

Ash veio na nossa direção.

— Zane, você atira? — ele perguntou. Os dois garotos se deram bem desde o minuto em que meu sobrinho foi ao complexo há dois dias. Eu sabia que eles se dariam bem. Eram bons garotos, os dois.

— Não, minha tia não me deixa mexer com armas. Mas eu sempre quis atirar — Zane disse.

Ash olhou para mim.

— AK vai te ensinar, não vai?

Zane olhou para mim com esperança.

— Okay.

— Agora? — Ash perguntou. — Você tem que mostrar ao Zane o alvo que consegue acertar nas árvores. — Ash se virou para Zane. — Seu tio atira bem pra caralho. Nunca vi nada parecido.

— Sério? — Zane perguntou, e eu vi a porra do orgulho em seus olhos. — Me mostre. Eu sei que você é bom. Atirador de elite e tudo o mais.

— Claro — eu disse. — Ash? — Ele levantou o olhar. — Posso falar com você um minuto? — Ash franziu as sobrancelhas, confuso. — Zane, você pode nos dar uns minutos?

Vike passou por ali bem naquele momento.

— Zane! Você pode me ajudar a decidir de quais peitos eu gosto mais nessas estrelas pornôs. É como se fosse a merda da Escolha de Sofia[12] ! — Ele passou o braço em volta do pescoço de Zane e o levou embora.

---

12 A Escolha de Sofia é filme de 1982 e adaptado a partir do romance de William Styron, de 1979, e aborda a história de Sofia Zawistowska, sobrevivente de um campo de concentração em Auschwitz, e que se vê forçada a escolher entre a vida de seus dois filhos, determinando qual deles deveria ser exterminando na câmara de gás.

Eu caminhei para o lado da cabana, pegando uma garrafa de uísque de uma das mesas. Quando Ash e eu estávamos sozinhos, eu disse:

— Não tive muito tempo para falar com você nas últimas semanas. — Peguei dois copos, servi o uísque, e entreguei um para Ash. — Mas vou contar algo que o meu irmão me disse quando eu matei pela primeira vez. — Ash ergueu as sobrancelhas. — Fica mais fácil — eu disse, ouvindo a porra da voz de Dev na minha cabeça. — A partir deste momento, isso se torna uma segunda natureza e não incomoda tanto. Eu prometo.

— Eu sei. — Ash baixou os olhos.

— Você sabe?

Ele encolheu os ombros.

— Flame sentou e conversou comigo depois daquele dia. — Ele gesticulou para o uísque. — Ele também me deu uma bebida. — O garoto sorriu. — E me disse que você fez o mesmo com ele quando matou pela primeira vez.

— Eu fiz isso mesmo.

Ash assentiu com a cabeça.

— Ele me lembra você, às vezes. Eu acho que... Acho que, de certa forma, ele se baseia em você. — Fiquei chocado, enraizado no lugar. — Você significa muito para ele.

— Ele significa muito para mim também — eu disse. — Assim como você, seu merdinha. — Ash riu para mim. — Falando nisso, estou fazendo alguns planos para construir outro quarto na minha cabana. Então você pode voltar para casa. — Ele tinha ficado com Flame desde que Sapphira se mudou. Ash ficou em silêncio, então olhou para longe. — O quê?

— AK... Flame me pediu para morar com ele e Maddie.

Minhas sobrancelhas se ergueram em surpresa.

— Quando?

— Um tempo atrás.

— E?

Um sorriso apareceu em seus lábios.

— Eu disse sim.

Pisquei, sem saber se podia acreditar.

— Você está bem com isso?

— Sim — admitiu com um suspiro. — Eu quero isso. Desde que estou ficando lá... ele tem sido bom comigo. Diferente. É... melhor do que eu poderia ter imaginado. — Ele encolheu os ombros. — Eu gosto disso.

— Porra, que bom, garoto.

— AK? — ele me chamou. — Eu... Eu só quero dizer obrigado. Por tudo o que você fez desde que... você sabe, desde que eu vim pra cá. Eu... — Ele mudou o peso do corpo de um pé para o outro. — Você também é meu irmão. Como o Flame. E eu... Eu só queria que você soubesse que sou grato.

Eu jurava que esses malditos adolescentes iriam me causar um ataque cardíaco do caralho, e que me transformariam na porra de um bebê chorão.

— Vem aqui, seu merdinha. — Eu o puxei para o meu peito e beijei sua cabeça. — Se você precisar de qualquer coisa de mim, estou na casa ao lado. Você é bem-vindo a qualquer hora. Se não der certo com Flame, você sempre terá um lugar na minha casa, okay?

— Okay — ele disse e deu um passo para trás. — Ela precisa estar com a mãe, de qualquer maneira — Ash disse. — Sapphira. — Assenti com a cabeça, sabendo que era verdade. A menina estava cansada do mundo, quase uma eremita. — Nós vamos conseguir vê-la? — Ash perguntou. — Todos nós queremos ver como ela é. Falar com ela. Nunca tive a chance de vê-la no tiroteio, e ela está se escondendo desde então.

— Talvez hoje. A cadela é muito tímida, garoto. — Ash assentiu com a cabeça. Eu segurei meu copo. — Bem, garoto. Aqui está você salvando minha pele e indo morar com Flame.

Ele riu, e bebemos nossa bebida.

— É melhor irmos resgatar Zane de Vike — Ash disse. Eu o segui de volta para a fogueira.

Alguns dos irmãos haviam retornado de sua caminhada até a cachoeira. Styx e Ky começaram a mexer na grelha. Todos eles pareciam estar se divertindo aqui.

Dev teria adorado.

— Você vai cuidar dele, certo? — comentei quando vi os olhos de Zane se arregalarem com algo que Vike havia dito.

— Sim. Eu gosto dele. — Ash colocou o copo sobre a mesa. — Ele é como você, de várias maneiras. — Olhei de volta para Vike e Zane, que estavam sentados com Hush e Cowboy. Zane estava rindo. — Ele daria um bom recruta — Ash acrescentou enquanto se afastava. Encontrei seus olhos negros, vendo o sorriso aberto em seu rosto. — Estou só dizendo...

Ash caminhou até Zane, e os dois foram para o alcance do alvo. Eu os segui. Outro merdinha para ensinar a atirar.

Duas horas depois, quando a noite caiu e a fogueira foi acesa, me sentei em uma cadeira. Zane, Ash e Slash estavam do outro lado da fogueira, bebendo cerveja e falando merda. Eu os observei, um novo maldito trio.

Merda, eu me sentia velho.

Alguém se sentou na cadeira à minha direita, outro à esquerda, enquanto eu olhava ao redor procurando por Phebe e Sapphira. A garota não queria sair ainda. Não tinha certeza se ela o faria. Ela estava pirando.

Eu sabia quem estava sentado ao meu lado sem nem olhar.

— Sua *old lady* aparecerá em breve?

Vike me entregou uma nova garrafa de Bud.

— Se tivermos sorte — eu disse.

— Ela está melhor agora? — ele perguntou, sério.

— Sim. Ela está melhor. Percebi que, na verdade, ela não estava viciada em bebida ou drogas. Ela estava viciada em esquecer todas as merdas de sua vida. Esquecer o fato de que tinha uma filha da qual foi afastada e proibida de cuidar. — Pensei nas últimas semanas, em seu rosto sorridente, em seu fodido coração gentil. Ela acima do meu corpo, dizendo que amava minha alma arrependida. Meu peito se encheu de calor. — Ela é boa.

— Ela é ruiva. — Vike sorriu. — O quê? — ele resmungou quando arqueei as sobrancelhas. — Nós, ruivos, somos uma espécie única. Unicórnios. Somos especiais pra caralho. Feitos de puro sangue Viking. — Eu ri, ouvindo Flame fazer o mesmo. — E você, com certeza, tem uma queda por nós. Precisa de mim em sua vida, e então Phebe. Merda, irmão, se você fica de pau duro com sardas, eu teria deixado você ver minha anaconda anos atrás.

— Já vi isso um milhão de vezes... não por escolha. — Balancei a cabeça.

— E toda vez você fica impressionado, porra.

— AK. — Flame acenou com a cabeça em direção à porta do chalé.

Meu coração bateu forte, quase saindo do peito, quando vi Phebe segurando a mão de Sapphira, lentamente guiando-a para fora. Saff olhava nervosamente ao redor do quintal, como se estivesse prestes a fugir a qualquer segundo. Eu vi todos os meus irmãos olharem em sua direção, dando a ela um aceno de cabeça antes de voltarem a fazer o que estivessem fazendo.

Phebe a levou em direção às outras cadelas da seita do outro lado da fogueira.

Vike me deu uma cotovelada nas costelas.

— Olha lá — ele disse e apontou para Lil' Ash.

Ash estava congelado, a cerveja suspensa no ar, enquanto observava Sapphira passar por ele e se sentar ao lado de Lilah e Grace. Balancei a cabeça, gemendo, quando Zane e Slash tentaram chamar sua atenção. Mas seus enormes olhos negros não saíam de cima de Saff. Ela viu isso claramente também, quando olhou para cima, deu a ele um pequeno e impressionante tímido sorriso, então abaixou a cabeça de novo. Ash parecia querer falar com ela, mas ele apenas se recostou, sem afastar o olhar de onde ela se sentava.

— Ash acabou de ter uma ereção enorme da porra pela Saff. — Vike riu e pulou de sua cadeira. — Tenho que ir e implicar com ele por causa dessa merda. Impagável! — Vike correu para Ash, que ainda estava encarando Saff, como se seus olhos estivessem grudados nela ou algo assim. — Ash! Eu e você precisamos conversar sobre uma coisa, seu merdinha!

Puta merda.

Vike se sentou ao lado de Ash, e vi o garoto cobrir o rosto de vergonha quando Vike jogou o braço em volta do pescoço e começou encher o saco dele.

Eu me virei para Flame. Ele estava observando seu irmão mais novo, sem emoção alguma em seus olhos.

— Ele vai morar com você?

Flame ficou tenso. Seus olhos se voltaram para Maddie, que estava sentada com Mae, tocando sua barriga.

— Sim.

— Você pediu para ele?

Flame assentiu com a cabeça e tomou um gole de sua cerveja.

— Maddie achou que era a hora.

— E você?

— Eu concordei.

— Você vai ficar bem com ele lá?

Flame inclinou a cabeça e eu sabia que ele estava em dúvida.

— Não sei. Eu não posso... Não consigo falar com ele como você. Não sei o que fazer se ele ficar chateado ou coisa assim. Provavelmente vou ferrar com tudo.

— Não. Você vai ficar bem — afirmei, e Flame ergueu a cabeça.

— Vou?

— Eu sei disso. — As mãos de Flame apertaram a garrafa. — Ele me disse que você falou com ele depois do tiroteio.

Flame assentiu com a cabeça.

— Isso foi uma coisa boa.

— Foi o que você fez comigo. Só fiz o mesmo.

— Eu sei. Então continue fazendo essas merdas.

Flame ficou em silêncio por alguns segundos, até que disse:

— Obrigado. — Eu olhei para o meu irmão. Ele nunca agradeceu por nada. Sua mandíbula se contraiu. — Obrigado por cuidar dele... quando eu não pude. Quando minha cabeça...

— Sempre. — Era nítido que ele estava sob forte emoção, então Flame pulou da cadeira sem mais uma palavra e foi direto para Maddie. Ela estava de pé e no colo dele em segundos. Observei o irmão se acalmar no minuto em que a mão dela estava na dele.

Precisando mijar, entrei no chalé. "*When The Devil's Loose*", de AA Bondy, começou a tocar do lado de fora. Peguei outra cerveja e fui para a porta, e então parei bem no meio do caminho no tapete. Phebe estava de pé, dançando ao redor da fogueira com Grace. Assim como na primeira noite em que ela dançou para mim, suas mãos estavam no ar e seus olhos estavam fechados, um sorriso de partir o coração em seus lábios. Grace a imitou enquanto Sapphira sorria sob o olhar semicerrado, observando sua mãe da segurança de sua cadeira ao lado de sua tia. Qualquer um podia ver o quanto ela a amava com apenas um olhar.

E eu não conseguia desviar a atenção da minha Ruiva. Eu a observei durante toda a música. Então, quando a próxima música tocou, seus olhos se abriram e imediatamente me procuraram. Quando "Heroes", de Bowie, tocou e Phebe me viu lá, observando, uma risada alta, de pura felicidade, saiu de sua garganta. E minha cadela nunca afastou o olhar de mim enquanto dançava.

Esplêndida.

Bela.

Minha.

E livre, porra.

Bebi a cerveja enquanto a música tocava. Então olhei para o tapete aos meus pés. Dois pares de botas ainda estavam lá, brilhando com perfeição, um de cada lado. Enquanto eu olhava para o quintal, vendo meus irmãos relaxando, vendo Zane rindo e feliz, fechei os olhos e respirei fundo.

— Estamos bem, Dev — sussurrei para que apenas ele pudesse ouvir. Engoli em seco e senti um sorriso surgir em meus lábios. — Todos nós vamos ficar bem.

Uma mão deslizou na minha, e quando abri os olhos, Phebe estava à minha frente.

— Você está bem? — ela perguntou, preocupada, com um brilho nos olhos.

Então tomei sua boca.

Senti seu gemido abafado.

— Sim, Ruiva. Eu estou bem...

Respirei fundo, exalei e disse:

— Nascer do sol... Estou apenas abraçando nosso nascer do sol.

FIM

CAPÍTULO BÔNUS

LIL' ASH

— Chave inglesa — Flame disse ao lado de sua moto. Peguei a chave da caixa de ferramentas e entreguei a ele.

Flame não ergueu os olhos; não falou, apenas continuou trabalhando em sua Harley. Tínhamos trabalhado na minha a manhã toda, e depois na de Flame quando a noite chegava. Na maioria das noites, depois da escola, e na maioria dos fins de semana fazíamos isso.

E eu adorava.

Eu amava o simples fato de estar com ele. Amava estar em sua casa. Amava comer com ele e Madds. Amava me sentar com ele. Eu sabia que ele nunca falaria comigo como AK, mas estava tudo bem. Ele era Flame. E, porra, ele se esforçava mais comigo dia após dia. Eu via.

Os sorrisos de Maddie confirmavam isso.

— Asher? Flame? — A voz suave de Maddie nos chamou da garagem de Flame na parte de trás de sua casa. — O jantar está pronto! — ela informou e meu irmão se levantou de um pulo. Ele jogou a chave na caixa de ferramentas e eu o segui até a cabana.

Maddie serviu a comida na mesa e nos sentamos.

— Você fez todo o seu dever de casa, Asher? — Maddie perguntou.

— Sim.

Ela sorriu. Quando olhei para cima, vi Flame observando a esposa. Sempre que ela sorria, ele olhava para ela. Seu rosto nunca mudava, mas seus olhos, sim. Ele a amava pra caralho. Qualquer um poderia ver isso.

— Zane está gostando da nova escola? — ela perguntou assim que eu engoli um garfo cheio de comida.

— Ele está bem. Senta comigo na hora do almoço e essas coisas. São apenas as aulas que não temos juntos.

AK tinha perguntado a Zane se ele queria frequentar a mesma escola particular que eu – paga pelo próprio AK. Sua tia concordou e Zane foi rapidamente matriculado lá. AK alegou que era para uma educação melhor, mas todo mundo sabia que era para tê-lo mais perto dele. Nossa escola era próxima do complexo, pequena e discreta, nunca envolvida nas coisas dos Hangmen. E Zane voltava aqui todas as noites para ver o tio, antes que ele o levasse de volta para a casa de sua tia.

AK não poderia estar mais feliz. Ele tinha Phebe e Zane. Ele estava diferente hoje em dia. No bom sentido. Mais calmo. Menos perturbado. Somente... feliz.

— Que bom — Maddie disse. — Talvez um dia Sapphira chegue lá também. Quando ela se adaptar mais ao mundo exterior.

No minuto em que ela disse o nome de Sapphira, meu estômago contraiu e a temperatura do ambiente aumentou. Sapphira. Só a vi uma vez no chalé de AK. Porra, era a cadela mais bonita que já vi na vida. E ela sorriu para mim. Um sorriso lindo pra caralho. Ela só ficou do lado de fora algumas horas antes de voltar para o chalé. Eu não conversei com ela. Nunca tinha falado com ela. Mas ainda não conseguia tirar seus olhos escuros e cabelo loiro da minha cabeça. Ela estava lá sempre que eu fechava os olhos. Inferno, ela estava lá a cada minuto que eu estava acordado.

— Sim — murmurei e rapidamente devorei minha refeição.

Quando terminei, peguei o maço de cigarro do bolso de trás.

— Vou fumar — informei e saí pela porta dos fundos.

Acendi meu cigarro assim que pisei o pé lá fora, no ar fresco. Dei uma longa tragada e caminhei em direção à floresta. Cruzei a área entre as cabanas de Flame e AK, apenas caminhando para onde quer meus pés me levassem...

... Então estaquei em meus passos no meio do caminho.

Sapphira.

Sapphira estava parada a apenas alguns metros de mim, olhando para as estrelas. Engoli em seco, meu coração batendo forte contra as costelas. Ela usava um longo vestido preto com mangas compridas. Seu cabelo estava solto e, mesmo que a estivesse vendo de costas, eu sabia que seu rosto parecia perfeito pra caralho.

Mudei o peso de um pé para o outro, inquieto, tentando criar coragem para falar, quando, de repente, um galho se partiu pelo peso da minha bota. Sapphira se virou na mesma hora, sobressaltada, assim que me viu ali parado. Levantei as mãos, meu cigarro ainda queimando entre os dedos.

— Merda. Desculpe. Não queria assustar você — eu disse e observei seus enormes olhos castanhos se arregalarem.

Seus lábios rosados se separaram enquanto ela prendia a respiração. Mesmo no escuro, eu podia ver suas bochechas corando, os braços agora cruzados ao redor de seu corpo. Ela estava respirando com dificuldade, de um jeito estranho, como se estivesse com muito medo. Então ela se virou e se apressou em direção à porta da casa de AK.

Antes que eu percebesse, minha boca se abriu e eu disse:

— Você não precisa ter medo de mim. — Sapphira parou na metade do caminho, mas sem se virar. Minha pulsação disparou quando ela ficou imóvel no quintal. — Eu não vou machucar você. — Ela não reagiu, então tentei outra coisa. — Eu morei aqui, com AK. E Phebe, sua mãe, por um tempo. Agora eu moro na casa ao lado.

Observei a cabeça de Sapphira se inclinar ligeiramente para o lado enquanto ela me ouvia falar. Prendi o fôlego, vendo seus ombros tensionados... e então ela começou a se virar. Ela estava cabisbaixa e ela não ergueu o olhar em momento algum, mas não me importei, porque consegui ver um pouco de seu rosto de novo.

Dei um passo mais perto, observando seu cabelo loiro se agitar na brisa. Meu estômago apertou novamente. Ela era linda pra caralho.

— Você gosta de morar com AK? — perguntei, tentando encorajá-la a falar. Eu queria ouvir sua voz.

Sapphira assentiu com a cabeça.

Eu sorri.

— Ele é o melhor — eu disse.

Tentei pensar em outra coisa para dizer. Algo para mantê-la aqui comigo por mais tempo, mas não consegui. Eu não sabia agir em torno dessa cadela. Não tinha ideia do que diabos estava fazendo.

Sapphira se virou e começou a caminhar em direção à porta. Eu vi AK e Phebe pela janela da cozinha, sentados à mesa e sabia que meu tempo estava acabando. Por mais que AK me amasse, ele era muito protetor com Sapphira, como se ela fosse sua própria filha, alguém com quem ninguém fodia ou arriscava a fúria de seu punho. E eu tinha certeza de que ele ameaçaria cortar meu pau se soubesse o que sinto por ela. Eu sabia que ela tinha passado pelo inferno assim como Madds quando esteve naquela seita e depois com Meister. E sabia que ela era dois anos mais nova do que eu, e estava machucada. Mas pensei nela quase todos os dias desde aquele dia no chalé, e não conseguia parar, mesmo se tentasse.

E eu *tentei.*

Nada funcionou.

Ela sempre estava lá, na minha cabeça.

— Meu nome é Lil' Ash. Ou Ash. Não consegui me apresentar no chalé.

Não achei que ela responderia. Achei que ela não falaria nada, mas Sapphira olhou para mim através de seus longos cílios e, me chocando pra caralho, sussurrou:

— Ash.

Pensei ter visto seu lábio se curvar em um pequeno sorriso; pensei ter visto seu rosto corar.

Então Sapphira quebrou qualquer barreira que eu tivesse deixado quando ela levantou a cabeça, encontrando meus olhos e disse, suavemente:

— Eu sou Sapphira... ou Saffy... ou Saff.

E eu sorri e joguei o cigarro no chão. Dei um passo à frente, me perguntando se ela correria. Ela não fugiu. Então dei outro passo adiante, e avancei novamente até que estava bem diante dela. Ela era baixa e esguia e eu era maior que ela. Mas gostei muito disso. Eu gostei de talvez poder protegê-la. Que talvez ela também se sentisse segura ao meu lado.

Ouvi sua respiração acelerar e vi seu corpo começar a tremer de nervosismo. Isso partiu meu coração, porra. Limpando a palma no meu jeans, estendi para ela.

— Prazer em conhecê-la... Saff.

Ela ficou tensa e olhou para minha mão estendida. Quando eu estava prestes a recuar, observei enquanto ela esticava lentamente o braço e, com pequenos dedos trêmulos, colocava a mão na minha. Seu aperto não era nada mais do que uma pena, mas era quente. Em seguida, respirando com dificuldade, ela sussurrou:

— Prazer em conhecê-lo também... Ash.

Assim que as palavras deixaram sua boca, ela se afastou, abaixou a cabeça e correu de volta para a cabana. Mas não me mexi. Fiquei enraizado no chão, tentando respirar, tentando fazer qualquer coisa, me contendo de ir atrás dela, para que pudéssemos conversar outra vez... até que AK saiu pela porta.

— Ash? Você veio me procurar, garoto? Você está bem?

— Estou bem, AK — respondi, ainda sentindo a mão quente e trêmula de Saff na minha. Ainda vendo aquele rubor em suas bochechas e um lampejo de sorriso em seus lábios. Deixando um sorriso se espalhar pelo meu rosto, com uma intensa sensação de calor preenchendo minhas veias, eu disse: — Estou bem pra caralho.

PLAYLIST

- Until We Go Down – Ruelle
- Close Your Eyes – RHODES
- Poison – Vaults
- Human – Rag 'n' Bone Man
- Remains – Bastille (Vs Rag 'n' Bone Man Vs Skunk Anansie)
- Lay My Body Down – Rag 'n' Bone Man
- Ends of the Earth – Lord Huron
- Dream – Imagine Dragons
- Set the World on Fire – Early Morning Rebel
- Bring Me Life (feat. Jonny Fears) – Kove
- Burden – Amos Lee
- Breathe Me – Sia
- Scars – James Bay
- Devil's Girl (feat. Melody Michalski) – Overnight
- Ain't No Easy Way – Black Rebel Motorcycle Club
- When the Devil's Loose – A.A. Bondy
- Cry Little Sister – G Tom Mac
- Hung My Head – Jonny Cash
- Breathe – RHODES
- Hero of War – Rise Against
- Heroes – David Bowie
- Sense of Home – Harrison Storm
- Burning Ground – Brandon Jenner
- Pray To You Now – The White Buffalo
- Grace – Rag 'n' Bone Man
- Highwayman – The Highwaymen

AGRADECIMENTOS

Mamãe e papai, obrigada por todo o apoio. Obrigada ao meu marido, Stephen, por me manter sã. Samantha, Marc, Taylor, Isaac, Archie e Elias, amo todos vocês.

Thessa, obrigada por ser a melhor assistente do mundo. Você faz as melhores revisões, me mantém organizada e é uma amiga incrível!

Liz, obrigada por ser minha superagente e amiga.

Para minha fabulosa editora, Kia. Eu não poderia ter feito isso sem você.

Para meus leitores beta de confiança, vocês são incríveis. Obrigada!

Neda e Ardent PRose, estou tão feliz por ter embarcado com vocês nessa jornada. Vocês tornaram minha vida infinitamente mais organizada. Vocês são as melhores!

Para meu Hangmen Harem, eu não poderia pedir melhores amigas literárias, obrigada por tudo que vocês fazem por mim.

Minhas Flame Whores, vocês tornam cada dia um pouco mais especial. Obrigada.

Jenny e Gitte – vocês sabem como me sinto sobre vocês duas. Amo demais! Eu realmente valorizo tudo o que vocês fizeram por mim ao longo dos anos e continuam a fazer!

Obrigada a todos os blogueiros INCRÍVEIS que apoiaram minha carreira desde o início e aqueles que ajudaram a compartilhar meu trabalho, espalhando-o por aí em alto e bom tom.

Obrigada a todos os meus maravilhosos amigos autores. Seria um mundo assustador sem vocês para me apoiar.

E, por último, obrigada aos leitores. Sem vocês, nada disso seria possível.

Viva livre. Corra livre. Morra livre!

A The Gift Box é uma editora brasileira, com publicações de autores nacionais e estrangeiros, que surgiu no mercado em janeiro de 2018. Nossos livros estão sempre entre os mais vendidos da Amazon e já receberam diversos destaques em blogs literários e na própria Amazon.

Somos uma empresa jovem, cheia de energia e paixão pela literatura de romance e queremos incentivar cada vez mais a leitura e o crescimento de nossos autores e parceiros.

Acompanhe a The Gift Box nas redes sociais para ficar por dentro de todas as novidades.

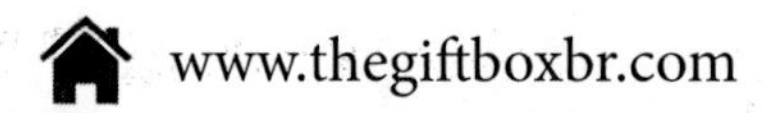

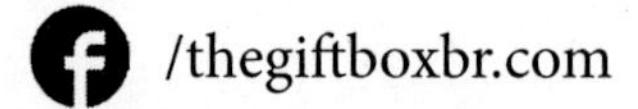

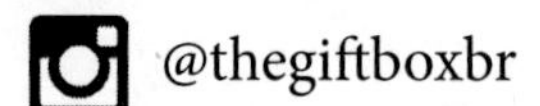

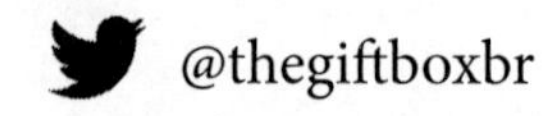

Impressão e acabamento